[英国]乔纳森·贝特 著　陆赟 张罗 译

英格兰文学

牛津通识读本·

English Literature

A Very Short Introduction

译林出版社

图书在版编目（CIP）数据

英格兰文学 /（英）乔纳森·贝特（Jonathan Bate）著；陆赟，张罗译．—南京：译林出版社，2018.10（2022.4重印）
（牛津通识读本）
书名原文：English Literature: A Very Short Introduction
ISBN 978-7-5447-7400-0

Ⅰ.①英… Ⅱ.①乔… ②陆… ③张… Ⅲ.①英国文学－文学研究 Ⅳ.①I561.06

中国版本图书馆 CIP 数据核字（2018）第 125013 号

著作权合同登记号　图字：10-2013-27 号

英格兰文学　[英国] 乔纳森·贝特 / 著　陆　赟　张　罗 / 译

责任编辑　於　梅
装帧设计　景秋萍
校　　对　叶显艳
责任印制　董　虎

原文出版　Oxford University Press, 2010
出版发行　译林出版社
地　　址　南京市湖南路 1 号 A 楼
邮　　箱　yilin@yilin.com
网　　址　www.yilin.com
市场热线　025-86633278
排　　版　南京展望文化发展有限公司
印　　刷　江苏凤凰通达印刷有限公司
开　　本　890 毫米 ×1260 毫米　1/32
印　　张　12.25
插　　页　4
版　　次　2018 年 10 月第 1 版
印　　次　2022 年 4 月第 4 次印刷
书　　号　ISBN 978-7-5447-7400-0
定　　价　39.00 元

序 言

程朝翔

《英格兰文学》这本大家写的小书既分别论述了什么是“英国/英格兰”和什么是“文学”，又勾勒出了“英国/英格兰文学”的全貌——英格兰文学是英国文学的发端和核心，它以极强的开放性和包容性使后来的“英国文学”成为熔炉，融入多种成分，呈现出多元、多样、多彩的风貌。

首先，什么是英国/英格兰？这一问题关系到国家、民族、公民身份等等，都是历史上和当今世界上最复杂、最富争议、最能引发冲突（甚至流血冲突）的一些概念。从语言上看，“英国”这一概念就不简单，翻译起来麻烦很大。作为名词，“英国”对应的并非是英格兰（England）这一地区概念——英格兰只是英国的一个部分，当然从历史、文化、政治上来说都是最重要的部分。在不同时代，“英国”对应的是不同的国家概念，而这是在有了英国这个国家之后。在有“英国”之前，“英国历史上”有凯尔特人和他们的定居点（铁器时代），有罗马人的入侵（公元前55年），有盎格鲁-撒克逊人和他们的王国（大约公元450年），有诺曼人的征服（1066）等等。在“英国”之前，英格兰长期只是欧洲天主教文化的一部分，直到宗教改革（1517—1648）使英国彻底独立于罗马的天主教廷。

作为名词也作为一个民族国家，“英国”最早对应的是“英格兰联邦和自由邦”（The Commonwealth and Free State of England, 1649），这是一个松散的联邦，包括英格兰、威尔士和爱尔兰，后来改称“大不列颠联邦”（The Commonwealth of Great Britain, 1654）。1707年，苏格兰成为英国的一部分，于是有了“大不列颠联合王国”（United Kingdom of Great Britain）；1801年，爱尔兰正式并入，于是有了“大不列颠和爱尔兰联合王国”；1922年，因为有了独立的爱尔兰共和国，所以就剩下了“大不列颠和北爱尔兰联合王国”，并一直延续至今。今天的“英国”所对应的名词只有一个，但历史上的“英国”所对应的名词却要复杂得多。

与此同时，“英国的”这一形容词也并不简单。英国学者（如本书作者）喜欢English，而美国学者则喜欢British。美国学者、《英国文学百科全书》的编者戴维·斯科特·卡斯坦（David Scott Kastan）认为，English一词有时太局限，往往只是指英格兰；但有时又太宽泛，指的是所有使用英语的人。所以，他选择使用British。美国人应该自认也是English，自然不愿意English只是指英格兰人或者英国人，而宁愿用British来专指英国人，有时还会用British来和American相对应。English虽然有时也指英格兰人，但在历史上却指定居在不列颠（Britain）的所有日耳曼民族，包括撒克逊、朱特、盎格鲁（Angles，这便是English的词源，虽然English已与这一词源不再有直接联系）等民族；也许正是因为民族关系，美国人更愿意认同English。而British往往更有地理上的意义，指的是不列颠群岛上的人。

本书作者、英国学者乔纳森·贝特（Jonathan Bate）选择了English这个词，或许也有一些民族感情的因素。当然，他强调的是历史原因：在有不列颠之前，已经有了英格兰，因此不列颠（British）文学无疑和英国/英格兰（English）文学并不对等。莎士比亚是一个最好的例子，让我们看到这两者之间的分界：在伊丽莎白时代，他认为自己是英国人/英格兰人（English），并创作了以英格兰历史为主题的剧作；但在詹姆斯时代，他却创作了以不列颠为主题的剧作，例如《李尔王》和《辛白林》。如果说莎士比亚是一位不列颠（British）作家，就不能准确地概括他最重要的创作了。

此外，贝特还强调了潜藏在英国和英国民族等概念中各种复杂、纠葛的关系：民族关系（英格兰、苏格兰、爱尔兰、威尔士，凯尔特、盎格鲁、撒克逊、朱特，罗马人、诺曼人等）、国家关系（英国与法国、英国与欧洲、英国与美国等）、帝国与殖民地的关系（大英帝国与各殖民地和英联邦成员）、人民之间的关系（各个时代的原住民与移民）等等。

这些复杂、纠葛的关系是历史形成的，但又决定着当下，影响着未来。这些关系的形成过程充满了血与火、战争与杀戮，但各种故事、各种叙事也建构出国家和民族身份。按照贝特的描述，似乎可以得出如下结论：既然民族和国家由复杂、纠葛的关系构成，就绝不能将其简单化和纯洁化，而必须容纳各种外来、异己、混杂的成分，必须向外敞开大门，张开双臂欢迎自己的邻居。这种国家和民族的概念更像是人类命运共同体的概念，你中有我我中有你。不过，由于国家和民族，特别是英国这种国家和民族（中国和中华民族更是如此），是以无数代人的鲜血、忍耐、艰辛为代价而形成，尤其需要捍卫其完整性，既包括政治和领土的完整性，也包括各种故事、各种叙事的完整性，也就是文学的完整性。如果人为地撕裂国家和民族叙事的完整性，而实际上又不可能人为地创造一个新的叙事，那么国家和民族身份的根基就会被动摇，社会就会动荡、衰败。

按照贝特的观点，构建国家和民族身份的一个重要行为就是讲故事——也就是创作文学作品。那么故事是怎么讲的，文学作品是如何创作的呢？我按自己的理解画出两个重点：1）“文学作品与寓言、布道词和伦理学著述不同，主要是因为文学能将邪恶、不道德描写得十分有趣。”就连儿童文学也是如此：“儿童文学充满着女巫、妖怪、恶魔、狼人，以及拿了他们一袋糖就会让你倒霉的成年人”——这些背离了我们道德准则的人物和怪物在文学作品里却十分生动有趣。其实，所谓邪恶和不道德往往是他者（the other）的特征，也就是他者的他性（otherness）。他者与我们截然不同的思想、行为、做派、风格，使我们感到受到威胁，特别是威胁到我们自己的道德观和价值观，使我们感到邪恶和不道德。在最伟大的文学作品里，自己和他者是可以转化的。再以莎士比亚为例，在《奥赛罗》里，奥赛罗因其出身而是他者，但他却希望被周围的人所爱，成为“自己人”；伊阿古按出身是威尼斯的自己人，但他却并不想被爱，他是独行者和邪恶的梦想家，完全是一个威尼斯的他者。文学这种让他者和他性（甚至是邪恶和不道德）变得有趣的特点恰恰可以帮助我们认识到世界的复杂和纠葛，不让我们陷入自以为是的、简单化的道德偏执。伟大的文学给了我们最大的包容性和开放性，让我们直面、正视、容纳他者，而不是无视、敌视、消解他者——包括以伦理道德来消解他者。2）文学具有极大的开放性和包容性，但这并不意味着文学没有独特性：每个民族的文学都是独一无二的，具有独特性。按照贝特的说法，英格兰文学诞生于《圣经》翻译成英语之时。文学如同《圣经》，赋予生活以意义；通过叙事（narrative）将生活组织得有条有理，有头有中间有尾（亚里士多德如是说），将各种细节和事件都容纳进一个整体——在这个意义上，“《圣经》是文学，文学是《圣经》”。文学像《圣经》一样（或者《圣经》像文学一样），“是神话、历史、讽喻的混杂”，包含有“格言、书信、预言和赞美诗”。其实，德里达（Derrida）也持有相同观点，认为（西方）文学源自《圣经》中亚伯拉罕（Abraham）的故事。亚伯拉罕服从上帝之命，杀儿子以撒（Isaac）献祭。这一事件原本只是上帝和亚伯拉罕之间的秘密；这一秘密一旦泄露，故事便成为文学。同时，上帝为何要求亚伯拉罕杀子献祭，亚伯拉罕也并不明白。他的服从是无条件的，这也超出了道德之外——上帝完全是他无法理解的他者。这也是（西方）文学的主要特点：文学具有公共性（人物秘密外泄给读者，甚至连人物本身也蒙在鼓里）、宗教性（有关人生的意义，但在终极意义的层面，又超出一般人类道德之外）、叙事性（以故事来组织人生、组织社会关系、组织终极世界）等。在西方，文学阐释学也来自圣经阐释学；文学与《圣经》一样，需要一个庞大的阐释系统来不断地建构——本书便是一次极好的阐释实践。

国家/民族和文学密不可分，两者在同一过程中形成和演变；两者拥有不少共性（有理想状态的共性，也有自杀性的共性），例如开放性、包容性、不纯洁性、独特性、不兼容性、排他性。其中的关系如果处理不好，就会产生冲突，就会导致衰落，甚至灭亡；后者按德里达的说法，源于自杀性的自我免疫系统。在复杂的世界里，理想固然重要，现实更加骨感。理想中，“世界文学”把所有文学都当成自家人，但没有他者的系统，看似和谐，实际上可能更不包容。具体说来，西方文学与中国文学有不同的来源，属于不同的阐释系统，二者互为他者。自己与他者如何沟通，是现代社会的一大问题。

以上是我给本书所画的重点，掺杂着我自己的阐释，所以可能跑题。好在本书不光靠一两个重点，而是由大量的、丰富的、生动的、深邃的细节所构成，需要读者自己品味。这套丛书被称为“通识”读本。所谓通识，应该是获取普遍需要的知识并在此基础上进行思考的结果。获取知识并不容易，没有知识就无法思考，但是有了知识照样可能不会思考。所以获取“通识”并不容易，读这本小书也并不容易。不过，这本关于英格兰文学的小书，值得花工夫阅读。作者以提纲挈领的方式，将大量知识浓缩在这一本小册子里，使之成为打开英国/英格兰文学殿堂的一把钥匙。无论是对专业研究者，还是对业余读者，这本《英格兰文学》都值得推荐。

目录

第一章

从　前

开头，离别

从前，你第一次接触到英格兰文学。你读到的故事很可能就是由“从前”这两个字开始的。如果你是个生活在20世纪的孩子，你读到的开场白可能是这样的：“从前，距今很久以前，大概是上周五，小熊维尼‘以桑德斯的名义’，独自住在大森林里。”或者是这样：“从前，有四只小兔子，他们的名字分别是软塌塌、乱蓬蓬、棉尾巴和彼得。”

也有可能你读到的故事是用诗歌形式来创作的。如果你是个生活在21世纪初的孩子，那么你读到的开场白可能是这样的：“一只小老鼠在昏暗幽深的大森林里散步。/一只狐狸注意到小老鼠，小老鼠看起来很酷”（朱莉娅·唐纳森，《咕噜牛》，1999）。我们跟着这只小老鼠走进森林，同时也一起走进这个故事。我们有点兴奋，又有点担心。我们会在那里发现什么？这是一段非常传统的文学开场白：“在这人生的半道上，/我发现自己来到了一片幽暗的森林”（但丁，《地狱篇》，亨利·卡里译，1805）。我们开始了自我发现的旅程；我们会遇见怪物（咕噜牛！），我们会受到蛊惑而偏离预定路线，我们将和一位勇敢的英雄（一只小老鼠！）并肩作战，靠着自己的智慧取得胜利！强烈的韵律感驱使我们一路前行。我们想要继续读下去，并且很有可能在第二天晚上要求再听一遍同一个
1 故事。

当莎士比亚的剧作第一次结集出版时，编辑（他们是莎士比亚的密友和演员同行）建议读者要“读他的作品，而且要反复读”。通常我们不愿意反复阅读昨天的报纸，也不愿意重读在机场书店最后一刻随手拿起的惊险小说、传奇故事或漫画。我们反复阅读的书籍才是真正的**文学**。有时候，其中不乏惊险小说、传奇故事或漫画，还会有儿童故事。当一本书成为某种文学体裁的代表作品时，它可能会被称为“经典惊险小说”或“经典传奇故事”。如果它已经超越了某种体裁的局限性，被一代又一代读者反复阅读，它也可以被纯纯粹粹、简简单单地称为“经典”——比如，夏洛蒂·勃朗特的《简·爱》（1847）就不只是传奇故事。塞缪尔·约翰逊博士在他为《莎士比亚戏剧集》所作的序言（1765）中写道，检验一部作品是否优秀，唯一的标准就是看它是否“经久不衰，始终受到推崇”。

为什么毕翠克丝·波特的《彼得兔的故事》（1902）和A. A. 米尔恩的《小熊维尼》（1926）能够经受考验，始终受到推崇？一代又一代读者之所以怀着愉快的心情反复阅读这些作品，原因有三点：故事叙述、人物塑造和写作质量。外在的因素也起到了推波助澜的效果，比如作品里的插图（波特自己画的水彩画以及

E. H. 谢泼德画的小熊维尼的世界），这就好比优秀演员的表演让莎士比亚的故事叙述、人物塑造和语言使用一直保持着活力。不过，研究文学的学生首先关注的却是语言技巧、人物可信度和虚构世界的范围。

《咕噜牛》一经出版就获得各种奖项，十年内销售了400万册。2009年，通过电话、短信和网络点击等公众投票方式，《咕噜牛》被评选为“最佳睡前故事”，这类评选在当下被认为是作品受到“推崇”的主要标志。受到中国民间故事《狐假虎威》的启发，《咕噜牛》巧妙地将传统元素与创新性相结合——这是许多
潜在的经典作品的共同特征。但是，在高速发展的21世纪，文学 2
审美也随之产生了急剧变化。目前我们无法确知《咕噜牛》最终能否取得经典地位。约翰逊博士认为“经久不衰”的时间至少是100年。哪怕将所需时间减半，我还是不得不承认，鉴于本书[①]出版于2010年，书中所提及的任何出版于1960年之后的作品都只能算作**暂时性**的经典作品。

彼得兔让我们得以了解E. M. 福斯特在《小说面面观》（1927）中提出的“圆形人物”。圆形人物通常以一些扁平人物来衬托。以彼得为例，他的那些故作乖巧的姐妹们就扮演着这样的角色。波特在作品的第一句话中通过简明扼要的方式暗示了这一点，她将三只小兔子分别命名为软塌塌、乱蓬蓬和棉尾巴，却将一个人名（彼得）赋予她们的兄弟。彼得谈不上好或坏。他很淘气，爱冒险，同时又很天真。这样的性格导致他不断惹出麻烦，但是读者知道他最终会时来运转。听过彼得兔故事

① 指英文原版。——书中所有注释均由译者所加，以下不再一一说明。

的孩子们将来会发现，彼得其实就是亨利·菲尔丁的《汤姆·琼斯》（1749）和托比亚斯·斯摩莱特的《罗德里克·蓝登传》（1748）中所描绘的那一类冒险英雄。

那些杰出的文学人物既是独特的个体，同时又代表着某一类在现实世界中真实存在的人群。小熊维尼故事中的每个人物都有自己的语言风格和鲜明的性格特征；与此同时，我们在现实生活中的每个教室和每个会议室里，都会遇到热情的跳跳虎、悲观的小毛驴、夸夸其谈的猫头鹰，还有总想着管理别人的兔子。故事场景也具有双重性：小熊维尼的故事发生在百亩森林，作者以英国萨塞克斯郡的阿什当森林为基础，精确刻画了相应的地理环境，让这些动物所经历的超现实场景与作为背景的现实世界保持相似性。与此同时，这样的地理环境也是一种文学原型，一种田园牧歌式的场景，一处伊甸园，一个带有乡间淳朴气息的地方。

这样的理想世界却有一条残酷的法则，那就是未来某天我们终将离开这里。英格兰文学中关于离别时刻最庄严、最优美
3 的描述是约翰·弥尔顿在《失乐园》（1667）结尾写下的片段：

> 他们回首望去，天堂东侧的风光
> 尽在眼前，那里曾是幸福的家园，
> 如今却有燃烧的神剑在上空挥舞，
> 令人生畏的面容和炽热的武器守在门口；
> 他们忍不住落泪，但随即擦干泪水，
> 世界就在他们面前，选择哪里
> 作为栖息之地，天谕将引导他们前行；

牵着彼此的手，步履蹒跚又缓慢，

他们穿过伊甸园，从此踏上孤独的旅程。

亚当和夏娃是“孤独的”，因为他们遵循自己的自由意志，偷吃了智慧树上的果实，这一举动切断了他们和上帝之间的联系。但是他们“牵着彼此的手”：人类之间的纽带将帮助我们继续前行。在弥尔顿看来，人类就是在这样的时刻被迫学会成长的。

《维尼角的房子》（1928）有着类似的基调。克里斯托弗·罗宾即将离开。米尔恩以英式幽默开始创作小熊维尼系列的第一本书：

“‘以桑德斯的名义’究竟是什么意思？”克里斯托弗·罗宾提出疑问。“意思是他用金色字体写下那个名字，挂在大门顶上，然后他就住在这个名字底下。”

米尔恩以英式含蓄来结束小熊维尼系列的第二本书：

克里斯托弗·罗宾注视着眼前的世界，同时伸出手去，想要握住维尼的爪子。

“维尼，”克里斯托弗·罗宾真诚地说道，“如果我——如果我不是那么——”他停顿了一下，然后又继续说道：“维尼，不管发生什么事，你都会理解的，对不对？”

“理解什么？”

“噢，没什么，”他笑着跳起来，“走吧！”

“去哪儿？”维尼问道。

4 “去哪儿都行。”克里斯托弗·罗宾答道。

这段对话节奏张弛有度，其中隐含的意思和明确表述的内容同样重要，即便放在伊夫林·沃的小说中或者放在诺埃尔·考沃德的剧本中，也不会显得突兀。但是，米尔恩写的是儿童文学，所以他不可避免地以英式怀旧风格写下了最后一段：

> 就这样，他们一起离开了。但是不管他们去了哪儿，也不管他们在路上发生了什么，在森林最高处，在那个充满魔力的地方，一个小男孩和他的小熊永远在一起玩耍着。

世界就在我们面前，不管发生了什么，我们都需要在记忆中保留一块充满魔力的地方。用威廉·华兹华斯的话来说，要保留我们“关于童年的回忆”。他的那首颂歌（1805）以“曾几何时”作为开始，华兹华斯在诗中提出，这样的回忆向我们提供了“关于不朽的讯息”。每当死亡降临到我们这个世界时，文学作品就开始发挥魔力，欺骗时间和死亡，并且借助想象赋予我们自由。那个拒绝长大的男孩彼得·潘打破了我们必须离开理想世界的残酷法则。在永无岛上，一群迷失的男孩（也就是说，那些已经死去的男孩）围绕在他身边。潘这个人物属于英格兰文学中最让读者伤心的那一类，另一个例子是《故园风雨后》（1945）中的塞巴斯蒂安·弗莱特——他紧紧抱着他的泰迪熊，这个举动表明他不想离开乐园，不想开始人生的大冒险[①]。

① 指成人生涯。

求　学

维尼和他的朋友们并不知道克里斯托弗·罗宾要去哪里，不过我们很清楚。虽然文中并未明确指出，但他要去的地方肯定是寄宿学校。我们关于英格兰文学的介绍，第二阶段要说的就是求学故事。这必然涉及英格兰难以回避的阶级问题。穷人的教育是一回事（或者根本没有），富人的教育则是另一回事。贫穷的简·爱在冷冰冰的洛伍德学校饱受折磨，遭遗弃的男孩则被送往多西伯义斯学堂，任凭沃克弗德·斯奎尔斯先生摆布（《尼古拉斯·尼克贝》，1839），更不要说狄更斯的前一部作品 5
《雾都孤儿》（1838）中的济贫院：这些地方和托马斯·休斯在《汤姆·布朗的求学时代》（1857）中提及的英格兰公立学校的氛围完全不同。在所有的学堂中，食物都很糟糕，但是上流社会的男孩被允许使用调味酱和泡菜。多亏了拉格比公学的校长托马斯·阿诺德博士，学校里的恶霸弗拉士曼被打败了，汤姆成长为一名绅士，同时也成为身体强健的基督徒。白天，他驰骋板球 6
赛场；晚上，他依然记得做祷告。

一个来自体面但并不富裕的中产阶级家庭的男孩，在接受了公立学校的教育之后成为统治阶级的一员，并且接受相应的价 7
值观；与此同时，他在成长的道路上还要战胜一个来自上层阶级的恶霸同学。在面向中产阶级读者的一系列小说中，这样的人物设定已经成为固定的套路。男主角总会有一两个好朋友帮助他，比如汤姆的朋友亚瑟，以及哈利·波特的朋友罗恩和赫敏。

在学校放假期间，公立学校的精神可以在野营、划船和登山等运动中加以历练。亚瑟·兰塞姆的《燕子号和亚马逊号》

（1930）就反映出这一点，这本书很有代表性地描述了健康的英格兰特性。作者亚瑟·兰塞姆娶了托洛茨基的秘书，并且一度支持布尔什维克运动。在这本书中，一群典型的英格兰中产阶级的孩子经受住极端情况的考验，表现出坚韧不拔的品格。在C. S. 刘易斯的《狮子、女巫和魔衣橱》（1950）中，佩文西家的孩

图1 "驱逐"：左图是威廉·布莱克为约翰·弥尔顿《失乐园》的结尾部分绘制的插图，右图是欧内斯特·H. 谢波德为《维尼角的房子》的结尾部分绘制的插图

子们为了躲避闪电战而撤离伦敦，却发现自己被卷入另一场战斗，对手是幻想版的纳粹/恶魔军队。在R. M. 巴兰坦的《珊瑚

岛》（1857）中，两个孩子拉尔夫和杰克遭遇海难，在没有成人陪同的情况下来到波利尼西亚岛的一座珊瑚礁上，他们在那里上演了一出好戏。

在继承传统的同时，文学创作也在颠覆传统。在威廉·戈尔丁的《蝇王》（1954）中，拉尔夫和杰克在流落荒岛时并没有展现出绅士风范，而是变成了野蛮人。同样，C. S. 刘易斯在纳尼亚系列小说中所采用的基督教隐喻与他在《〈失乐园〉序言》（1942）中对于弥尔顿的正统解读保持一致，而菲利普·普尔曼的《黑暗物质》三部曲（1995—2000）却恰好相反，对《失乐园》做出了非正统解读，并以威廉·布莱克在《天堂与地狱的婚姻》（1793）中的话作为开头：“弥尔顿是个真正的诗人，他与群魔为伍却浑然不觉。”“黑暗物质”这一说法出自《失乐园》，暗指撒旦穿越混沌，从一个世界来到另一个世界的旅程。普尔曼作品中的女主角名叫莱拉，这同样让人联想到布莱克的作品（莱拉是《天真之歌》中那个“迷失的小女孩”）。“守护神”这个说法是
8 对布莱克的另一处引用，我们每个人都有自己的守护神，它既是我们性格的化身，又是我们的守护精灵。

反面人物和局外人

儿童文学往往把动物的行为方式想象成和人一样，而成人文学往往描写一些像动物一样行事的人。莎士比亚作品中的某些人物缺乏同情心，他们因此被比作鹈鹕、毒蛇和狗。本·琼生写过一部关于欺诈的喜剧《伏尔蓬涅》（1606），剧名的意思就是“狐狸”。在这部剧中，一个名叫莫斯卡（“苍蝇”）的仆人一直在喋喋不休，另一个名叫沃尔特（“秃鹫”）的律师则仔细检查着

他的战利品。

在成人文学中，像人一样行事的动物并不多见。它们通常出现在寓言或者讽刺作品中。最著名的例子是乔纳森·斯威夫特《格列佛游记》（1726）的第四部分，里面出现的慧骃是理性行事的马，而耶胡则是举止近似野兽的人。其他例子包括乔治·奥威尔反斯大林主义的《动物庄园》（1945）以及托马斯·洛夫·皮科克的《险峻堂》（1817），后者描写一只猩猩竞选议员的故事，借此对进步思想提出了温和的批评。另外还有撒旦这个特例，他幻化为蛇形，将邪恶带到人世间。但上述例子都是特例。通常来说，如果你想见到会说话的马、熊、狼或者兔子，你得去读儿童文学。

以拟人化的动物作为主角的文学作品被称为“寓言”，其历史可以追溯到古希腊的伊索寓言。在较为简单的寓言中，某个自大或邪恶的动物将会受到惩罚。比如，乌龟将击败兔子。这一类寓言符合《认真的重要性》（1895）中那个大惊小怪的家庭女教师普丽丝姆小姐所信奉的文学传统：“善有善报，恶有恶报。这就是小说。”毕翠克丝·波特的《坏兔子的故事》（1906）是针对幼儿创作的寓言。故事的主要线索是反面角色（“凶狠的坏兔 9
子”）与受害者（“温和的好兔子”）之间的道德冲突。“凶狠的坏兔子”被人开枪打掉了胡子和尾巴，这是它理应得到的惩罚。波特用一种超然的、不动声色的叙事声音来描述这样的暴力死亡，这种手法对伊夫林·沃和格雷厄姆·格林产生了重要影响。

彼得兔这个人物更加复杂，尤其是他很淘气，所以他的故事和“凶狠的坏兔子”比起来更有**文学性**。文学并不符合家庭女教师（比如，普丽丝姆小姐）所提出的设想。她的创造者奥斯卡·王尔德知道，某些最好的文学作品更像是文字游戏，而不是诚恳的故事。并且，最有趣的人物往往不是那些结局美满的好人。在莎士比亚的作品中，那些富有魅力的反面人物，比如理查三世、《奥赛罗》中的伊阿古以及《李尔王》中的私生子埃德蒙，虽然没有得到好下场，但是在此之前，这些人物给演员和观众带来了巨大的回报。哪个演员宁愿扮演马尔克姆三世而不是麦克白呢？

在18世纪和19世纪的英格兰舞台上，除了莎士比亚的作品外，演出次数最多的剧目是菲利普·马辛杰创作的《旧债新偿》（1626）。剧中那位举止夸张、坏得可爱的反面人物贾尔斯·奥弗里奇爵士让这部作品广受欢迎，这是每个明星演员都想扮演的角色，同时也是维多利亚小说中那类贪婪无度的投机商人的原型，比如安东尼·特罗洛普《众生之路》（1875）中的奥古斯塔斯·麦尔莫特，以及查尔斯·狄更斯《小杜丽》（1857）中的莫多尔先生。

文学作品与寓言、布道词和伦理学著述不同，主要是因为文学能将邪恶、不道德描写得十分有趣。儿童文学充满着女巫、妖怪、恶魔、狼人，以及拿了他们一袋糖就会让你倒霉的成年人。最好的文学是经验之歌，而不是天真之歌。威廉·布莱克的《小
10 羊羔》（《天真之歌》，1789）描写羊羔“柔软、发亮、毛茸茸的衣裳”，这显得过于虔诚，同时又过于柔弱，让人提不起兴趣。直到读者将这首诗和《老虎》（《经验之歌》，1794）放在一起，对比阅读，情况才大为改观。后一首诗描写了老虎“可怕的匀称”。正如文学评论家威廉·哈兹里特在布莱克生前所指出的，“这头狮子比它捕猎的群羊或者群驴更具诗意”（《论科里奥兰纳斯》，收

录于《莎剧人物》，1817）。当叙事者处于受迫害的境地时，读者也感同身受，此时小说将产生某些最佳效果。比如，在罗伯特·路易斯·史蒂文森的惊悚历险故事中，吉姆·霍金斯听见瞎子皮尤正在逼近他，此时恐惧让他激动起来：

> 我们走了一半路程，突然我抓住她的手臂，因为我听见在寂静潮湿的空气中传来某种声响，我的心提到嗓子眼里——那是瞎子的探路棒在冰冻的路面上发出的敲击声。
>
> （《金银岛》，1883）

最有趣的人物常常是这样或那样的局外人。最喜欢读书的年轻读者通常是那些孤独的孩子、独生子女或者是喜欢自我反省的孩子。他们很容易对孤独的吉姆·霍金斯产生共鸣，对于后者来说，海盗是一个具有吸引力的群体。罗尔德·达尔笔下的詹姆斯·亨利·特罗特是个孤儿，两个残忍的坏姑姑“大头钉”和“海绵团”将他带大，最终他在大仙桃上找到了渴望的群体，就像哈利·波特在霍格沃兹魔法学院中交到朋友。

莎士比亚《奥赛罗》的部分艺术价值在于塑造分裂的局外人形象。由于出身，摩尔人奥赛罗是个局外人，但他希望身边的人能够爱他，因为这种爱意味着他得到了接纳。威尼斯人伊阿古出生在欧洲社会内部，但是他不想得到任何关爱。他是个喜欢孤独的人，同时也是个（邪恶的）空想家，这是对局外人的身份界定。 11

作家对于局外人特别感兴趣，因为他们往往觉得自己就是局外人。他们没有参与现实生活，而是看到自己站在一旁，把生活变成艺术创作的素材。有不少人注意到，伊阿古的故事与莎士比亚本人的经历相似。将莎士比亚归为局外人似乎有点奇怪，但是在他刚进入伦敦戏剧界时，他必然有过这样的感受，因为他没有大学文凭，而他的同行大多接受过大学教育。莎士比亚说话很可能带有明显的乡土腔，所以最早提及他作家身份的文献资料将他称为“突然冒出的乌鸦”。罗伯特·路易斯·史蒂文森同样是个局外人，在他短暂的一生中，他大部分时间都在国外旅行，并且在萨摩亚群岛度过了生命的最后六年。罗尔德·达尔有一半威尔士血统，一半挪威血统，除了在第二次世界大战中加入英国皇家空军，他在英格兰从未有过归属感。他的作品《詹姆斯与大仙桃》(1961)开启了他作为英格兰儿童文学作家的职业生涯，然而在创作这部作品时，他居住在遥远的纽约。

维多利亚时代的艺术家和作家爱德华·李尔是局外人的绝佳例子。他出生在伦敦东部霍洛威区一个人数众多、日渐衰败的大家庭中。成年后，他在大多数时候过着流浪的生活，在欧洲、中东以及南亚次大陆旅行和绘画。想要解读他的谐趣诗，方法之一就是将这些诗视为他对自己人生经历的回应，因为他始终生活在外语环境中：

许多年前
当当过得很愉快，
直到他在某一天
爱上一个江布里女孩。
那些江布里乘着筛子前来，他们的
登陆时间选在夜里，地点靠近萨默里菲德

那儿有长方形的牡蛎，

还有光滑的灰色礁石。

（《长着发光鼻子的当当》，1876）12

当说俄语、汉语或约鲁巴语的人用母语诵读诗歌时，我一个字也听不懂，但是我依然可以从诗歌的韵律和单词的发音中感受到强烈的愉悦。听到一些具有异国情调的地名，比如“格罗姆布里恩平原”、“钱克雷伯尔山”和“萨默里菲德”，我们也会产生类似的愉悦。

要想解读李尔的谐趣诗，还有一种方法就是从中找出一段故事。关于当当，我们知道多少？他心肠很软，作为一种近似于人类的生物体，他既让人着迷，又让人恐惧，让人厌恶。他是个孤独的旅行者，长着一个让他看起来有点不正常的鼻子，他渴望得到并且一直在寻找失踪的恋爱对象——一个看起来同样不正常的江布里女孩，她长着绿色脑袋和蓝色手掌。在维多利亚时代的英格兰，这个痛恨自己长着酒糟鼻的爱德华·李尔始终有种局外人的感受，这很可能是因为他是个隐瞒身份、过得很不愉快的同性恋者（他同时还患有癫痫、抑郁以及其他一些疾病）。他写下了“很多年前/当当过得很愉快（happy and gay）”这样的句子，虽然gay这个词在19世纪时并不具备“同性恋者”这样的现代用法。

黄金时代？

“从前”：我们就是从这个词开始接触到文学，同时这很有可能就是文学的起源。在原始社会，人们围在火堆旁，听讲故事的人描述神灵、祖先和英雄的事迹。人类需要借助故事来了解这个世界。孩子们喜爱故事，并且通过故事来理解他们所处的世界。相应地，儿童文学的历史也就是文学历史本身。英格兰文学最早的经典作品是约翰·班扬的《天路历程》(1678)和丹尼尔·笛福的《鲁滨逊漂流记》(1719)，几乎每个受过教育的孩子都听别人讲过这两个故事(虽然有时候他们听到的是节选版)。
13 那个时候，英国的文化生活在清教主义和约翰·洛克的心理学理论的双重影响下正在发生转变。洛克认为，儿童的头脑犹如一块白板，教育和环境将在上面进行书写。正是在这样的思想影响下，专门为儿童创作的文学以及针对成人读者的小说都采用了明显的现代形式。到了19世纪早期，已经涌现出大量的儿童文学作品。甚至莎士比亚的剧作也被改写成儿童读物，比如玛丽·兰姆和查尔斯·兰姆改编的《莎士比亚戏剧故事集》(1807)。

20世纪初的爱德华时代通常被认为是儿童文学的黄金时代。如果说英格兰儿童文学的重大主题是童年的逝去，或者说是被迫离开无忧无虑的乐园，那么从我们现在的视角回头观察，爱德华时代的文学作品具有特殊的忧伤气息，因为这些作品意味着一个(相对)和平的时代、一个(相比之下)社会安定的时代就此结束。爱德华时代的人们就像是在阳光下天真玩耍的孩子，即将迎来残酷的觉醒。弗吉尼亚·伍尔夫洞悉了这一模式，并以此作为《到灯塔去》(1927)的叙事结构：这部小说的第一部分发生在第一次世界大战前，描写一个孩子暑期在海边度假，第二部分突然爆发的战争打断了他们的假期，第三部分则是从成人的视角来悼念那个失落的世界。

爱德华时代的儿童文学作家并不知道世界大战即将到来，

但他们目睹了另一些社会变化，并为此深感忧虑。在《柳林风声》（1908）中，肯尼斯·格雷厄姆描写了形成鲜明反差的两个地点：一处是野树林，故事的主角獾在那里过着安定的生活；另一处是河堤，投机者和突然暴富的股票经纪人在那里建造了崭新的别墅。拥有大庄园的旧式贵族已经消失了：一个迷恋赛车的伪绅士买下了代表旧庄园的蛤蟆府，很快一群黄鼠狼——工人阶级的非法占地者——又将占领这里。这本书是一首挽歌，缅怀过去那种古老而安定的生活，一种失落的本真性——在那种生活中，人们了解自己所处的社会地位，同时女性没有选举权。即便我们对喜欢吹嘘的蛤蟆以及他那透露出幼稚、活力和自私的"噗噗"报以微笑，我们还是会对他的粗俗不以为然，就像故事中监狱长那位务实而善良的女儿的反应一样： 14

> "蛤蟆府，"蛤蟆骄傲地说，"是一套拥有独立设施、适合绅士居住的宅邸，非常独特。它历史悠久，有些部分可以追溯至14世纪，但是里面配上了各种现代设施。有最新的卫生设备。离教堂、邮局和高尔夫球场只有五分钟，适合——"
>
> "上帝保佑，"小姑娘大笑起来，"我才不信呢。跟我说点**真实**情况。但是，你先等会儿，我给你拿点茶叶和面包来。"

《柳林风声》是伊夫林·沃最喜欢的作品。和肯尼斯·格雷厄姆一样，沃发出哀叹，认为现在已经很少有**真正的**绅士。在《一抔尘土》（1934）中，沃描写了这样一位绅士，并且将他的名字设定为托尼·拉斯特[①]。拉斯特对于新潮的卫生设施和海滨高尔夫球场没有兴趣，而这些往往是暴发户和房地产经纪人最为关注的事情。

关于社会变革总有一个熟悉的、童话般的幻想故事。一位仙女在夜里调换了摇篮里的两个婴儿，一个弃儿到头来竟是一位公主，灰姑娘穿上了水晶鞋。在维多利亚时代晚期和爱德华时代的这一类故事里，平民百姓可以变成贵族。历史上也有不同社会阶层之间联姻的例子，一方是地位较高、拥有地产但缺少现金的旧贵族，另一方是新崛起的城市实业家或者是来自美洲的女继承人。亨利·詹姆斯于1881年出版的《淑女画像》之所以出色，就在于塑造了伊莎贝尔·阿切尔这样一位女性人物。阿切尔的言行举止表明，她在精神层面上是个贵族，因为她拒绝嫁给沃伯顿勋爵，从而放弃了名义上的贵族头衔。几年之后，从英国移居美国的小说家弗朗西丝·霍奇森·伯内特创作了她的第一部儿童作品《小爵爷》，这部作品于1885年以连载形式在杂志上发表，后来又于1886年作为单行本正式出版。在此之前，伯内特写的都是针对成人读者的小说，主题是贫困、阶级冲突和婚姻斗争。《小爵爷》的主角锡德里克·埃罗尔和孀居的母亲住在布鲁克林，他们经济窘迫，却努力维持上流社会的生活。随后，一个名叫赫薇香的英格兰律师出现在他们面前，律师的名字立
15 即让读者想到，锡德里克将会有远大前程。果不其然，锡德里克得知，他是英格兰某个爵位的继承人，并且拥有一大块地产。这部作品的成功让作者成为当时美国收入最高的女性。小说售出

① 原文Last的字面意思是“最后”。

几百万册，被翻译成多种语言，并被改编成戏剧和电影。这部作品同时也成为一个商业现象。小爵爷的服饰在维多利亚时代晚期风靡一时，英美两国的许多母亲都让自己的儿子穿上类似的衣服。

和许多作家一样，伯内特是位特立独行的女性。她出生于英格兰，嫁给了一个美国人，并跟着丈夫移居美国。之后她有过一次引人瞩目的婚外恋，离婚后又嫁给一个英格兰人。她总是把工作看得比家庭更为重要，经常在外奔波。她深陷于两个民族和两个世界（她的文学想象以及她身为母亲的职责）的双重夹缝中。她的一个儿子在15岁那年死于肺结核，她因此悲痛欲绝。在小说《秘密花园》（1911）中，孩子科林的病愈康复正是她由于丧子事件而产生的补偿性幻想。伯内特的另一个儿子幸存下来，他和A. A. 米尔恩笔下的克里斯托弗·罗宾有着相同的遭遇：他一直怨恨自己的母亲，因为后者将他作为小爵爷的原型。作家的爱人、朋友和亲属不断发出抱怨，因为他们发现自己被当作创作的素材，经作家改写后变成艺术作品的一部分，这种改写并非总让人感到愉悦，他们为此付出的代价是生活遭受侵扰。

《秘密花园》这部作品的灵感源自英国肯特郡一个带围墙的花园。伯内特在那里以乡村淑女的身份，度过了她一生中较为快乐的一段时光。但是这本书的创作地点却是在美国。当她身处国外的时候，田园牧歌般的英格兰风貌变得更加清晰。在她的故事里，玛丽这个被宠坏的小女孩是帝国的孩子。她从印度来到沼泽地边上的庄园，在当时的许多小说中，印度都是重要的故事背景。在秘密花园里，玛丽遇到了自然的孩子迪康，后者纠正了她的坏毛病。现实主义与浪漫主义的交互作用，是英格兰

文学中富有创造性的一种内部张力。在现实主义叙事中，社会
16 阶层起到了重要作用；在浪漫主义叙事中，与自然界的神秘联系带来了精神上的满足。

“关于英格兰他们究竟该知道些什么？唯一了解英格兰的只有英格兰自己”

1900年8月，来自印度的拉迪亚德·吉卜林来到英格兰，并打算在此定居。此前他四处漂泊，曾亲眼见证发生在南非的布尔战争。吉卜林最终买下了贝特曼庄园，这是一栋坚固的房子，其历史可以追溯到詹姆斯一世统治时期。庄园位于东萨塞克斯郡威尔德林区的一处山谷中，山上是伯沃什村。

吉卜林反对势利和狂妄，他的处世态度与蛤蟆先生恰好相反。之后他还拒绝了爵士头衔和“桂冠诗人”的荣誉称号。他坚持认为，贝特曼庄园不是封建领主的府邸，而是一个成功的铁器制造商的家园。这里有花园、烘干室和鸽舍，没有庭园，没有门房，也没有车道“或者类似的无聊玩意”。

吉卜林亲自探察周边地貌，包括莱伊和罗姆尼地区的沼泽地、南部白垩质的丘陵地带，以及威尔德林区的树林和草地。他种植苹果树，养蜜蜂，并且对当地的一种树篱很感兴趣。看着一个当地人整饬出灌木篱墙，吉卜林“对于人类产生了新的敬意”：他发现那个人“天生适合偷猎”，和那些坐在客厅里高谈阔论的诗人们比起来，他“和自然更加‘贴近’……关于树木、灌木、植物和整片大地，他所知甚多”（《自述》，1937）。在印度的时候，吉卜林曾提出这样的问题：“关于英格兰他们究竟该知道些什么？唯一了解英格兰的只有英格兰自己”（《英格兰的旗

帜》，收录于《兵营谣曲》，1892）。现在，吉卜林自己也开始了解英格兰，通过考古研究来找出这个国家的过往片段——他亲手发掘了新石器时代和克伦威尔时代的历史遗迹——并且通过追踪不断改变的地貌来了解英格兰。这里有着漫长的历史，从最早的林地变成了牧场，再变成人工林，之后又变回牧场。

《丛林之书》（1894）和《原来如此：故事集》（1902）表明，
吉卜林很擅长为孩子们讲故事。在《普克山的帕克》（1906）及 17
其续集《奖赏与仙女》（1910）中，吉卜林将他新近获得的地方知识转变成关于家乡的神话，即便他并非出生于此。他为年轻读者构想了一部历史，这部历史的着眼点既不是事件的时间序列，也不是国家制度，而是这片土地的地理风貌，或者更确切地说，是这片土地的精神地理学。

在草地临时搭建的户外剧场中，丹和尤娜这两个孩子正在演出迷你版的莎士比亚剧目《仲夏夜之梦》。就在此时，他们遇见一个向导，后者向他们介绍了当地历史。丹和尤娜在演出过程中突然听见桤木林里传来一声口哨，灌木丛就像舞台上的幕布一样左右分开，真正的帕克出现了。“这是属于我们的场地。”丹反驳帕克的说法。我特意引用以下这一大段对话，以便让读者感受到吉卜林无与伦比的节奏感。请大声朗读，读得慢一点——读吉卜林的作品，你必须要慢一点：

> “是吗？”来客坐了下来，继续说道，“那么，究竟是什么原因导致你们在仲夏夜，在圆形场地的中央，连演三遍《仲夏夜之梦》？而且你们选择的场地在——就在古老的英格兰历史最悠久的一片山丘底下？普克山——就是属于帕

克的山——属于帕克的山——就是普克山！这是显而易见的道理。”

他用手指着普克山没有树木、只长着蕨类植物的山坡，这段坡面的底部是建有磨坊的河流，顶部有一片幽暗的树林。从那片树林再往上，地势继续抬升，在升高500英尺之后，你将到达灯塔山的顶部，从那里可以俯瞰佩文西平原、海峡以及南部丘陵地带的一半土地。

……“你们做到的事情是过去的那些国王、骑士和学者宁愿用他们的王位、装备和书籍作为交换想要发现的秘密。哪怕有巫师默林提供帮助，你们也不会取得更好的结果！你们打开了山丘——你们打开了山丘！过去的一千年里都没有发生过这样的事。”

“我们不是故意的。”尤娜说。

“你们当然不是故意的！正因为如此，你们才能做到。很遗憾，现在山里面已经空了，山里的人都走了。我是唯一留下来的。我是帕克，英格兰最古老的生物，很高兴为你们提供帮助，如果——如果你们需要我做什么的话。如果你们不需要我，你们只要告诉我，我这就走。”……

尤娜伸出手。“别走，”她说，“我们喜欢你。”

“吃点饼干，巴思·奥利弗牌饼干。”丹说道，同时他把装着鸡蛋的软信封递了过去。

就在作者的幻想插上翅膀的同时，巴思·奥利弗牌饼干和压扁了的白煮蛋把我们又带回到现实世界。在《狮子、女巫和魔衣橱》中，图姆纳斯先生（这个人物让人联想到吉卜林笔下的帕克）第一次邀请露西在纳尼亚喝茶时，也拿出了鸡蛋。为了向吉卜林致敬，刘易斯特意将佩文西平原这个地名拿来作为露西一家的姓氏。在吉卜林的故事中，丹和尤娜打开了山丘，将土地中的精灵释放出来。儿童文学中充满了各种食物——《柳林风声》中河鼠和鼹鼠的野餐，还有威利·旺卡先生的巧克力工厂（1964）生产的奇特美食——这样的写法似乎认为，在食物给予身体的营养和书本给予头脑的滋养之间可以进行类比。在济贫院，奥利弗·崔斯特被同时剥夺了食物和教育。他渴望能多喝点粥，也渴望有更多机会在自己的想象中摆脱那样的生活。

《普克山的帕克》以树林和河流作为载体，让丹和尤娜见识到英格兰历史的一系列景象。我们经历了一段时间旅行，从青铜时代来到乔治·华盛顿的时代。我们遇到一名百夫长，他为了保卫古罗马文明，曾在哈德良兴建的长城上与蛮族交战，蛮族是一种帝国形象，让人联想到印度的西北边境问题。但吉卜林重点关注的是撒克逊人与诺曼人之间的和解。他笔下的英格兰是混血民族，一次次入侵和移民潮将多民族身份烙刻在这片土地上。经历了几个世纪，来到这片土地上的人们摆脱了原有宗教的束缚，转而接受宽容、幽默和公平竞争等“英式”价值观。在原有宗教中生活在天上的神祇变成了地方性的精灵，在他们之间进行斡旋的人物名叫霍布登，他的原型就是那个修剪树篱的人。《普克山的帕克》向吉卜林的儿童读者讲述了世俗化和民 19
族融合的历史，这与他在《英格兰史》（1911）中所描述的历史完全不同。带有帝国主义倾向的《英格兰史》由吉卜林和一位专业的历史学者C. R. L. 弗莱彻共同撰写，弗莱彻的观点带有种族偏见，这是当下我们所抵制的。

亨利·詹姆斯将拉迪亚德·吉卜林称为他所认识的最全面的天才。不过，在21世纪的英国，吉卜林时常遭受冷落。有人批评他目光短浅，充当了帝国主义的代言人。那些冷落他的人都没有读过《基姆》（1901）。这本小说讲述的是一个男孩的故事，但同时也是一部“跨界”作品。和狄更斯的《雾都孤儿》和普尔曼的《黑暗物质》一样，这部作品对于不同年龄段的读者都具有吸引力。小说采用第三人称叙事，但是通过基姆的视角来进行观察。基姆是个孤儿，是一名爱尔兰士兵遗留在南亚的后代，他生活在拉合尔的街头，过着穷困潦倒的日子。随后他经历了双重旅行。一方面，随着英国和俄国为了控制阿富汗而展开争夺，他被卷入间谍活动的“伟大游戏”中。另一方面，他在一名喇嘛的引导下，走上了追求精神开悟的道路。政治道路和精神道路之间的选择是另一个版本的现实主义与浪漫主义之争。但是这部作品最突出的特点在于描述了印度丰富的多元文化。在印度通往阿富汗的主干道上，读者可以接触到（包括看到、听到和闻到）多元文化。那条路上“不同种姓、不同类别的人走在一起……婆罗门和楚玛尔人，银行家和修理匠，理发师和商人，朝圣者和陶工——整个世界就这样来来往往”。美国批评家爱德华·萨义德对于文化与帝国主义之间的象征性联结做出了20世纪末最为重要的分析。在出版于1993年的《文化与帝国主义》一书中，萨义德将其中篇幅最长的一章用于对《基姆》进行详尽解读，并且流露出颇为赞赏的态度，这一章的名字就叫“帝国主义的愉悦”。萨义德提出，《基姆》的核心要义是吉卜林与印度之间的关系，他热爱印度，但又无法以恰当的方式占有这个国家。

虽然吉卜林以赞赏的态度沉浸在印度的多元文化之中，但他依然坚信自己有责任担负起所谓“白人的使命”。他的这一说法现在可谓是臭名昭著。当帝国消失后，他也必然成为过时的人物。到了20世纪后半叶，英格兰文学的发展历程与吉卜林的个人道路正好相反，来自殖民地的一批作家得到了发声的机会。在《抵达之谜》(1987) 中，来自西印度群岛的印度后裔V. S.奈保尔描写了他在英格兰威尔特郡一个乡村社区的所见所闻，这段描写就像是吉卜林初到贝特曼庄园时的翻版。奈保尔甚至认为自己就是个修剪树篱的园丁，并且与吉卜林笔下的霍布登在精神上有着密切联系，后者称得上是“本地通”。

出生于斯里兰卡的加拿大作家迈克尔·翁达杰创作的小说《英国病人》(1992) 先是获得布克奖，经意大利裔英国导演安东尼·明盖拉改编成电影后，又获得奥斯卡奖。这部电影借助后殖民视角重新呈现了《基姆》的开头部分，起到关键作用的人物是一个名叫基普的拆弹专家，他是锡克族人，并且像基姆一样，出生在拉合尔。

病　人

读吉卜林作品的时候，你必须慢一点。你的眼里透露出不耐烦——你要想想他落笔时的速度。(**引用吉卜林的文字作为佐证**) 那是什么？“他不顾市政当局的禁令(**逗号**)分开双腿(**逗号**)跨坐在那门名叫‘狮吼’的大炮上……”“神奇的房子(**逗号**)当地人这样称呼拉合尔博物馆。”

基　普

它还在那里，那门大炮，就在博物馆的外面。铸造这门大炮所用的材料是这座城市中每个家庭的金属杯子和金属碗，他们以征税的名义，将这些金属都收走，重新熔化。之后他们却用这门大炮来攻击我的同胞（**逗号**）当地人。

病　人

那么，你反对的究竟是什么？是作家本人，还是他写的

21 内容？

基　普

大叔，我真正反对的，是你喝光了我的炼乳。（**一把抓过空罐子**）还有你这本书里随处可见的政治寓意——不管我读得多慢——这种寓意就是，印度最好的命运是由英国人来统治。

在21世纪的当下，吉卜林提出的问题比以往更加迫切：关于英格兰他们究竟**该**知道些什么？唯一了解英格兰的只有英格兰自己。

那个把脸裹起来的英国病人艾尔马西其实是匈牙利人，他渴望达到“后民族身份”的境界。借助这个人物，翁达杰对于“民族身份”这个概念提出批评。但是，鉴于他沉浸在希罗多德和吉卜林的作品中，艾尔马西同时又代表着受过良好教育的文学品味。当他就《基姆》这部作品展开讨论的时候，这段叙事同时包含着相应的阅读行为和文学阐释行为。明盖拉的电影剧本巧妙地将翁达杰小说中的两个场景融为一体，就像莎士比亚经常做的那样，将素材的不同部分糅合在一起。在翁达杰的小说中，“狮吼”炮的真实历史由另一个人物加拿大护士哈娜写在《基姆》的空白页上。文学创作意味着改写现存的文学作品：翁达杰回应了吉卜林，就像普尔曼回应弥尔顿，以及马洛莉·布莱克曼回应莎士比亚一样。马洛莉·布莱克曼将《罗密欧与朱丽叶》改写成了一部

以种族杂糅为主题的异托邦小说(《圈与叉》,2001)。

当作品中的人物阅读书籍时,他们成了读者的镜像,后者此刻正在阅读这些小说。比如在夏洛蒂·勃朗特作品的开头部分,简·爱坐在窗台上读书;在简·奥斯丁的《诺桑觉寺》(1818)中,凯瑟琳·莫兰迷上了哥特式小说。逃到另一个世界,这样的类比暗示着读者逃离自身所处的俗世,进入文学的魔幻世界,就像在《爱丽丝梦游仙境》(1865)或者《镜中世界》(1871)里,刘易斯·卡罗尔笔下的爱丽丝钻入兔子洞,或者像佩文西家的孩子们穿过衣橱,进入到另一个世界中。现在,我们要来看看,文学世界究竟有多大。 22

第二章

界　定

定　义

查尔斯·狄更斯描写过一些让人印象深刻的课堂场景，其中一幕是这样的：托马斯·葛擂硬先生坚持事实的重要性，他在课堂上让西丝·朱浦来定义一匹马。朱浦惊恐不安，给不出正确答案。"'二十号女生竟然无法定义一匹马！'葛擂硬先生说道……'关于这种最为常见的动物，二十号女生没有掌握任何事实！让我们来看看男生的定义。毕周，你来回答。'"眼神冷漠的毕周掌握了事实："四足动物。食草。有四十颗牙齿，其中二十四颗臼齿，四颗犬齿，十二颗门牙。春季换毛；在沼泽地带，还会换蹄子。蹄子很硬，但需要钉上铁掌。通过牙齿可以判断年龄"（《艰难时世》，1854）。

西丝不知道如何正确地给马下定义，这一情节极具讽刺性，因为她远比葛擂硬了解马匹，更不用说毕周了。她是马戏团的成员，一辈子都和马生活在一起。她爱马，照料马，在她所在的马戏团里，人们的骑马技巧娴熟高超。狄更斯意在表明，真正的知识源于经验和关系，而不是事实和系统。在狄更斯所有的作品中，《艰难时世》曾是剑桥大学极具影响力的文学评论家F. R. 利维斯博士最喜爱的作品，因为它以戏剧化的方式呈现出两者 23 之间的差异，一方是马戏团成员的活力，另一方是葛擂硬“唯事实论”的教育理念对于人性的压制。为了让孩子们成为工厂的劳工，成为维多利亚时代资本主义生产机器上的齿轮，葛擂硬设立的学校竭力想要扼杀孩子们的好奇心以及他们对于诗歌和想象的热情。相反，遵循利维斯批评传统的文学教师则致力于培养具有强烈情感和同情心的学生。在教授英语的同时，一种弥赛亚式的热情也被灌输给学生：文学研究将改变人生，甚至具有改变社会的潜能。

因此，面对“什么是英格兰文学？”这样的问题，如果让一个利维斯式的学者——或者让一个狄更斯式的作家——来回答，那么答案或许是这样的：“当你有过这样的经历，你就会了解。”文学意味着那些你与之共同生活并且由衷喜爱的书籍，那些将**生活**转变为文字的书籍。另一种定义文学的方式同样与葛擂硬先生的态度相反，它认为文学就是那些鼓励人们表演奇异的阐释绝技的书籍，就像是马戏团演员的马术特技。文学文本就是那些巧妙使用语言的作品，那些可以进行不同解读的作品。

如果文学要靠直觉体验，或者说，如果**文学性**是**游戏**的同义词，那么要想**定义**“英格兰文学”或者将其简化为某些事实，就等于以葛擂硬那种毫无想象力的方式摧毁文学的特殊趣味。威廉·华兹华斯曾经写下这样的诗句：“为了解剖，我们干着谋杀的勾当。”把文学作品分门别类或者放到历史背景中去分析的过程是否就像是抓住某个活着的生物，杀死它，把它放在实验室的桌上，然后拿起解剖刀将其开膛破肚？这正是热爱书籍的人第一次接触到文学评论和文学史时的普遍感受，更不要说文学理论了。他们可能忘记了文学作品并不是活着的生物：它是作家精心完成的作品。至少，对于作家所使用的工具以及文学作品的形成过程有所了解，会增加（而不是减少）我们从这件完成的
24 作品中得到的愉悦。

面对“为了解剖，我们干着谋杀的勾当”这类指责，一个优秀的英语教师可能会这样回答：“如果你是个摩托车手，并且喜欢以每小时一百公里的速度沿着高速公路疾驰，如果你能够拆卸摩托车，弄清构造，修理零部件，然后将其重新组装，那么你在高速疾驰的过程中所感受到的愉悦不会减弱——这只会增加你的乐趣。至少，你的机械知识会让你和其他摩托车手在聊天时有共同话题——你将成为摩托车手这个**群体**的一分子。共同的知识背景、习惯和传统，会增加你的乐趣。”

研究英格兰文学与此颇为相似。文学研究可以增加阅读的乐趣，尤其是反复阅读，它也会使你成为文学群体的一部分。这也是写作最主要的乐趣之一。写作是最孤独的职业之一，然而作家很少觉得自己孤独：他们有自己敬佩的同行相伴。以约翰·济慈为例，尽管他深受肺结核的折磨，意识到自己大限将至，但令他感到安慰的是，去世之后他将成为“英格兰诗人群体中的一员”，正如他本人在一封书信中所说的那样。

与逝者对话

作家之所以成为作家，原因往往在于他们本身就是热心的

读者。通过有意识的模仿、无意识的汲取，以及积极的抵抗或反对，他们将经典文学作品化为己有，这有助于他们创造出新的作品。关于“文学传统”与新作家“个人天赋”之间的关系，最著名的论述来自诗人兼评论家T. S. 艾略特：

> 从来没有任何诗人，或者从事任何一门艺术的艺术家，凭着他本人就能创造完整的意义。他的重要性，人们对他的评价，也就是对他与已故诗人和艺术家之间关系的评价。你不能只就他本人来对他做出评价；你必须把他放到前人当中来进行对照和比较。我认为这是美学评论的原则，而 25
> 不仅限于历史评论。……当一件新的艺术作品问世时，一切先于它问世的艺术作品同时受到某种影响。现存的不朽作品本身构成一种理想秩序。在引入新的（真正具有新意的）艺术作品之后，这个理想秩序将会发生变化……过去影响现在，同等程度上现在也会对过去产生影响。
>
> （《传统与个人才能》，1919）

艾略特对于“秩序”和“传统”的敬意所透露出的政治立场饱受非议，但是他提出的理念，即新的作品——真正具有新意的作品——改变了我们对于过去的看法，是一条持续有效、无可辩驳的美学原则。未来的文学创作取决于作家与过去的文学作品之间的对话。

对话？过去的作家如何**回应**当前正在创作的同行？也许，这正是思考性的、具有想象力的阅读所取得的效果。正是由于这个原因，艺术才成为击败死亡的传统方式之一。当一名演员朗诵莎士比亚的作品或者当你阅读简·奥斯丁的小说时，那个四百多年前去世的男人或者那个两百多年前去世的女人，仿佛借助魔法的力量复活了。因此，与哀悼儿童或战争受害者的挽歌相比，写给诗人的挽歌通常没有那么悲伤。

W. H. 奥登的诗作《悼念叶芝》（1939）就是这样的例子。在诗人去世的那一刻，“他的情感电流中断：他成了他的仰慕者”。奥登将诗人想象成一个拥有情感高电压的人。当死亡切断了电源，电流就转移到诗人的读者身上。在撒播诗人骨灰的场景中，这个隐喻又出现了新的变体：

如今他被播散到一百个城市，
彻底交给陌生的情感……
死者的文字
26 要在生者的肺腑间得到润色。

叶芝葬在法国（后来又重新移葬，他曾在一首诗中提出请求，希望被葬在爱尔兰西部的本布尔山下，那是他钟爱的一座山峰），但正如奥登所言，叶芝的诗歌在许多地方继续流传。文学作品一经发表，就不再属于作者，而是属于读者。关于作品的复制，有许多限制性的法定权力，但是读者对于作品的吸收和阐释却没有任何版权限制。出于本人的情感原因，叶芝经常从熟悉的生活中汲取灵感，将其写成诗歌——比如，他为女儿写祈祷诗，为那些因爱尔兰而牺牲的朋友和熟人写挽歌——但是诗歌的生命力在于心理学家所说的**移情效应**，在作家本人并不熟悉的读者身上重新激发了诗歌所蕴含的情感。莎士比亚写了一首关于爱情的十四行诗，但是当你读给你的爱人听时，它被赋予了完全不同的情感——你的情感和他/她的情感。死者的文字（莎士比亚和叶芝）在生者（他们后世的读者）的肺腑间得到润色。

关于形式和风格

当被问到“文学是什么？”的时候，你最先给出的回答可能是“文学就是小说、诗歌和戏剧”。乔治·艾略特、T. S. 艾略特和莎士比亚的作品是文学。是的，但是杰基·柯林斯是小说家，《杰克和吉尔爬上山》是一首诗，去年上映的动作片的脚本是电影剧本。我们会把这些作品都称作文学吗？如果文学研究仅仅意味着关于文字的研究，那么，答案是肯定的：通俗小说、童谣和卖座电影都由文字构成。电影略有不同，因为它包括视觉影像、表演出来的动作和文字。但我们也可以认为，莎士比亚的舞台戏剧与乔治·艾略特的小说或T. S. 艾略特的诗歌之间有区别。童谣也略有不同，因为我们不知道作者是谁，而且童谣从古到今的传承靠的是记忆和重复，而不是文本和出版——它属于我们所说的**口述传统**。然而，各民族长期以来的文学脉络都可以追 27
溯到口述传统。

在21世纪，“英语”研究有时候指的就是对英语文字进行研究。这一学科的研究目标是通俗言情小说、童谣、电视肥皂剧以及广告语言所蕴含的意义，或者说**具有意指功能的潜在意义**。通过比较和对比20世纪50年代、20世纪80年代和21世纪头十年所生产的烘豆罐标签上的文字，你可以对文化史有所了解。20世纪50年代，法国符号学家（研究符号的理论家）罗兰·巴特出版了一本让人大开眼界的著作《神话学》（1957）。在这本书中，巴特对各种事物（从自由式摔跤到肥皂粉）的文化意义进行剖析，他对待这些事物的严谨态度和专注程度不亚于法国知识分子对于让·拉辛的悲剧和古斯塔夫·福楼拜的小说所做的研究。自此之后，这一类分析不断问世。然而，很少有人会把烘豆罐上的文字称为**文学**。更为合适的做法是将罗兰·巴特及其追随者开创的这些学科命名为**符号学**和**文化研究**。你将在“牛津通识读本”系列的其他著作中读到关于巴特等人的介绍——虽然你也可以将他们的分析模式应用于传统意义上的文学文本。

如果韵律形式足以构成一首诗，那么《杰克和吉尔爬上山》就该和莎士比亚的作品归为一类。既然所有的孩子都喜欢童谣，所有的文化都有以韵律形式创作的歌曲和故事，那么这种归类方法也并非坏事。然而，在本书伊始，我并没有提出，你第一次接触到的英格兰文学是你的母亲将你放在膝头逗弄时所吟唱的童谣。“文学”一词源于拉丁文，本义是“文字”，指的是书面记载。我准备采纳的基本定义是，文学指的是那些以书面形式记载的内容，因此文学作品意味着有作者存在。根据这种观点，
28 西方**文学**的开端并不是关于特洛伊战争和奥德修斯返回希腊的口述故事。当某个抄写员在莎草纸上记录这些故事，并且为《荷马史诗：伊利亚特》和《荷马史诗：奥德赛》注明作者时，西方文学才真正出现。你只需要读一段荷马史诗，哪怕你读的是译本，你会觉得你听见了一个独特的声音。是的，其中有从口述传统衍生而来的惯用表达（比如，“如同酒水一般的深色海洋”），但是荷马史诗有着自己的结构和腔调，这使我们相信我们正在接触作者的意识，相信有领航员引导我们顺利前行。

对于文学的这种界定暗示着作者的存在。但是仅靠作者的

在场是否就足以创造出文学作品？那些在超市就能买到的普通言情小说的作者能否和简·奥斯丁相提并论？这个问题的答案取决于你有多少空余时间。在简·奥斯丁的时代，出版了几百本通俗言情小说。你只需要阅读其中一些，就能了解19世纪早期小说购买者的需求。同时你也会明白，像奥斯丁这样掌握复杂技巧的艺术家如何利用并超越了言情小说的常规写法。当你“一遍又一遍”阅读奥斯丁的作品时，你会获益良多，但你不太可能通过反复重读那些通俗作品来获得丰厚回报。

与其说“米尔斯与布恩出版社的通俗小说不是文学”，倒不如说“简·奥斯丁的小说是优秀的文学作品，而米尔斯与布恩出版社的小说是糟糕的文学作品”。简·奥斯丁的小说句法紧凑，人物复杂，情节巧妙。米尔斯与布恩出版社的作品句法陈旧，人物简单，情节老套。在这两者之间，我们还可以加入另一类作品，那就是乔治·奥威尔所说的“介于优秀与糟糕之间”的文学作品。奥威尔举出的例子包括给读者留下深刻印象但是过于感伤的一些诗歌，以及“逃避现实”但是写得很不错的一些小说，涉及传奇故事、惊悚小说、侦探小说、科幻小说和恐怖故事等体裁。他认为布莱姆·斯托克的《德库拉》（1897）和亚瑟·柯 29
南·道尔爵士的《福尔摩斯探案集》（1887—1927）是这类小说的典型例子。

奥威尔本人的创作也提醒我们，把文学界定为小说、诗歌和戏剧，这样的定义并不成立。我们不能说，当奥威尔以小说的形式创作《上来透口气》（1939）、《动物庄园》（1945）和《1984》（1949）时，他在创作文学作品；当他以回忆录和报告文学的形式创作《巴黎伦敦落魄记》（1933）、《通往威根码头的道路》

（1937）和《向加泰罗尼亚致敬》（1938）等作品时，他在创作非文学作品。小说往往以事实为基础，非虚构作品也可以像虚构作品那样，使用多种文学技巧，并且同样取得不错的效果。奥威尔之所以成为奥威尔，并不是因为他选择的文学**形式**，而是因为他独特的**风格**和**声音**。

传统上，文学批评对于作品进行评判的标准并不是**内容**，而是**表达方式**。作者完全可以用迷人的文学风格来写作科学论文、神学或政治小册子、法律报告、新闻文章，甚至是说明手册。单从风格来看，托马斯·霍布斯的《利维坦》（1651）和查尔斯·达尔文的《物种起源》（1859）让读者感到极其愉悦。相反，有些文学作品过于雕琢，这会阻碍读者获得阅读的乐趣。关于风格的判断总是很主观。一些人认为，出生于俄国的弗拉基米尔·纳博科夫是20世纪最具个人风格的英语小说家，而另一些人则认为他的风格过于卖弄。

分析带有地方特色的风格是对书面作品进行文学研究的重要内容之一，不过真正有趣的却是辨识作者的声音。从事**文学**
30 创作的作者不仅关注遣词造句、辩论或叙事，他们还创造出具有鲜明个人特征的声音。“不妨从海伦写给姐姐的书信说起。”在《霍华德庄园》（1910）的开场白中可以听到E. M. 福斯特的声音：不那么自信，在平淡的语气中暗自嘲讽，同时却又洞察我们人类——或者，福斯特会说是“我们英格兰人”？——在彼此联系中所产生的迷茫、尴尬和困境。T. S. 艾略特的《荒原》（1922）将多种风格融为一体，这部作品在创作过程中使用的临时标题是《他用不同的声音来扮演警察》。那些最优秀的作家所具备的技巧就是带着同样的信念创造出多个不同的声音，但与此同时，整部作品总是表现出他们本人的独特声音。“文学所表达的，不是所谓的客观真理，而是主观的看法，”纽曼主教在《大学的理念》（第二部分，1858）中写道，“不是事物，而是思想……文学是个人对于语言的运用……风格就是将思想转化为语言。”

传递力量的文学

约翰逊博士的《英语词典》（1755）将“文学”定义为“学识；使用文字的技巧”。艾萨克·迪斯雷利于1791年出版了一本名为《文学搜奇》的随笔集，他使用的标题表明，这是“一部关于不寻常知识的合集”。不妨从他收录的不寻常知识中随机挑选一些相邻的主题——比如，“封建习俗”、“圣女贞德”、“赌博”、“灵魂转世”、“西班牙礼节”——不难发现其中并没有统一的“文学性”。追根溯源，“文学”这个词语适用于通常所说的整个“高雅文化”领域，道德哲学、自然哲学、历史、地理、文字学以及许多其他学科的著作都包含在内。

到19世纪末《牛津英语词典》开始编撰的时候，“文学”这个词有了一个更新颖、更严格的定义：文学是“出于形式美或情感效应而值得研究的书面文字”。将书面文字中这个特殊的部分作为单独类别，这一变化与**美学**这个新词有关，后者于18世纪出现在德国。“美学”一词能在英格兰流行开来，塞缪尔·泰勒·柯勒律治的功劳最大。美学是对美做出评判的艺术。 31

虽然柯勒律治是倡导审美批评的先驱，但他对于“文学”这一术语的使用沿袭了传统的定义。在《文学传记》（1817）中，他所使用的“高雅文学”一词相当于18世纪流行的“高雅文化”。《文学传记》的第十一章尝试回答“是否有哪个职业或行业不涉及作者身份”这一问题。柯勒律治举出一些例子来说明“重要的文学创作”，这些例子包括西塞罗（古罗马政治家、德育家、演说家）、色诺芬（古希腊历史学家、传记作家）、托马斯·莫尔爵士（历史学家、神学家、政治家、《乌托邦》的作者——这部作品是关于理想社会的论述/讽刺/空想）、弗朗西斯·培根爵士（政治家、历史学家、散文家、法学家，对于社会、知识和神话都有所论述，同时还是倡导经验法的先驱）、理查德·巴克斯特（清教主义神学家，写过自传）、伊拉斯谟·达尔文（用诗歌形式来表述科学知识，尤其是植物学和动物学知识）和威廉·罗斯科（传记作家、诗人、法学理论家，写过颇有影响力的反对奴隶制的小册子）。上述作者的重要作品服务于历史、道德、科学或政治目的，并不属于美学领域（文学在这一领域中被认为是一种“美术”）。

19世纪20年代早期，《伦敦杂志》是刊登优秀新作的主要平台，托马斯·德·昆西（“英格兰鸦片瘾君子”）在该杂志发表了一系列文章，提出一项激进的变革举措。他将文学作为普通书面知识的**对立面**，以此来定义文学。他之所以提出这个新定义，原因之一是因为根据原先的广义文学定义，被归入文学的作品数量过于庞大。因此，德·昆西给出了更新颖、更精练的定义：

> “文学”一词不断造成混淆，因为它有两种用法，并且
> 32 这两种用法容易混淆。在哲学意义上，“文学”指的是知识类书籍的对立面。但是，在通常意义上，“文学”指的是用某种语言写作的所有书籍。
>
> （《写给一位年轻人的信，他的教育遭到了忽视》，《伦敦杂志》，1823）

通常意义上的“文学”包括几十万册书籍，因此每当德·昆西走进一个大型图书馆，意识到他所拥有的时间只够阅读其中很小的一部分时，他就会变得心情低落。从这个角度来看，文学包括“词典、语法书、拼写教材、历书、药典、议会报告、马蹄铁的生产体系、关于台球的论文、法庭审理案件的日程表等等”。与之相反，“哲学意义上的”文学作品必然排除上述书籍，甚至将“那些自视甚高的书籍”（比如历史著作和游记）也排除在外；事实上，是要排除“那些更重视内容而不是表达方式或形式的所有书籍”。这样一来，“文学”就是根据形式标准进行评判的书面作品，也就是说，根据美学效果而不是认知效果来进行评判。

德·昆西还创造出一个新词，他将“知识型书籍”统称为“反文学”。既然他将文学视为知识的对立面，那么这种对立面究竟是什么样的？对于这个问题的一种回应是将通常用来形容**诗歌**的看法也用于定义文学。有种由来已久的看法认为，书面文字的功能是传递真理，而诗歌的目的则是传递愉悦。根据古罗马诗人贺拉斯的观点，诗歌的作用在于寓教于乐。约翰逊博士遵循了这一古典准则，他认为书面文字的目的在于教导民众，而诗歌的目的则是通过取悦读者来进行教导。但德·昆西却认为，愉悦只是知识“低级的对立面”。愉悦类似于休闲娱乐，我们并不是为了这样的目的才去读《失乐园》的。“在这种情况下，知识真正的对立面不是**愉悦**，而是**力量**。但凡文学作品都致力 33
于传递力量，但凡文学以外的作品都致力于传播知识。”

这就是德·昆西的重要论述。文学使读者“怀着一种重要的意识，以鲜活的方式感受到某些情感，他们在日常生活中很少（甚至从未）有机会激发这样的情感。在此之前，这些情感潜藏在他们体内，即便在意识形成之后也从未被唤醒”。为了说明文学所传递的力量，德·昆西举出的第一个例子是莎士比亚笔下在暴风雨中呼告的李尔王：面对这样的场景，“我突然感到，似乎我的体内蕴含着广袤无垠的世界”。他给出的第二个例子进一步说明文学是科学的对立面。像哲学家莱布尼兹这样追寻知识的作家，在论述空间时依靠的是他本人的数学知识。与之相比，弥尔顿在《失乐园》中将空间从几何概念转变为一股鲜活的力量：“在他的笔下，[空间]从一种图解工具变成了对人类思想产生重要影响的一股动力。”

“文学一词的真正意义”，德·昆西在第四封《写给一位年轻人的信》中写道，是“创造性艺术”。在19世纪早期，使用与“想象”有关的“创造性”一词同样是一种极为新颖的做法。德·昆西很可能想到了华兹华斯献给画家本杰明·罗伯特·海登的一首十四行诗。在那首诗的开头，华兹华斯大声疾呼：“我们有着强烈的使命感，朋友们！——创造性艺术。”德·昆西发扬了华兹华斯和柯勒律治作为诗人的强烈使命感，将文学定义为“创造性艺术”。他是第一个如此定义文学的人，并且这个定义极富影响力：可以说，是他发明了作为独立学科的“文学”概念。

正典和常备篇目

在经国家认可的英国学校课程中，英格兰文学是中等教育
34 普通证书考试的科目之一，分为一般和高级两个等级。这是关于英格兰文学难得没有争议的一种看法。与此同时，它还是世界范围内许多国家的大学学位课程。面对“英格兰文学是什

么？”这个问题，有一个理论上并不复杂却非常实用的回答，那就是“中学和大学里，英格兰文学这门课程所规定的授课内容就是英格兰文学”。如果某部作品列在教学大纲里，那么它就被认为是文学。否则，它就不算是文学。这样的回答将文学的定义从生产阶段——作品在哪里创作，作者是谁，使用何种语言，是否表现出特定的风格、技巧和独特的声音——转移到消费阶段。它是否和教材配套出售？换句话说，是否伴随着各种学术性导读、注释、文本解读以及学术性的参考文献一起出售？它是作为“企鹅经典”系列还是“世界经典”系列的一部分来进行营销推广？它是否值得在教学中详细分析，并且成为考试的内容？英格兰文学专业的研究生如果以这部作品为研究对象来写论文，是否可以拿到博士学位？

有时候，教学大纲里包含的作品被称为“正典”。英格兰文学有时候被当作正典的同义词。或许，你可以设想一个虚拟会议，世界上所有研究英格兰文学的教授作为全球考试委员会的成员，经过好几个小时（更合理的说法应该是许多年）的辩论之后，规定了相应的研究书目。他们一致认为，正是这些书目让文学成为一个独立的学科。

当我们回顾“正典”一词的起源时，此类设想所包含的错误变得一目了然。公元393年，在圣奥古斯丁的授意下，希波城的基督教会议确定了构成新约全书的正典篇目。由此开始，没有被列入篇目的其他福音书和使徒书信被称为外典或非正典。新约正典的篇目就此固定下来，虽然在16世纪的宗教改革运动中，马丁·路德一度想要将《希伯来书》、《雅各书》、《犹大书》和《启示录》移出正典。相比之下，旧约正典在更长的一段时间内变动不定，直到1546年特伦托会议以独断的方式（为罗马天主教会）规定了旧约正典。17年后，英国国教颁布的《三十九条信纲》将英格兰教会的正典篇目固定下来，具体内容与天主教会规定的篇目略有不同。

由全体英语教授召开虚拟会议这一假定存在问题，不仅因为他们没有特伦托会议的权威性，而且英格兰文学本身也不可能向我们提供任何神的启示——英格兰文学并不像圣经正典那样，只属于遥远的过去。每一天都有一批具备“经典”**潜质**的新作品出版。也有一些旧作品已经过时，不仅绝版，而且退出了教学大纲。另一些旧作品长期为人忽视，现在又时兴起来。历史上有一段时间，博蒙特和弗莱彻的戏剧作品被搬上舞台的次数超过了莎士比亚。在威廉·布莱克的有生之年，他手工制作的先知书仅有少量读者，但现在却成为学术界重点研究的对象。约翰·克莱尔创作的许多首精美的诗歌在他去世一百多年后才首次出版。在很长一段时间内，人们认为17世纪和18世纪英格兰文学中的“正典”篇目只收录男性作家的作品，但到了20世纪晚期，由女性作家创作的许多优秀的小说、戏剧和诗歌又重新出版。宗教正典的形成历史不会出现这样极端的、突然的变化。在这座名为“英格兰文学”的图书馆里，书籍的流通情况表明，我们在使用“正典”这个概念时，必须小心谨慎，因为它意味着权威性和稳定性。

在伦敦的戏剧舞台上，博蒙特和弗莱彻一度比莎士比亚更受欢迎（在17世纪60年代，博蒙特和弗莱彻的作品演出次数更多；从18世纪30年代起，莎士比亚的作品取得主导地位）。这一现象为我们提供了一个比“正典”更有用的词，那就是**常备篇**

目。如果一出戏剧或歌剧在很长一段时间内保留在常备篇目中，那么它就成了经典作品。随着时间的推移，原本常演不衰的 36
一部分作品将退出常备篇目；与此同时，别出心裁的导演会将那些被冷落的优秀剧作重新搬上舞台。

在18世纪，有不少出版商推出多卷本《英格兰诗人》，试图就此将常备篇目固定下来。其中一位出版商还专门邀请约翰逊博士撰写《诗人传》作为导读。但到了19世纪早期，市场上又出现了新的合集，收录了新近涌现的诗人，同时剔除了不少原有的诗人。最终在市场力量的作用下，英格兰文学的常备篇目不断发生着变化——这主要取决于某位诗人对于后来的时代是否具有足够的吸引力，能够赢得读者，并帮助出版商销售此类合集。

在这一过程中，错综复杂的批评意见起到了重要的但并非决定性的作用。以莎士比亚戏剧的常备篇目为例，1819年，《爱丁堡杂志》的一篇文章声称，莎士比亚最优秀的四部悲剧是《哈姆雷特》、《李尔王》、《麦克白》和《奥赛罗》。1904年，极具影响力的文学评论家A. C. 布拉德利强化了这种看法。在他出版的讲座文稿《论莎士比亚悲剧》中，他将这些作品称为“四大悲剧”，并且围绕这些作品展开了分析。两百年来，这四部作品一直在戏剧表演的常备剧目和学院的课程大纲中占有一席之地，但是，像《雅典的泰门》和《泰特斯·安德洛尼克斯》这样的作品却得不到这种待遇。然而，在同一时期，《罗密欧与朱丽叶》成为莎士比亚作品中上演次数最多的剧作，虽然布拉德利和为数众多的其他学者对这部作品不屑一顾（难道你们不知道，十几岁少年的爱情故事并不适合作为成熟悲剧的题材？）。与此同时，让大多数出生在1950年前的莎士比亚学者感到震惊的是，《泰特斯·安德洛尼克斯》如今成了最受学生喜爱和推崇的戏剧作品之一。现在学术研究和戏剧表演的常备篇目已经同步发展:《泰特斯·安德洛尼克斯》既是学术研究的焦点,同时也是舞台表演的热点;而《雅典的泰门》依然处于边缘位置。

对英格兰文学的常备篇目可能产生影响的因素不仅包括
37 评论家和名人的看法、出版社和图书馆、版权法和书籍审查委员会,而且也与作家本人有关。翻译、模仿、吸收和回应,这些过程与过去的文学作品构成了循环互动,从而使后者获得重生。这正是文学与死者的对话,用艾略特的话来说,个人才能不断影响着传统。

未来的影响

P. B. 雪莱写道,诗人是"负责对未知的灵感进行阐释的祭司,[就像]镜子映照出未来在当前时刻所产生的巨大影响"(《为诗一辩》,1821)。如果不是这样的话,那么过去的文学作品就仅仅是历史文献的集合。当然,过去的文学作品**的确是**历史文献的集合,具有历史研究价值,并且可以应用历史研究的方法来加以分析。但是,德·昆西提出的文学定义中包含着一种信念,他坚信人类的能力不完全受历史束缚,也不完全受时间和环境限制。

文学的悖论在于,作者既在场,又缺席。一方面,作品展现出作者独特的印记,也就是我所说的**书面声音**。另一方面,正如奥登所言,作者变成了他的(或她的)仰慕者。"诗歌无济于事。"奥登在那首献给叶芝的挽歌中这样写道。然而,过了几行他又写道:"它继续存在,/事件发生的一种方式,一张嘴。"

文学是一张嘴：它是使用文字的艺术形式，不同于图像（视觉艺术）或音乐。但是优秀的文学作品和其他形式的优秀艺术品有一些共同的特征。如果阿尔伯特·爱因斯坦没有推导出$E=MC^2$这个公式，其他人过几年也能推导出来。如果没有查尔斯·达尔文，阿尔弗雷德·华莱士将会是进化论的发现者，他们都注意到，物种以自然选择的方式来进化，而影响自然选择的因素是对于环境的适应程度。但是，如果弥尔顿没有创作《失乐 38
园》，其他人就写不出这部作品。如果没有贝多芬，西方音乐的整个历史就会完全不同。

科学的首要原则是可验证性和可重复性。当其他研究者重复你的实验时，他们应该能核实你的证据，并且复制出你的实验结果。艺术的首要原则就是不可验证性和不可重复性。虽然艺术作品常常试图告诉我们关于这个世界的某种看法，但是它们不必经过验证。它们并不依赖“证据”。事实上，艺术作品可以被称为“第二个”或“另一个”世界，或者按照我们现在的说法，它们是“虚拟”世界。

任何艺术作品要想产生持久影响，就必须借助机械**复制**的方式来传播，尽管如此，这些艺术作品依然无法**重复**。豪尔赫·路易斯·博尔赫斯创作的短篇故事《〈吉诃德〉的作者皮埃尔·梅纳尔》（1941）讲了一个笑话，但是这个笑话的背后却有着严肃的主题。梅纳尔是个虚构的人物，作为一个生活在20世纪的法国作家，他十分迷恋塞万提斯的小说《堂吉诃德》中的17世纪的世界。他不仅打算翻译这部作品，而且想要再创作。他最终做到了这一点，将这部作品逐字逐句翻译成塞万提斯原本使用的17世纪的西班牙语。通过这个故事，博尔赫斯表达了两层意思：一方面，梅纳尔的再创作反而说明，塞万提斯的作品具有独特性（据说，作曲家罗伯特·舒曼在被问到他的一首钢琴奏鸣曲想要**表达**什么时，他没有说话，而是把这首曲子又弹奏了一遍）；另一方面，在不同的文化背景中对这部作品进行再创作，这样的做法改变了作品的意义（在塞万提斯的时代不算陈旧的事物，到了梅纳尔的时代已经过时了）。

所有的文学作品都受到社会和历史背景的影响——哪一种人类活动能够避免呢？但是，一部经久不衰的文学作品的显著特征就是它能够**抗拒**作品问世时的历史背景，甚至能够抗拒作家的知识和意图。约翰·济慈在一封信中写道："我带着些许随
39 意做的一些事情，回头看来完全可以说是恰到好处。"这就是说，艺术家在进行创作时，并没有完全掌控写作过程。对于济慈来说，这正是艺术的魔力。从作家的角度来说，对于创作起到控制作用的是文学作品本身，而不是像一些现代评论家认为的那样，是当时的历史背景或者意识形态在进行掌控。

一部真正的文学作品有着属于自己的生命，就像希腊神话中皮格马利翁的雕像那样。济慈的《希腊古瓮颂》正是对此所作的思考。用带有神秘色彩的话来说，一部优秀的作品在离开艺术家之后，能够塑造自身形象，实现自己的未来。"具有创造性的事物必然创造自身"——再次引用济慈的诗句。如果仅从隐喻的角度来看，优秀的艺术作品归根到底**就是**鲜活的生命。和那些在自然界幸存下来的生物一样，这类作品的优秀之处在于它们能够适应新的文化环境，从而不断进化发展。它们最终幸存下
40 来，得以见证未来，未来的影响在它们问世的时候就已经显现。

第三章

开　端

爱尔兰问题

1969年，北爱尔兰诗人谢默斯·希尼给自己买了份圣诞礼物：一本名叫《沼泽地人》的书，作者是P. V. 格洛布。这本书讲述了在丹麦的泥炭沼地层下发现了史前人类遗骸的故事。希尼在农场长大，对于土地有着深厚的感情。他的第一部诗集《一个自然主义者之死》（1966）的主打作品名字就叫《挖掘》。他对于沼泽地人这一意象特别着迷：他们埋在地下，虽然是死者（遗骸显示他们死于暴力），却得以不朽（上千年后他们依然保持人形）。在沼泽地人的启发下，他写了一系列诗歌。在《惩罚》中，他将一具被献祭的沼泽地女性的尸体和北爱尔兰首府贝尔法斯特的罗马天主教女孩遭受的折磨进行类比。在希尼创作期间，这些女孩陷入"困境"，她们因为和英国士兵约会而受到惩罚。作为一种仪式，她们被抹上焦油，拴在自家前廊。长久以来，英格兰人将爱尔兰人侮辱性地称为"住在沼泽地带的乡下人"，因此希尼所采取的类比具有特殊意义。

作为一个用英语写作的爱尔兰诗人，希尼非常清楚地意识到，他的口头语言和他所进入的文学传统属于征服爱尔兰并
41 压迫当地民众的英格兰人。伊丽莎白时代的“民族诗人”埃德蒙·斯宾塞曾在爱尔兰担任政府官员，他写了一部政治对话作品，名为《论爱尔兰的现状》。作品中占据上风的那个声音提倡采取暴力方式来镇压反抗的爱尔兰人（整部作品的意图实际上更为复杂——斯宾塞的敌意更多指向那些从12世纪起就来到爱尔兰定居的“老英格兰人”，而不是针对说盖尔语的爱尔兰原住民，这是惧怕殖民定居者被本土民众同化的帝国思想的早期表现）。希尼的另一首诗《联合行动》巧妙地将英格兰正式吞并爱尔兰的行为与伊丽莎白时代另一位表现出帝国思想的诗人沃尔特·罗利爵士对于一名爱尔兰女仆的性侵犯联系在一起。

在《图伦人》这首诗中，希尼驾车穿过沼泽地人的国度：

> 念着这些名字
> 图伦人，格劳巴莱人，内贝尔伽德人，
> 看着乡下人
> 指指点点的手，
> 听不懂他们的语言。
> 这里是日德兰半岛
> 在从前用活人献祭的教区里
> 我感到失落，
> 不愉快，但又像是回到家乡。

（《冬日外出》，1972）

他身处日德兰半岛，这里是盎格鲁-撒克逊人的发源地，是这个民族最初的家园。他们迁移至英伦诸岛后开始驱逐凯尔特人，后者正是希尼的同胞。他感到“失落”，同时又像是“回到家乡”。这也许是希尼长期以来的生存状况，不过在1969年，对于这位善于思考的北爱尔兰天主教徒来说，这种既有归属感同时又没有归属感的双重感觉特别强烈。希尼善于运用语言，沼泽地人名字的发音让他极为着迷，同样吸引他的还有本国古老的爱尔兰地名。但是他并没有使用盖尔语进行创作。因此，那些“指指点点的手”来自他本国的“乡下人”，他们指责他不熟悉自己的母语。几年之后，希尼的朋友布赖恩·弗里尔创作了一出 42
极具影响力的戏剧，主题是用新的英国地名来取代原有的爱尔兰地名（《翻译》，1980）。在收录于《北方》（1975）的一些诗作中，我们可以看到希尼对他自身的焦虑进行了探索，因为他用英语进行创作，这意味着他或许成了一名背叛者。

某种程度上，让他感到好奇的是，有没有可能某个沼泽地人其实是个诗人，他守护着那片土地和语言，担负着保存部落传说的重任。因为那就是诗人最初的角色，斯宾塞意识到这一点，他带着一丝妒忌，在《论爱尔兰的现状》中写道：

> 有一类爱尔兰人被称为吟游诗人，而不是普通诗人。他们的职业就是以诗歌或韵文的形式对人们进行褒贬评价。这些吟游诗人备受尊崇，没有人胆敢触怒他们。

凯尔特人

以英格兰为中心的文学史背后还有另一段古老的历史，这一事实让人难以接受：在英格兰人到来之前，这里居住着凯尔特人。古希腊文化建立在荷马史诗的基础上；同样，爱尔兰文化的根基是凯尔特人创作的诗歌，而不是后来入侵的盎格鲁-撒克逊人的作品。在这些岛屿的文学史中，业已神化的凯尔特吟游诗人是个关键人物。尤其在威尔士和爱尔兰，吟游诗人的竖琴已经成为强有力的永恒象征。但是由于凯尔特文化靠的是口头传承，在几个世纪的时间里，吟游诗人的作品并没有被记录下来。

马洛突然说道："这里也是地球上最为黑暗的地方之一"（约瑟夫·康拉德，《黑暗的心》，1902）。反讽的是，尽管英国后
43 来效仿古罗马，变成了一个帝国，但是有关不列颠尼亚[①]的最初文字记录并非来自本国人，而是来自一支殖民远征军的首领。在《高卢战记》第五卷中，尤利乌斯·恺撒描写了位于高卢以北的某个三角形岛屿上的居民，由此创造出一个永恒的形象："事实上，所有的布立吞人都用木材给自己染色，有时候会染成蓝色，这样在战争中会显得更为可怕。他们留着长发，除了脑袋和上嘴唇，身体其他部位的毛发都剃得很干净。"恺撒没能在不列颠尼亚建立殖民地，不过他和当地人约定，对方必须向罗马纳贡。将近一个世纪以后，奥卢斯·普劳提乌斯于公元43年率军入侵。相比恺撒，他取得了更大的成功。英格兰出现了道路、别墅、浴室和城墙（用来防范北方的皮克特人），最终基督教也传播到这里。随后的几个世纪里，不列颠抵抗罗马入侵者的故事成为民族神话的一部分。英格兰国王詹姆斯一世同时也是苏格

① 对古英国的称呼。

兰国王詹姆斯六世，在位期间他一直想联合这两个国家，组建一个全新的“英国”。凯尔特人抵抗罗马帝国的故事为莎士比亚创作《辛白林》（约1610）以及约翰·弗莱彻创作《邦杜卡女王》（约1613，又作《布狄卡》或《波阿狄西亚》）提供了素材。

重要的是，古罗马军队从未入侵爱尔兰。这就意味着当圣帕特里克于公元5世纪让整个爱尔兰皈依基督教时，凯尔特人的吟游诗歌传统依然活跃。一些识字的僧侣开始记录并保存本土文化中的故事——包括一系列史诗，比如以英雄库丘林为主角的《乌尔斯特》系列史诗，以及以爱尔兰王手下最出色的勇士芬恩（又作“芬奥恩”）为主角的《芬恩》（又作《芬尼亚》）系列史诗。

无论是古罗马军队还是下一波入侵的盎格鲁–撒克逊人，都没能进入苏格兰或威尔士腹地。因此，凯尔特人的故事在这些地方得以保存下来。不过，几百年来，这些故事同样没有形成文字记载。威尔士当地流传的《马比诺吉昂》，意思是“年轻吟游诗人的注意事项”，讲述了皮威尔（达费德王国的王子）和布兰雯（里尔的女儿）之间的故事。14世纪晚期，这部诗集以手稿 44
的形式出现，被称为“赫格斯特的红皮书”。在苏格兰，颂扬芬恩（也作“芬格尔”）之子奥辛（公元3世纪的传奇勇士兼吟游诗人）的丰功伟绩的故事同样流传开来。

凯尔特文化复兴的一个重要特征就是将这些基础性史诗翻译成英语，或者更为常见的做法是对其进行自由改编和再创造。拥护詹姆斯二世的政治集团未能实现斯图亚特王朝的复辟梦。作为替代，一个名叫詹姆斯·麦克菲森的苏格兰人于1760年试图发动一场文化革命。他出版了一本诗集《古诗残片，收集自苏格兰高地，译自盖尔语》。这本诗集取得了成功，这激励他在两年后出版了《芬格尔，六卷本古代史诗》。下一年他又出版了八卷本史诗《帖莫拉》，号称是奥西恩（即奥辛）本人的作品：

> 是风吹在芬格尔的盾牌上？或者，是过往的声音回荡在我的大厅里？……秋季携带凉风已经四度回归，托格尔马的海面上波涛汹涌，那是你正在发出战斗的怒吼，还有你身在远方的妻子布拉格拉！
>
> （《库丘林之死》）

麦克菲森是否发掘出了足以比肩荷马的英国史诗？有很多人这样认为，但是另一些人却表示怀疑——尤其是塞缪尔·约翰逊博士，作为英格兰人，他对苏格兰文化的评价很低。“但是，约翰逊博士，”有人这样问他，“你真的相信现在的人有能力写出这样的诗篇吗？”“是的，”他回答道，“许多男人。许多女人。许多孩子。”麦克菲森被要求提供原稿，他不得不进行伪造。人们专门组建了一个调查委员会，这是极具英国特色的处理方式。该委员会的最终结论是（现代研究已经大致认可这一结果），麦克菲森以（非常）自由的方式对一批传统的盖尔
45 语歌谣进行编辑，并且加入了他本人的创作。虽然奥辛事件对于詹姆斯二世的复辟大业几乎没有产生任何影响，但是这些诗作中所蕴含的浪漫主义的崇高风格帮助英格兰诗歌摆脱了新古典主义的束缚，后者在18世纪的大部分时间里占据着主导地位。威廉·布莱克在《致弥尔顿》和《耶路撒冷》中不再追随希腊-拉丁语文学的古典模式，而是想要将奥辛的诗歌风格

与希伯来《圣经》中的预言书风格相结合，创造出一种全新的“激进的英国”史诗。

一个世纪后，在爱尔兰反抗英国统治的过程中涌现出一股文化民族主义潮流，凯尔特文化复兴在其中发挥着重要作用。领导这场运动的人物包括信奉新教的英格兰裔爱尔兰贵族，比如格雷戈里夫人和威廉·巴特勒·叶芝。格雷戈里夫人翻译并改写了许多以传奇英雄库丘林为主角的故事，叶芝出版了《爱尔兰乡村童话和民间故事集》（1888）、《奥辛的漫游及其他诗作》（1889）和《凯尔特的薄暮》（1893）。1899年，叶芝的剧作《女伯爵凯瑟琳》在他和格雷戈里夫人共同创办的爱尔兰文学剧场上演。1904年12月，“国立”艾比剧院在都柏林开始运营，首次公演包括三出剧目：叶芝的《在贝勒海滩上》（一部关于库丘林的作品）、《胡里痕的凯瑟琳》以及格雷戈里夫人的《一传十，十传百》（一出喜剧，通过自命不凡的治安法官这一角色来讽刺英格兰的统治阶级）。次日晚上，另一位剧作家J. M. 辛格的《峡谷阴影》取代了叶芝的一部作品。辛格同样来自富裕的新教家庭，后来投身于爱尔兰文化民族主义事业，他的这部作品取材于阿兰群岛的民间传说。

为了悼念格雷戈里夫人的儿子罗伯特·格雷戈里上校，叶芝创作了一首诗歌，其中有几行写道，辛格“在一个极度荒废、乱石丛生的地方”得到了灵感，他在“夜幕降临时，遇到了一个种族/他们满怀激情，单纯质朴，就如同他的内心”。凯尔特文化复兴不仅与政治活动和民族主义紧密联系在一起，而且表现出富有诗意的愿望，一方面将地方性和自然景物作为宗教意识的根基，另一方面想要回归质朴的乡村生活和强烈的情感。 46

盎格鲁–撒克逊人

盎格鲁–撒克逊人从日德兰半岛、昂格尔恩、萨克森和弗里西亚等地一波又一波来到英伦诸岛，同时也带来传奇英雄的故事。同样，这些传说在很久以后才形成书面记载。其中最著名的故事是《贝奥武甫》。关于这部作品的确切写作时间，学界一直争论不休（究竟是在8世纪，还是在很久以后？）。现存的唯一手稿属于10世纪晚期或11世纪，在16世纪被重新发现。《贝奥武甫》代表着古英语诗歌最强劲的风格，但是由于它长久以来不为人知，而且故事背景设在斯堪的纳维亚半岛，因此在19世纪被翻译成现代英语之前，它对于英格兰文学并没有产生任何影响。近代以来，它成为学术研究的对象，并且出现了多个译本。希尼也翻译了这部作品，《贝奥武甫》对他来说是继1999年签订的《受难节协议》之后，与盎格鲁–撒克逊统治者进行和解的一次机会。这首诗歌所采用的平实语言以及头韵体所蕴含的能量尤其让他着迷（比如，“肌腱断裂/包裹着骨头的肌肉全都炸开来”）。

“奥辛”这个人物在很大程度上是杜撰的，《贝奥武甫》的真实作者并不为人所知。荷马被称为文学的奠基者，完成了从口述传统的无名歌者到受人尊敬的“文学”作者的转变，那么，谁又是英格兰的第一位诗人，英格兰文学的奠基者？

在盎格鲁–撒克逊时期的英格兰，写作基本上是宗教人员的专属职责。只有牧师才具备读写能力。因此，关于英格兰文学的起源最具说服力的描述出现在一份由牧师撰写的文本中。比德用拉丁语创作的《英吉利教会史》（通常认为完成于公元

731年）记录了英格兰民族的早期历史，重点关注罗马教廷和凯尔特基督教会之间的冲突。47

根据比德的说法，7世纪晚期的某个时候，圣希尔德在英格兰东北部的斯特里安沙尔赫（即后来的惠特比）担任修道院的院长，那里有一个名叫凯德蒙的人创作了一些“赞美上帝的宗教性质的歌曲”。他对于《圣经》以及相关诠释颇有研究，用“他的母语英语”将《圣经》的部分文本改写成“极为欢快动人的诗篇”。凯德蒙的创作流传至今的只有一个片段。有人在梦中告诉他，必须歌颂上帝这位造物主。以下就是他吟唱的内容：

> 现在我们应该来赞美天国的守护者，
> 赞美主的力量和他的理念，
> 赞美荣耀的天父完成的杰作，
> 永恒的主，从一开始就带来每一个奇迹，
> 他首先为大地的后代造出天空
> 作为头顶的屏障，神圣的创造者；
> 随后又造出中土世界，人类的守护者，
> 永恒的主，万能的天父
> 为人们造就了这片大地。

从上述诗句开始，英格兰诗歌一直不乏赞美和感叹；作家担负起职责，要充当“中土世界”的守护者。诗人的创造力模仿了上帝的造物神迹：一条金色的脉络将凯德蒙与塞缪尔·泰勒·柯 48
勒律治联系起来，后者在千年之后将“诗歌想象”定义为在有限的头脑中不断重复“我是”这一具有无限可能的永恒的创造

行为。

在凯德蒙生活的时代，英格兰还处于分裂状态，同时存在几个王国。英格兰诗歌的出现先于英格兰民族。那么，什么时候一种**民族**文学才真正出现？

韦赛克斯国王阿尔弗雷德（871—899年在位）对于他本人的王者角色有着新的认识。他立志“在战争和学识方面”都做到最好。他认为，他的使命不仅仅是保护他的王国不受维京人侵扰，同时他还要把宫廷作为文化中心，力求创造出一种使用本地语言进行创作的文学氛围。他亲自翻译了（或者也可能是指派别人翻译了）许多作品的片段，包括《圣经》（用散文体翻译了前五十首赞美诗）、基督教的神学文本和实用性文本（奥古斯丁的《独白》和格里高利的《牧师的职责》），以及罗马的新斯多葛派哲学（波伊提乌的《哲学的慰藉》，几个世纪后乔叟重新翻译了这部作品）。“本书的译者是阿尔弗雷德国王，”波伊提乌这部译作的序言以此作为开场白，“正如你所看到的，他将本书从拉丁语译成英语。虽然他在身心两端都受到纷繁芜杂的世俗事务的干扰，但是他尽可能地让译文清晰易懂。有时候他逐字逐句地翻译，有时候他会采取意译。”在接下来的一千年时间里，伊丽莎白一世和詹姆斯一世（他同时也是苏格兰国王詹姆斯六世）仿效阿尔弗雷德的做法，虽然贵为君主，但他们依然挤出时间进行阅读、写作和翻译。翻译已经成为英格兰文学永恒的组成部分。17世纪时，诗人约翰·德莱顿将翻译分为三类：遵循字面意思的“直译”、更为自由的“意译”，以及创造性的“模仿”。

阿尔弗雷德或许是用英语创造出文学常备篇目的第一人，但他并不是整个英格兰的国王。根据《盎格鲁–撒克逊编年史》

中的一首诗歌，在公元937年，

阿瑟尔斯坦国王，
诸位伯爵的领袖
他将手镯赠予众人
他是贵族中的贵族，
他和他的兄弟
埃德蒙·阿塞林，
在战斗中
赢得终生荣耀，
就在布鲁南伯尔，
他们挥舞刀剑，
冲开盾墙，
砍椴木，
劈盾牌，
用铁锤给爱德华的子孙留下烙印。

（《布鲁南伯尔之战》，阿尔弗雷德·丁尼生勋爵译，1876）

这场战斗的确切地点存有争议（最有可能的地点是位于威勒半岛上的布朗巴勒），撒克逊军队击败了由维京人、苏格兰人和爱尔兰人组成的联军。阿尔弗雷德的孙子阿瑟尔斯坦就此成为整个英格兰的国王。但是这片土地依然保持着多元文化。尽管盎格鲁–撒克逊人占据主导地位，但他们与凯尔特原住民、来自斯堪的纳维亚半岛的入侵者以及基督教传教士之间的斗争持续不断。在诺曼人于1066年来到这里后，局势变得更加复杂。

诺曼征服之后

以不列颠的缔造者布鲁图以及堪称典范的统治者亚瑟王为主角的神话故事汇集了不同种族和不同语言传统，这是英格兰多元文化最明显的表现。为了压倒希腊文明，古罗马人声称，根据神话传说，他们的祖先可以追溯至逃离特洛伊的埃涅阿斯。在罗马帝国覆灭后，不列颠的编年史作家采取了同样的策略来表明自己的高贵出身。此类故事最早出现在9世纪由内尼厄斯撰写的《不列颠民族史》中，最具影响力的版本则出现在12世纪
50 由蒙默思的杰弗里撰写的《不列颠列王纪》中。当时统治英格兰的是诺曼人，作为居住在牛津的威尔士人，杰弗里为了压倒撒克逊人，声称凯尔特人创造的古代文化更加优秀。

在杰弗里的版本中，不列颠人被赋予和罗马人一样的出身。埃涅阿斯的重孙布鲁图意外杀死了他的父亲，被迫流亡。他遇到特洛伊人最后的一批幸存者，并将他们从希腊人那里解救出来，带着他们来到阿尔比恩北部的一座岛屿，当时那座岛屿除了几个巨人之外，无人居住。他们在英格兰西南部的托尼斯登陆，布鲁图以自己的名字重新命名了这座岛屿。他的追随者由此变成了布立吞人。随后，杰弗里大致讲述了此后两千年间神话般的英国史。布鲁图之后的帝王世系包括了许多在伊丽莎白时代和詹姆斯一世时代的戏剧中充当主角的人物，比如洛克林、高布达克、费雷、波雷、李尔和辛白林。亚瑟是这些国王中最杰出的人物，杰弗里的《不列颠列王纪》写到亚瑟王之死为止，并且预言他的血脉在未来必然复兴。这启发了四个世纪后都铎王朝的鼓吹者：他们认为亨利七世的威尔士血统表明，这个新王朝是亚

瑟王的血脉，因此也是布鲁图和特洛伊人的后裔。

布鲁图的世系属于神话，但是杰弗里的叙事有不少内容都基于真实历史。在罗马人重新将其命名为“朗蒂尼亚姆”之前，如今英国的第一大都市伦敦在古时候被称为“特里诺万提厄姆”，源自当地很有影响力的一个部落“特里诺万提斯”。“特里诺万提厄姆”这个名字也可以理解为“特洛伊诺万特姆”，意思是“新特洛伊”。因此埃德蒙·斯宾塞在献给伊丽莎白女王的《仙后》第三卷中这样写道：“高贵的布立吞人是特洛伊人的直系后代，/在古老的特洛伊废墟上，建起了新的特洛伊诺万特。”

杰弗里的历史叙事用的是拉丁语散文体。瓦斯后来将其改写成法语诗歌，1155年，他将《布鲁特传奇》献给埃莉诺王后（亨利二世的妻子）。在1215年左右，该书由一个名叫拉扎蒙（“执法官”）的人翻译成早期的中古英语。他用的是英格兰中 51
西部地区的方言，这些方言至今依然保留着古英语的感觉。虽然拉扎蒙的译文相对而言没有多少文采，但他保留了古老的头韵体诗歌的风格要素，并且只用了少量源自法语的词汇。在写到亚瑟王之死以及关于他终将回归的预言时，他还补充了材料，加入了他自己创作的内容：

> 说完这些话，从海上驶来一条小船，海浪推着船前行，里面坐着两位女性，穿着漂亮的衣服；她们将亚瑟的躯体搬入船舱，自己随之坐到他身边，将他轻轻放下，然后驾船离开。
>
> 默林之前所做的预言变成了现实，离别亚瑟的时刻充满了无尽忧伤。布立吞人至今依然相信，亚瑟还活着，他就住在阿瓦隆岛上，最美丽的精灵陪伴着他。布立吞人依旧

> 期盼着，某一天亚瑟会重新出现。关于亚瑟的真相，普通人所知的就只有这些。但是过去有个名叫默林的巫师，他亲口说过——他的话真实无误——未来会有一位名叫亚瑟的
> 52 英雄前来帮助英格兰人。

凯德蒙的赞美诗听起来不像英语，而拉扎蒙在翻译《布鲁特传奇》时所使用的短语，比如“里面坐着两位……女性”，听起来有点像现代英语。从“布立吞人”到“英格兰人”，拉扎蒙在上述段落中的用词变化预示着此后英格兰民族叙事中的一种主要冲突。

亚瑟王的确会归来，但是路线迂回曲折。在12世纪和13世纪，关于亚瑟王手下圆桌骑士的故事沿着法国传奇故事的文学传统不断发展，其中最著名的创作者是克雷蒂安·德·特鲁瓦。这些故事对于14世纪英格兰头韵体诗歌的复兴起到了关键作用。到了15世纪，托马斯·马洛里对这些故事进行修订，出版了极具影响力的散文体叙事作品《亚瑟王之死》，他将来自法国和英格兰的亚瑟王传说糅合在一起，并且加入了他本人创作的部分内容。1485年，威廉·卡克斯顿正式出版了马洛里的作品，相比原先的手稿传播，印刷版能够接触到更多的读者。

在随后的每个世纪里，都有诗人尝试创作亚瑟王的故事，比如16世纪的威廉·沃纳（《阿尔比恩的英格兰》）和埃德蒙·斯宾塞（《仙后》）、17世纪的约翰·弥尔顿（在他决定选取《圣经》素材创作《失乐园》之前，弥尔顿原本计划写一部关于亚瑟王的史诗）、19世纪的丁尼生勋爵（《国王叙事诗》），以及21世纪的西蒙·阿米蒂奇（他翻译了《高文爵士和绿衣骑士》和《亚瑟王之死：头韵体版本》）。阿米蒂奇是个生活在约克郡的诗人，受

到特德·休斯和托尼·哈里森的影响。对他来说，高文不惧危险，从遥远的卡米洛特来到绿衣骑士所在的小教堂，这段旅途所讲述的故事让读者见识到了和都市方言截然相反的质朴的英格兰北部方言： 53

> 他在霍利海德横渡海峡，上岸后
> 来到威勒半岛的荒野，当地居民反复无常
> 就连上帝和善良的人都放弃了他们……
> 他在这里与蛇搏斗，还有咆哮的恶狼，
> 他在这里与野人交手，在悬崖峭壁间遇到麻烦
> 还有野牛、大熊和长相怪异的野猪。
>
> （西蒙·阿米蒂奇译，2007）

乔叟和朗格兰

罗马人和布立吞人，撒克逊人和凯尔特人，诺曼人和撒克逊人，用拉丁语（或法语）写作和用英语写作，宫廷和乡村，南方和北方，标准发音和区域性方言，伦敦和外省，英格兰文学就这样在征服者和受压迫者、中央和边缘、权威和反抗的持续斗争中建立起来。14世纪晚期两位杰出的诗人留下了截然不同的文化遗产，上述冲突中的某些部分在其中表现得尤为明显。

杰弗里·乔叟出生于伦敦，他的父亲是一名葡萄酒商。年轻时他曾在法国服军役，其间先是被俘，然后又被赎回。之后，他得到非常有影响力的“出生于冈特的约翰”的资助；他早期最著名的诗篇《悼念公爵夫人》（约1368）就是为了纪念冈特的第一任妻子“兰开斯特的布兰奇”。乔叟的妻子菲莉帕是公爵情

图2　杰弗里·乔叟的肖像，在《坎特伯雷故事集》埃尔斯米尔手稿的边缘位置，旁边的文字是《梅利比的故事》，由诗人亲自讲述

妇的妹妹。依靠着这些关系，乔叟获得了一些不错的宫廷职位。14世纪70年代早期，乔叟代表国王出使热那亚和佛罗伦萨，此次行程对他的诗歌创作来说非常重要，因为他发现了意大利文学的精华。据说他有可能见到了意大利文艺复兴时期的代表性

作家薄伽丘和彼特拉克，不过大部分学者质疑这种可能性。回到伦敦后，乔叟先是被任命为海关关长，随后又担任皇家建筑工程的督办。 54

对于乔叟来说，诗歌是他的成就，同时也是他展现自我的途径，是他在宫廷谋求升迁的一种手段，而不是他的职业。诗歌对他的仕途有所帮助，反之亦然：他的早期作品和他在法国的经历保持同步，受到了法国诗歌的影响（最明显的例子是《玫瑰传奇》中寓言化的爱情幻想）；意大利之行激发了他的中期创作，尤其是《特洛伊罗斯与克瑞西达》，乔叟的版本模仿了薄伽丘对于同一题材的处理方式。 55

乔叟具有宫廷风范，没有民族偏见，会说多种语言，是个具有自觉意识的现代诗人，同时也是个欧洲诗人。他的诗歌和翻译得到贵族阶层的赞赏。他在晚年创作了《坎特伯雷故事集》，以讽刺性的笔调对英格兰的各式人物进行剖析，这些人物分别代表着社会中的不同角色或“等级”。不过，他在这部作品中沿用了之前的创作思路，一方面改造了欧洲大陆的叙事模式，另一方面革新了英格兰自身的文学传统。在包罗万象的单一结构中采用多重叙事，这种写法源自薄伽丘的《十日谈》；骑士的故事改编自薄伽丘的另一部作品；言语粗俗的磨坊主的故事采用法国韵文故事的风格；修士的故事受古典文化影响，将重要人物的堕落视为悲剧；女修道院院长的故事属于动物寓言，这一传统可以追溯到伊索寓言；巴斯妇是个引人瞩目的英格兰式喜剧人物，但是她的开场白和她讲述的故事又涉及一场关于女性角色和言行举止的严肃辩论，这部分内容借鉴了一些思想家的著作，比如圣哲罗姆用拉丁语写的《反对约维尼亚努斯》。

都铎王朝的编年史作家将几位中世纪国王塑造成负面形象，理查二世就是其中之一（理查三世同样如此）。普通民众对他的印象来自莎士比亚的戏剧：他是个自我陶醉的弱者，身边围着一群阿谀奉承的人，任由国家分崩离析，最后在一场政变中被亨利五世的父亲、强硬的亨利·博林布罗克篡夺了王位。在现实中，理查二世时期的宫廷文化极为复杂，就是在这样的环境中，乔叟和他的朋友约翰·高厄为诗歌谋得了一席之地。

在宫廷之外，英格兰人开始发出政治声音，比如1381年的“农民造反”（或者说，“大规模起义”）以及试图让宗教变得现代化和民主化的“罗拉德派”宗教改革计划。威廉·朗格兰的《农夫皮尔斯》（约1370—1390）被认为体现出了这些变化。这首长诗有几个不同版本，并且有几十份不同的手稿，这足以证明这

56 部作品广受欢迎，同时也说明朗格兰——我们对他几乎一无所知——一直在修订这部作品（比如1381年之后的版本删掉了在政治上更具煽动性的片段）。

这首长诗的叙事者在英格兰西部的莫尔文山上入睡。他在幻梦中见到“一方乐土，有许多人生活在那里”：这些人就是英格兰人，作为他们的代言人，他描写了这些人对于圣洁生活的渴望、富人和权贵的腐朽生活，以及耶稣基督为穷人和那些被剥夺了财产或土地的人们所提供的支持。朗格兰代表着英格兰人而不是欧洲人，他使用的方言以及他表达的看法代表着乡村而不是都市，他的作品描写虔诚的生活而不是猥亵的故事，他被认为是乔叟的重要对手。对于参与农民起义的约翰·鲍尔以及16世纪中期那些支持“共和政体”的激进派新教徒来说，农夫皮尔斯这个名字变成了英格兰人顽强抵抗专制统治的代名词，这种专

制统治源自权力中心，包括君主制和基督教会两个方面。

《圣经》

那么英格兰文学的开端究竟是在什么时候？是凯尔特吟游诗人、恺撒、凯德蒙、阿尔弗雷德，还是那首颂扬布鲁南伯尔之战以及阿瑟尔斯坦统一全国的诗歌？还是说，判断依据是中古英语的演化？以乔叟作品为代表的英格兰东南部地区方言在经历了16世纪的元音大变位之后，成为现代英语标准发音（也就是所谓的“规范英语”）的基础。对于伊丽莎白时代的人来说，虽然乔叟本人仰慕欧洲文化，但他依然被视为英格兰诗歌之父。

回答这个问题，还有另一种方式，那就是福音书所说的“太初有道”。当上帝的福音被转化成英语时（也就是说，当这本世界历史上最重要的著作被翻译成当地语言时），英格兰文学也随之出现。 57

凯德蒙是最早使用古英语对《圣经》进行诠释的人。我们可以有把握地说，英格兰文学并非源自荷马风格的史诗——这类作品颂扬祖先和半人半神的非凡人物，颂扬英雄和勇士——而是源自基督教信仰，源自对于上帝的赞美。比德翻译了一部分《圣经》。7世纪晚期，奥尔德赫姆将《圣经》中的赞美诗翻译成古英语。11世纪时，阿尔弗里克翻译了《旧约》的大部分内容。12世纪时，一个名叫奥姆的修士制作了一个混合版本，将译文和注释放在一起。随后，约翰·威克里夫在14世纪时完成了至关重要的工作：他将整部《圣经》从拉丁语通行本翻译成当地语言。令教会掌权者感到惊恐的是，威克里夫提出：“使用当地语言来研究福音书，这对于基督徒来说很有帮助，这样他们就能充分理解基督使用的句子。”

《圣经》讲述了“道成肉身”的故事，即玛利亚以处子之身受孕并诞下耶稣。对于中世纪的女性来说，圣母玛利亚、抹大拉的玛利亚（她爱着耶稣），以及那些女性圣徒（她们以耶稣为证，慨然殉道）给了她们灵感，她们开始动笔写作：英伦诸岛的女性文学源自祷告文、沉思录、信仰声明、赞美诗，以及修行手册，比如《安克里恩·维瑟》（修女戒律，13世纪早期）、《神圣之爱的启示》（具有神秘色彩的灵修，作者是诺维奇的朱利安，14世纪晚期），以及《玛热丽·肯普之书》（精神自传，15世纪早期）。

16世纪，英格兰的新教徒自称为“书的信徒”。他们所说的书指的是《圣经》。书的信徒必然也是文学的信徒。文学的目的何在？文学试图将意义赋予人类生活。这也是《圣经》的目的。通过**叙事**，通过开端、中间和结尾这样的结构，我们的人生变得井然有序；与此同时，原本孤立的细节和事件汇聚在一
58 起，变成了某种整体模式：这样看来，《圣经》是文学，文学是《圣经》。“《旧约》和《新约》，”威廉·布莱克写道，“是重要的艺术法则。”

我们用来解读文学作品的首要工具——阐释学，或者说，阐释的艺术——最初是一种解读《圣经》的方法。早期的基督教神学家提出，象征性阐释艺术包括四个层面，读者可以追踪不同的意义，这四个层面分别是：字面意义（历史性）、寓言意义（更高层面，具有精神意义）、比喻意义（道德寓意）和玄秘意义（涉及来世和末日）。这样的解读方式具有灵活性，允许读者以世俗的方式来理解宗教文本，反之亦然。它还允许读者借用基督教术语把异教徒的故事当作寓言来解读，比如“将道德寓意赋予”

奥维德《变形记》中的色情故事这一中世纪传统，从而化解了希伯来–基督教文化与希腊–罗马传统之间的矛盾，这种矛盾是推动英格兰文学发展的创造性对立关系之一。

《圣经》之所以成为英格兰文学的根基，另一个原因是它包含了多种体裁。《圣经》是神话、历史、讽喻的混杂，其中的格言、书信、预言和赞美诗（甚至在《所罗门之歌》中还有关于性爱的诗歌）融为一体，开创了杂糅形式的先河，乔叟的《坎特伯雷故事集》、莎士比亚的戏剧作品、华兹华斯和柯勒律治的《抒情歌谣集》、詹姆斯·乔伊斯的《尤利西斯》，以及采取其他杂糅形式的大量文学作品都表现出类似的风格多样性。

对于英格兰文学来说，翻译一直有着重要的意义，不仅因为英伦诸岛有多种语言，而且因为翻译对《圣经》来说也很重要。耶稣基督和他的门徒都说阿拉米语，但是《圣经》的最初文字却是希腊本地语，后来哲罗姆将其译成拉丁语（即所谓的拉丁语通行本）。此后，《圣经》又被译成英语，并且一再重译，出现了多个译本。俗话说，集体创作不可能诞生优秀的文学作品，但1611年出版的钦定《圣经》英译本却是个例外。当时之所以推出这个英译本，一定程度上是为了回应十几年前激进的新教
徒在日内瓦译本以及此前威廉·廷德尔在他的译本中流露出的 59
危险的创新思想。在下达给钦定本译者的指令中，其中一条就是要“保留原有的教会用语，比如，church（教会）一词不能改成congregation（参加教会活动的会众）”。这条指令具有针对性，因为在廷德尔翻译的《圣经》中，拉丁文ecclesia一词没有译成church，而是译成了congregation。这既是神学问题，同时也是政治问题，并且涉及语言学和文学阐释。

希伯来–希腊《圣经》本身就由发生在过去的故事所组成，这些故事需要在当前语境中进行解读，并且用于引导未来的人类行动。因此从凯德蒙版到钦定本，再到最新版本，都在对古代文本进行阐释。这些阐释活动受到所处时代的影响，同时又希望自己的译本能在将来继续流传。文学经典同样如此：作者试图回应——广义上说，他们也是在“翻译”——一些过去的作品，这种回应着眼于当前语境，同时又期望他们的作品能在未来继续被阅读。就1611年钦定本《圣经》而言，这样的策略取得了成功：在接下来的三个半世纪里，钦定本《圣经》对于英语和英格兰人的思想所产生的深远影响胜过了其他任何一部著作。

第四章

英语研究

文学教育：从修辞到演说

莎士比亚、约翰·弥尔顿和塞缪尔·约翰逊分别在16世纪、17世纪和18世纪接受教育。他们可能都学过文学，但不是英格兰文学。当时，语言学和文学学习的工具——语法、修辞学（对语言进行组织，从而强化辩论的力度）和韵律学（正确处理诗歌韵律）——是课程的核心。但是莎士比亚、弥尔顿和约翰逊所学的是拉丁语语法、西塞罗的演讲术，以及维吉尔和贺拉斯等人的诗歌韵律。

随着16世纪的宗教改革，文法学校教育获得了极大发展，这些学校的学生是来自社会中间阶层的男孩。“文法”指的是拉丁语语法。学习拉丁语语法的目的是帮助学生掌握这门语言。修辞学旨在学习如何让你的谈吐变得条理清晰：辩护、反驳、举例、作证、下结论。这就意味着要锤炼你所使用的隐喻，采用精致的修辞手段，通过实例来学习大量的结构安排（词语的使用模

61 式）和转义（巧妙的语义曲解）。

当戏剧舞台上的亨利四世声称“戴着王冠的脑袋总是睡不安宁”时，莎士比亚使用了**转喻**。这是一种替代性的修辞格，在这个例子中脑袋代表着国王，王冠代表着统治权。这样的独特表述形象生动，让人印象深刻，而普通的表述则达不到这样的效果（“有权势的人们总是很难入睡”）。当弥尔顿在挽歌《利西达斯》的开头写下“再一次，月桂树啊，再一次”时，他使用了**回环**，在这样的结构中，同样的几个单词在开始和结束时重复出现。这样的回音效果让这行诗变得容易记忆。亚历山大·蒲柏在《夺发记》中想要将严肃和轻佻这两种元素并置，因此他使用了一种精巧的修辞格**共轭**，也就是用一个动词来搭配两个名词，比如“玷污她的声誉或者她崭新的锦缎……使她在舞会上失去信心或者项链”。这样的修辞手法产生了讽刺效果。当华兹华斯在《序曲》第六篇中俯瞰沙莫尼山谷时，他看到了“一排静止的巨浪”，在这个句子中他把相互矛盾的表述放在一起——波浪怎么可能是静止的呢？这种修辞手法就是**矛盾修辞法**，用于激发一种悖论的感觉。

修辞学影响了人们的思想和创作。修辞学的目的是为了让人们做好准备，服务于国家。出身于中产阶级家庭的男孩，比如威廉·莎士比亚和约翰·弥尔顿，接受语言技艺的训练，从而有机会成为律师、职员、英国国教牧师以及政客的秘书。但是都铎王朝的教育革命产生了一个意想不到的结果。许多聪慧过人的男孩将他们的天赋用于其他方面：他们成了诗人、演员和剧作家。他们的戏剧和诗歌生动地再现了那些影响着英格兰人身份意识的历史和神话，从而对于民族身份的建构有所帮助。与此同时，他们将公共生活和私人生活中的各种冲突搬上戏剧舞台——这些冲突包括：被推翻的暴君、虚伪的道德仲裁者和反抗丈夫压迫的妻子——由此这些诗人和剧作家也对现代自由的产生做出了巨大贡献。62

直到18世纪后半叶，英格兰文学才成为学术研究的对象。18世纪40年代晚期，当亚当·斯密接受邀请在爱丁堡开设关于“修辞学和纯文学”的系列公开讲座时，他打破传统，不仅用英语演讲，而且除了照例援引古罗马文本外，他还使用本地语言作为例子，来分析修辞技巧和优秀作品。1760年，当休·布莱尔被任命为爱丁堡大学修辞学与纯文学教授时，他沿袭了斯密的做法。布莱尔退休后出版了他的讲稿，此后这些讲稿又衍生出多个版本。在半个多世纪的时间里，布莱尔的讲稿被认为是文学批评的学术性标准导读。这些讲稿在美国尤其受到重视。

与此同时，在英格兰，只有信奉英国国教的人才能进入古老的牛津大学和剑桥大学学习，拉丁语是这里的教学语言，并且课程大纲中的人文学科部分仅限于古代文明。因此，那些不信奉国教的人（或者说“持异议者”）建立了自己的学院，他们用英语来教授“纯文学”。当约翰·艾金于1758年接受沃灵顿学院纯文学导师一职时，他的职责之一就是教授如今被称为英格兰文学的课程。他的女儿安娜·利蒂希娅·艾金（婚后改姓巴鲍德）长大后成为颇受欢迎、颇有影响力的诗人和编辑。她为法国大革命进行辩护，积极提倡废除奴隶贸易，并且还是一位重要的早期小说研究者。1810年，她出版了选集《英国小说家》，共五十卷。在确立英格兰小说的常备篇目方面，这部选集所发挥的作用胜过其他任何一部著作。

约翰·艾金在沃灵顿学院的继任者是约瑟夫·普里斯特利，他是个激进的神学家和科学家，也是法国大革命的支持者。
63 因此，英格兰文学这个学科从一开始就与不信奉国教者、教育的民主化改革，以及反对知名大学的精英主义倾向等因素密切相关。就这一点而言，约翰·弥尔顿成为最受尊崇的英格兰诗人是件好事，因为他不仅写出了典型的宗教史诗《失乐园》，而且还用散文体写了若干专论，一方面为出版自由进行辩护（《论出版自由》，1644），另一方面也为民众的权利进行辩护，支持他们废黜统治者（《论国王与官吏的职权》，1649）。

新的学科也给女性提供了受教育的机会。在普里斯特利离开沃灵顿后，纯文学教职由信奉唯一神论的牧师威廉·恩菲尔德接替。他出版了一部选集《演说家》（1774），副标题声称其中的文章“选自英格兰最优秀作家的各类著作，按照适当的主题进行分类，目的在于帮助年轻人提高阅读和演说能力”。这部选集后来成为全国学校——包括女校和男校——教授英语辩论术和演说术的标准教科书。1811年，安娜·巴鲍德出版了姊妹篇《女性演说家》，专门针对年轻女性。

恩菲尔德把文学分为几大类：叙事作品、说教类作品（比如亚历山大·蒲柏用押韵对偶句创作的《人论》中的一些片段）、一般演说和情绪激昂的长篇演说（政治演说，一部分选自现代议会，其余选自莎士比亚的作品）、对话（大部分选自戏剧，尤其是莎士比亚的作品）、描写（尤其是18世纪的田园山水诗）和“感伤”的作品（激发人们强烈感情的片段，绝大部分选自莎士比亚的作品，也有一些选自现代作品，比如《项狄传》中的约里克之死）。他认为，深入学习这部厚达四百页的作品选集有助于学生扩大词汇量，让他们变得口齿伶俐，同时也能陶冶他们的情感，培养他们的道德意识。

恩菲尔德为维赛斯莫·诺克斯所说的“通识教育”打下了基础，诺克斯完成了一部类似的选集（《典雅片段》，1783）。通 64
识教育的受益者并不是直到20世纪还在学习古希腊和古罗马经典的统治阶级，而是不信奉国教的中产阶级、女性、工人阶级（得益于激进的宪章运动教育改革计划和更为保守的工人学堂），以及殖民地属民（始于19世纪30年代的印度教育改革）。在某种意义上，演说术的传授和英语学科的诞生是为了让语言用法和道德观念保持一致。但是对于某些人来说，英格兰文学同时也是自由思想的大熔炉，是促进社会阶层流动的动力来源。这些人具体包括：反对派学院中的不信奉国教的学生、维多利亚时代劳动阶级中的自学者、第一批进入大学学习的女性、像甘地和尼赫鲁那样的殖民地属民，以及20世纪中叶北方工人阶级文法学校里的男女学生。

公共领域内的批评：约翰逊博士

对于英格兰文学作品的详尽分析并非始于教育体系，而是始于通常所说的“公共领域”——这是都市社会特有的市民领域，或者说“文雅”领域，兴起于18世纪，在报纸和咖啡馆的新兴环境中得到蓬勃发展。

有些人把约翰·德莱顿称为英格兰文学批评之父。17世纪晚期的王政复辟时期，他借助序言、随笔、戏剧和诗歌创作，开始自觉地让英语写作变得现代化和经典化。在这些作品中，他提出了一些用于论辩的术语。古代作家和现代作家、本土作家和欧洲大陆作家、素体诗和韵文，他（它）们各自的优点是什么？“艺术”和“自然”这两者之间的最佳平衡点在哪里？换句话说，如何才能达到逼真的效果？什么因素最终构成了优秀的作品？德莱顿把弥尔顿的《失乐园》改编成戏剧《纯真状态》（1677）。在这出戏的序言中，他这样写道：“亚里士多德最先提出，文学批
65 评指的是可用于评判作品优劣的标准；最主要的部分就是发掘作品中那些能让理性的读者感到愉悦的优点。”

在约瑟夫·艾迪生主笔的《旁观者》（1711—1714）和理查德·斯梯尔主笔的《闲谈者》（1709）中，文学风格问题总是与关于民族身份和绅士行为的争论联系在一起。得益于莎士比亚妇女俱乐部（18世纪30年代）和蓝袜社（自18世纪50年代起，由伊丽莎白·蒙塔古主持）的出版物所产生的影响，生活条件优裕的女性也加入到这场讨论中。不过，在18世纪后半叶公共领域内的文学论战中，占据主导地位的人是塞缪尔·约翰逊博士。

约翰逊根据几条简单明确的原则来评判书的优劣。“除了以合理的方式来再现普遍本质之外，没有什么因素能够取悦大部分读者，并且长时间地取悦他们”（《莎士比亚戏剧集》序言）。“写作的唯一目的就是使读者更好地享受生活，或者说，更好地忍受生活”（评索姆·杰宁斯的《论恶的本质与起源》）。“这部作品高度展现了作者最吸引人的两个特点：使新颖的事物变得耳熟能详，使耳熟能详的事物变得新颖”（《亚历山大·蒲柏的生平》）。约翰逊的语言强劲有力，这使得他的观点听起来很有分量。

约翰逊是书商之子，因为无力支付学费，他被迫从牛津大学辍学。职业生涯伊始，他在一所小学担任校长。后来学校无以

为继，他带着学生大卫·加里克从利奇菲尔德步行至伦敦。加里克后来成为那个时代（或许是所有时代）最优秀的演员。约翰逊对他大加赞赏，然而他对戏剧总是心存疑虑。原因之一是这位从前的老师很难接受这样的事实，即他本人靠自己的创作难以在格拉布街谋生，然而他的学生却可以在舞台积累财富，并且获得前所未有的盛名。另一个原因则是加里克浮夸的表演风格与约翰逊本人正直、诚挚的美德有所冲突。 66

约翰逊曾经翻译过一本游记，这是他的第一部作品。在序言中他指出，这篇游记表明，每个民族的人性都是一样的。在每一个人身上，在每一个群体中，我们都会发现“善与恶的混杂，激情与理智的冲突”。约翰逊一直在坚定地追寻着美德和理性，同时，他并没有否认自己也有恶劣行径，没有否认激情的力量。他知道人类需要道德和精神的指引，但他同时承认我们的身体欲望也具有力量。

艾迪生在《旁观者》和斯梯尔在《闲谈者》之后都不再从事同一体裁的创作，而约翰逊靠着一己之力，让散文这一体裁重新焕发生机。他每周两次（周二和周六）在《漫游者》上发表文章，主题涵盖书籍、政治、道德和生活等方面。作为一名隶属于高教会派的英国国教徒，他在祷告和沉思中表现出深切的谦卑，尽力安抚自己的良知和忧郁，最终他在耶稣的话语中找到了个人慰藉和政治智慧。他以《登山宝训》为基础，构建了一套关于权利的理论，在此过程中他激烈地反对任何形式的奴隶制。作为名人，他受邀回到牛津访问，结果却在餐后致辞中提议，“为了西印度群岛上的下一次黑人起义干杯”，这番言论让在场的学者感到震惊。他还将这些原则贯彻到私人生活中，把形形色色的流浪者带回家中，并且始终关爱着他们。在遗嘱中他把大部分财产留给了“弗朗西斯·巴伯，我的男仆，一名黑人”。

约翰逊是个极其勤勉的人，凭借一己之力完成了《英语词典》的编纂工作：

亚当斯［牛津大学学者］ 但是，先生，您怎么可能在三年之内完成这项工作？

约翰逊 先生，我毫不怀疑我能在三年之内完成。

亚当斯 但是拥有40名成员的法兰西学术院花了40年时间才完成他们的词典。

约翰逊 先生，本来就是这样。这是比例问题。让我来算算：40×40=1 600。3∶1 600，这就是英格兰人与法兰西人之间的差别。

67

事实上，《英语词典》耗费了约翰逊八年的时间。但他不会像平常那样责备自己过于懈怠。

他一完成《英语词典》就立即投入到一项新的工作中，那就是新版集注本《莎士比亚戏剧全集》。在约翰逊所处的时代，法国人的艺术准则在文学批评中占据主导地位。约翰逊用英格兰的常识做出回应。法国人纠结于艺术准则，而约翰逊提出的唯一标准就是要忠实于生活。伏尔泰曾指责莎士比亚把悲剧和喜剧、国王和小丑混在一起。约翰逊答道，这就是生活：

严格意义上，或者从批评的角度来看，莎士比亚的戏剧作品并不是悲剧或喜剧，而是一种特别的创作；这些戏剧展现出尘世的真正面貌，人生的善恶悲喜有着无尽的比例调配和组合模式……就在同一时刻，狂欢者饮酒作乐，哀悼者葬友伤怀。

在约翰逊的一生中，他经历了金融投机、前所未有的消费支出和报业的极度繁荣。作为一股新生力量，报业催生了名人文化：漫谈专栏不停报道着女演员和交际花的一举一动，此时加里克成为第一个真正意义上的国际性明星演员。同时这也是一个政治辩论十分激烈的时代。多亏了讽刺作家和艺术家，他们有的是爱尔兰人（乔纳森·斯威夫特），其他的则是英格兰本土作家（亚历山大·蒲柏、约翰·格雷、威廉·贺加斯，还有约翰逊本人）。他们的文学创作起到了重要作用，揭露、斥责和嘲讽那些伪君子，后者为了权力和影响力争斗不休。约翰逊在当时还是一名议会速记员，这份工作帮助他在格拉布街取得了事业突破。由于当时关于议会实际讨论内容的报道有所限制，因此他经常杜撰一些讲稿，并声称这是一些受人尊敬的议员发表的看法。他在《绅士杂志》上的专栏取名为"关于小人国参议院内部辩论的报道"，以此向斯威夫特致敬。 68

我们在约翰逊博士的生平经历和他的作品中可以发现许多特点，在随后的两个世纪里，这些特点构成了所谓的"英格兰性"，具体包括：丰富多彩的语言表达、对莎士比亚的仰慕、对欺凌和指使的拒斥、对幽默和滑稽的强调、古典风格的优秀演员、对漫谈的喜爱和对个人生活中的古怪现象的兴趣（约翰逊的《诗人传》把文学批评和传记结合起来，成为此类作品的先驱）、强劲有力的观点和忧郁的现实主义，以及对于喝茶的由衷喜爱。

19世纪和20世纪的公共领域为文学辩论提供了充分的空间。一条脉络清晰可见：从弗朗西斯·杰弗里在《爱丁堡评论》（1802年创办）上发表的文章，到维多利亚时代的马修·阿诺德和沃尔特·佩特，再到20世纪20年代T. S. 艾略特的《标准》杂志、弗吉尼亚·伍尔夫在《泰晤士文学增刊》上发表的文章、第二次世界大战期间乔治·奥威尔为BBC所做的广播节目，一直到A. 阿尔瓦雷斯在《观察家报》（1956—1966）上发表的诗歌和诗歌评论。这些人物都是文学观念的塑造者，他们中的大部分人本身就是作家；这就意味着，按照德莱顿和约翰逊的批评传统，他们属于权威人士。在21世纪，传播媒介转移到网络空间，博客和读者在线评论的出现让每个人都成为评论家，并且这些空间向所有人免费开放。如此一来，对于权威观念的尊重明显不如以往。某种意义上，这是18世纪产生于咖啡馆中的民主化进程的延续；另一方面，这也代表着约翰逊式的公共领域理念的失败，后者需要常识和核心道德观念作为支撑。

美学和历史

1774年，不信奉国教的伦敦文人威廉·肯里克提议成立“一所公立学院，致力于研究英语并展示英国文学”，但是这个
69 计划最终没能实现。直到19世纪早期，大学才正式开设关于英格兰文学的课程。这类课程的先驱是诗人兼哲学家塞缪尔·泰勒·柯勒律治（英国国教乡村牧师的儿子，毕业于剑桥大学）以及思想激进的记者威廉·哈兹里特（不信奉国教派牧师的儿子，毕业于伦敦哈克尼区不信奉国教者主办的一所反对派学院）。在摄政时期（1811—1820），柯勒律治和哈兹里特做了几次相互

较劲的讲座。柯勒律治的讲座地点在伦敦市中心皮卡迪利大街旁的英国皇家科学研究所，这是属于上流社会的场所；而哈兹里特的讲座地点在泰晤士河南岸较为破旧的萨里学会，这是属于不信奉国教者的地方。

柯勒律治对于文学**理论**非常感兴趣，他所理解的理论指的是“美学”，这是一种关于美的新哲学，18世纪晚期兴起于德国。柯勒律治的理论有相当一部分改写自德国思想家。比如，他从A. W. 冯·施莱格尔那里得到这样的理念：根据新古典主义原则创作的文学作品只不过是“机械的”作品，真正具有原创性的作品应该是“有机的”，这样的作品形式源自内部，而不是外在原则。

配合自己的讲座，柯勒律治在《文学传记》中发展了他的文学理论。“想象力，或者说融合性的力量，”他在书中提出，“是所有的人类感知共同具备的鲜活的力量，同时也是人类感知的主要中介。”所谓的“融合性”指的是将不同事物融为一体的力量。因此，柯勒律治所说的想象力指的就是“在有限的头脑中不断重复‘我是’这一具有无限可能的永恒的创造行为”。他把诗歌定义为推到极致的想象力：

> 在完美的理想状态下，诗人将激活人的整个灵魂……他散播一种关于整体性的看法和精神，这种整体性不断地混合、融汇，将个体联合起来，它依靠的是一种合成性的、魔法般的力量，我称之为“想象”。这种力量……表现在它能够让对立的或不和谐的属性变得均衡或达成一致：同一和差异，普遍和特殊，理念和意象，个别和典型，奇特的新鲜的 70

感觉和原有的熟悉的物体，非同寻常的情感和非同寻常的秩序，永远保持清醒的判断力以及始终不变的冷静态度和深切的或强烈的感受。虽然这种力量将自然和人工融为一体，但它依然重视自然胜过艺术；强调言之有物而不是矫揉造作；我们对于诗歌的支持胜过我们对于诗人的仰慕。

（《文学传记》，1817）

柯勒律治创造出“实用批评”这一术语，指的是用这些严苛的原则来对诗歌进行分析。一个世纪后，I. A. 理查兹将这种做法变成了颇有影响力的剑桥学派英语研究的核心特征。要对诗歌和散文片段进行细读，评判的依据是这些作品是否将对立的或不和谐的属性变得均衡或一致，是否将非同寻常的情感和非同寻常的秩序融为一体。只有那些能同时表达矛盾属性并找到某种复杂的化解办法的作品，才算是最优秀的作品。理查兹最出色的学生威廉·燕卜荪能在莎士比亚或约翰·多恩的某个文本中找出《含混的七种类型》（1930）。

哈兹里特的讲座《论英格兰诗人》（1818）同样使用美学术语作为评判文学作品优劣的标准，这启发了当时坐在听众席中的约翰·济慈，他后来提出“消极感受力”的说法（“这指的是人能够处于某种不确定状态，或经历神秘体验，或感到疑惑，但又不至于心烦意乱地追寻事实和理性”）。但是在次年所做的另一系列讲座《略谈伊丽莎白时代的戏剧文学》（1820）中，哈兹里特采取了不同的方法，把文学与历史背景联系起来。

他认为，16世纪晚期英格兰的文学创作之所以异常繁荣，首要原因是宗教改革“推动并促进了思想发展，激发了整个欧洲

范围内积蓄已久的不满情绪”。将《圣经》翻译为本地语言“是 71
这项重要工程的源动力”。在宗教改革的同时，经典作品开始复兴：“大约在同一时期，渴求知识的人们怀着热切的心情来研究丰富、迷人的古希腊神话和古罗马神话以及西班牙和意大利的浪漫主义诗歌。这些作品被译成英语，仰慕这些作品的平民百姓由此得以了解其中的内容。”“这一时期对于人们的思想产生特殊**激励**的另一个因素，”哈兹里特继续说道，“是新大陆的发现以及人们所读到的航海记录和旅行记录。”随后，公共剧场诞生了：“舞台是个新生事物；为了满足舞台的需要，那些剧作家充分利用了他们可以得到的一切素材。”哈兹里特很喜欢这一时期的戏剧作品所表现出的丰富多彩、充满活力的折衷主义风格，它们以欢快的方式将高贵和低贱、诗歌和散文、国王和小丑融为一体。

新教思想诞生时的剧痛、古代文明的重新接受、地理视野的拓展以及戏剧这一全新的职业，都是造就16世纪英格兰文学繁荣局面的重要因素。但哈兹里特又补充了第五个要素，并且试图将前四个要素都纳入其中：他声称“这个国家的自然天赋”从来没有“像这一时期那样绽放出完整的、耀眼的、属于它自身的光彩”。

和其他任何一个历史阶段相比，伊丽莎白一世执政时期的英格兰更具自身特色，这种说法与人们对于女王的狂热崇拜有着密切联系，她被认为是英格兰历史上功绩最为卓著的君主。与此同时，这种说法时常被用来激励或告诫当前的英国政府。18世纪30年代，罗伯特·沃尔浦尔爵士（他是第一位现代意义上的首相）的反对者采取一种怀旧的政治策略，用伊丽莎白时

代的例子来支持更具侵略性的外交政策，为英格兰在海外的土地利益进行辩护，认为这比贸易利益更加重要。哈兹里特的政
72 治视角与此有着明显不同。法国大革命的失败以及英国政府在滑铁卢战役后的那些年里（他的讲座就在这一时期举办）所采取的极端保守的政策让他感到非常失望，所以他才会怀念过去那种摆脱专制的政治自由，他认为宗教改革就是这种自由的代表。

和大多数使用爱国主义辞藻的人相比，哈兹里特显得更加谨慎。他在描述民族特性时，用上了“或许”和“但愿我的话不算是冒犯或奉承”这样的表述。他很清楚，提出英格兰人具有自然天赋这样的观点意味着要给出一套不同于事实的解释。与罗马产生了决裂；古典作品被译成了英语，英格兰接受了意大利文化的影响；德雷克和罗利完成了远洋航行；伯比奇剧团建造了他们的剧场。但是，民族特性需要被创造出来。民族本身也是如此。或许更真实的说法是，伊丽莎白时代的文学为这个民族创造出一种特性，而不是先有民族特性，然后这种特性才创造出伊丽莎白时代的文学。

自从柏拉图和亚里士多德开始对古希腊诗歌和戏剧进行理论阐述以来，文学的定位始终介于哲学和历史之间。像柯勒律治这样具有哲学思维的文学评论家，关注的是文学作品的结构特征和象征逻辑；像哈兹里特这样具有政治思维的文学评论家，更感兴趣的是文学作品以什么样的方式来体现或抵制他所说的“时代精神”。柯勒律治和哈兹里特两人开启了“形式主义”和“历史主义”之间的批评论战，在之后的两个世纪里，这一对立关系出现在文学领域内的多次“理论之争”中。

在柯勒律治和哈兹里特的讲座过去十几年后，马修·阿诺德在评论文章中提出，文学批评最有趣的地方在于，它将三种不同的动力结合在一起。第一种动力是保持中立态度的形式主义："观察某物时，当如其本真所是。"第二种动力是历史性的评判："根据它们对某个民族的整体文化或者整个世界所产生的影 73
响来评判书籍。"更具争议的第三种动力是"文化"对于"庸俗风气"的荡涤。阿诺德大力鼓吹"文化"（对他而言，这不仅意味着"高雅严肃"的内容，而且也包括趣味和思想自由），同时反对"庸俗风气"（自满的道德说教、自以为是的地方观念）："要学习并推广那些在世界范围内被认为是最优秀的作品。"

从作者到读者

"我希望聪明的年轻诗人能够记住我关于散文和诗歌的简单定义，"柯勒律治在《席间谈话》的某条记录（标注的日期是1827年7月12日）中这样写道，"散文——按照最佳次序进行排列的文字，诗歌——按照最佳次序进行排列的最佳文字。"如果作家花费大量心血来选择最佳文字，并且按照最佳次序进行排列，那么读者在阅读文学文本时，就要特别注意作者的措辞。学习英语的学生还要确认，他们所阅读的文字正确无误。但是，不管作者在创作时用的是鹅毛笔还是钢笔，是打字机还是文字处理软件，有一点可以肯定：从作者的创作时刻到读者的阅读行为，这是一个复杂的过程。作者的反复推敲、编辑的干预，以及印刷厂的错误，这些因素都会对此产生影响。

在英语研究史上，确保文本的准确性一直是非常重要的工作。18世纪时，学者开始用编辑希腊语和拉丁语经典作品的那套程序来修订并注释莎士比亚和弥尔顿的作品。刘易斯·西奥博尔德以极其严谨的态度来对待莎士比亚的作品，与之相反的则是亚历山大·蒲柏，他所编辑的莎士比亚作品并没有刻板地遵循学术惯例。在一部讽刺性的史诗作品中，蒲柏把刘易斯·西奥博尔德变成了愚人国的国王，他创作这部史诗的目的就在于戏仿此类过度注释的学术性版本（《愚人传》，1728—1729）。但这并没有吓倒剑桥大学的学者理查德·本特利，他在不久后就出版了新版《失乐园》，对原先的版本做了大规模修订，并且给出他的解释。比如，本特利不相信弥尔顿这样的优秀作家会故意使用诸如“可见的黑暗”这类不恰当的矛盾修辞法。
74 于是，他将这个短语改为“透明的阴郁”。

英格兰文学史上最著名的人物是莎士比亚笔下的哈姆雷特。他时而躁动不安，时而沉思冥想；他与自己的良知和记忆进行着搏斗；他的个体自我和公共自我始终处于紧张状态；作为儿子和爱人，他的不同角色之间存在冲突。就这些方面而言，他代表着现代西方人对人的本质提出的疑问。我们有圣洁的精神生活，我们有按照自己的意愿进行思考的自由，我们还有选择死亡的权利，我们把这些因素都投射到他的个人演说（独白）中。哈姆雷特，正如他自己所承认的，是个由“文字，文字，文字”所构成的人物。但是我们究竟在多大程度上有把握认为，我们了解莎士比亚在塑造这个人物时所使用的文字？

不妨来看一下英格兰文学中最著名的那句台词。《哈姆雷特》初版于1603年，采用的是袖珍版的四开本（将八个版面的内容印在一张大纸上，然后两次对折得到四页，因此每一页都是原来纸张大小的四分之一）。书名页上印有如下文字：**丹麦王子**

哈姆雷特的悲惨历史，作者威廉·莎士比亚。此剧已由殿下的仆人在伦敦多次演出；此外，在剑桥大学、牛津大学以及其他一些地方也有演出（这段文字不同于现代拼写方式，这是因为在近代印刷厂中，字母v和u以及i和j可以互换）。在这个最早的四开本中，哈姆雷特在思考生死问题时，说的第一句话是："生存，还是死亡，是的，这就是问题所在。"在这行台词（指英文原版）中，I是Ay的拼写变体，意思是"是的"。

第二版四开本于一年后出版，书名页上的文字变更如下：**丹麦王子哈姆雷特的悲惨历史。作者莎士比亚。基于真实、完善的底稿，本版系最新印制，且内容较初版扩增近一倍**。这等于说：如果你去年买了第一版四开本，你买到的是一个极不完善的版本，内容不到原作的一半，并且包含各种错误的或者有瑕疵的解读，而你现在可以购买的是完整的授权文本。在新版中，哈姆雷特那段独白的第一句话变成了我们熟悉的文字："生存，还是死亡，这是个问题。"

1623年问世的第一版对开本《莎士比亚戏剧集》采用更大的开本，价格也更为昂贵，这个版本的《哈姆雷特》较之四开本有许多变化。其中，"生存，还是死亡"这段独白的开头部分和第二版四开本几乎一致，只不过"问题"一词的首字母改为大写，并且该句以冒号结束，强调此处的暂停意味，以替代原来表示轻微暂停的逗号。

后来，这段独白的文字发生了大量变化，最明显的就是有多处使用"天堂"一词来代替"上帝"。另外，对开本和第二版四开本一致认为，哈姆雷特说这段话的时候是在对开本标注的第三幕中（四开本没有对剧本进行划分），在演员们抵达埃尔西诺之后。然而，在第一版四开本中，哈姆雷特的独白出现在早先的一处场景中，当时他一边看书一边走上舞台。

由于莎士比亚的原始手稿没能保存下来，后世的学者只能通过推测来追溯这出戏从最初的几次演出到早期的几个印刷版本之间的发展历程。他们依据现存的若干证据作出推断，具体包括：伊丽莎白时代剧作家的写作习惯、剧院常备篇目的频繁变动，以及近代印刷厂的一些惯例。关于《哈姆雷特》三个早期版本各自的地位，学界依然争论不休，但大多数学者认为，第一版四开本让我们大致看到了该剧在早期演出时所用的文本，第二版四开本更接近于莎士比亚本人的完整剧本，第一版对开本则是他所在的“张伯伦勋爵剧团”（后来改名为“国王剧团”）的权威性演出文本。这个版本在原剧本的基础上做了一些针对舞台表演的修订，同时也受到审查制度的影响，比如当时的某个议会法案禁止在舞台上说出“上帝”一词。

早期文本的出版是另一段旅程的开始，通过这种方式，后世的读者和剧团得以接触到这出戏。文学作品要想获得长久的生命力，先决条件就是文本的传播。没有这些不同版本的作品，就没有莎士比亚。没有编辑的努力，课堂里就没有可供研究的
76 文本。

在编辑像《哈姆雷特》这样存在多个原始文本的作品时，容易引发争议的关键问题是，究竟应该以哪一个原始文本为基础来进行修订。莎士比亚剧作的早期文本在内容上有所不同，原因可能是演员的错误记忆，也可能是印刷工的排字错误，但是另有一些文本变体是作者本人或剧团主动修订的结果。在这种情况下，在原始版和修订版之间很难抉择。比如，《李尔王》的早期

文本有着非常明显的区别，以至于一些编辑认为应该将四开本和对开本作为对照同时出版。就像华兹华斯的《序曲》，1805年版和1850年版两个文本的内容有明显变动，因此在现代的学术性版本中有时会将这两个文本放在一起进行比较。

莎士比亚的作品并没有绝对的权威性文本。在作家和读者之间，编辑发挥着全面的中介作用。莎士比亚是个投身于戏剧实践的剧作家，这样的特殊情况使得编辑他的作品成为一项极其艰难的工作。其他作家的情况虽然有所不同，但是那些重要的作家都会遇到这样或那样的编辑问题。

《坎特伯雷故事集》现存的手稿数量超过八十部，并且这些手稿都是在乔叟去世之后才问世的。没有人知道乔叟是否完成了他的创作计划。总序中提到的最初计划是由每个朝圣者在前往坎特伯雷的旅途中讲两个故事，回来的旅途中再讲两个，这一计划显然并未实现。早期手稿中有许多变体可以解释为手写错误，但另有一部分变体则是作者修订的结果。不同的手稿对于叙述顺序的编排有所不同。有些故事显然彼此呼应：比如磨坊主的故事里出现的粗俗寓言和骑士的故事里出现的高雅的宫廷传奇故事形成鲜明对照；管家的故事里有个磨坊主与人私通，这一情节是为了报复磨坊主，因为后者的故事中出现了木匠（这是管家之前的职业）与人私通的情节。其他故事则通过起到连接作用的篇章所提供的暗示而产生关联。但是，编辑必须自行判断许多故事在书中的具体位置。自从威廉·卡克斯顿在15世纪 77
70年代出版了《坎特伯雷故事集》的第一个印刷版本后（他所依据的文本不同于现存的任何一部手稿），这样的编辑行为一直在延续。

为了方便阅读，印刷版通常选择单个文本，或者选择两到三个内容有所变化的文本，要么将其并置，要么前后排列。从理论上来说，利用超文本制成的电子版可以将一部经典作品现存的所有文本放在一起。轻点鼠标，就可以将《坎特伯雷故事集》的八十个不同版本进行比对。然而，数字化文本的出现并不意味着编辑的中介作用就此终结。我们依然需要决定，在主页上究竟应该优先设置哪一个文本作为起始点。此外，像谷歌图书这样的大规模数字化项目，在实际操作中没有对版本进行区分，它们并不在意某些文本是否具有权威性。率先开展数字化项目的另一家企业是出版商查德威克–希利公司，它的“文学在线”数据库设立了一个极其宝贵的、专门收集英格兰诗歌和戏剧的电子文库，但是他们的编辑在制作电子文本时，决定将其中的“附加文本”——献词、序言、评论性注释以及其他类似的文字——统统省略，这种做法严重歪曲了这些作品的原有面貌。

摹本复制是再现早期作品的最佳方式，这对于呈现视觉效果特别有帮助。比起许多版本和选集中的印刷文字，以摹本形式呈现乔治·赫伯特的诗歌《复活节翅膀》（1633）显然更为合理。在印刷版中，这首诗被旋转了九十度，失去了鸟儿翅膀的视觉效果，因而也就在隐喻层面上失去了天使之翼的认知效果。

即便是照片式的摹本，或者严格遵循第一版的文本，依然有许多难以解决的编辑问题。以狄更斯的《远大前程》（1861）为例。狄更斯的密友、小说家威尔基·柯林斯反对这部作品原来设定的结局：埃斯特拉再婚，皮普依旧单身。狄更斯于是做了修改，采用更为传统的结局方式，暗示皮普和埃斯特拉两人将会缔结婚姻。“我尽可能地只增加一小段文字，”他解释道，“我毫不

¶ Eaſter wings.

Lord, who createdſt man in wealth and ſtore,
Though fooliſhly he loſt the ſame,
Decaying more and more,
Till he became
Moſt poore:
With thee
O let me riſe
As larks, harmoniouſly,
And ſing this day thy victories:
Then ſhall the fall further the flight in me.

¶ Eaſter wings.

My tender age in ſorrow did beginne
And ſtill with ſickneſſes and ſhame
Thou didſt ſo puniſh ſinne,
That I became
Moſt thinne.
With thee
Let me combine,
And feel this day thy victorie:
For, if I imp my wing on thine,
Affliction ſhall advance the flight in me.

图3 《复活节翅膀》，收录于乔治·赫伯特的诗集《圣殿》(1633)。包括《诺顿英国文学选集》在内的许多现代版本将这首诗旋转了九十度，从而失去了翅膀的视觉效果

怀疑，修改后的故事让读者更容易接受。”但是，狄更斯并不确信 78
他的决定是否正确：“整体上，我认为这是向着好的方向发展。”大多数版本选取了第二个结局，但是，狄更斯的朋友和传记作者约翰·福斯特更喜欢第一个结局，许多名人读者（比如乔治·莱辛、萧伯纳、乔治·奥威尔、埃德蒙·威尔逊、奥格斯·威尔逊）同样如此。另一方面，修订版有一个优点，即某种程度的模糊性，这与贯穿小说情节的不确定性保持一致。修改后的最后一句话是这样的：“我看不到再次与她离别的可能性。”这句话可以理解为皮普和埃斯特拉将会结婚，也可以理解为他们从此不再见面。这样一来，我们就需要分别考虑这两种可能的结局，并且讨论它们各自的优点。

在美国版《德伯家的苔丝》(1892)首次出版时,托马斯·哈代增加了一条注释:“以下故事的主体部分——略作修订——曾刊登在《绘图报》和《时尚芭莎》杂志上;其余章节,特别是针对
79 成人读者的章节,曾以短文形式刊登在《双周评论》和《全国观察家》杂志上。”更为复杂的是,在美国连载的文本有许多细节不同于在英国连载的文本;并且,在美国以图书形式出版的第一版又在其他方面和英国版有所不同。此外,不同版本所使用的校对文本不尽相同,并且这些校对文本又不同于正式出版的文本。后来的许多版本还包括哈代自己所做的修订。不同版本的《苔丝》所呈现的文本变体涉及各种因素,既有杂志编辑根据审查制度做出的改变,也有作者本人为了追求美学效果做出的修订。这部作品(以及哈代的其他任何一部作品)没有统一的、权威的版本。

我们不应该认为文本变体的问题在当今时代已不复存在。如今,书籍印刷用的是作者自己准备的电子文档,这就避免了原先的几个环节可能出现的问题,比如过去在文本从作者到读者的传播过程中,往往有意或无意地改动文本的印刷厂的排字工人。但是文本变体在当代依然存在。伊恩·麦克尤恩的中篇小说《在切瑟尔海滩上》(2007)英国版第一版中有这样一句话:“他播放着她的唱片,里面收录的歌曲是甲壳虫乐队和滚石乐队翻唱查克·贝里的作品,‘欠缺技巧,但值得尊重’。”次年出版的美国版第一版和英国版平装本中,这句话不见了。原因何在?并不是印刷公司犯下错误,而是因为某个目光锐利的书评人指出,该书的故事场景设在20世纪60年代早期,当时无论是甲壳虫乐队还是滚石乐队都还没有灌录这张翻唱查克·贝

里的唱片。麦克尤恩意识到，这个事实性错误会减弱故事的逼真程度，因此他要求删除那句话。如果将来有学者负责编辑伊恩·麦克尤恩小说全集的权威版本，上面这个例子将会是他的选择难题。

编辑做出的选择是阐释性的选择。他们不仅为经典作品的延续提供了必要的基础；同时他们还代表着深入思考、全神贯注的阅读行为，这是文学对我们提出的要求。 80

第五章

历史分期与文学运动

文学和民族特性

19世纪的历史学家认为，可以通过文学来追溯一个民族的风俗和思想的演变过程。过去的书籍被认为是传统文化留下的印记，正是这种文化造就了这些书籍。关于书籍的这种看法类似于地质学这一新兴学科关于化石的看法。最先尝试由文学来全面追溯英格兰文明的学者是法国人伊波利特·泰纳，他在1864年出版了四卷本《英国文学史》，这是一部基于人种分类、历史时刻和环境的著作。“一部文学作品，”泰纳写道，

> 不光是想象力的游戏，不光是某个人的灵感闪现，而且是对于当代风俗习惯的文字记录，同时也透露出特定的思想状态。由此可以得出的结论就是，从优秀的文学作品中，我们可以发现许多世纪前人们的思想和感受。

泰纳设定的叙事结构给英格兰文学史研究带来的影响持续
了一百年。他从撒克逊人和诺曼人开始，随后是乔叟所处的时 81
代——从那时起，英语变成了占据主导地位的文学媒介。泰纳把第二部分称为“文艺复兴”，以此来强调哈兹里特察觉到的伊丽莎白时代的外来影响。

之后是“古典时代”，始于1660年王政复辟。1688年光荣革命后，权力从君主转移到议会手中，并且当时的社会风俗和文学创作都发生了明显转变，体现出新兴的帝国所带来的影响：“帝国具有严肃认真、自我反思、注重道德的精神品质，能够做到纪律严明，独立自主，这样的帝国足以维系宪法的运作。”在泰纳看来，光荣革命造成的权力转移与帝国精神的涌现，这二者之间存在共生关系。虽然“帝国”一词意味着大一统的民族主义，但是泰纳对于政治差异极为敏感。他将痛苦不堪的保守党作家乔纳森·斯威夫特与心态平和的辉格党作家约瑟夫·艾迪生进行对比。在他看来，英格兰之所以转变成现代国家，并且表现出相应的政治和道德立场，这得益于英格兰的文化氛围在维系这两位作家的辩论精神时所采取的合理方式。就这一点而言，民主是一种借助有教养的方式来表达分歧的艺术。

泰纳将第四部分称为“现代生活”。这部分聚焦“浪漫主义”，并特别强调拜伦勋爵是“这些艺术家中最优秀、最具英格兰特性的人……从他一个人身上我们所获知的关于他的国家以及他所处时代的真相胜过其他所有人加在一起”。在使用讽刺手法创作的史诗《唐璜》（1819—1824）中，拜伦展现出“非凡的想象力和创造力”，将每一种可能产生的情感和想法都充分表达出来，即便他本人正遭受“时代病症”的侵扰，认为人们不可能得到快乐，不可能得到真理，社会不可能实现公正，“人类注定失败，或者遭受挫折”。泰纳因此将这本书称为“对话”和“信心”。在这部分的最后，泰纳分析了在他写作时依然健在的“现代作家”。他得出的结论是，小说将成为塑造维多利亚时代的文
82 学体裁，而小说的代表人物则是查尔斯·狄更斯。

划分文学时期

泰纳为划分文学时期奠定了基础，在他之后的英格兰文学史写作中类似的划分方式一直占据主导地位，具体如下：盎格鲁–撒克逊时期；从1066年到16世纪早期的中世纪；从宗教改革到王政复辟的文艺复兴时期，有时候又被称为“近代”；从17世纪60年代到18世纪80年代的“古典”时期，又被称为启蒙运动（指当时的哲学倾向）或者奥古斯都时期（以亚历山大·蒲柏为代表的主要作家将他们的文化与古罗马皇帝奥古斯都执政时期的文化相比，由此得名）；从法国大革命到19世纪30年代的浪漫主义时期；维多利亚时代；然后是出现在泰纳之后的20世纪早期的现代主义。

至于每一次新的文学运动究竟从何时开始，这一直是争论不休的话题。浪漫主义到来的迹象是什么？是托马斯·查特顿充满青春活力的天赋，是威廉·考珀提出的“鉴赏力”，还是夏洛特·史密斯的《挽歌集》（1784）？现代主义到来的迹象又是什么？是杰拉德·曼利·霍普金斯的“跳跃韵”，还是埃米·利维和亚瑟·西蒙斯的城市印象主义？虽然有着诸多分歧，但可以确认的是，在文学史上有许多时刻，作家群体的共同努力“使之产生新意”（借用埃兹拉·庞德的话）。伊丽莎白时代的评论

家，比如威廉·韦布和乔治·帕特纳姆，宣告英语战胜了拉丁语。约翰·德莱顿和他同时代的作家认为，他们正在改变英语，使之转变成现代用法，并将新颖、平实、准确、清晰的风格注入英语诗歌。维多利亚时代的知识分子，比如托马斯·卡莱尔、马修·阿诺德和约翰·罗斯金，认为文学是一种独特的强有力的手段，可以借此了解他们所处的时代，可以解释社会变化，并且让人学会忍受。一方面是“进步的征途”——都市化、工业化、铁路、商业旅行、帝国；另一方面则是“信仰的海洋”（阿诺德，《多佛海滩》）发出的“忧郁、持久、退缩的咆哮”，在《圣经》批 83
评、进化论和现代怀疑论共同构成的沙滩上，潮水正在退却。

在1932年发表的一首名为《三场运动》的诗作中，W. B. 叶芝将莎士比亚时代不断拓展的视野、浪漫主义运动倡导的自我表达，以及他本人所处时代的创伤作为文化史和文学史的重要转折点。文艺复兴、浪漫主义、现代主义这三场文学运动是研究最多的课题，同时也被许多人认为是英格兰文学的鼎盛时期。在每个历史时刻，许多作家——他们往往彼此相识——共同拓展了英格兰文学的各种体裁：16世纪晚期和17世纪文艺复兴时期的锡德尼、斯宾塞、马洛、莎士比亚、琼生、多恩、赫伯特、米德尔顿、马斯顿、韦伯斯特，以及随后的弥尔顿和马维尔；18世纪晚期和19世纪早期浪漫主义运动中的布莱克、威廉·华兹华斯和多萝西·华兹华斯、柯勒律治、夏洛特·史密斯、司各特、拜伦、P. B. 雪莱和玛丽·雪莱、济慈和克莱尔；从1910年起到第二次世界大战爆发那段时间的艾略特、庞德、叶芝、乔伊斯、福特·马多克斯·福特、多萝西·理查森、温德姆·刘易斯、伍尔夫、D. H. 劳伦斯和T. E. 劳伦斯、伊夫林·沃、奥尔德斯·赫胥黎，以及许多其他作家。然而，文艺复兴、浪漫主义和现代主义，这些说法并不是上述创新者的发明，而是事后由其他人贴上的标签。

文艺复兴

16世纪的人文学者认为，在很长一段时间的文化黑暗期之后，他们的时代正在见证曙光和复兴。与这种观点紧密相关的一套术语将历史分为三个阶段：开明的“古代”，特指古希腊和古罗马；愚昧的“中世纪”；以及古代文化迎来复兴的“现代”时期。这样的看法可以追溯到14世纪意大利的彼特拉克，但是直
84 到19世纪，我们才开始使用现在为人熟知的术语来称呼后两个时期。古罗马衰落后，欧洲历史进入到**中世纪**（意思是“处于中间的时代”）。因此，1854年约翰·罗斯金在他关于建筑学的第四次演讲中谈道：“然后，就有了三个时期：古典主义，延伸至罗马帝国的覆灭；中世纪文化思潮，从罗马帝国的覆灭到15世纪末；最后是现代主义。”罗斯金声称，许多人认为欧洲从15世纪末开始进入现代时期，至少在北欧地区是这样。但是比起现代主义，更多人用来描述这一时期的术语是**文艺复兴**。这个词最早出现在法国，创造者是于勒·米舍莱。到了19世纪40年代，这个词传播到英国。马修·阿诺德在《文化与无政府主义》（1869）中根据英语构词法创造出Renascence一词，试图取代原先的法语词。在雅各布·布克哈特的《意大利文艺复兴时期的文化》（1860）和沃尔特·佩特的《文艺复兴》（1873）这两本书的推动下，“文艺复兴”一词变得极为流行。佩特指出，这个词的意思不仅指古代文化的复兴（源自法语词“复活”），而且涵盖“整个复杂的文化运动，古代文化的复兴只是其中的一个要素，

或者说一个征兆”。19世纪的人们对于文艺复兴运动的理解可以用布克哈特从米舍莱那里借用的一个短语来表达：发现世界、发现人类。

传统上，人们认为英格兰文化的特色在于文学和戏剧，而不是绘画、雕塑和音乐。布克哈特所说的意大利文艺复兴时期的文化表现在视觉艺术中——米开朗基罗、拉斐尔、多那泰罗和彼埃罗·德拉·弗朗西斯卡。相比之下，英格兰文艺复兴与伊丽莎白一世执政时期（1558—1603）的诗人和剧作家联系在一起。这就意味着意大利文艺复兴与罗马天主教密切相关，而英格兰文艺复兴时期的文学则产生于积极进取的新教环境。就在英格兰击败西班牙无敌舰队后不久，乔治·帕特纳姆完成了《英格兰诗歌艺术》（1589）。在这本书中，帕特纳姆将伊丽莎白时代的文学繁荣追溯到宗教改革运动在英格兰兴起的那个历史时刻： 85

> 在［亨利八世］统治后期，出现了一批新的宫廷文人，代表人物是爵士托马斯·怀亚特和萨利伯爵亨利，他们曾前往意大利游历，并在那里体验了意大利诗歌悦耳、庄重的韵律和风格。从前的英语诗歌既粗鲁又平淡。作为诗坛新人，他们受但丁、阿里奥斯托和彼特拉克影响，大幅改造了我们的诗歌风格。因此，他们可以说是最先对英语的格律和风格进行调整的一批改革者。

在这段话中，“改革者”一词被剔除了原有的宗教意味，赋予了文学史意义。对于改革的强调揭示出帕特纳姆倡导的新的文学审美趣味背后潜藏的意识形态：与罗马教廷决裂后，创造新的民族文化身份势在必行。

从斯宾塞到弥尔顿再到马维尔，那个时代最优秀的诗歌中，有许多受到了（古典的、异教徒的）“文艺复兴”和（与《圣经》相关的、新教徒的）“宗教改革”这两种价值观的影响。约翰·弥尔顿在一出假面剧中锤炼他的技艺，这是他为勒德洛城堡举行的贵族表演专门创作的剧目，后来被命名为《科莫斯》（1637）：这出戏既有莎士比亚式的抒情诗和古典神话，同时又具有道德力量，二者的结合成为弥尔顿作品特有的标记。《利西达斯》（1638）是弥尔顿为一名素不相识的剑桥同学创作的挽歌，这首诗出色地模仿了古典田园牧歌（“别再哭泣，悲伤的牧人，别再哭泣”），同时批评了英格兰基督教神职人员的堕落。《失乐园》是英格兰史诗的巅峰之作，一方面向维吉尔和奥维德致敬，另一方面也体现出《圣经》的影响以及弥尔顿本人关于基督教教义的看法。

和之前的斯宾塞一样，弥尔顿对于创造性艺术的态度也模棱两可。斯宾塞在《仙后》中描写了谷阳摧毁极乐府邸的故事，在这个片段中，他借助那个试图诱惑谷阳的妖女，说出了他本人作品中最具感官刺激的一些诗句。同样，作为诗人的弥尔顿安排撒旦和夏娃说出了一些具有诱惑性的言论，这些话在作为神
86 学家的弥尔顿看来非常危险。《失乐园》塑造了18世纪的诗歌品味：偏爱崇高的主题，并且从韵体诗转向素体诗。但是它同时也带动了对于18世纪社会规范的反抗。那些后来被称为浪漫主义者的诗人，不仅着迷于弥尔顿的雄浑风格，而且也迷恋那个魅力无穷的撒旦，他们认为弥尔顿“是个真正的诗人，与群魔为伍却浑然不觉”。从文艺复兴到浪漫主义：一个自认为灵感源自上

帝的诗人随后又为其他诗人提供灵感，而那些诗人却认为他们的灵感源自纯粹的创造力。

浪漫主义

浪漫主义运动始于18世纪晚期的德国，旨在反对当时占据主导地位的法国新古典文化。在整个欧洲大陆，浪漫主义诗人致力于推翻旧的文化秩序，虽然他们对于1789年始于法国的政治革命表现出模棱两可的态度。让-雅克·卢梭为法国大革命奠定了思想基础，但是他留下的更为特殊的遗产是对情感的膜拜。在他之后，英格兰人即便公开哭泣，也变得可以接受。扑粉的假发被丢到一边，女人的服装连同她们的身体曲线一起舞动。A. W. 冯·施莱格尔将歌德创作的充满激情的小说《少年维特的烦恼》（1774）称为“情感的权利宣言”，据说这部作品引发了模仿性自杀的风潮。多愁善感是当时的社会风气。

1798年，一家名气不大的地方性出版商推出一卷薄薄的诗集，封面上没有作者的名字，只印了低调的标题《抒情歌谣集》。二十年后，这本诗集被认为是英格兰文学浪漫主义革命的开端。回首往事，威廉·哈兹里特认为1798年是他一生中最重要的一年。在一篇题为《我和诗人的初次相遇》的文章中，他生动地回忆起自己有幸见到这本诗集的两位作者，当时还名不见经传的威廉·华兹华斯和塞缪尔·泰勒·柯勒律治，他们大声朗读了 87
其中的一些诗作。哈兹里特回忆道：“这些诗歌蕴含的新的风格和新的精神打动了我，那种感觉就像是接触到一片新鲜的土壤，或者像是春天到来时第一缕怡人的气息。”

然而，文学界的态度并没有像哈兹里特那般热情。公众起初对于《抒情歌谣集》的反应则是不温不火。人们不理解华兹华斯的创作意图，这让他感到颇为沮丧。因此，当这部诗集加上一些新作于1800年再次出版时，他特意写了长篇序言。这是他的文学宣言，旨在倡导一种描写感情的新型诗歌。他提出，创作这些诗歌的目的是为了探索“我们在情感激荡时如何联想到某些理念”，同时审视人们在极端情绪的影响下如何行事。他尤其注重发掘人类的基本情感，之前一个世纪流行的那种文雅精致的诗歌往往忽略了这些感受，比如《白痴男孩》和《疯癫母亲》中的主题“母性的激情”，又比如歌谣《我们是七个》中表达的理念：“童年时代，我们对于死亡的理解总是伴随着困惑和朦胧，或者说，我们其实无法理解死亡。”在这首诗中，一位成年人遇到一个小女孩，她家有七个孩子，其中两个已经死亡。在精通算术的成年人看来，“如果两个孩子躺在墓地里，/那么你们只有五个人”。但是这个小女孩坐下来，唱歌给墓地里的兄弟姐妹听，她不承认死亡：“不，我们是七个！”母亲、孩子、死亡，华兹华斯意识到，将这三者结合起来就会打开情感的闸门。如此一来，诗歌就回到了源头，正如他在序言中提出的那句最著名的论断，“所有好的诗歌都是强烈感情的自然流露”。

华兹华斯意图去除所有的“错误描述”，回避当时普遍采用的所谓“诗歌措辞”——比如，18世纪诗歌往往把“鱼”说成“鳍族”。华兹华斯声称，好的诗歌所使用的语言与好的散文并没有本质区别：传统上被认为与诗歌紧密相连的那些华而不实的措辞和修辞手段会抑制“情感发出的真正声音”（这是约翰·济慈不久后在一封谈论创造力的书信中所使用的表述）。

“我总是尽可能地直面我的主题。”华兹华斯在序言中这样写道。凝视着死亡、失落和痛苦，他发现真诚需要平实的表达。在1798年版的《抒情歌谣集》中，最让人难忘的是《白痴男孩》。这可能是所有语言中第一首关于唐氏综合征患儿的诗歌。这首诗既感人，又有趣，同时也带有一点神圣意味。它谈到了残疾儿童以及照顾他们的人所享有的特殊恩宠。这首诗展现出华兹华斯标志性的真诚，这对于诗歌来说是全新的体验。

“浪漫主义”一词让人联想到艺术家独自一人在阁楼里，才思泉涌，奋笔疾书，正如作曲家埃克托尔·柏辽兹在回忆录中描述的情形：“当大革命爆发时，我正在写一首康塔塔乐曲的结束部分……在流弹声中，我匆忙完成管弦乐谱的最后几页……流弹时不时地打到窗外的那堵墙上。”浪漫主义一方面意味着孤独，另一方面意味着动荡不安的政治背景。柏辽兹完成他的康塔塔乐曲之后，投身于革命洪流，但他毕竟不同于普通群众。

在某个时刻，华兹华斯“如浮云般独自”漫步，厄尔斯沃特湖畔的水仙花伴随着他的脚步在风中舞动；在下一个时刻，他来到巴黎，置身于革命风暴的中心，他宣称“在那个黎明依然活着”是多么幸福。但是浪漫主义所描绘的孤独常常是一种幻觉，是诗歌的表现手段。事实上，华兹华斯并不是真的独自漫步：他的妹妹多萝西陪着他，并且是她注意到水仙花的舞动。华兹华斯的诗歌是在事后回顾的状态下创作完成的。用他本人在《抒情歌谣集》序言中的另一句名言来说，诗歌源自“平静时刻重新记起的情感”。当初的那次漫步和妹妹的日记共同赋予了他创作的灵感。 89

英格兰浪漫主义诗歌是密切合作造就的文学现象。18世纪90年代，浪漫主义诗歌的第一次浪潮和“湖畔派”诗人（华兹华斯、柯勒律治和罗伯特·骚塞）紧密相连。摄政时期的第二次浪潮和“恶魔诗派”（拜伦勋爵和雪莱夫妇）以及“伦敦诗派”（济慈、利·亨特、威廉·哈兹里特和查尔斯·兰姆）密切相关。尽管是怀着敌意的保守派评论家发明了这些标签，但是上述团体内部普遍存在密切合作。关于新型诗歌的几份重要宣言——比如《抒情歌谣集》以及哈兹里特和利·亨特的随笔合集《圆桌》（1817）——都是合作撰写的。在丈夫P. B. 雪莱的诗集出版前，玛丽·雪莱负责文字编辑工作；而P. B. 雪莱也为她的小说《弗兰肯斯坦》写了序言。由单个作者完成的几部优秀作品则是创造性对话的产物：华兹华斯具有史诗风格的自传体长诗《序曲》（1850）在他去世后出版，被认为是他写给柯勒律治的作品；此外，华兹华斯为柯勒律治最著名的那首诗歌《老水手谣》提供了一段关键的诗节。就连号称“北汉普顿郡农民诗人”的约翰·克莱尔这样一个看似孤独的人（如果真的有这类人物存在的话），同样需要那些受过良好教育的朋友帮助他对作品进行润色。

现代主义

关于诗歌措辞的一场革命，一次集体性的文学运动，通过一系列宣言来表明意图：这些同样是20世纪初“现代主义”运动的基本特征。

1912年秋，美国诗人埃兹拉·庞德在大英博物馆的茶室里与他之前的未婚妻希尔达·杜利特尔以及年轻的英格兰作家理查德·奥尔丁顿进行磋商。他们三人急切地想把英格兰诗歌从浪漫主义后期过度华丽的辞藻中解救出来。他们在中国古典诗歌、日本诗歌、古希腊抒情诗以及现代法国象征主义诗歌中找到了新的范式。当时他们圈子中的另一位成员F. S. 弗林特刚写了一篇很有影响力的文章，对法国象征主义诗歌大加推崇。弗林 90
特出身于工人阶级，自学成才，他极力称赞自由诗和浓缩的意象所具有的优点。

庞德当时代表的是芝加哥一家名为《诗歌》的杂志社。他读了杜利特尔具有新希腊风格的几首优雅简洁的抒情短诗，并为这些诗署名“H. D.‘意象派’”（这个特殊署名中成对的首字母缩写本身就代表着意象派的极简主义风格），将它们寄给身处芝加哥的杂志编辑哈丽特·门罗。希尔达·杜利特尔和奥尔丁顿的一些作品很快就发表在《诗歌》上。1913年4月的那一期杂志上还登载了庞德自己的作品《地铁车站》。他将日本艺术的特点、古典作品中的阴间幽灵和现代都市的地铁乘客都融入到这短短的两行诗中。这一意象的基本组成元素在杂志页面上的排列方式，让人联想到作为表意文字的汉语：

人群中　容颜　如幽灵：
潮湿、黝黑的　树枝上　花瓣点点。

上个月的那一期杂志刊登了意象派运动的正式宣言。虽然宣言由庞德起草，署名却是弗林特（后来他们为了彼此之间亏欠对方的程度，以及他们亏欠本流派另一名成员T. E. 休姆的程度而争论不休）：

首先，直接呈现“事物”，不管该事物属于主观或客观。
其次，绝不使用任何对于呈现事物没有帮助的词语。

> 第三，关于节奏：要按照乐句的灵活序列，而不是按照节拍器的单调序列，来进行创作。

庞德还写了另一篇文章《意象派的几点禁忌》，在其中他提出"'意象'就是在一瞬间呈现某种思想和情感的复杂场景"，并且

> 正是因为要在一瞬间呈现这样的"复杂场景"，所以才会有
> 一种突然自由的感觉；摆脱时间和空间限制的自由感觉；
> 91 获得突然增长的感觉，我们在最优秀的那些艺术作品中能
> 够体验到这样的感觉。宁可一生中只呈现一个意象，也不
> 去追求著作等身。

断裂、碎片化、打乱时间序列、抛开传统的要求和修饰：第一次世界大战强化了现代时期的上述特征，这对于20世纪20年代几乎所有的作品都造成了重大影响。T. S. 艾略特的《荒原》（1922）是现代主义诗歌的核心文本——其草稿经庞德修改。这部作品是一堆破碎的意象，是以战后世界的废墟作为背景的一些残缺片段，是一座杂糅各种声音的巴别塔，这些声音以戏剧化的方式表现出诗人自身以及整个时代的精神崩溃。然而，这部作品同时也向西方诗歌的古老传统表达了敬意，其创作思路正如庞德所言，"尽可能多地接受各位优秀艺术家所产生的影响，但是要处理得体，要么直接承认这些影响，要么努力将其隐藏"。

直到20世纪20年代末，"现代主义"这一术语才被用来指

代意象派以及受其影响的一些文学运动，比如由脾气暴躁的温德姆·刘易斯在战争期间提出的“漩涡主义”。当时有两位诗人罗伯特·格雷夫斯和劳拉·赖丁针对意象派提出批评。希尔达·杜利特尔认为，虽然古希腊抒情诗的奠基者萨福现存的作品只是一些残缺的片段，但这其实是件好事。因为残缺的片段也就意味着内容不全，意义晦涩，让人产生共鸣又难以捉摸，这样的片段要比一首完整的诗歌更加优美。庞德把这一理念发挥到极致，创作了一首故作残缺的抒情诗《莎草纸》，收录于诗集《五年》(1916)。格雷夫斯和赖丁对此不以为然：

> 当现代主义诗歌，或者说就在前不久冒充现代主义诗歌的那些作品，发展到这样的阶段，以至于像下面几行这样的文字：
>
> 莎纸草
>
> 春天……
>
> 太漫长……
>
> 贡古拉…… 92
>
> 都被当作一首诗歌来严肃对待，那么崇尚平实的读者和坚持规范的评论家就有理由提出质疑，那些所谓的“现代主义”作品(有人使用这个名称来表示谴责，也有人表示赞同)让他们感到畏缩。贡古拉究竟是什么？是人名？是某个城镇的名字？是种乐器？是业已弃用的植物学术语，意思是“孢子”？还是说，这只是个拼写错误，作者实际上想

> 用的词是“贡戈拉”？贡戈拉是一个西班牙诗人的名字，它还衍生出另一个词“贡戈拉风格”，意思是“一种矫揉造作的华丽文体，又被称为‘过度风格’”。还有，为什么是“纸草”？……但凡信赖常识的读者都会避开上述问题，以免因为过度阐释而羞愧难当，他们将退回到更有把握的内容。
>
> （罗伯特·格雷夫斯和劳拉·赖丁，
> 《现代主义诗歌概论》，1927）

意象派反对浪漫主义晚期（也就是所谓的“乔治时代”）诗歌的华丽文风，这些诗歌往往以乡村景物作为题材。而格雷夫斯和赖丁却又反对意象派诗歌。作为替代，格雷夫斯声称他支持另一种诗歌传统，后者以具有英格兰特色的诚挚情感为主题，托马斯·哈代的诗歌作品在他看来是这一传统的代表。在20世纪剩余的时间里，英格兰诗歌被卷入到一场争斗当中，一方是哈代提出的“情感的真实声音”，另一方则是现代主义诗人对于难
93 度和实验性的坚持。

第六章

英格兰诗人

桂冠诗人

总体上，文学对于现代人来说是一种无声且孤独的体验，但过去的情形并非如此。古代的吟游诗人并不是用书面形式来记录诗歌，而是熟记和复述那些作品。在《坎特伯雷故事集》中，人们为了活跃旅途气氛，以诗歌的形式来分享彼此的故事。《高文爵士与绿衣骑士》的故事背景是圣诞节的一场盛宴，它的作用就是供人们消遣，好度过漫长的冬夜。乔治·赫伯特和威廉·布莱克将他们的诗歌配上了乐曲。

从本质上来说，戏剧体诗歌突出听觉效果，并且具有群体性。抒情诗最初以歌唱竞赛的形式出现。在古希腊，获胜的诗人（和获胜的运动员一样）会戴上月桂枝编成的花冠，而月桂树是献给诗神阿波罗的圣树。这就是“桂冠诗人”一词的起源。颂歌（表达赞美的诗歌）和挽歌（表达哀悼和纪念的诗歌）都是早期的抒情诗类别。通过创作的颂歌和挽歌，诗人有机会得到资助，这是在真正的文学市场于18世纪产生前，支持他们从事艺术创作的唯一途径。

莎士比亚发家致富，靠的不是他的诗歌，而是他在商业化剧
94 团中所占的股份。此前没有哪个英格兰诗人能靠出版业发财，直到1714年亚历山大·蒲柏和出版商伯纳德·林托特公司达成一项史无前例的交易，以每卷200几尼的价格翻译六卷本荷马史诗《伊利亚特》。蒲柏还从出版商那里免费得到了750套已经有读者预订的译本，这些读者预先支付的费用也都归蒲柏所有。按照零售价格指数来换算，蒲柏翻译这本书得到的收入约等于现在的二十万英镑；如果按照平均收入指数来换算，相当于21世纪初期的两百多万英镑。这笔钱的大部分被蒲柏用于购买了一套位于特维肯汉姆的漂亮别墅，蒲柏还在那里新建了一座精致的花园。

埃德蒙·斯宾塞的史诗传奇《仙后》（1590—1596）被认为是英格兰的第一部民族史诗。他从当地的亚瑟王传说中汲取素材，借助伊丽莎白时代最擅长的融合艺术，将这些素材与古典作品产生的影响（奥维德的神奇变形、维吉尔的严肃主题）、文艺复兴时期意大利史诗中的浪漫纠葛（特别是阿里奥斯托的《疯狂的奥兰多》），以及他本人的创新结合起来。崭新的骑士形象取代了原先的朗斯洛、高文和其他人物：红十字骑士，他显然是新教版本的圣乔治；谷阳爵士，他遇到了一个名叫阿克拉西亚的妖冶女巫，但他不为所动，展现出自我节制的美德；布里弢玛特，她是个男装打扮的女勇士，这样的人物设定显然是为了讨好伊丽莎白女王；阿西高，他一直在寻求正义，他的同伴是挥舞连枷的壮汉塔鲁斯（这个人物形象的寓意是，对于爱尔兰的叛乱决不

妥协)；卡利道埃爵士，他发现乡村居民表现得彬彬有礼；亚瑟本人则骑马赶到，在危急时刻施以援手。这首诗的出版并没有让斯宾塞发财，但是女王伊丽莎白一世给了他特殊补助。

正如之前的乔叟和约翰·斯凯尔顿（亨利八世的老师）以及之后的本·琼生和威廉·戴夫南特，斯宾塞是一位非正式的桂冠诗人。1668年，以文雅著称的查理二世将这一称号授予约 95
翰·德莱顿，桂冠诗人从此成为正式的王室职位。一年前，约翰·德莱顿为了讨好王室，出版了英雄史诗《奇迹之年》，这首诗描写了发生在1666年的两件大事：第二次英荷战争（敌军舰队沿着梅德韦河溯流而上）和伦敦大火。当时来自清教徒的反对意见认为，这两件大事是神的警示，查理政权以及当时的道德风气已经触怒了神祇。德莱顿对此做出回应，一方面他将这些事件解读为神圣的奇迹救赎模式，认为当前的灾难实际上避免了更糟糕的结果；另一方面他将国王描写成一位英雄，亲自来到市区参与灭火工作。

1685年，查理二世的弟弟、公开信仰天主教的詹姆斯二世继位，德莱顿采取权宜之计，改奉罗马天主教。1688年光荣革命爆发，随着新教君主威廉和玛丽的到来，德莱顿失去了他的王室职位，由辉格党诗人兼剧作家托马斯·沙德韦尔继任。沙德韦尔是第一个被后世嘲讽为二流政客的桂冠诗人，在他之后此类名单还有一长串。德莱顿在《弗莱诺克之子：一部描写真正纯粹的新教诗人T.S.的讽刺作品》（1682）中嘲讽了沙德韦尔；亚历山大·蒲柏在针对拙劣作家的讽刺史诗《愚人传》中，将他称为"沙*韦尔"。

浪漫主义强调作家的个人情感。典型的例子就是威廉·华兹华斯，他决定写一部关于自己的思想发展而不是关于英国历史或天堂之战的史诗，这实际上就是诗歌的私人化。济慈创作颂歌，并不是为了讨好君主和潜在的资助者，而是因为希腊古瓮、忧郁的情绪、夜莺和秋天。如果诗人真的有社会角色，那就是做一个在荒野中疾呼的预言者（布莱克和雪莱都这样看待自己），而不是成为君主和民族的官方代言人。这就是为什么当罗伯特·骚塞于1813年接受桂冠诗人这一称号时，拜伦和哈兹里特这些年轻的浪漫主义者感到沮丧的原因。骚塞曾为法国大
96 革命辩护，同时与柯勒律治合作，他们试图推行一个异想天开的计划，在萨斯奎哈纳河岸边建立一个奉行自由爱情的乌托邦社区。

阿尔弗雷德·丁尼生勋爵让桂冠诗人这一称号重新获得了尊重，他的声音清晰地表达出那个时代的氛围。他在华兹华斯去世后成为桂冠诗人；四年后，他在《泰晤士报》上读到一篇文章，内容是发生在克里米亚的巴拉克拉瓦战斗中轻骑兵的惨烈冲锋。几分钟之内，他就创作了一首诗歌，韵律用的是模仿战马奔驰节奏的扬抑抑格：“一英里半，一英里半”——重读、弱读、弱读；重读、弱读、弱读——“向前冲了一英里半”，

全都进了死亡之谷
　　六百人策马狂奔
“冲锋，轻骑兵！
准备开火！”他命令：
　　六百人策马狂奔
冲进了死亡之谷。

这首诗一方面批评了最高指挥部（“有人铸成了大错”），另一方面赞扬了轻骑兵的勇气，起到鼓舞人心的效果。像许多令人难忘的直面死亡的英格兰诗歌一样，它引用了1611年钦定本《圣经》中的第二十三首赞美诗：“是的，我走过死亡阴影笼罩下的山谷，但是我并不惧怕邪恶：因为你与我同在。”

不过，对于丁尼生来说，这样的公共诗作远远没有他表达个人哀思的抒情诗来得重要。比如，收录于《悼念集》（1850）中的一系列经典挽歌将他不同时期创作的抒情诗组合在一起，构成了一段带有史诗风格的心路历程。《冲锋，轻骑兵》是一首广受欢迎的作品，但是维多利亚时代的读者面对着黑暗的时代，长于思考的他们从丁尼生为挚友亚瑟·哈勒姆所作的那些令人心痛的挽歌中，发现了更深层次的价值。“《悼念集》带给我的精神慰藉仅次于《圣经》。”维多利亚女王在阿尔伯特亲王过世后如此说道。 97

到了现代，抒情诗时常成为作者与自己辩论的手段（这是叶芝的话，同时也适用于特德·休斯和杰弗里·希尔），或者用来“减轻个人对于生活的微不足道的抱怨”（艾略特在描述《荒原》时的自谦之辞，对于菲利普·拉金来说，这句话或许可以作为座右铭）。极少数情况下，也会出现严肃的、质量上乘的公共诗作。此类作品通常表现出愤怒和失望的情绪，诗人从局外人的视角进行创作，或者表现出对于底层民众的同情。托尼·哈里森在1984—1985年矿业大罢工后所作的诗歌《V》就是一个很好的例子。相应地，现代诗人不太愿意接受桂冠诗人这一公共角色带来的负担。

战争引起的悲悯

自第一次世界大战以来，这个国家的上空始终回荡着挽歌的旋律。

（杰弗里·希尔，1981）

偶尔，诗人也有可能代表整个民族发言。2009年，卡罗尔·安·达菲成为第一位女性桂冠诗人。在她随后创作的一批诗作中，有一首动人的挽歌，纪念刚去世的最后两位参加第一次世界大战的英国士兵亨利·阿林厄姆和哈里·帕奇。这首诗的名字叫《最后的哨位》（可在线阅读），达菲在开头引用了威尔弗雷德·欧文的诗歌《怪异的相遇》（“在每一场梦里，就在我无助的眼前，/他向我扑来，生命流逝，快要窒息，即将湮没”），然后她继续想象战争结束之后——“哈里、汤米、威尔弗雷德、爱德华和伯特”——不仅他们都复活了，而且“到处是关爱、工作、儿童、天才、英国啤酒和美食”。在这首诗的结尾，达菲这样写道：

你看到诗人把袖珍记事本收起来，微笑着。
如果诗歌真的能逆转时光，
那么这一切就会发生。

达菲在这首诗中使用的主导意象是倒退播放的电影胶片。
98 我们记得那些模糊的黑白影像，年轻的士兵跳出壕沟，一大片人中弹倒下，就像割草机在草地上除草。想象一下他们复活后的样子。假如他们幸存下来：假如英格兰诗歌没有失去“威尔弗雷德”（·欧文）和“爱德华”（·托马斯）会怎样？不过，鉴于这些诗人至今依然拥有读者，他们其实**已经**幸存下来，但是大多数牺牲的士兵只会被家人记住，被刻在墓碑或战争纪念碑上。通过回顾往事并向同行致敬，诗歌真的**能够**逆转时光。

达菲在这首诗的第一段中，还引用了威尔弗雷德·欧文的另一句诗（“为国捐躯——不——是甜蜜的——不——是正确的”）。她在第二段中提到了这些已故诗人的名字，并且描写了受难的战马，以此来表现第一次世界大战的残酷。这样的写法与她的一位同行异曲同工：就在达菲的创作期间，儿童文学桂冠作家迈克尔·莫珀戈的作品《战马》被改编成戏剧，在国家剧院成功上演。在这首诗的最后一段中，达菲似乎是在暗指在爱德华·托马斯的尸体上发现的袖珍记事本。当时那个本子没有破损，不过炸弹产生的冲击力弄皱了纸页。是达菲的文字让过去的声音重新复活。

诗歌与逝者对话：“美好且正确”这句话让时光胶片继续回退。这是欧文采用的诗歌标题，源自古罗马诗人贺拉斯一首颂歌中经常被人引用的一行诗：“为国捐躯可谓美好且正确。”如果我们查看欧文的原始手稿，会发现还有其他诗人也加入了这场对话。我们在手稿中不仅可以看到欧文本人的仔细修改（在描写中了毒气濒临死亡的士兵时，他先后尝试了“发出咕噜的声音”、“发出咯咯的声音”、“瞪大眼睛看着”、“生命流逝”等表述），而且也可以看到另一位诗人西格弗里德·萨松所做的标记，他帮助欧文进一步完善了这首作品。他们曾经在克雷格洛克哈特战地医院共同接受治疗，以缓解长期战斗带来的精神压

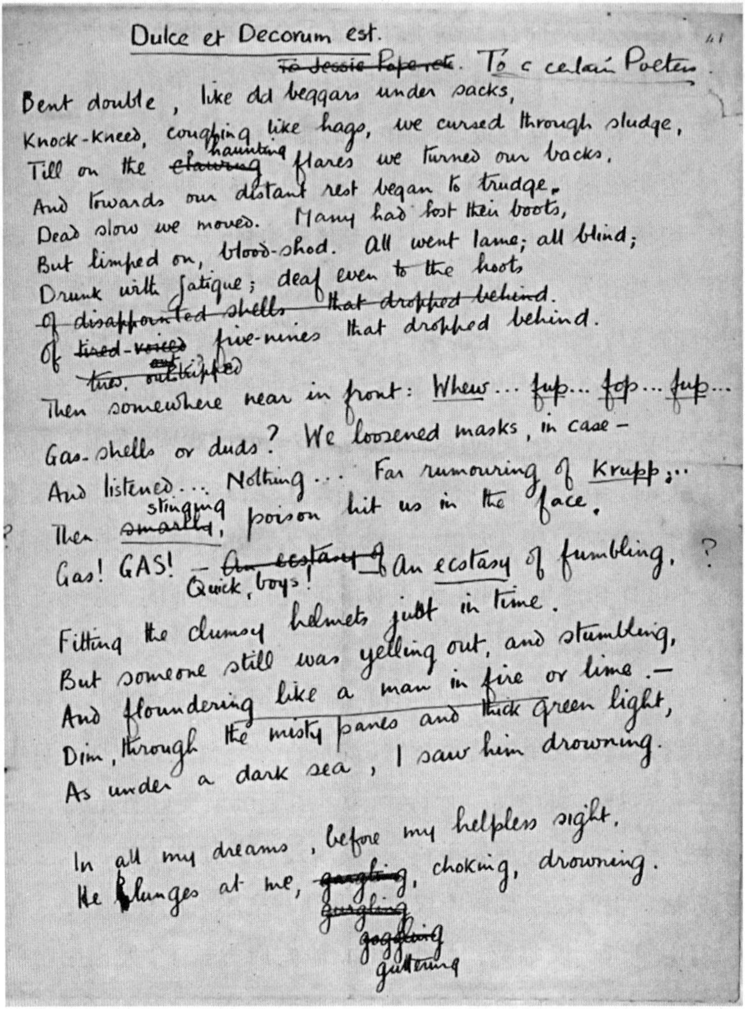

Dulce et Decorum est.

~~To Jessie Pope etc.~~ To a certain Poetess.

Bent double, like old beggars under sacks,
Knock-kneed, coughing like hags, we cursed through sludge,
Till on the ~~clawing~~ haunting flares we turned our backs.
And towards our distant rest began to trudge.
Dead slow we moved. Many had lost their boots,
But limped on, blood-shod. All went lame; all blind;
Drunk with fatigue; deaf even to the hoots
~~Of disappointed shells that dropped behind.~~
Of ~~tired-voiced~~ five-nines that dropped behind.
~~tired, outstripped~~

Then somewhere near in front: Whew... fup... fop... fup...
Gas-shells or duds? We loosened masks, in case—
And listened... Nothing... Far rumouring of Krupp;...
Then ~~smartly~~ stinging, poison hit us in the face.

Gas! GAS! ~~An ecstasy of~~ Quick, boys! An ecstasy of fumbling. ?
Fitting the clumsy helmets just in time.
But someone still was yelling out, and stumbling,
And floundering like a man in fire or lime.—
Dim, through the misty panes and thick green light,
As under a dark sea, I saw him drowning.

In all my dreams, before my helpless sight,
He plunges at me, ~~gargling~~, choking, drowning.
~~gurgling~~
~~goggling~~
guttering

图4 “美好且正确”：威尔弗雷德·欧文的原始手稿，可以看到作者本人的修订，以及西格弗里德·萨松的建议

力。欧文原本打算使用“致杰西·蒲柏及其他人”或“致某位女诗人”作为这首诗的标题，这足以说明，他批评的对象并非贺拉斯，而是为这个“古老的谎言”辩护的某些现代人士。杰西·蒲柏是那些狂热的爱国诗人之一，她定期在《每日邮报》上发表诗歌，呼吁年轻人加入战斗，前往佛兰德斯的泥沼为国捐躯。在其中一首诗中，她这样写道： 99

谁来加入这场游戏，迄今为止最大规模
炽热激烈的战斗游戏？……
谁来听从号令，勇敢“冲锋”？
谁来共赴国难？
谁会坐在看台上旁观？ 100
明知道这并不轻松——没那么简单——
谁又会热切地扛起火枪？
谁宁愿拄着拐杖回来，
也不愿躲起来，错过这场游戏？

“再没有这般纯真”，让菲利普·拉金感慨的是发生在1914年的一幕场景，那些戴着布帽的男人排着歪歪扭扭的长队，准备签名入伍，为国王和国家作战。他们“露齿微笑，仿佛这就是/八月银行假日里的一场消遣活动”（《一九一四》，收录于《降灵节婚礼》，1964）。

当战争爆发时，诗歌能做些什么？欧文有句名言：“重要的是，我并不关心诗歌。我的题材是战争，以及战争引起的悲悯。诗歌存在于悲悯之中。”他和萨松以及艾萨克·罗森博格带着愤怒和悲伤的情绪，讲述了战壕里的真实情形。在他们之后，任何人提及“美好且正确”，总是带着反讽的语气或者含蓄的态度。在某些方面，他们塑造了战争诗歌的风格，没有人能够超越他们——虽然基思·道格拉斯在第二次世界大战期间做了令人敬佩的尝试。

对士兵而言，诗歌可以成为一种慰藉，就像丁尼生的《悼念集》对维多利亚女王的意义一样。第一次世界大战期间，西线战场的许多士兵背包里都放着一本A. E. 豪斯曼的挽歌体诗集《一个什罗普郡的小伙子》（1896）。相比杰西·蒲柏倡导的那种爱国主义理念，诗歌可以提供一种更微妙的爱国形式。以生动的乡村散文著称的作家爱德华·托马斯在被问到为什么加入“艺术家步兵团”（英国的一支预备役部队）时，弯下腰，捧起一抔英格兰的土壤，答道：“为了这个。”战争让他成为一名诗人。由伦敦地铁公司资助的一幅征兵海报用特殊的方式来呈现英格兰的样子（当时有许多人认为，他们作战就是为了保卫这样的英格兰），它将一幅画着乡村教堂墓地的图像，配上了浪漫主义诗人
101 塞缪尔·罗杰斯描写安逸乡村生活的几行诗句。

在战乱时期，乡村生活的节奏提供了一种稳定、持久的意象。在《马勒》（1916）这首诗中，爱德华·托马斯顺着罗杰斯的那几行诗继续思考，他的话里没有任何的极端爱国主义情绪，也没有道德说教：“犁铧划过，蹒跚的马儿并排经过/我看着结块的土壤碎裂并翻转。”在创作《正值“打碎列国”之际》（1916，标题暗指《旧约》中的先知耶利米，“你是我的战斧，是我打仗的兵器：我要用你打碎列国”）这首诗时，托马斯·哈代曾有过类似的灵感：

图5 “愿望”：一战征兵海报，由乔治·克劳森绘图，描写乡村生活的诗句出自浪漫主义诗人塞缪尔·罗杰斯

独自一人耙着结块的土壤
他的步伐无声又缓慢
一匹老马点着脑袋，步履蹒跚
一边前进，一边打盹

欲望的诗歌：约翰·多恩

对于一个严肃而又勤勉的人来说，只有两个主题能引起他的兴趣，那就是性爱和死者。

（W. B. 叶芝，1927）

挽歌有两种。一种是为了纪念逝者所作的诗歌，比如约翰·弥尔顿的《利西达斯》。挽歌可以用来纪念某位特定的人物，也可以对丧失和死亡进行更为宽泛的思考。后一类作品最著名的例子是托马斯·格雷的《墓园挽歌》（1751），这是一首标准的五音步（五步抑扬格）四行诗："晚钟响起，给离去的白昼报丧……荣耀的道路终点却是坟墓。"为悼念其他诗人或挚爱的人所作的挽歌一直是英格兰抒情诗中数量最多的类别之一。悼念诗人的挽歌始于16世纪萨里伯爵对托马斯·怀亚特的缅怀；在此之后，17世纪有托马斯·卡鲁缅怀多恩，19世纪有雪莱悼念济慈（《阿多尼斯》），20世纪有奥登悼念叶芝。为挚爱的人所作的
103 挽歌包括：本·琼生优美的短诗，他将去世的儿子称为他"最好的诗篇"；亨利·金为妻子所写的"悼词"（17世纪20年代）；哈代对妻子的怀念（《1912至1913年间的诗歌》）；以及近期的道格拉斯·邓恩的《挽歌集》（1985）、特德·休斯的《生日来信》（1998）和克里斯托弗·里德的《少许》（2009）。

另一类挽歌是爱情诗。“挽歌体”一词最初指的是一种古典诗歌格律，这种格律时常被用于表达悼念。罗马抒情诗人卡图卢斯、普洛佩提乌斯和奥维德多次利用这种格律来创作爱情诗。因此，当克里斯托弗·马洛将奥维德的作品《阿莫雷斯》译成英语时，他称之为奥维德的《挽歌集》。当我们陷入爱河时，我们会寻求诗歌的帮助：好的诗歌借助让人心跳加速的格律来强化情感的语言表达，这些诗歌中的隐喻开阔了我们的眼界，同时韵脚将不同的词语联系起来，就像亲吻一样。因此，奥维德式的、以性爱为主题的诗歌成为一条贯穿英格兰文学的脉络，从莎士比亚的《维纳斯与阿多尼斯》（1593）到济慈的《圣阿格尼斯之夜》（1829），再到克里斯蒂娜·罗塞蒂的《精灵集市》（1862），以及此后的一些作品。

16世纪90年代，挽歌成为一种流行的诗歌形式，受欢迎程度不亚于表达爱情的十四行诗。在约翰·多恩的一首挽歌中，我们读到了他关于爱人身体的奇特的性描写：

请准许我游走的双手，让它们行动，
前面，后面，中间，上面，下面
噢，我的亚美利加！我的新大陆，
我的王国，独自占据才最安全，
我的宝石矿：我的统治权，
我是多么幸福，能够发现你！
达成这些契约，就等于获得自由；
我的手所到之处，都盖上我的封印。 104
　　完全赤裸！所有的欢乐皆因有你，

如同灵魂脱离躯壳，肉体也必须脱离衣物
为的就是品尝全部的欢乐。

（《致他上床的情人》）

多恩先是抓住情人的强烈感受，然后跳到一边对此进行思考，并且以非凡的创造性和复杂性，借助哲学化的语言来表达这一主题。多恩的门徒亚伯拉罕·考利写了一首诗，将爱人的心比作手榴弹，约翰逊博士对此评论道，考利将"纷繁杂乱的想法用蛮力强行拼凑在一起"。

诗人之中，当数莎士比亚作品的个人色彩最为淡薄：即便在四个世纪后的今天，依然没人能找出隐藏在他的十四行诗背后的个人经历——如果真的有相关经历的话。相比之下，多恩的作品表现出他的个性。他是英语世界中第一个以自身经历为素材进行诗歌创作的重要作家。直到两个世纪后，华兹华斯和其他浪漫主义诗人才以类似的方式，将个人生活作为首要主题。此外，多恩也是以文人身份书写私密信件且信件流传至今的第一人。以他为传主的一本传记是最早的一批英语传记之一，由艾萨克·沃尔顿在他去世后不久完成。多恩一生中有过多次戏剧性的转变，这使他成为理想的传记对象。

1573年，多恩出生于一个拒绝英国国教礼拜仪式的天主教家庭：他的母系祖先中有一位重要人物，其宗教地位不亚于殉教的托马斯·莫尔爵士。他的兄弟因为庇护一位天主教神父而遭到拘捕，最终死在狱中。多恩本人12岁就进入牛津大学学习，原因不是因为他从小智力过人（尽管这是事实），而是因为他想要在16岁（到那时他将不得不宣誓效忠女王并支持英国国教）

之前拿到学位。二十多岁时，多恩已经和他的天主教出身划清了界限，并成为掌玺大臣托马斯·埃杰顿爵士的私人秘书。但 105 他随后爱上了埃杰顿爵士年仅十几岁的侄女，并与其秘密成婚。他因为这次婚姻丢掉了工作。不过，他们的婚姻持续多年并且相当幸福。鉴于多恩年轻时曾经到处拈花惹草，这样的婚姻有点令人惊讶。虽然职业生涯的开端并不顺利，不过在去世前多恩已经是圣保罗大教堂的教长，同时也是当时最著名的布道者。他的布道词让大批民众为之着迷，其魅力不逊于莎士比亚的戏剧作品。

多恩的大部分诗歌是为朋友和资助者所作，这些作品在他生前未曾出版。不过，在伊丽莎白时代关系密切的上流社会中，多恩是个重要的新作家这一消息很快便流传开来。他最受推崇的诗作是《宁静》和《风暴》，这两首精美作品的灵感源自他的海上冒险经历，当时他在极具个人魅力的埃塞克斯伯爵手下任职，受命前往卡迪斯和亚速尔群岛。在律师学院担任实习律师期间，多恩还写了多首讽刺诗，不仅对当时的伦敦生活提出批评，同时也通过大量押韵的对句，努力追寻精神智慧和宗教信念：

以奇特的方式

坚持探寻，就是要避免迷失；
别想着睡觉，或跑错方向。在大山之上，
崎岖陡峭，真理站在那里，要想
见到她，就必须，必须不断前进；
即便有突兀的大山阻挡，胜利的终将是你；

努力探寻，直到最后，面对死亡的暮光，
你的灵魂将安息，因为那一晚无人奔忙。

（《讽刺诗》第三首）

多恩的《歌与十四行诗》是用英语创作的最有力度的爱情诗集。这些诗歌有种直达人心的效果，这首先是因为作品中有一个声音和同床共枕的爱人在直接交谈，同时这个声音也在邀请旁听的读者加入：“让我好奇的是，你和我/究竟做了什么，在
106 我们相爱之前？”（《你好》）；“看在上帝分上，别说话，让我来爱你”（《经典化》）；“我已经爱过你，两三次/那时我未曾见过你的容颜，也不知道你的名字”（《空气与天使》）。

按照本·琼生的说法，多恩在他二十五岁之前完成了所有的代表作。多恩区分了两种自我：年轻时朝气蓬勃的“小伙子杰克”和晚年时圣保罗大教堂受人尊崇的神学家多恩。然而，他在后半生中创作的宗教诗歌——以及他的布道词所使用的语言——依然保留了他早期作品中的激情和某些色情成分。不过，他现在并不想引诱情妇，令他着迷的是上帝：

蹂躏我的心，三位一体的上帝……
带我到你面前，将我监禁，因为
除非你迷住我，否则我就不自由，
除非你令我销魂，否则我也不纯洁。

（《圣十四行诗》第十首）

多恩拒绝将他的感官体验和精神体验割裂开来。柯勒律治

认为，作为一名诗人就意味着“激活人的整个灵魂”，对此多恩给出了最为严格的回应。他用散文体写下的关于死亡的思考就像他用诗歌形式对爱情所作的剖析一样，使用了大量隐喻：

> 谁都不是孤岛，自成一体；每个人都是大陆的一小片，整体的一部分……任何人的死亡都削弱了我的力量，因为我是整个人类的一分子，因此别去打听丧钟为谁而鸣；你就是它悼念的对象。
>
> （《紧急时刻的祈祷》，第十七篇）

身处天主教和新教、经院神学和怀疑一切的“新哲学”之间的夹缝中，在寻求公共角色的同时，又致力于维系私底下的自我身份，多恩代表着文学兼顾过去和现在、历史和永恒的魅力。

第七章

莎士比亚与戏剧文学

“怀着情感去看”

一位演员领着另一位演员走上舞台，前者扮演的是一位农民打扮的流亡贵族，后者扮演的是一位老年贵族，在这出戏之前的情节中他的双眼被挖了出来。他们假装在爬山。“您现在正在爬山，”打扮成农民的那个人说，“瞧这路多难走。”“我倒觉得地面很平坦。”老人答道，他并不知道这个所谓的农民其实是他的儿子。观众和这个年轻人一样视力正常，但是他们看到的是一个平面（即舞台），这也正是老人的感受。只有在想象中，他们所走的这段路才是“可怕的悬崖峭壁”。“听，你没听见大海的声音？”年轻人问道。“没，我真听不见。”老人答道。同样，这次依然是由这位盲人来点明该剧最初上演时舞台的真实状况——当时既没有音响系统，也没有录音效果。一些现代戏剧导演和电影导演在这个场景中加入了大海的声音，这实际上是对舞台艺术的曲解。

年轻人说，老人听不见大海的声音，这表明“伴随着双眼遭受的痛苦/［他的］其他感官也在衰退”。老人赞同这种说法：他的听力肯定出了问题，因为年轻人说话的声音也在变化。他们初次相遇时，他的声音听起来像是穷汤姆，那个疯疯癫癫、四处 108
游荡的乞丐；现在他“说起话来好多了”。一方面，这是真的：年轻人的措辞的确发生了变化。但另一方面，这又不是真的，他依然是这位老人乔装打扮的贵族儿子。“你被骗了，我一点都没变/除了我的衣服。”老人不可能看见服饰的变化，但是剧场里的观众会注意到这一点。

这位年轻人的真名叫埃德加，他让那位老人（即葛罗斯特伯爵）站在那里不要动。然后，他虚构出一幅从悬崖顶端俯瞰下方的画面。在先前的场景中，我们得知他们正前往多佛（莎士比亚的剧团曾在那里巡回演出），因此我们不妨想象，此刻我们正站在一片白色悬崖的顶端，底下就是英吉利海峡。为了纪念以下这段话，多佛最高的一处悬崖在18世纪时被命名为“莎士比亚悬崖”：

多么可怕
多么晕眩，眼睛看着这么低的地方！
盘旋在半空的乌鸦和山鸦
看上去还没有甲虫那么大：半山腰
有个人悬在那里采海蓬子，可怕的工作
我觉得他看起来也就是脑袋大小。
走在海滩上的那些渔夫
像老鼠一样，那艘抛锚停泊的大船

小得像它的舢板，而它的舢板，像个浮标
小得几乎看不见。海浪拍打在
岸边无数颗卵石上，
站在高处听不到声音。我不看了，
以免头脑发昏，眼睛发花
一头栽下去。

作者以素体诗的形式来描写这个场景，并且通过诗歌的动态变化来激发身处悬崖的感觉。“半山腰”——此处为行末停顿——“有个人悬在那里采海蓬子”。在描写这个场景时，作者
109 遵循的是透视法则：距离越远，物体越小。在这段话的末尾，埃德加承认确实听不到大海的声音。与此同时，从“小得几乎看不见”到“眼睛发花”，这样的变化让他置身于双目失明的父亲所处的境地。随后，葛罗斯特伯爵说道：“带我到你所站的位置。”他们就这样彼此交换位置。埃德加站到一旁，并告诉观众，他正在戏弄父亲，为的是消除后者的绝望情绪和自杀倾向。紧接着，葛罗斯特伯爵向诸神慷慨陈词，与这个世界作别，一头栽了下去，试图自杀。当然，他并不是从悬崖上摔下来，而是摔倒在平坦的舞台上。

随后，埃德加变换了自己的身份，同时也变换了舞台场景。他假装自己是悬崖下方沙滩上的某个人，这个人帮助这位老人站起来，并且告诉他，他从高处跌落却奇迹般地幸存下来。这个所谓的奇迹让葛罗斯特伯爵相信，他必须以坚忍的态度来承受苦难，而不是自杀，在道德层面上自杀是一种罪行。

此时，另一位演员登场了，他扮演的是一位疯癫的国王，头

戴一顶杂草编成的王冠。对话再一次围绕声音辨识（或者说，误识）展开："我认得那个声音"，"那个声音说话的腔调，我记得很清楚"。这位名叫李尔的疯癫国王先是将瞎眼老人误认为自己的女儿（"长着白色的胡子"），随后又将他误认为某个因为通奸而被审判的男人（葛罗斯特伯爵的确犯下通奸罪——该剧一开始他将自己的私生子埃德蒙引荐给王室）。最终，这个疯子注意到对方是个盲人，但他声称视觉障碍并不妨碍对世间不公正现象的认识：

李尔　嘿，你在听我说话吗？你头上没长眼睛，钱包里也没钱？你两眼发沉，钱包变轻，可你照样能看清这世界。

葛罗斯特　我怀着感情去看。

李尔　什么！你疯了吗？一个人就算没有眼睛，也照样能看清这世界。用你的耳朵去看：你瞧法官正在痛骂那个可怜的小偷。听，用你的耳朵去听：让他们换个位置，然后你来猜，谁是法官，谁是小偷？你见过农夫的狗朝乞丐吠叫吗？ 110

葛罗斯特　是的，大人。

李尔　你也见过乞丐被狗赶跑吧？从中你就能看清什么是权威：哪怕一条狗有了职位，照样能让人俯首听命。

李尔认为，权威源自权力的外在修饰——比如，法官的长袍和狗的吠叫——而不是源自某种天然的或神圣的秩序。1606年圣诞节之后的那一天，这样的对话没有遭到查禁，而是当着国王（英格兰的詹姆斯一世，同时也是苏格兰的詹姆斯六世）的面，出现在怀特霍尔街宴会厅的舞台上。在这场戏随后的一段情节中，李尔王像个传道士一样开始进行道德说教，他声称：“我们哭泣着来到这世上，/来到这个处处是傻瓜的大舞台上。”在这出戏的大部分场景中，各式各样的傻瓜占据着舞台空间。恰恰是这些傻瓜（而不是那些自私自利的大臣），冒着失去生命或者失去理智的风险，以诚恳、真实和睿智的态度说出了实话。

在这场戏的剩余部分，埃德加继续扮演其他角色：一个足以被尊称为“先生”的温文尔雅的男人、一个同情他人的穷人、一个满口方言的乡下人（“这种吓唬人的话就是说上两星期也不管用”）。在这场戏结束时，他和刚开场时一样，扶着老人离开。令人心酸的是，虽然他称老人为“父亲”，但他依旧没有承认自己事实上就是葛罗斯特伯爵的儿子。

戏剧表演靠的是假装。扮演埃德加的演员假装道路很“难走”，以此暗示他在登山。他还装出各种说话的腔调，换上各种服饰。扮演葛罗斯特伯爵的演员假装他是个盲人，假装相信他自己为求自尽跳下了悬崖。扮演李尔的人假装疯癫，但同时又很睿智，假装没有认出葛罗斯特。从事幕后工作的男男女女缝制了这些服装，制作了那顶用野草编织的王冠，他们也是戏剧假
111 象的一部分。在《李尔王》第四幕的这个场景中，莎士比亚不仅展现了多层次的、极为复杂的舞台艺术，同时也对戏剧本质做了自觉反思。当我们问及这些人究竟是谁，他们在什么样的层面上进行“表演”时，我们就会陷入思想的漩涡，正如埃德加看到的悬崖下方的场景，令人头晕目眩。我们发现自己在同一时刻身处多地：首先是剧院，其次是剧中描绘的英国古代世界，此外还涉及莎士比亚所处的君主时代，以及我们自己关于“这个世界

的人情世故”的认识。我们认为，这个世界就是一个被傻瓜占据的舞台，但我们同时也察觉到，那个假扮的布道者正在嘲讽这一想法，认为这不过是陈词滥调。

莎士比亚总是比我们先行一步。在《李尔王》的整个表演过程中，那些自认为了解这个世界的人物，总会发现随后发生的事件在嘲弄自己。在结尾的那场戏中，奥本尼公爵精心安排，想要让混乱的局面重新恢复秩序，然而他的每一次决定都伴随着新的灾难：他欢迎埃德加重新掌权，随即得知葛罗斯特伯爵的死讯，继而又得知戈纳瑞和里甘死于非命；当他听到科迪利娅将要被绞死的消息时，他以一句“诸神庇护她”作为回应，但紧接着李尔却怀抱着已经被绞死的科迪利娅走上舞台，诸神显然没能庇护她。接着，奥本尼试图还政于李尔——但李尔却很快死去。然后，他又劝说肯特和埃德加，试图将国家分而治之，但是肯特却优雅地走下舞台，他也即将死去。然而，这所有的一切使人与人之间的纽带显露出来。舞台演出中所展现的这些情感在观众当中激发了情感上的回应。就像葛罗斯特伯爵一样，我们“怀着情感去看”。最终，虽然我们没法回答剧中提出的那些重大问题，比如“是否有某种本性造就了这些人的铁石心肠”，但我们明白了一个道理，那就是要说出“我们的感受，而不是说我们平常要说的话”。

观看与阅读

在《闲谈者》（1709）中，约瑟夫·艾迪生把埃德加对多佛悬崖的那段描述特别挑选出来，给予了高度赞扬：“读了这一段 112
却没有感到头晕眼花的人，要么他头脑很清楚，要么他头脑很糊涂。”塞缪尔·约翰逊博士对此有不同看法：“应该说，他头脑里全是悬崖——一片空白。”他对鲍斯维尔说：

> 乌鸦让你打退堂鼓。看起来显得很渺小的船只，还有其他事物，这些都是非常不错的场景描写。但是不要一下子就强调悬崖的惊人高度，试图给人留下深刻印象。印象应该有所区分；你通过估算，从前一个阶段所描写的大片空间转移到后一个阶段。

围绕某些作品是否取得成功，文学评论总会出现此类争辩。像约翰逊这样的反对声音是非常宝贵的妙药，让我们得以避免被某些自鸣得意的看法所蒙蔽，从而将莎士比亚吹捧为完美无瑕的天才。

不过，约翰逊也承认，“也许没有哪一出戏”能像《李尔王》这样“一直引起强烈关注”，没有哪一出戏能够“如此充分地点燃我们的激情……诗人的想象力如同一股强劲的激流，思维一旦介入其中，就不由自主地被裹挟着向前冲去”。比起其他剧作家，莎士比亚似乎更善于让听众抓住说话者的思绪。二十多年后，查尔斯·兰姆写道：“当我们读剧本时，我们并没有看到李尔，我们自己就是李尔。”不过，对于兰姆来说，只有在**阅读**过程中，人们才有可能借助想象力，与李尔或哈姆雷特感同身受。在剧场里观看戏剧只是糟糕的替代做法：

> 观看《李尔王》的演出，看着一位老人拄着拐杖在舞台上蹒跚行走，在雨夜被女儿赶出家门，这样的体验只会让人

> 感到痛苦和厌恶。我们想要保护他，减轻他的苦难。这是《李尔王》的演出留给我的唯一感受。但是莎士比亚的《李尔王》没法通过戏剧形式来呈现。他们用来仿拟暴风雨的道具和布景十分糟糕，不足以表现真正的恐怖；同样，也没有 113
> 哪个演员能塑造李尔：或许他们宁愿在舞台上扮演弥尔顿笔下的撒旦，或者迈克尔·安杰洛笔下的某个可怕的人物。
>
> （兰姆，《论莎士比亚的悲剧，关于这些作品是否适合舞台表现》，1811）

兰姆认为莎士比亚的悲剧不适合舞台表演，对此我们的第一反应是难以置信。创作戏剧就是为了表演。戏剧作品让那些最优秀的演员取得最杰出的成就：从莎士比亚的好友理查德·伯比奇（一些角色专为他设计），到王政复辟时期的托马斯·贝特顿、18世纪的大卫·加里克、19世纪的埃德蒙·基恩和亨利·欧文、20世纪的约翰·吉尔古德和劳伦斯·奥利弗，以及近期的保罗·斯科菲尔德和伊恩·迈凯伦，辉煌的英格兰舞台上接连涌现出多位哈姆雷特和李尔的扮演者。而且，《哈姆雷特》、《李尔王》，以及莎士比亚的其他作品本身具有鲜明的戏剧性，它们迫切需要通过**演出**来呈现其中的意义——正如之前提到的悬崖场景、哈姆雷特的戏中戏、麦克白的独白（他提到那位“可怜的伶人/在舞台上时而趾高气扬，时而烦躁不安”）、克莉奥佩特拉想象中的那位尖声说话的演员（他将以“男孩演员”的身份来扮演“女王/像妓女那般卖弄风情”），以及上百个类似的“元戏剧”片段。

或许我们应该体谅兰姆，因为在他所处的时代，剧场存在诸多缺陷。莎士比亚在创作时所针对的舞台是一个只有极少数布景和景观效果的平台，并且舞台的演出区域向前延伸与观众席直接接触，中间没有阻碍，可以充分展现戏剧表演的活力。然而，到了18世纪和19世纪，位于考文特花园街区和特鲁里街的皇家剧场采用了洞穴式结构，弧形的舞台前部将演员与观众隔离开来，并且在表演过程中加入了精心设计的场景变换和大量的附加道具。这样做的目的是为了追求视觉效果，但实际上却妨碍了戏剧表演。如果兰姆借助时光旅行回到莎士比亚的时代，或者前往未来参观空间紧凑的黑盒子工作室小剧场，他所看
114 到的演出或许就会让他感受到李尔的思维。

另一个原因是兰姆没有机会看到这出戏的原始形态：从王政复辟到维多利亚时代早期这一百五十年的时间里，在英格兰的戏剧舞台上，这出戏的原始版本已经被那洪·泰特改写的版本所取代，新剧本表现出浪漫雅致的风格，去掉弄人的角色，并且安排了幸福的结局，让科迪利娅嫁给埃德加。

如果我们是戏剧工作者，我们可能会从兰姆的立场走向另一个极端，认为莎士比亚的戏剧作品应该**一直**作为舞台表演的脚本，而不是作为学术研究或课堂分析的文本。我们可能会认为，出于应付考试的目的，将莎士比亚使用的高难度语言强行灌输给学生，这破坏了戏剧表演带给我们的愉悦和启迪。当情节发展和人物关系具有强烈吸引力的时候，哪怕我们发现有些话的意思难以确定（比如，哈姆雷特说的“先王也曾允诺相应的部分”；或者李尔的弄人说的“啊，老伯，干燥屋子里的宫廷圣水，不比这户外的雨水好得多？”），也不影响我们对作品的欣赏。我们或许会说，戏剧作品**在成为文学之前**，首先是舞台表演。当

演员和观众在剧场鲜活的共享空间中相遇时，莎士比亚的个人风格才算是充分表现出来。为了支持这一观点，不妨将莎士比亚与本·琼生进行对比。本·琼生在出版他的剧作前做了精心准备，删去了专为舞台表演设计的滑稽内容，但是莎士比亚对于出版剧作并使之流芳百世并不感兴趣。他是一名实践型的剧作家，是第一个在剧团内部担任固定创作职务的戏剧家。他为特定的演员、舞台空间和观众（包括公共的、私人的和王室的观众）进行创作。如果他得知他的舞台脚本最终变成了文学作品，被人从不同视角——包括道德、心理学、形式、政治、社会学、历史学、哲学和传记等多种视角——进行解读，并且相关阐释文字的数量仅次于《圣经》，比世界历史上其他文学作品都要多，他一定会感到震惊。

还有一种说法认为，莎士比亚并不是**具有文学性**的戏剧家，但这样的说法也存在争议。莎士比亚的演员同行约翰·黑明斯和亨利·康德尔显然考虑到他（去世后）的利益，所以才把他的剧作以精美的对开本形式出版，使其成为文学作品，并且在序言中敦促购买者，要反复阅读他的作品。

甚至在此之前，读者就可以读到莎士比亚将近一半的戏剧作品，主要是悲剧和历史剧，有些版本还获得了剧团授权。他生前出版的几部剧作（《理查三世》、《哈姆雷特》和《李尔王》）的长度都超过标准，当时伦敦的戏剧舞台所允许的公共演出时长为两到三个小时，这几部剧本不经删减就无法在规定时间内完成演出。因此，这些出版的剧本很可能是莎士比亚本人所使用的文本，他在创作时完全明白，要想将这些作品搬上舞台，必须先进行删减和改写。

MR. WILLIAM
SHAKESPEARES
COMEDIES,
HISTORIES, &
TRAGEDIES.
Publiſhed according to the True Originall Copies.

LONDON
Printed by Iſaac Iaggard, and Ed. Blount. 1623.

图6　莎士比亚的剧作就此变成文学作品？1623年第一对开本的标题页，确立了喜剧、历史剧和悲剧的文类区分

根据再版的频率（这是文学市场需求量最可靠的指标）来判断，在莎士比亚生前，他有三部作品最受读者欢迎，其中两部是《亨利四世》（上）（以约翰·福斯塔夫爵士和绰号“烈火骑士”的亨利·珀西这两位人物而闻名）和《理查三世》（以同名反面角色而闻名）。第三部是匿名出版的田园喜剧《穆米多罗斯》（1598，由莎士比亚的剧团补充内容后于1610年再次上演）。那个时代再版次数最多的长诗是莎士比亚年轻时描写情爱的力作《维纳斯与阿多尼斯》。很显然，在莎士比亚生前，他的作品不仅被搬上舞台，而且广为**阅读**。

然而，在莎士比亚的作品成为文学经典的过程中，第一对开本起到了极为重要的作用。黑明斯和康德尔把莎士比亚的作品分为三类——喜剧、历史剧和悲剧——从而使读者注意到他的多才多艺。本·琼生专门为莎士比亚写了一首诗，作为作品集的序言，称赞他在悲剧和喜剧这两个领域足以媲美古典时期的优秀戏剧家。琼生还认为，莎士比亚已经超越了英格兰文坛的诸位前辈，包括约翰·黎里、托马斯·基德和克里斯托弗·马 117
洛。黎里的作品《恩底弥翁》（1591）和《伽拉忒亚》（1592）为伊丽莎白时代的喜剧奠定了基础，这些精致的作品以才智、搏斗、求爱，以及专为男孩演员设计的易装情节为特色；托马斯·基德的《西班牙悲剧》（1588）是血腥复仇型悲剧的原型；克里斯托弗·马洛率先创作了风格雄浑的素体诗，并塑造了不自量力的反英雄形象——试图征服一切的帖木儿大帝、马基雅维利式的阴谋家、马耳他的犹太富翁巴拉巴斯，以及精力充沛的约翰·浮士德博士。黎里没有写过悲剧，马洛和基德都不善于创作喜剧。那个时代另一位杰出的喜剧作家是本·琼生——柯勒律治认为《炼金术士》（1610）是情节最完美的文学作品之一——但是琼生的悲剧写得很糟糕：1603年，《赛扬努斯的覆灭》在环球剧场上演时遭遇惨败。相比之下，莎士比亚在悲剧和喜剧这两个领域都迅速赢得赞誉。此外，他的名气还得益于一种独特的创新手段，那就是用多部剧作构成一个系列来讲述本民族的历史，将贵族和平民放在一起，内容五花八门，既包括历史著作中的战役和篡位，也包括酒馆和旅途中的虚构故事，比如引人瞩目的约翰·福斯塔夫爵士，以及发生在盖兹山的极为滑稽的拦路抢劫事件。

莎士比亚生前广受赞誉，在第一对开本出版后，他的名声更加显著。但是，起初人们并不认为他在同时代的所有作家中独领风骚。理查德·贝克爵士在《英格兰君王编年史》（1643）中提出的看法具有代表性，他认为“对剧作家而言，对曾经做过演员的剧作家而言，威廉·莎士比亚和本杰明·琼生这两个名字必将流传后世”。

悲剧的压抑，喜剧的活力

最终，莎士比亚的作品在图书馆和剧院的受欢迎程度都胜过琼生的作品。正因为莎士比亚的悲剧作品过于杰出，随后的几个世纪里，英格兰的悲剧创作反而受到压抑。紧随其后的剧作家创作的一些格调阴暗、充满色情意味的悲剧作品占领了舞台——比如，托马斯·米德尔顿的《复仇者的悲剧》（1606—1607）、《女人相互提防》（1621）和《傻瓜》（1622，和威廉·罗利共同创作），约翰·韦伯斯特的《白魔》（1612）和《马尔菲公爵夫人》（约1614），约翰·福特的《可惜她是个娼妇》（1633）。

1642年，清教徒关闭剧场，这导致悲剧创作在随后二十多年的时间里无法取得进一步发展。1660年王政复辟后，剧场重新开放，约翰·德莱顿和他同时代的剧作家一起将新古典主义英雄悲剧搬上英格兰的舞台，但是这些作品没能成为传世经典。弥尔顿的《力士参孙》（1671）将《圣经》素材和古希腊悲剧形式巧妙地结合起来，但他创作这部作品并不是为了舞台演出。王政复辟后的英格兰悲剧，能够在常备篇目中占有一席之地的作品只有托马斯·奥特维创作的《威尼斯受到保护》（1682），这是一出新莎士比亚风格的作品，展现出作者娴熟的技艺。在莎士比亚的阴影下进行创作的18世纪和19世纪悲剧中，最值得尊敬的失败尝试包括P. B. 雪莱的《倩契》（1819）和拜伦勋爵的历史剧——但是拜伦真正的戏剧佳作是《曼弗雷德》（1817）和《该隐》（1821），这些作品更适合文学想象，而不是在特鲁里街和考文特花园街区呈洞穴结构的舞台上正式演出。

19世纪晚期，亨里克·易卜生发展了具有现代资产阶级特色的现实主义戏剧，由此激发了爱德华时代的新式悲剧创作，尤其是集演员、剧场经理、导演和评论家于一身的哈利·格兰维尔·巴克的作品（《沃伊齐的遗产》，1905，主题是金融丑闻；《荒废》，1907，主题是导致一位前途看好的政治家下台的性丑闻）。不过，总体而言，20世纪上半叶，在由英格兰作家创作的严肃戏剧的常备篇目中，最优秀的作品留给观众的印象是怜悯，而不是高雅悲剧——在特伦斯·拉蒂根的《布朗宁译本》（1948）中，一位男教师得知妻子与人私通；在诺埃尔·科沃德的《平静生活》（1936，之后又拍成电影《相见恨晚》）中，彼此相爱的两个人在火车站的咖啡馆里压抑着自己的情感。也有更具雄心的创新尝

试，比如T. S. 艾略特试图以诗歌形式来创作悲剧（《大教堂谋杀
119 案》，1935），但他的作品在舞台表演方面略显笨拙。

一位爱尔兰人发明了一种新的戏剧，真正地达到了莎士比亚式的哲学广度，在他的作品中悲剧与闹剧同步展开，他所使用的语言力图在绝望中发掘质朴之美。从《等待戈多》（1955）和《终局》（1957）开始，塞缪尔·贝克特笔下的人物在一系列戏剧作品中，在精心编排的舞台上展开行动——或者在舞台上静止不动——这是李尔和他的弄人曾经采用的表达方式。

李尔 谁能告诉我，我究竟是谁？

弄人 李尔的影子。

关于本人生命中的“某个主题”，贝克特这样写道：“在阴影中来回往复，从外侧的影子到内侧的影子。在无法达到的自我和无法达到的非自我之间，来回往复。”

莎士比亚之后的英格兰悲剧史缺乏亮点，但喜剧史却是丰富多彩。影响后续作品的因素既包括莎士比亚使用的一些戏剧技巧，比如伪装、自我发现和情侣之间的诙谐斗嘴（最具影响力的一对情侣是《无事生非》中的贝特丽丝和本尼狄克），也包括琼生流畅的情节安排和大胆的人物设置。王政复辟时期涌现出了一批成就斐然的剧作家，包括威廉·康格里夫、威廉·威彻利、阿弗拉·贝恩和苏珊娜·森特利弗，他们将琼生和莎士比亚的喜剧技巧融为一体。18世纪的戏剧舞台变得生气勃勃，这主要得益于以下几点：政治讽刺（约翰·盖伊的《乞丐的歌剧》，1728）、将多愁善感的恋人与讨人喜欢的丑角融为一体（奥

利弗·戈德史密斯《屈身求爱》中的托尼·伦普金，1773），以及理查德·布林斯利·谢里丹（《情敌》，1775；《造谣学校》，1777）和汉娜·考利（《女士的计谋》，1780）令人眼花缭乱的文字游戏。活力四射的爱尔兰才子奥斯卡·王尔德（《认真的重要性》，1895）和萧伯纳（《皮格马利翁》，1913）将风俗喜剧转变成现代形式。这条脉络在当代继续发展，涌现出乔·奥顿带有暴力风格的闹剧、汤姆·斯托帕德富有思想性的喜剧、迈克尔·弗雷恩巧妙的构思，以及其他剧作家的优秀作品。 120

悲剧的失败和喜剧的成功表明，如果说在英格兰文学中蕴藏着某种民族特性，那么这一特性必然与机智和幽默有着密切关系。喜剧表演才是英格兰文学最为鲜活的部分，这具体表现在以下几个方面：从滑稽的刻板形象到骨肉丰满的圆形人物的转变（安德鲁·艾古契克爵士自称“我也曾有人爱慕”）、神奇的戏剧效果（“一张脸，一个声音，一种习惯，两个人/一种自然视角，既是又不是！”——又是出自《第十二夜》）、滑稽的舞台表演（“他们接连昏倒在对方的怀抱里”——谢里丹的《批评家》）、在完美时机配以的俏皮话和妙句（“一只手提包？”……“沃辛先生，失去父母双亲中的某一位，或许是一种不幸；但是失去两位，更像是漫不经心”——王尔德笔下的布拉克内尔夫人）。关于喜剧的上述评价也正是威廉·哈兹里特的看法，1818年他在具有开创意义的系列讲座《论英格兰喜剧作家》中指出，喜剧与小说这种新的文学形式之间存在着密切联系。 121

第八章

英格兰小说

传奇故事和小说

1817年11月，《晨报》上刊登了一则广告，为即将出版的新书做宣传：“《诺桑觉寺》，一则传奇故事；《劝导》，一部小说。作者之前还写过《傲慢与偏见》和《曼斯菲尔德庄园》等作品。”这则广告有两点值得注意：一是匿名作者，二是小说和传奇故事之间隐含的区别。半个世纪前约翰逊博士在他编撰的《英语词典》中，将小说定义为“篇幅短小的故事，总的来说与爱情有关”，同时他将传奇故事定义为“疯狂的冒险故事，与战争和爱情有关”。

约翰逊还为“传奇故事”提供了第二个定义：“谎言；虚构。”在他生活的年代，用散文体创作的虚构作品究竟应该称为小说还是传奇故事，并没有固定的标准，但许多作家认为传奇故事表现出的谎言或虚构的特征更为明显。传奇故事包含“神奇的偶然事件和难以置信的表现”，而“小说描写的是我们更为熟悉的内容；小说离我们很近，为我们呈现阴谋诡计，借助意外和怪事让我们开心，但是这些内容并非极其异常或史无前例”（威廉·康格里夫，小说《隐姓埋名》序言，1692）。传奇故事醉心于疯狂的想象，而小说意在真实反映现实生活。如果一部作品描 122
写的是哥特式修道院中发生的耸人听闻的冒险故事，那么它很可能是传奇故事；如果一部作品旨在规劝年轻女士做出正确的婚姻选择，那么它更像是小说。实际上，《诺桑觉寺》属于后一类作品，但是在书名页上，它既没有被称为“小说”，也没有被称为“传奇故事”。简·奥斯丁本人在注释中将它称为一部“微不足道的作品”。

对一些评论家来说，这两类作品都是“垃圾”。杂志上的专栏作家对“传奇故事、巧克力、小说，以及类似的具有煽动性的事物”表示了不满（《旁观者》，第365期）。小说是一种危险的新型催情剂，其作用类似于喝下巧克力汁——对于女性而言，尤其如此。事实上，女性是18世纪“浪漫小说”的主要消费者。亨利·詹姆斯·派伊（作为桂冠诗人，他的艺术水准实在糟糕）在1792年写道：

> 小说阅读对于女性所造成的总体效果十分明显，这一点毋庸置疑；众所周知，它激发并点燃激情，这也正是故事的首要主题，流通图书馆的女性读者很容易受其影响。

鉴于这样的强烈谴责，不难理解为什么身为牧师女儿的简·奥斯丁宁愿自己的名字不要出现在书名页上。

传奇故事是一种历史悠久的文学形式。如果我们所说的

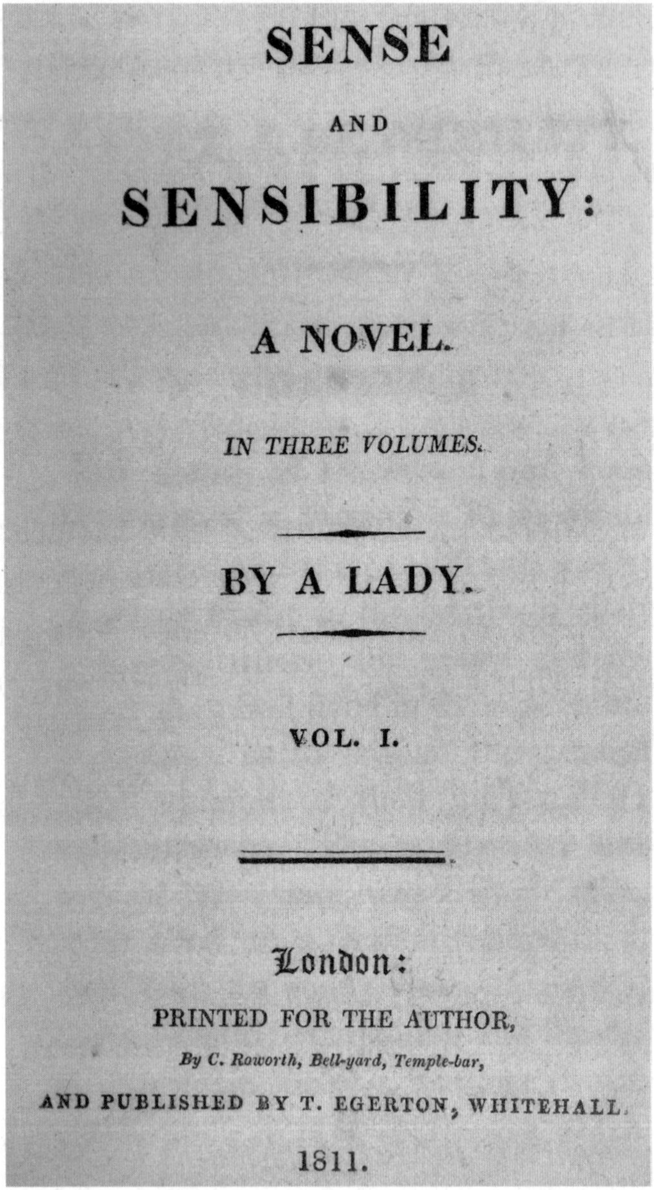

SENSE

AND

SENSIBILITY:

A NOVEL.

IN THREE VOLUMES.

BY A LADY.

VOL. I.

London:

PRINTED FOR THE AUTHOR,

By C. Roworth, Bell-yard, Temple-bar,

AND PUBLISHED BY T. EGERTON, WHITEHALL.

1811.

图7　简·奥斯丁第一部小说的书名页；随后出版的小说虽然提及之前的作品，但从未公开她的名字

"小说"指的是用散文体创作的具有一定长度的叙事作品,通常涉及爱情故事,并且有一条情节主线推动人物四处奔波,那么这一形式的起源可以追溯至古希腊时期的传奇故事。典型的例子是阿波罗尼奥斯的冒险经历,在古典时期和中世纪,这个故事衍生出多个版本。这也是威廉·莎士比亚和乔治·威尔金的戏剧《泰尔亲王配力克里斯》(1608,威尔金此后将其改写为散文体叙事作品)的素材来源。谜语和陌生人,海难和身份错认,霉运和幸运,搜寻和搏斗,危险和营救,些许乱伦,在宫廷阴谋和田 123
园隐居之间来回切换,重新找回丢失的孩子,死者复生:这些就是传奇故事的素材。在莎士比亚的时代,你可以读到许多类似的散文体故事,中间往往插入一些诗歌,然后被搬上戏剧舞台。《冬天的故事》(1610)的情节基于罗伯特·格林的《潘朵斯托》(1588),但是莎士比亚自行加上了一个"好莱坞式的结局",起到了恢复秩序的作用。

典型的传奇故事以公爵和公主作为人物,并且他们常常会乔装打扮。与此同时,主角要在异国他乡历经戏剧性的冒险。魔法和超自然现象常常在其中发挥一定的作用。由于传奇故事带有逃避的意味,极度不符合现实生活,过多阅读这类作品会导致你对于世界的真实状况产生扭曲的印象。这正是米格尔·德·塞万提斯的出发点,他在《堂吉诃德》(1605,英译本出版于1612年)中戏仿了传奇故事这一体裁。作为反传奇故事,《堂吉诃德》可以看作是原型小说。传奇故事的主角通常循着荷马史诗中奥德修斯的踪迹,去神秘的地中海岛屿游历,遇见来自冥界的女妖,而小说的主角通常遵循堂吉诃德和他的忠实伙伴桑丘·潘沙的足迹,在平凡的道路上行走,遇见坦率务实的客栈老板娘。在欧洲大陆“流浪汉”传统(“流浪汉”是个喜欢耍无赖的或者是来自社会底层的男主角)的影响下,公路小说成为18世纪英国文学极具辨识性的一种形式。苏格兰人托比亚斯·斯摩莱特是此类小说的开创者之一,他出版了《堂吉诃德》和法国流浪汉小说的代表作《吉尔·布拉斯》的英译本。英格兰人亨利·菲尔丁则是此类小说的大师,他笔下的人物包括两位天真的男主角约瑟夫·安德鲁斯和汤姆·琼斯,以及他们各自的同伴帕森·亚当斯和帕特里奇。

阅读太多的传奇故事会导致性格变得怪异,夏洛特·伦诺克斯在《女吉诃德》(1752)中借用并戏仿了这一看法。作家安娜·苏厄德在1787年发表的一篇随笔中提出,传奇故事“现在
125 已经没落”,读者的“兴趣正在减退”,而《女吉诃德》给这一体裁带来了“致命一击”。但凡有评论家宣称某种文学体裁即将衰亡,结果往往会出乎他们的预料,几年后他们将见证这一体裁的强势复兴。安娜·苏厄德也不例外。18世纪90年代,传奇故事的产量急剧增加。当时这一体裁最重要的代表作家是安·拉德克利夫,她先后发表了《西西里传奇》(1790)、《森林传奇》(1791)、《尤道福的谜团》(1794)和《意大利人》(1796)。这些作品后来被称为“哥特小说”,这一典故源自霍勒斯·沃波尔的开创性作品《奥特兰托城堡:一个哥特故事》(1764),这部作品将恐怖故事的场景设在中世纪的哥特式建筑中(在设计自己的住宅“草莓山”时,沃波尔同样使用了这种建筑风格)。

在一片荒凉的山地里(作者的景色描写令人赞叹),有一座阴森的城堡;年轻、天真、美丽、勇敢的女主角与家人和朋友失去了联系;神秘的反面角色有一段不为人知的邪恶经历;令人感

到恐惧、看似超自然的事件即将发生。这些是拉德克利夫式传奇故事的固定套路。不过，在这类故事中，女主角的行为总是完美无瑕，你永远也不会相信她真的会遭受强暴，就像塞缪尔·理查森笔下的女主角克拉丽莎那样。理查森的小说出版于二十多年前，虽然没有那么明显的异国情调，但是更让人恐惧，属于真正的悲剧作品。拉德克利夫作品中所有的超自然事件后来都有了合理的解释。这就是她让这一形式变得体面的原因所在——M. G. 刘易斯与她形成了鲜明反差，刘易斯的《修道士》（1796）以另类题材作为卖点，包括犯下强奸罪的色情狂修道士、乱伦、恶魔的影响、流浪的犹太人、一群具有施虐狂倾向的修女所居住的城堡、四处闹事的暴民，以及西班牙异端裁判所。萨德侯爵是这一体裁的行家，他认为《修道士》是同类作品中最好的一部，不仅

图8　女性读者受到哥特风格的刺激：那本《修道士》和摆在桌上的烫发钳都能让头发直立起来（漫画作者：詹姆斯·吉尔雷）

因为它生动描写了性爱和暴力，而且因为它暗示读者：法国大革命制造的血腥恐怖让日常生活变得极为可怕，只有恶魔和超自然元素才能在文学领域中创造出更为恐怖的感受。

《诺桑觉寺》戏仿了哥特风格的传奇故事。阁楼里没有疯女
126 人，古老的箱子里也没有隐藏的手稿，里面只有一堆压得很紧的洗熨过的衣服。亨利·蒂尔尼帮助年轻的凯瑟琳·莫兰恢复了理智，她意识到：

> 虽然拉德克利夫所有的作品都让人着迷，虽然就连模仿者的作品也让人着迷，但是在这些作品中见不到人性，至少在作品描写的英格兰中部地区见不到。这些作品或许能如实描绘阿尔卑斯山和比利牛斯山地区，呈现那里的松树林和犯罪行为；意大利、瑞士和法国南部或许真的有许多恐怖事件，就像作品中呈现的那样。凯瑟琳不敢怀疑本国以外的地区，就连她自己的国家，如果非要严格来说的话，也有北部地区和西部地区的极端例子。但是在英格兰中部，当地法律以及传统风俗习惯足以确保一位失去关爱的妻子
> 127 依然享有人身安全。这里的人们无法容忍谋杀；仆人并非奴隶；不可能像购买药用大黄那样，从任何一个药剂师那里随意买到毒药或安眠药。

凯瑟琳刚从哥特式幻想中清醒过来，就遭遇了和哥特小说女主角相似的命运（这样的情节安排体现出简·奥斯丁惯用的多重反讽）：一个专横的老男人半夜里将她赶出住宅，却没有安排人送她回家。不过，蒂尔尼将军的动机不同于哥特小说中签

下魔鬼契约的反面人物：他赶走凯瑟琳，仅仅是因为他发现后者并没有像他所想的那么有钱，因此无法作为儿媳妇给他带来一大笔嫁妆。奥斯丁对于人性的现实主义描写压倒了传奇故事中不真实的世界。在《理智与情感》中，她故技重施，戏仿了当时另一种流行的小说形式——描写极端情感和卢梭式激情的小说。玛丽安·达什伍德代表着情感，但她却出于理智嫁给了穿着法兰绒背心的布兰顿上校。与此同时，埃莉诺·达什伍德代表着理智，但她并没有为了钱嫁给一座豪宅的主人，而是为了爱嫁给一位普通的牧师。

夏洛蒂·勃朗特不喜欢奥斯丁笔下的世界，因为那个世界毫无浪漫气息，人们只关心嫁妆、年收入和举止得体，他们在精心打理的花园里漫步，而不是在荒野中尽情奔跑。奥斯丁笔下的女主角必须学会拒绝那些迷人却又危险的浪漫的男主角，比如《理智与情感》中的约翰·威洛比和《傲慢与偏见》中的乔治·威克姆。勃朗特笔下的罗切斯特先生是这类人物的极端代表，虽然他最后还是被大火所驯服，离开哥特式庄园的断壁残垣，转而接受宁静的家庭空间，在这里简·爱将会是照顾他的天使。相比之下，艾米莉·勃朗特的《呼啸山庄》（1847）没有做出这样的妥协。温文尔雅的林顿一家以及他们的豪宅画眉山庄遭到了鄙视。这部小说将所有的激情和力量都用于强化哥特式人物（身世成谜的希斯克里夫、被情感而不是理智所掌控的凯茜）、地点（荒野里的房子、自然景物、黑暗、坟墓），以及叙事手 128
段（将时间设置在写作此书的二十几年前、嵌套叙事、鬼魂、死于难产）所产生的心理效果。

《诺桑觉寺》除了批评传奇故事，还为小说进行辩护：

> “我不读小说——我很少读小说——别以为我经常读小说——就小说而言，这已经相当好。”这些是人们经常念叨的话。“小姐，你在读什么书？”“噢！这只是本小说！”这位年轻女子回答道，她放下书，脸上或是故作冷淡，或是羞愧难当。“这只是本小说，书名叫《塞西莉亚》、《卡米拉》或者《比琳达》”；或者，概括来说，这部作品展现出思想的巨大力量，将关于人性最全面的看法、关于人性不同表现形式的最快乐的描述，以及才智和幽默的最生动流露，用精心选择的语言传递给全世界。

上述段落提到的作品是范妮·伯尼和玛丽亚·埃奇沃思的小说，这些作品深深地影响了奥斯丁。伯尼的《卡米拉》（1796）出版时，前面附有订购者的名单，奥斯丁的名字赫然在列。伯尼开创了以“年轻女士进入社会”为主题的一类小说——这也正是她为《埃维莉娜》（1778）拟定的副标题。她教会了奥斯丁一方面从女主角的视角进行写作，另一方面设法让作者的声音与之保持距离。奥斯丁对此做了进一步完善，她采用一种后来被称为“自由间接话语”的创新性叙事手段。借助这一手段，小说叙事可以直接传递女主角的思想和情感，这样的效果通常出现在第一人称叙事中，但也可以利用第三人称叙事来表达对女主角带有反讽效果的评判意见（“这个想法掠过她的心头，如飞箭般迅疾，那就是奈特利先生不能娶别人，只能娶她！”——《艾玛》）。

伯尼是第一个自觉为形式辩护的英格兰作家。“在文人圈子
129 中，”她在《埃维莉娜》的序言中这样写道，

卑微的小说家地位最低，或者说备受同行蔑视；在文学以外的世界里，他的命运也极其艰难，因为在整个作家群体中，虽然小说家的读者人数远多于其他类型的作家，但是这些读者算不上体面人物。

在市场上受欢迎就意味着在文学界得不到尊重：这条规律长期有效。伯尼与传统断然决裂，她没有去讨好那些艺术品味的仲裁者和潜在的资助者，而是努力激发“公众”（这是小说家对于读者的称呼）的兴趣。此外，她还区分了小说和“传奇故事的幻想领域”。在传奇故事中，“丰富的想象力扭曲了虚构故事，理性被排除在外，不可思议的情节所产生的极端效果在现实中不可能实现”。她将小说家的创作艺术定义为：“要根据自然来刻画人物，但不是根据生活；并且，要记录特定时代的风俗习惯。”也就是说，要采取现实主义风格，但是这又不同于后来被称为“索隐体小说”的那种做法，后者将现实中的真人真事经过一番变化后写入小说。18世纪早期，德拉里维尔·曼利在她的作品中使用了这一技巧，结果引发了不少争议。

自相矛盾的是，虽然伯尼声称《埃维莉娜》中的人物源于自然，而不是源于生活，但她又坚持认为，她本人只是一名“编辑”，负责将构成小说叙事的一系列信件汇集成书。在书信体小说中，这是作者偏爱的一种创作策略。对此最有心得的作家是塞缪尔·理查森，他是这一体裁的代表人物，他的几部书信体小说，包括《帕米拉》（1740，一位女仆拒绝男主人的引诱，最终她得到回报，正式嫁给了他）、《克拉丽莎》（1748，魅力过人的反面人物诱拐并强暴一位善良的年轻女子）和《查尔斯·格

兰迪森爵士》(1753—1754,一位品德高尚的男人的故事),是当时最具影响力的英格兰小说。"编辑"策略让小说显得异常
130 逼真。以理查森为例,在创作上述小说之前,他整理出版了一部书信集,对于人们的言行举止提出规劝,因此他后来所采取的"编辑"策略模糊了小说和书信集之间的界限。与此类似,丹尼尔·笛福的《鲁滨逊漂流记》(1719)中配有地图,使之看上去更像是一个真实的水手故事,而他的小说《摩尔·弗兰德斯》(1722)则努力效仿现实中罪犯的忏悔录,在18世纪初期,这类忏悔录是书店里颇为流行的题材。这些叙事策略都在某种意义上强调:"这本书是真实的,这不是一个充满幻想的传奇故事。"

亨利·菲尔丁采取另一种方法来回避"小说"和"传奇故事"之间的分类难题:他将《约瑟夫·安德鲁》(1742)称为"用散文体创作的喜剧史诗",并且用喜剧化的古典史诗手法来创作《汤姆·琼斯》(1749)——比如,祈求缪斯赋予灵感,描写一场气势磅礴的战役等等。在伯尼之前,作家不愿意站出来声明:"这本书是一部小说,一种新的虚构作品。这种新的叙事作品相比之前的文学形式,在描写人物和社会时带给公众的阅读体验更加真实。"

"英格兰现状"

1829年6月,《爱丁堡评论》杂志刊登了由苏格兰人托马斯·卡莱尔撰写的一篇名为《时代征兆》的文章。卡莱尔认为,"机械时代"——也就是工业革命——正以前所未有的凶猛程度,摧毁人的个性。英格兰陷入了道德危机:

> 国王形同退位；教会像个没有遗产的寡妇；公共原则已不复存在；私人诚信日渐消亡；简而言之，整个社会正在分崩离析；一个纯粹的邪恶时代正向我们走来。

在后期的小册子《宪章运动》（1840）和《过去与现在》（1843）中，卡莱尔将这一危机称为“英格兰现状”。人文精神的机械化， 131
即工业发展所造成的高昂的道德代价：这些也正是随后的几十年时间里最具影响力的一批小说关注的主题，比如伊丽莎白·盖斯凯尔夫人的《玛丽·巴顿》（1848）和《北方与南方》（1854）、查尔斯·金斯利的《阿尔顿·洛克》（1854）、狄更斯的《艰难时世》，以及乔治·艾略特的《菲利克斯·霍尔特》（1866）。

广义上说，19世纪的小说都在关注“英格兰现状”。在简·奥斯丁的《曼斯菲尔德庄园》（1814）中，那栋大宅子靠着西印度群岛糖料种植园的利润来维持日常开支，这就是英格兰。在托马斯·哈代的小说世界中，《德伯家的苔丝》（1891）中的苔丝被打上堕落女人的烙印，《无名的裘德》（1895）中的裘德则被大学排除在外，这样的世界就是英格兰。汉弗莱·沃德夫人的《罗伯特·埃尔斯密尔》（1888）是当时最畅销的作品之一，年轻牧师罗伯特·埃尔斯密尔在他的寓所中丧失了宗教信仰，这样的寓所就是英格兰。特罗洛普的巴塞特郡系列小说对于英格兰现状展开了调查；萨克雷的《名利场》（1848）同样如此；此外，H. G. 威尔斯以未来为背景的小说《时间机器》（1895）描写了穴居的劳动阶级莫洛克人与衰弱的有闲阶级埃洛伊人之间的阶级对立。

狄更斯的《荒凉山庄》（1853）就是英格兰：城市和乡村一分为二，几个世纪以来英格兰一直如此。在切斯尼山庄的深处，当瓢泼大雨打在窗户上时，德洛克夫人——这个人物是《曼斯菲尔德庄园》中的伯特伦夫人的极端版本——由于极度无聊而感到窒息，她的内心深处隐藏着一个阴暗的秘密。约翰·罗斯金在名为《十九世纪的乌云》（1884）的讲座中指出，都市化和工业发展的碳排放量已经使这个民族的道德生活为之窒息。在罗斯金之前，狄更斯在《荒凉山庄》的开头通过独特的艺术风格表达了类似看法。无论是现实层面还是隐喻层面，伦敦到处是雾：

伦敦。米迦勒节开庭期刚结束，大法官坐在林肯法学协会的大厅里。不变的十一月天气。满街泥泞，仿佛洪水刚从大地上退去，如果这时候遇到一条长约四十英尺的斑龙，像一只巨大的蜥蜴，摇摇晃晃地爬上霍尔本山，那也不足为奇。煤烟从烟囱顶上飘散出去，一路沉降，变成一阵淅淅沥沥的黑色小雨，夹杂着雪花大小的煤屑——人们也许可以想象，这是在为去世的太阳表示哀悼……

到处是雾。雾笼罩着河的上游，在绿色的小岛和草地间流动；雾笼罩着河的下游，在一排排船只间翻滚，河边是一座污染严重的（肮脏的）大都市……

在圣殿石门附近，阴冷的下午变得格外阴冷，浓雾变得格外浓密，泥泞的街道变得格外泥泞。这座灰沉沉的古老障碍物恰到好处地装点着那个灰沉沉的古老协会的入口。就在圣殿石门的边上，在林肯法学协会的大厅里，在那片浓雾的中心，坐着那位掌管高等法庭的大法官阁下。

然而，狄更斯从这片黑暗中创造出了生活。和之前的文学作品相比，他笔下的人物在风格上更加兼容并蓄，同时也更为怪异。以《荒凉山庄》为例。克鲁克死于人体自燃。格皮就像小狗一样急切。杰利比夫人是个“关注远方的慈善家”，她积极投身于非洲博里奥布拉–格哈地区的土著人教育事业，却因此忽视了自己的家庭。乔是个无家可归的道路清洁工，处于整个社会秩序的最底层，但他掌握着无名人“尼姆”的身份秘密；与此同时这个秘密也将打开德洛克夫人封闭的内心，将她从呆滞状态中唤醒，促使她来到伦敦一处寒冷、苦涩的墓地，她将在那里遭遇爱情和死亡。图金霍恩是个阴险的律师。布克特探长属于后来的英格兰小说中很常见的一类人物，那就是侦探。这部作品中类似的个性化人物还有几十个。正如小说家乔治·吉辛所言，狄更斯把他看到的一切都“记在心里”。

1845年夏天，狄更斯在一次业余演出中登上舞台，扮演夸夸其谈的伯巴狄尔上校，并大获成功。这出戏改编自本·琼生的剧作《人人高兴》，由狄更斯亲自选角、制作、导演。戏剧是狄更斯的最爱，他在《尼古拉斯·尼克尔贝》(1839)中满怀温情地描写了剧团人员的生活，从中可以推断出他对于戏剧的看法。在塑造喜剧人物时，狄更斯常常通过名字来揭示他们各自的性格，这种做法同样源自本·琼生的喜剧。英格兰小说在骨子里有戏剧成分：菲尔丁之所以成为小说家，是因为1737年颁布的《剧目审批法案》导致他的戏剧生涯被迫终止；理查森模仿王政复辟时期戏剧舞台上的浪子形象，塑造了洛夫莱斯这个人物；伯尼更希望成为剧作家，而不是小说家；简·奥斯丁不仅怀着热切的心情观看戏剧表演，而且借用戏剧场景的形式来安排小说结构，还和家人朋友一起大声朗读她作品中的对话。但是狄更斯是这些

图9　作为戏剧表演的小说：正在公开场合朗读的狄更斯

作家当中最富戏剧性的人，他后来将自己的小说中最精彩的部分转化为公开朗读时的个人表演。

《我们共同的朋友》（1865）中的甘普夫人是狄更斯所塑造的让人最为难忘的怪诞人物之一。吉辛在谈到这个人物时提出，幽默和仁慈有着密切联系。幽默不仅使狄更斯“把这个粗俗

134 的家伙当作一个有趣的人”，而且产生了更为深远的影响，那就是“让他从宽容的态度当中获得灵感，从而能透过外表来观察，充分重视环境的影响，并且在人的判断力中保留一份克制，一份谦逊”。对于幽默的这种概括或许并不准确。宽容和谦逊并不足以涵盖乔纳森·斯威夫特的作品或者马丁·艾米斯的《金钱》（1984）中那种带有野蛮气息的愤怒情绪。但是，许多优秀的英格兰滑稽小说的确表现出这类幽默风格——比如，乔治·格罗

史密斯和威登·格罗史密斯兄弟俩合作撰写的《小人物日记》（1892）、伊夫林·沃的《衰落与瓦解》（1928）、斯特拉·吉本斯的《寒冷舒适的农场》（1932）、P. G. 沃德豪斯的《伍斯特一家的规矩》（1938），以及南茜·米特福德的《追逐爱情》（1945）。很大程度上，狄更斯的作品同样表现出了这类幽默。

狄更斯的小说对童工、社会不平等、贫困、恶意、污垢和英式虚伪等现象提出抗议。但是这些作品富有同情心，通常会在结尾部分对人物进行奖惩（值得褒奖的人物会意外得到遗产）。小说艺术还有另一面，要想彻底了解人物的复杂性、人物之间的关系，以及他们所处的社会环境，就必须相信人类的智慧。

从标题来看，《米德尔马契：地方生活研究》（1872）似乎是一部关于英格兰中部地区现状的小说，但它的实际内容远不止这些。多罗西娅·布鲁克的故事是对古典悲剧的一种演绎。乔治·艾略特在小说序言中指出，多罗西娅是当代的圣特蕾莎，她过着“错误的人生，是高贵的精神和糟糕的运气共同造就的产物”：“混乱的社会信仰和秩序帮不了她，没法像知识帮助热切的灵魂那样，起到引导作用”，因此她“在模糊的理想和女性的渴望之间摇摆不定；前者遭到反对，被认为过于奢华，后者受到谴责，被认为是自甘堕落”。当时的英格兰现状就是这样，面对“混乱的社会信仰和秩序”，小说家必须介入，创造出一种秩序，一个可以掌控的世界。小说为我们提供了“某种高贵的精神”，虽然我们很可能是由猿猴进化而来，而不是由上帝创造，但这样 135
的进化论主张并不会破坏小说的高贵精神。乔治·艾略特晚年嫁给了J. W. 克罗斯，后者的描述有助于我们理解文学创作的过程：

她告诉我，在她自认为写得最好的作品中，总有一股“不属于她自己”的力量控制着她。她认为她的个性只是一种工具，这股精神力量正是通过这样的工具来发挥作用的。尤其当她谈到《米德尔马契》中多罗西娅和罗莎蒙德两人相处的场景时，她说尽管从一开始她就明白这两人迟早会走到一起，但她一直坚定地避免这一想法，直到多罗西娅来到罗莎蒙德的客厅。此时，她完全沉浸在瞬间的灵感中，在极度兴奋和激动的状态下，她一口气写完整个场景，事后没有做任何修改或删减，她觉得自己完全被这两个女人的情感所控制……一旦明白这种“受到控制”的感觉，就不难想象作家在创作过程中必须付出的代价，每部作品都有相应的悲剧。

（J. W. 克罗斯，《乔治・艾略特传》，1884）

这就是最优秀的文学作品所具有的力量：一股“不属于她自己”的力量“控制”着作家，帮助她创造出一个虚构世界，继而这个虚构世界又“控制”着读者，引领我们离开现实世界。当我们在作品中游历一番后重新回到现实时，我们发现自己已经产生了变化，变得更有人情味，并且在情感问题上更加睿智。在乔治・艾略特的指引下，全心投入的读者将会在她的作品中找到一种新的（虽然只是暂时的）秩序。

意识流

“1910年11月左右，人性变了，”弗吉尼亚・伍尔夫在她的随笔《贝内特先生和布朗太太》（1924）中写道，“所有的人际关系都发生了变化，并且就在人际关系变化的同时，宗教、品德、政治和文学也跟着转变了。”阿诺德·贝内特创作的现实主义小说记录了爱德华时代的地方生活，但是包含了太多杂乱的内容。他把注意力更多地投向家具陈设，而不是人物的内心活动。因此，伍尔夫提出：要想创造一个“鲜活的布朗夫人”，你必须抛弃外在事物，关注内心世界的复杂性和不连贯性——这正是西格蒙德·弗洛伊德带给现代人的建议。

某种意义上，伍尔夫虚构的布朗夫人回应了詹姆斯·乔伊斯在《尤利西斯》中塑造的布鲁姆夫妇，虽然伍尔夫出于中上层阶级的审美趣味，并不赞成乔伊斯所使用的粗俗语言以及他对于身体机能的过度描写。对于崇尚文雅品味的伍尔夫来说，乔伊斯的作品过于鲜活。但是在一篇论“现代小说”的随笔中（这篇文章的发表时间在《都柏林人》出版之后，《尤利西斯》出版之前），伍尔夫称赞乔伊斯善于捕捉瞬间：“让我们在那些细微事物坠入心田的时候，按照它们落下的顺序将其逐一记录。不管表面看起来多么不连贯、不一致，每个景象或事件都在我们的意识中留下印记，我们要做的就是追踪这一模式。”在伍尔夫看来，现代作家的任务就是捕捉“存在的瞬间”，所以她才提出那个风趣的说法，将现代性的开端设定在一个特定的时刻，大致上就是那位古板的老国王爱德华七世去世的时间。

作为居住在萨塞克斯郡的美国人，亨利·詹姆斯在他创作于爱德华时代的小说中，完善了简·奥斯丁的叙事艺术，那就是通过第三人称的叙事声音来表达第一人称的内心想法，借助这一技巧将人物的内在方面和外在方面同时呈现出来，从而以前所未有的方式，将带有同情心的认同效果与反讽性的疏离效果

融为一体。在詹姆斯的随笔《小说艺术》(1884)中,有一个关键的句子以现代主义的形式来描写内心世界:

> 经验永无止境,同时也永远达不到完善;它是一种漫无边际的灵敏装置,一种由最纤细的丝线编织而成的巨大的蜘蛛网,悬挂在意识的空间里,捕捉落入其中的每一颗随
> 137 风飘荡的微粒。

从这句话不难看出,在弗吉尼亚·伍尔夫发表意识流小说宣言之前,詹姆斯已经有了类似的想法,《尤利西斯》就是这类作品的杰出代表。

1983年,心灵哲学家丹尼尔·丹尼特在一次关于意识的研讨会上宣读了一篇论文。他提出,人的自我不是别的,就是大脑中的“叙事重心”。在《解释意识》(1991)中,丹尼特进一步发展了这一观点。某种意义上,每个人都是小说家。“我们的故事都是编出来的,但是很大程度上并不是我们创造了这些故事,而是这些故事造就了我们,”丹尼特写道,“我们的人类意识以及我们的叙事自我都是这些故事的产物,而不是源头。”他把这一看法称为关于意识的“多重草稿”理论,这听起来很像是一种文学理念。

另一位研究意识的神经生理学家安东尼奥·达马西奥在《笛卡尔的错误》(1994)和《感知当下》(2001)这两部专著中指出,从神经学研究的视角来看,理性和激情、认知和情感之间的区分——这种对立关系可以追溯到亚里士多德——是一种谬论。且不论这一点是好是坏,达马西奥和他的同事们已经证明,情感是推理和决策过程中不可或缺的一部分。在启蒙运动时

期，勒内·笛卡尔提出心灵能够脱离身体而存在，这同样是一种谬论：心灵只有借助身体才能产生意识，身体是情感的剧场——最明显的例子是脸红和勃起（这两个现象让约翰·济慈和詹姆斯·乔伊斯为之着迷）。并且，认知活动具有图式结构，而图式结构本身源自身体经验。大脑和电脑有所不同，因为电脑没有身体。我们不仅可以从21世纪早期脑科学家所做的实证研究中推断出上述看法，而且也可以从20世纪早期小说家的作品中得到同样的结论。

“随着意识流在时间序列中向前推进，出现在意识流之中的自我也在不断发生变化，即便感觉告诉我们，在我们持续存在的 138
过程中，自我始终保持不变”：这是达马西奥对于威廉·詹姆斯的重新诠释，后者注意到意识的一个内在悖论。为了化解这一悖论，达马西奥提出要区分“核心自我”和更高层次的“自传性自我”。在神经解剖学层面上，这一区分有理可据。在一些医学案例中，脑损伤彻底抹去了“自传性自我”所具备的知识，但核心自我依然能正常运作。正是威廉·詹姆斯创造出了“意识流”这个术语：在某种程度上，他预见了达马西奥提出的大脑、身体和情感之间相互依赖的看法，正如他的兄弟亨利·詹姆斯以前所未有的严谨态度来回应小说家如何再现意识的问题。

意识随着时间的推移而流动，这一意象对于自觉的小说家来说提出了一个关键问题：你如何在叙事中再现时间？乔伊斯的做法是将《尤利西斯》的戏仿性史诗叙事设定在一天之内完成：

> 通过使用神话，并且不断地将当代场景和古代场景进行类比，乔伊斯先生正在寻求一种新的创作方式，在他之后

> 的其他人必然会遵循他的做法……这种方式对构成当代历史的琐碎、混乱的大量事件进行艺术处理，控制并安排这些事件，使其变得条理清晰，并具有一定的意义。
>
> （T. S. 艾略特，《尤利西斯、秩序与神话》，1923）

弗吉尼亚·伍尔夫在《奥兰多》（1928）中做了另一种尝试，这是以她的朋友和恋人维塔·萨克维尔–韦斯特为原型的幻想故事，一方面可以视作20世纪晚期虚构性的“魔幻现实主义”的先驱，另一方面也是一部有趣的“英格兰文学导读”。

奥兰多原本是伊丽莎白时代的贵族，基因里带有一点“肯特郡或者萨塞克斯郡”的乡土气息。他与莎士比亚相识，曾经从事
139 悲剧创作，他的作品充斥着可怕的情节，同时又表现出高贵的情操。17世纪时，他专心研究“托马斯·布朗爵士的奇思妙想”。王政复辟后，也就是说（根据伍尔夫的说法）当阿芙拉·贝恩成为第一位女性职业作家时，奥兰多摇身一变，成了女人。到了18世纪，他跻身上流社会，但是同伴的平庸思想令他感到厌烦。19世纪时，气候发生了变化。到处都是湿气：

> 悄悄地，不知不觉地……英格兰的特质发生了变化，没有人知道这一点。这一变化所产生的影响随处可见。从前，身体强健的乡村绅士会坐在带有庄重的古典风格的餐厅里（餐厅的设计者很可能是亚当兄弟），开心地吃着燕麦和牛肉，但现在他可能会感到寒冷。他用上了厚厚的毯子，蓄起了胡子，把裤脚扎得紧紧的。很快，这位乡村绅士腿上的寒气转移到他的家里。他把家具盖起来，遮住墙壁和桌

子，任何事物都不再完全裸露。……咖啡取代了餐后的葡萄酒。随着咖啡的出现，就有了用于喝咖啡的客厅，客厅衍生出玻璃橱，玻璃橱衍生出人造鲜花，人造鲜花衍生出壁炉台，壁炉台衍生出钢琴，钢琴衍生出家庭歌曲，家庭歌曲（跳过一两个阶段）衍生出大量小狗、垫子和瓷器。家——这个极为重要的地方——彻底发生了变化。

在房子外面——湿气同样产生了影响——常春藤长得格外茂盛。原本由石块砌成的房子现在变成了一片绿色……湿气侵入内心。人们感到心中的寒意，湿气侵入他们的头脑……爱情、出生和死亡都被包裹在精美的辞藻里。两性之间的距离越来越远。人们不愿意坦诚交流。双方都在刻意回避和掩饰。……英帝国就此诞生；这样一来——鉴于湿气不可阻挡；它不仅渗入木制品，而且钻入墨水瓶里——句子变得臃肿不堪，形容词的数量翻了几倍，抒情诗变成了史诗，过去用一篇专栏文章就能说清楚的小事现在变成了十卷乃至二十卷的百科全书。 140

奥兰多甚至熬过了寒冷的维多利亚时代。这部作品以她的当代生活、她的当前瞬间作为结尾。钟声响起，她试图抓住构成意识的那些印象片段：

她看到两只苍蝇在盘旋飞舞，她注意到它们身上闪烁的蓝光；她看到自己脚边的木地板上有块突起的地方，她也注意到猎犬的耳朵在抽动。与此同时，她听到花园里一根树枝发出嘎吱嘎吱的响声，庄园里绵羊在叫唤，一只雨燕尖

> 叫着从窗外飞过。……她的眼睛仿佛安上了一架显微镜，她甚至留意到花圃中细微的泥土颗粒。……当前的这一瞬间支配着她，让她有种莫名的恐惧，仿佛只要时间的裂缝略微扩大，让哪怕一秒钟通过，就会有某种未知的危险随之而来。这样的紧张状态过于残酷，过于严苛，时间稍长就会感到很不舒服。她比平时走得更快，仿佛是双脚自动带着她行进，穿过花园，来到庄园里。

她成了弗吉尼亚·伍尔夫小说中的一个人物。

虚构作品和标榜“真人真事”的旅行叙事以及18世纪的罪犯传记之间的密切联系促使伍尔夫注意到小说和传记（她更喜欢称之为“人生故事”）之间的相似性。从《汤姆·琼斯》到《大卫·科波菲尔》，从D. H. 劳伦斯的《儿子和情人》（1913）到乔伊斯的《青年艺术家的肖像》（1916），小说常常以传记形式来描写主角从成长走向成熟的人生经历。许多小说以某个人物的“一生”或“历史”作为书名，有时候这个人物就是作者本人的写照。奥兰多的永生和性别转变戏仿了从摇篮到坟墓的叙事结构，这样的结构可能导致小说和传记失去活力。伍尔夫对普遍接受的小说惯例提出挑战，正如她的朋友利顿·斯特雷奇在《名人传》（1918）中挑战了人生故事的写法。她快乐地想象出一个生活了好几个世纪的男（女）主角，因为她知道试图在小说中逼
141 真地呈现时间是一种荒谬的做法，理查森的帕米拉和克拉丽莎早就给读者留下了这样的印象：作者花费了更多时间来描写他们的经历，而不是让读者直接体验他们的感受。

从一开始，英格兰小说对于不可靠叙述的兴趣就不亚于叙

事声音的本真性。帕米拉是真的像她表现出的那样品德高尚，还是在利用自己的性感来引诱B先生和她结婚，从而确保她和家人能够提升社会地位，获得经济保障？后一种说法正是亨利·菲尔丁在他的戏仿作品《莎米拉》（1741）中对于理查森作品的解读。更为微妙同时也更为隐蔽的问题是，我们究竟在多大程度上能够相信伊恩·麦克尤恩《赎罪》（2001）中的女主角布里奥妮·塔利斯的叙事意识？

《奥兰多》的序言以传记作品中常见的那一类义务性的致谢作为开头，但是又不同于常规套路：

> 在本书的创作过程中，我得到许多朋友的帮助。一些朋友早已离世，他们都是杰出人物，我在提及他们的名字时难免诚惶诚恐，但是每个喜欢阅读或写作的人总应该感谢笛福、托马斯·布朗爵士、斯特恩、沃尔特·司各特爵士、麦考利勋爵、埃米莉·勃朗特、德·昆西和沃尔特·佩特——在此我仅列举最先想到的几位作家。

就时间、意识和小说等主题而言，上述作家中最具启发性的名字是斯特恩。

不妨考虑一下自传所引出的问题。我花在自传写作上的每一秒都让我的人生又增加了一秒，那么我的叙事怎么可能跟得上我的人生进度，让我完整地讲述我的故事？完整的传记、自传或小说会努力捕捉印刻在主人公头脑中的每一个瞬间，并且将这一瞬间与其他时刻联系起来，从而创造出他们的故事，他们的自我。但是，叙事作品能够记录的只不过是这些素材中很小的 142

一部分。人生故事应该从哪里开始？出生，还是受孕？或者应该解释一下受孕的背景情况？假设某人在周日晚上习惯做两件事，一件事是给钟上弦，另一件事是和妻子做爱。假设某个周日晚上在他做第二件事的时候，他突然意识到自己忘了做第一件事，于是从某种程度上来说，他没有彻底完成第二件事，但是也足以孕育一个孩子。受到这样的受孕时刻的影响，这个孩子将来会习惯性地无法完成任何事，更不用说将他自己的人生故事完整记录下来。

劳伦斯·斯特恩的《项狄传》（1759—1767）是在小说还没有正式诞生前，对于这一体裁的一次戏仿。这既是一部描写人性的小说，同时也是一部意识流小说。这部作品敏锐地意识到
143 书籍作为交流媒介所具有的可能性和局限性。每个人对于美都

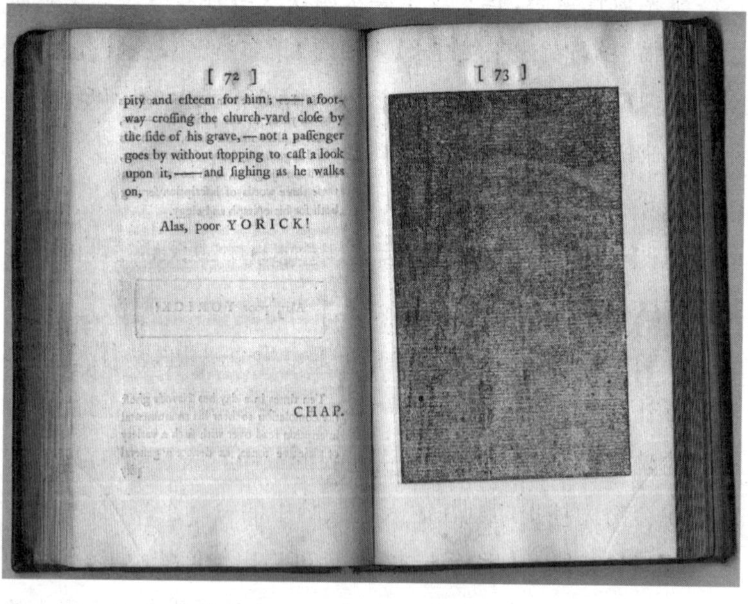

图10 《项狄传》中涂黑的书页，用来表示约里克之死

有着自己的看法，因此如果你想要描写一位漂亮的女性，为什么不留下一页空白，让每个读者自行填补呢？如果某个深受喜爱的人物死了，我们应该停下来哀悼他们，为什么不让这本书在某一页上显示黑色来表示哀悼呢？

“稀奇古怪的事物只能流行一时，”约翰逊博士说，“《项狄传》不会长期流传。”这一次，他说错了：《项狄传》独特的写法让这部作品成为一种可再生资源，从中可以看到英格兰小说无与伦比的多样性。 144

第九章

英格兰文学中的英格兰性？

“英格兰，我的英格兰？”

我为你做了什么，
　英格兰，我的英格兰？
有什么我不愿为你做的，
　英格兰，我自己的英格兰？

（《我们的国王》，1892）

这是患有肺结核并且流露出帝国主义思想的作家威廉·欧内斯特·亨利写下的诗句，他还写过另一首诗《不可征服》（“我是自己命运的主人：/我是自己灵魂的船长”）。不过，英格兰文学所描写的英格兰究竟属于谁呢？

几个世纪以来，在常备篇目中读者最多的作品是约翰·班扬的《天路历程》。班扬是修理匠之子，几乎没上过学。他不信奉英国国教，到处宣扬自己的异端教义，因此被捕入狱。他还遭人污蔑，被当作巫师兼强盗。18世纪在商业上最为成功的诗人是亚历山大·蒲柏，他信奉罗马天主教，是个身高仅四英尺六英寸的驼背。19世纪最著名的诗人是拜伦勋爵，他有苏格兰血统，受到加尔文主义的影响。他选择以自我放逐的方式，离开他所鄙夷的英格兰上流社会，后者一方面说着他的坏话，另一方面又为他的个人魅力所倾倒。 145

《英格兰，我的英格兰》：1922年，矿工之子、性自由的倡导者D. H. 劳伦斯用这个标题来命名他的短篇小说集，在引经据典的同时，也表达了一种讽刺。同年，他写信给辛西娅·阿斯奎斯夫人，自称是"与全世界作对的英格兰人，甚至是与英格兰作对的英格兰人"。他厌恶英格兰的绅士派头、英格兰的阶级偏见、英格兰的性压抑，以及英格兰在谈论性话题时的拘谨态度。然而，他热爱这片土地。这部短篇故事集收录了一则同名故事，男主角厌恶战争，却依然参军入伍，最终在佛兰德斯遇难。"他并不了解作为帝国的英格兰，'不列颠的统治'对他来说只是个玩笑"，然而他出于本能，坚信"这片土地上的原住民那种业已丧失的强烈情感"有着重要意义，"在罗马人到来之前，那些人的激情就已经在空中沸腾。一股业已丧失的、神秘的激情在空中沸腾。那些看不见的蛇就在那里"。

"英格兰，你的英格兰"，这是毕业于伊顿公学的乔治·奥威尔在1940年德国空袭英国时写下的随笔集《狮子与独角兽：社会主义与英格兰天才》第一部分的标题。"英格兰的多样性，混乱！"关于"英格兰场景"，奥威尔选取了五个片段，分别是兰开夏郡一个工业化的小城镇、北方公路干线上的卡车、职业介绍所外面的长队、伦敦苏豪区一个小酒馆内的弹球机，以及"在秋季清晨骑着自行车穿过浓雾去参加圣餐仪式的老姑娘们”。英格兰：你厌恶它，你嘲笑它，但是你属于这里，只有死亡才能让你得到解脱。奥威尔的情绪因为战争变得十分浓烈，他写下了上面的话。

英格兰文学：这里不仅有怀旧情绪、归属感、带着几分疑虑的寄居生活，还有异议、嘲弄、自我憎恨、叛逆和异化。

自第二次世界大战以来，奥威尔所说的“英格兰场景”充斥着厌恶与嘲弄。20世纪50年代最具影响力的小说——金斯利·艾米斯的《幸运的吉姆》（1954）和阿兰·西利托的《星期六的夜晚与星期天的早晨》（1958）——在酒精和失望情绪的作用下充满了怒火。居住在国外的英格兰人选择妥协，变得一蹶不振：马尔科姆·劳瑞笔下的驻墨西哥前领事酗酒成性（《在火山下》，1947），格拉汉姆·格林笔下的驻越南记者痛苦不安（《安静的美国人》，1955）。

英格兰，谁的英格兰？在帝国时代终结后的半个世纪里，我们听到了由多个声部组成的合唱：来到英国的移民、新近取得独立的前殖民地属民，以及移民的孩子们——从塞缪尔·塞尔文（《孤独的伦敦人》，1956）和钦努阿·阿契贝（《瓦解》，1958），到扎迪·史密斯（《白牙》，2000）和安德烈娅·利维（《小岛》，2004）。“英格兰是条母狗/没法摆脱它”：这是加勒比移民、表演性诗人林顿·奎西·约翰逊在谴责英格兰的种族歧视现象时写下的诗句，虽然他本人已经在这个喜欢养狗并且培育出斗牛犬的国家定居。

福特·马多克斯·福特在气势恢宏的系列小说《一战往事》（1924—1928）中剖析了英格兰的精神遗产。小说中的人物克里斯托弗·蒂金斯（这个名字源自荷兰语）是个典型的英格兰人，他将威尔特郡的贝默顿村（乔治·赫伯特曾经在那里担任乡村牧师）称为“民族的摇篮，如果说我们这个民族还值得一提的话”。贝默顿现在已经变成索尔兹伯里的郊区，不再是自给自足的小村庄。奥威尔笔下那些在秋季清晨穿过浓雾骑着自行车去参加圣餐仪式的老姑娘们很有可能会被那些在市区与郊区之间忙碌穿梭的车辆撞倒。那么，郊区牧师的住宅又会有什么样的命运？英国国教已经卖掉了一批最精美的乡间住宅。1996年，诗人兼小说家维克拉姆·赛特买下乔治·赫伯特的故居并重新修缮。赛特在印度出生并接受教育，通晓多种语言，提倡无民族偏见的世界主义思想，同时他还是个双性恋者。他用小说《如意郎君》（1993）带给他的酬劳买下这座房子，这部作品足以与塞缪尔·理查森的《克拉丽莎》相提并论（不仅体现在长度上），成为英格兰小说艺术的一座丰碑。

文学是文化的摇篮，甚至可以说是民族的摇篮。午夜的孩子继承了文学传统，并且大胆革新。 147

英语文学？

1955年，德裔犹太难民尼古劳斯·佩夫斯纳在英国广播公司主办的里思讲座中发表了一系列演说，题目是《英格兰艺术中的英格兰性》。基于对气候和地貌的观察，佩夫斯纳试图借助艺术和建筑来分析民族特性。但是，由于英格兰的艺术和建筑种类是如此多样化，除去“热爱自然”（他所举的例子是约翰·康斯特布尔）和“刻画怪诞的天赋”（他所举的例子是威廉·贺拉斯）之外，他并未就英格兰性得出充分结论。如果有人想就“英格兰文学中的英格兰性”这一题目发表系列演说，他将面对更加多样化的局面，同时更难得出结论。很有可能，他所能做的就是围绕英格兰诗歌中对地理位置的独特感受以及英格兰散文中随处可见的幽默感，像佩夫斯纳一样泛泛而谈。

但是这样的尝试很可能从一开始就注定失败，原因之一就在于很难定义“**英格兰**文学”。

英格兰文学指的是用英语创作的文学作品吗？赫尔曼·麦尔维尔的《白鲸》、亨利·大卫·梭罗的《瓦尔登湖》、埃米莉·迪金森的诗歌、F. 斯科特·菲茨杰拉德的《了不起的盖茨比》，以及阿瑟·米勒的《推销员之死》，无论从什么角度来判断，这些作品都是文学，并且它们以不同寻常的方式来使用英语。但是，这些作品必须被归入美国文学，而不是英格兰文学。

亨利·詹姆斯和T. S. 艾略特出生于美国，后来移居英格兰，并且作为英国公民备受尊敬。他们从什么时候开始成为英格兰文学的一部分？从他们开始在英格兰进行创作或者开始创作有关英格兰的故事算起，还是从他们的作品在英格兰出版或者从他们成为英国公民算起？那么西尔维娅·普拉斯呢？她本质上是个美国作家，但是她最优秀的诗歌作品完成于德文郡和伦敦，那是她人生最后的一段时光，这些作品与她和一位英国诗人的婚姻密切相关，正是这次婚姻让她有机会用他的护照四处旅行。

或者，英格兰文学指的是由英格兰人创作的文学作品？

有大量的文学作品是由英格兰人在几个世纪的时间内使用英语以外的其他语言（尤其是拉丁语）创作完成的。难道说托马斯·莫尔爵士于1513年用拉丁语创作的《乌托邦》不属于英格兰文学，但是当拉尔夫·罗宾逊于1551年将这部作品翻译成英语后，它就成了英格兰文学的一部分？难道说安德鲁·马维尔的诗歌《花园》属于英格兰文学，但是同一首诗的拉丁语版本就不是？

在出生于英格兰的诗人中，谁最先推出了自己的作品全集，就像古希腊和古罗马的经典作品那样？通常的答案是塞缪尔·丹尼尔（《作品集》，1601）或本·琼生（《作品集》，1616）。那么伊丽莎白·简·韦斯顿（1581—1612）呢？她的诗集于1602年出版，全名为《由伊丽莎白·简·韦斯顿创作的诗歌，作者是英格兰人，最尊贵的未婚女性，最著名的诗人，精通多种语言，博学多才》（1602）。她的诗集当时在欧洲各地备受推崇，但现在绝大多数关于英格兰文学的著作已经遗忘了这部作品。这其中的原因究竟是什么？是因为韦斯顿使用拉丁语进行创作，还是因为她文学生涯的大部分时间都在神圣罗马帝国皇帝鲁道夫二世位于布拉格的宫廷中度过？或者说，这两个原因兼而有之？

英格兰本土的诺贝尔文学奖得主？

让我们考虑一下这个看似无懈可击的命题：“我们可以通过列举英伦诸岛获得诺贝尔文学奖的公民名单来弄清楚**英格兰**文学究竟意味着什么。”下面就是这些作家的名单，我们按照他们的获奖时间逐一介绍。

拉迪亚德·吉卜林于1907年获得诺贝尔奖，得奖原因是他“具有细致入微的观察力，具有原创性的想象力、思想的活力，以及叙事的天赋，这些要素是这位世界知名作家的创作特色”。吉卜林出生于印度孟买，他的自传开头部分是一段写给伊斯兰教真主安拉的致辞。吉卜林感到身处其中最为自在的群体是共 149

济会，因为他的“兄弟”包括“穆斯林、印度教徒、锡克教徒、犹太人，以及致力于社会改革的圣社和梵社的成员”（《谈谈我自己》）。甚至在他最具帝国主义色彩的作品（他为弗莱彻的《英格兰史》撰写的一篇文章）中，吉卜林并没有认同英格兰的上流社会，而是化身为古罗马帝国边远地区的一名百夫长。当他接受召唤回到罗马后，这名百夫长意识到：“时间、风俗、忧伤和劳作、年龄、记忆、服务、关爱，/这些因素已经让我深深扎根在英国的土壤里。”出于同样的原因，吉卜林在情感上总是会接受召唤回到印度，他在那里出生，后来又在那里开始人生的第一份工作。他将自己在英格兰的寄宿学校称为“荒废之地”。当他在16岁那年回到孟买时，他所看到的景象和闻到的气息让他有回家的感觉：“我脱口说出当地方言，虽然这些句子的确切意思我并不清楚。”他扎根在印度的土壤里。

随后获奖的是W. B. 叶芝（1923），得奖原因是“他那充满灵感的诗歌，以高度艺术化的方式展现出整个民族的精神”。叶芝是爱尔兰人，曾在爱尔兰自由邦的参议院任职。不可否认的是，叶芝的家庭属于信奉新教的英格兰裔爱尔兰人精英阶层，因此许多爱尔兰共和党人和民族主义者对于叶芝展现出民族精神这一说法提出了质疑，尤其是他没有使用盖尔语进行创作。但不管这场辩论结果如何，其中所涉及的地区是爱尔兰，而不是英格兰、不列颠或英国。

萧伯纳（1925）的得奖原因是“他的作品充满理想主义和人文情怀，并且时常将辛辣的讽刺与独特的诗性美结合起来”。他也是爱尔兰人。

约翰·高尔斯华绥（1932）的得奖原因是“杰出的叙事艺术，

这种艺术在《福尔赛世家》中达到巅峰”。高尔斯华绥出生于萨里郡一个富裕的中产阶级家庭，先后毕业于哈罗公学和牛津大学。他是第一个真正出生在英格兰土地上的诺贝尔文学奖得主。 150

T. S. 艾略特（1948）的得奖原因是他“对于当代诗歌开创性的卓越贡献”。他出生于美国密苏里州的圣路易斯市。

伯特兰·罗素（1950）的得奖原因是“他创作了不同类型的重要作品，借此倡导人道主义理想和思想自由”。罗素的成就主要体现在哲学领域，某种程度上也涉及政治领域，但他的作品并不属于文学，因此我们对他不做讨论。

温斯顿·丘吉尔（1953）的得奖原因是“他在历史与传记方面的造诣，以及他在捍卫崇高的人类价值时展现出的过人的演说才华”。丘吉尔的历史作品和传记作品是否具有文学价值，这一点我们暂且不做讨论。关键问题在于，他有一半的美国血统。他的母亲是纽约市一个金融家的女儿，其先祖曾在美国独立战争中与英国作战。此外，根据某个未经证实但丘吉尔本人深信不疑的家族传说，他的外祖母是易洛魁人[①]的后裔。

塞缪尔·贝克特（1969）的得奖原因是“他的创作为小说和戏剧提供了新的形式，并且在现代人困顿贫乏的生活中取得了精神上的提升”。贝克特是爱尔兰人，一生中大部分时间住在法国。他的许多作品都是先用法语创作，然后才译成英语。

埃利亚斯·卡内蒂（1981）的得奖原因是“他的作品具有开阔的视野、丰富的思想和强烈的艺术表现力”。卡内蒂是西班牙裔犹太人，出生在保加利亚，他的母语是拉地诺语，但他用德语

① 指美国殖民史中，生活在北美地区的部分印第安人。

进行创作。为了躲避纳粹的迫害，他来到伦敦，并于1952年加入英国国籍——不过，他人生的最后二十年却在苏黎世度过。

威廉·戈尔丁（1983）的得奖原因是“他的小说既有现实主义叙事艺术的敏锐观察，又有神话的多样性和普遍性，阐明了当今世界的人类状况”。戈尔丁出生于英格兰西南部的康沃尔郡，历史
151 上那里曾是个独立的公国，不过他先后毕业于英式中学和牛津大学，因此可以说是诺贝尔文学奖得主中第二个真正的英格兰人。

谢默斯·希尼（1995）的得奖原因是“他的作品兼具抒情美学和伦理深度，致力于称颂日常生活的奇迹和延续至今的传统”。希尼出生于爱尔兰乌尔斯特地区的一个罗马天主教家庭。之后他移居爱尔兰共和国，并且表示不愿意被列入《牛津当代英国诗选》（1982）。他还特意写了一首诗来解释原因，诗的语气虽然轻松，但是作者的态度却很严肃：

这是明智的选择
我的护照是绿色封皮
我们从不会端起酒杯
向女王表达敬意……
你会明白我划分界限
是因为被剥夺了属于我的事物，
我的祖国……

（《公开信》，1983）

在泰德·休斯去世后，时任英国首相托尼·布莱尔希望将桂冠诗人的头衔授予希尼，但他再次表示了拒绝。

V. S. 奈保尔（2001）的得奖原因是“他的作品将文学叙事与社会观察融为一体，促使我们注意到遭受压制的历史”。虽然奈保尔长期居住在英格兰的威尔特郡，但他出生于特立尼达，他的先祖在两个多世纪前作为契约劳工从印度来到西印度群岛。奈保尔最优秀的作品都是从局外人的视角进行创作的，比如他的父亲作为印度裔特立尼达人（《毕司沃斯先生的房子》，1961），他本人作为英国移民（《抵达之谜》，1987），以及颇有争议的另一种身份，那就是他本人作为访问印度的外来游客（印度三部曲，包括《黑暗国度》、《印度：受伤的文明》和《印度：百万叛变的今天》，1964—1990）。

哈罗德·品特（2005）的得奖原因是“他的戏剧揭示出日常闲谈中潜藏的危机，并且强行闯入压迫所造成的封闭空间”。品特出生于伦敦东部的哈克尼区，算是真正的英格兰人，但是他的祖父母是犹太人，分别来自波兰和乌克兰（敖德萨市）。他的母亲在结婚前使用的姓氏是莫斯科维茨，并且在出版早期诗歌时，他还使用过平塔和达·平托这两个名字。

多丽丝·莱辛（2007）的得奖原因是她作为“书写女性经验的史诗作者，怀着疑虑、激情和远见，全面审视了一个分裂的文明”。莱辛出生于波斯（即现在的伊朗），在南罗得西亚长大（即现在的津巴布韦）。她笔名中的姓氏来自她的第二任丈夫，后者曾担任东德驻乌干达大使，在当地人反抗伊迪·阿明的军事政变中遭到杀害。这的确是分裂的文明。

总之，在获得诺贝尔文学奖的诗人中，只有品特一人出生在英格兰，不过品特获奖的原因是他的戏剧，而不是他那些技巧薄弱、并不成熟的政治诗歌。在获得诺贝尔文学奖的小说家中，毫无争议的英格兰人只有高尔斯华绥和戈尔丁。现在回头来看，像高尔斯华绥这样本质上属于爱德华时代的作家居然在1932年还能拿到诺贝尔文学奖，实在让人吃惊，因为到了那个时候，D. H. 劳伦斯、多萝西·理查森、詹姆斯·乔伊斯、福特·马多克斯·福特、弗吉尼亚·伍尔夫和其他现代主义作家已经彻底改变了英格兰小说。同样，未来的研究者很有可能会认为，在20世纪后半叶真正“阐明人类状况”的英格兰小说家并非威廉·戈尔丁，而是J. G. 巴拉德。巴拉德对于英格兰现状的观察非常敏锐，部分原因在于他始终是个局外人，他在中国度过童年，包括在俘虏营中的几年监禁。上述选择表明，由委员会颁发的文学奖项总会产生某些出人意料的结果——特别是在奖项设立的头几年，其结果往往没有遵照阿尔弗雷德·诺贝尔在遗嘱中设立
153 的规定，即该奖项必须颁发给具有“理想主义倾向”的文学作品——但是，上述获奖名单表现出的种族和地理位置的多样性足以说明，“英格兰文学”内部包含着多元文化。相比之下，如果对其他国家/民族的诺贝尔奖得主进行类似分析，其结果肯定要比“英格兰文学”表现出更为明显的同质性。

英国文学？

作为国际性声誉的标志，诺贝尔文学奖具有一定的象征价值。如果19世纪也设立类似的奖项，那么在使用英语进行创作的作家当中，最有希望获奖的将会是一个苏格兰人：沃尔特·司各特爵士，他是当时拥有最广泛的读者群体、最具影响力的历史小说家。司各特和罗伯特·彭斯作品中的苏格兰性，叶芝、萧伯纳、奥斯卡·王尔德和詹姆斯·乔伊斯作品中的爱尔兰性，以及

迪兰·托马斯和R. S. 托马斯作品中的威尔士性，这些文化特质促使一些学者提议使用“英国文学”这一类别，而不是“英格兰文学”。在美国大学的课程设置中，有时你会发现，与美国文学相对应的课程是英国文学。

“英国文学”这一类别试图将凯尔特文化包容在内，但这并不能解决问题，因为这样的说法不符合历史。不妨考虑一下，威廉·莎士比亚如何界定他自己的身份，究竟是英格兰剧作家，还是英国剧作家？答案就是，在伊丽莎白一世统治时期，莎士比亚认为自己是个英格兰剧作家。事实上，在创作生涯的大部分时间里，他都以英格兰历史作为题材进行创作。不过，在苏格兰的詹姆斯六世继承王位，成为英格兰的詹姆斯一世后，莎士比亚开始围绕“英国”题材进行创作（尤其是《李尔王》和《辛白林》），因为詹姆斯希望塑造英国的国家形象。不过，位于伦敦的英格兰议会和位于爱丁堡的爱尔兰议会共同破坏了詹姆斯的计划。在1707年之前，英国并没有形成统一的国家（除了在1654年至1660年期间曾经在理论上短暂地以共和制形式存在）。因此，谈论18世纪以前的“英国文学”实际上犯了时代错误。 154

在民族身份的形成过程中，故事总是发挥着重要作用。维多利亚时代的人们相信，“我们的英格兰文学”和“我们的岛屿故事”完美地结合在一起。但正如现代历史学家反复强调的，这些岛屿的民族特性有着明显差异。每一种政治体制的形成——英格兰、威尔士、苏格兰、爱尔兰、英国、“联合王国”、都铎王朝、斯图亚特王朝、共和制、立宪制、君主制、议会制——都有属于自己的身份叙事和归属叙事。

在长达几个世纪的时间里，英格兰/英国一直是“基督教国家”的一部分，这是神学意义上的一种说法，并且一些人往往（错误地）认为，“基督教国家”与地理学意义上的“欧洲”重合。长久以来，生活在英格兰的犹太人（他们是最早的流散民族）被认为是“局外人”，因为他们并不属于“基督教国家”：在几部重要的19世纪小说中，这一问题是作家关注的重点，代表性作品包括乔治·艾略特的《丹尼尔·狄隆达》（1876）、艾米·利维（作为犹太人，他有意识地通过创作来回应艾略特）的《鲁本·萨克斯》（1889），以及本杰明·迪斯雷利（从血统上来说，他是个犹太人，但是在十多岁时他接受洗礼成为基督徒）的《阿尔罗伊的非凡故事》（1833）、《科宁斯比》（1844）和《坦克雷德》（1847）。

鉴于几个世纪以来英伦诸岛有过多种政治体制，为了避免可能产生的混淆和冒犯，一些学者建议放弃“英格兰文学”和“英国文学”这两个术语，改用诸如“大西洋东北部群岛文学”之类的说法。这个名称显然过于拗口；不过，在提出某部作品对“英格兰文学”做出贡献之前，我们有必要先弄清楚，这部作品的创作过程究竟与什么样的民族/国家身份有关。

杰弗里·乔叟在1386年至1400年期间创作了《坎特伯雷故事集》，当时他在理查二世的宫廷任职，不管是作为侍臣，还是作
155 为诗人，他使用的主要语言是法语。

安德鲁·马维尔就“珍惜时光”这一主题写了若干首诗，在文艺复兴时期的英语诗歌中，他的这类作品给人留下最为深刻的印象。他还就人类思想与自然界之间的关系写了一系列发人深思的作品。除此之外，他的政治诗歌被认为是用英语创作的同类题材中最优秀的作品。这些诗歌——包括《贺拉斯体颂歌：克伦威尔自爱尔兰返回》、《致羞涩的情人》、《花园》、《割

草人》组诗，以及《阿普尔顿庄园》——有可能是他回到约克郡老家后，在一年多的时间里完成的作品（从1650年夏天到1651年夏天）。当时英格兰正处于历史上政局最为动荡的时期：从国王查理一世被处以死刑，到奥利弗·克伦威尔成为护国公。马维尔的这部分作品数量不多，但在艺术上极为精致，构成了英格兰诗歌对某些冲突的富有想象力的集中思考，这些冲突具体包括：积极行动的生活和沉思冥想的生活、个人和社会、欲望的冲动和难逃一死的命运，以及脱离环境的思想和嵌入环境的身体。这些诗歌具有不朽的价值，但与此同时也展现出特定历史时刻留下的印记（比起其他作品，《花园》的历史印记没有那么明显；在上述作品中，只有这首诗有可能属于马维尔的后期创作，时间可能是在1660年王政复辟之后）。

大约在同一时期，出生于伦敦但是居住在威尔士乡村地区的凯瑟琳·菲利普斯写了一些保皇派诗歌，她的丈夫是个积极的议员，虽然立场较为温和。与此同时，约翰·弥尔顿是奥利弗·克伦威尔的忠实拥护者。王政复辟后，他创作了《失乐园》（1667）：这是一首涵盖人类全部发展阶段的作品，从最初的天堂之战一直写到末日审判。几个世纪以来，这首诗始终受到推崇，但它同时又属于特定的历史时期，就弥尔顿个人而言，这是一首关于失败体验的作品。

在亨利·菲尔丁创作《汤姆·琼斯》（1749）期间，他同时经营着两份周报（《真正的爱国者》和《詹姆斯二世的拥护者》），用来攻击詹姆斯二世的拥护者，那些人在1745年集结军队从苏格兰 156
出发，试图恢复在1688年光荣革命中被推翻的斯图亚特王朝。

沃尔特·司各特爵士在创作以苏格兰历史为主题的小说

时，苏格兰已经不再是独立的政治实体。

托马斯·穆尔出生于都柏林的一个杂货商家庭。在1811年至1820年的摄政时期，穆尔是追求时尚的伦敦社交圈里最受欢迎、最具影响力的诗人之一，但是他创作《爱尔兰旋律》（1808—1834）的目的却是为了赞美曾经的爱尔兰，后者在当时已经不再是独立的政治实体。在同一时期，穆尔还写过一首讽刺诗《不宽容》（1808），呼吁要以更为仁慈的态度来对待爱尔兰人。

在詹姆斯·乔伊斯的《都柏林人》（1914）出版时，都柏林还是英国殖民地的边缘地带。到了《尤利西斯》（1922）出版时，都柏林已经成为一个自由国家的首都——虽然这本书在巴黎出版，并且乔伊斯在结尾注明这是一部流亡作品（“的里雅斯特—苏黎世—巴黎，1914—1921”）。

之前我列举的“联合王国”诺贝尔文学奖得主名单将德里克·沃尔科特排除在外。沃尔科特是加勒比海岛国圣卢西亚的公民，1930年出生，1992年获奖，得奖原因是“他的全部诗作光彩夺目，展现出他的历史视野，是多元文化的产物”。自1500年起，沃尔科特所属的西印度群岛作为殖民地，其归属权在法国与英国之间多次转换。因此，他的诗歌在语言和主题方面受到土著语、英语和法语的混合影响：

阿拉奇果，
加耶檬果，
番橄榄，
石榴，
槟榔青，

凤梨 157
菠萝的
阿兹台克头盔，
果子，
我已经忘记
方言把爱尔兰土豆
叫作什么，
鲜红的果子
樱桃，
雨树
榄仁
惊涛拍岸
就在凉爽的海滩
在工人边上
我的语言，
回来我这里。
回来，
可可豆，
咒语，
孤鸽，
剪刀
剪尾鸟
没有夜莺
除了，从前……

（《圣卢西亚》，收录于诗集《海葡萄》，1976）

英格兰诗歌中一直有夜莺在吟唱，从中世纪的抒情诗到弥尔顿，再到济慈和T. S. 艾略特。沃尔科特引入了其他鸟类。自19世纪起，英格兰一直在接纳来自爱尔兰的难民，后者因为土豆欠收而被迫离开家乡。现在，英格兰的果园中除了济慈和哈代笔下的苹果树，又增添了来自加勒比海的香甜水果。

直到1979年，圣卢西亚才从联合王国中独立出来，因此在他职业生涯的大部分时间里，沃尔科特是英属殖民地的属民。
158 他的诗歌就像奈保尔的散文一样（尽管他们两人的立场有所不同），与英格兰的文化传统有着密切联系，虽然他的目的是想让这一文化传统与圣卢西亚本岛的语言、景色和环境进行对话。在《奥美罗斯》（1990）中，他延续了一些英格兰作家的做法，比如乔治·查普曼（翻译《奥德赛》，1614—1615）、亚历山大·蒲柏（在威廉·布鲁姆和伊莱贾·芬顿的协助下翻译《奥德赛》，1725—1726）、阿尔弗雷德·丁尼生（创作诗歌《尤利西斯》，1842），更不用说“阿拉伯的”T. E. 劳伦斯（翻译《奥德赛》，1935）和来自都柏林的詹姆斯·乔伊斯（创作小说《尤利西斯》，1935），将作为西方文学根基的荷马史诗融入他生活的环境，成为他的文学想象的一部分。在沃尔科特笔下，阿基里斯和菲罗克忒忒斯不再是古代的勇士，而是变成了加勒比海地区逆风群岛上的渔夫。

英格兰之旅

要想给出“英格兰”的确切定义，就必须弄清楚它与“英国”、“苏格兰”、“威尔士”和“爱尔兰”之间的区分。此外，英格兰文学探讨了多重关系，比如国内和国外、英伦诸岛和欧洲大陆、本土和帝国之间的相互影响，以及本国民众对于美国的态度（美国曾经是他们最重要的殖民地，但后来取得独立）。查尔斯·狄更斯的《马丁·翟述伟》（1844）对美国主题的处理让许多人感到很不愉快。

当莎士比亚笔下的科里奥兰纳遭到驱逐被迫离开罗马时，他说道：“在其他地方还有另一个世界。”受古典教育的潜在影响，古罗马文化对塑造英国的统治阶层起到了重要作用。旅行、探险、流亡、四海一家：这些元素已经成为英格兰文学的重要主题。但是，就像英格兰和英国以及爱尔兰之间的对立关系一样，国内和国外（或者说，权力中心和帝国边缘）之间的对立关系造成了扭曲的再现。这种关系默认，英格兰各地具有相同的文化特质，但事实并非如此。从丹尼尔·笛福（《大不列颠全岛游记》，1724—1727）到威廉·科贝特（《乡村旅行》，1830），从 159
H. V. 莫顿（《寻找英格兰》，1927）到 J. B. 普里斯特利（《英格兰之旅》，1934）和乔治·奥威尔（《通往威根码头之路》，1937），这些作者在各自的旅途中发现了多种多样的英格兰，从中可以看到乡村和都市，沉睡和喧闹，秩序井然的场景和支离破碎的画面，披着白霜的灌木篱墙和覆盖着煤灰的廉价公寓。对善于观察的人来说，这些都是丰富的创作素材。

作家并非总是支持民族主义，或者提倡“单一民族”——即便他们支持民族主义（比如本杰明·迪斯雷利，他正是靠着这一点成为首相的），并且提倡“单一民族”，他们其实很清楚，现实中存在着“两个民族”，这也正是迪斯雷利为他的小说《西比尔》（1845）所拟的副标题。对迪斯雷利而言，这两个民族指的是穷人和富人。对伊丽莎白·盖斯凯尔夫人而言，这两个民族指的是《北方和南方》（1855），前者的主体是产业工人，后者的主体是优雅绅士。两个民族还表现为其他多种形式。不信奉国教者已经成为传统，他们对于塑造“英格兰性”所起到的作用不亚于正统的爱国主义者。一直以来总有人试图发掘“另一个英格兰”，一种“真正的”民族身份——其代表往往是像罗宾汉这样的人物。他们认为国家权力破坏或取代了这种真正的民族身份。在这类作品中常常会出现撒克逊人和诺曼人之间的对立：《艾凡赫》的作者虽然是苏格兰人，但这部作品对于塑造19世纪的英格兰形象产生了巨大的影响。

撒克逊人和凯尔特人之间的对立关系同样如此。19世纪60年代，马修·阿诺德在牛津大学担任诗歌教授，他提出凯尔特文学有助于匡正他所说的盎格鲁–撒克逊人的市侩习气，这种习气在英格兰的中产阶级生活中表现得非常明显。阿诺德认为，英格兰文学中的浪漫主义特质——“它崇尚风格，崇尚忧郁，崇尚自然奇迹，试图通过一种切近、逼真的奇妙方式来捕捉并呈现自然的魅力”——全都源自凯尔特文化。在阿诺德看来，莎士比亚的伟大之处在于，他将英格兰的实用主义与“英格兰缺乏的精神
160 开放性和灵活性”融为一体。

英格兰文学的根基是一些能够激发创作灵感的重要的对立关系，包括宫廷和郡县、乡村和城市、“绿色宜人的土地”和“恶魔般的黑暗工厂”。这些对立关系在塑造文学作品的同时，也对政治格局产生了影响：在18世纪和19世纪，保守党代表着乡村和土地所有者的利益，辉格党以及后来的自由主义者代表着新崛起的城市商人阶级（虽然有大量例子表明，这样的概括并非完全准确）。

都市写作在英格兰由来已久：伊丽莎白时代的讽刺作家（比如约翰·马斯顿和约翰·多恩）批评那些具有时尚意识的都市年轻绅士，认为他们只顾着追求感官愉悦和地位晋升。这些作家本身就属于这一类都市绅士，他们的生活体验对于创作起到了推动作用。17世纪早期，都市喜剧成为流行的戏剧形式。在王政复辟时期以及18世纪的喜剧中，刚来到城里的天真无知的乡下姑娘或者来自偏僻地区的乡绅是常见的人物类型。简·奥斯丁的小说《曼斯菲尔德庄园》则采取了相反的创作思路，老于世故的城市居民（亨利·克劳福德和玛丽·克劳福德）扰乱了乡村庄园的安定生活。到了20世纪晚期，一系列特别黑暗、特别强势的小说以伦敦的精神地理学作为母题，包括迈克尔·莫尔考克的《伦敦母亲》（1988）、马丁·艾米斯的《伦敦场地》（1989）、伊恩·辛克莱的《下游》（1991）、彼得·阿克罗伊德的《伦敦传》（1993）。从理查德·杰弗里斯的《伦敦之后》（1885）、J. G. 巴拉德的《淹没的世界》（1962）再到威尔·塞尔夫的《戴夫之书》（2006），灾难之后的伦敦是这些反乌托邦小说最喜欢的故事场景。

对首都城市进行深入剖析，这一传统可以追溯到古罗马讽刺作家尤维纳利斯。事实上，约翰逊博士的诗歌《伦敦》就是对尤维纳利斯的第三首讽刺诗进行的"模仿"或者说自由改编。与之相似，以理想化的方式来描写乡村庄园，并将其与躁动不安的宫廷生活进行对比，这种写法可以追溯到贺拉斯的诗歌，但是相比约翰逊等人对于尤维纳利斯的借鉴，贺拉斯的继承者在创作思路上更为明显地偏离了他的原意。贺拉斯笔下的农场适合归隐；与之相比，英格兰的田园诗更注重地理特征和地方情感。 161

这类诗歌表现出英格兰人的特点，他们偏爱水彩风景画，重视当地历史和地方归属感，喜欢四处旅行，喜欢观赏自然景致。

约翰逊博士将风景诗定义为“地方性诗歌，以某处特定的景色作为描写对象……再加上……历史回顾或偶然引发的思考”。这一类诗歌的奠基之作是约翰·德纳姆爵士的《库珀山》。在这部作品中，诗人来到萨里郡靠近艾格镇的一座小山上，鸟瞰温莎古堡（借机赞美查理一世和他的先辈）、泰晤士河（向帝国的缔造者致敬，他们远行万里，将“东印度群岛和西印度群岛都变成我们的”殖民地），以及河南岸的兰尼米德（《大宪章》在此签署，就此奠定英格兰自由的根基）。这部作品初版于1642年，在克伦威尔执政时期被保皇党在私底下奉为经典。它影响了18世纪一系列以“景致”为主题的诗歌，在这类作品中，井然有序的自然风光成为社会等级秩序的象征，在当时这种秩序被认为是天然形成的。到了18世纪末，以赞美坚硬的英格兰橡树为主题的诗歌和认为国家是一种有机体的看法联系在一起，埃德蒙·伯克在《法国革命论》（1790）中以雄辩的方式阐明了这种看法。威廉·华兹华斯起初对这一类题材的政治意义提出了不同看法，他在自己的作品中用个人历史来替代民族历史（比如《丁登寺》），并且在描绘自然景色的同时，也将目光投向穷人和那些被剥夺了资产或土地的底层民众（比如《迈克尔》和《革命与独立》）。但是他之后选择隐居湖区，这意味着他放弃了激进政治。20世纪初，“乔治时代”的乡村诗人流露出怀旧和自满的情绪；未来属于都市的现代主义者。20世纪后半叶，英格兰的几位重要诗人出于反对现代主义的目的，将托马斯·哈代的乡村诗歌奉为圭臬，这样的创作方式表明，他们其实都是根深蒂固的保守主义者：菲利普·拉金抱怨乡村变成了房车游客的停车场；杰弗里·希尔以挽歌般的忧伤诉说着他的期盼，他渴望见到一个"柏拉图式的英格兰"，那里随处可见"雪松木和柔软的衬垫"(《桂冠斧》，收录于《为基督教建筑在英格兰的复兴所作的辩 162 护》，1978)；桂冠诗人特德·休斯试图重新塑造君主制的神秘性。

故事就是这样。但是，和所有对于文学作品的概述性的政治阐释一样，上述内容显得过于简化。以自然景色为主题的诗歌所流露出的怀旧情绪通常较为保守，因为它用理想化的策略来描述过去的生活方式，这种生活如今正遭受威胁或者已经失落——但也有可能，这样的生活方式从未真正存在。或许以讽刺都市生活为主题的诗歌也是如此。但是，这种情绪背后的源动力更多涉及诗人的自我感受(他们认为自己是被驱逐出伊甸园的流亡者)，而不是对于任何政党的归属感。那片失落的土地其实是作者的个人经历，是童年的天真状态，也是我们这本书开始的地方。

熔　炉

1908年，一出新剧在美国的华盛顿特区上演，剧作家伊斯雷尔·赞格威尔是个犹太人，出生于英格兰，父母分别来自拉脱维亚和波兰。除了戏剧之外，他还是个演说家，并且积极倡导犹太复国主义。时任美国总统的西奥多·罗斯福对于这出新剧非常感兴趣，该剧讲述了一个俄国犹太裔家庭为了躲避种族屠杀而移居美国的故事。在男主角看来，"美国是上帝的熔炉，来自欧洲的各个种族在这里融合并改造……德国人和法国人、爱尔兰人和英格兰人、犹太人和俄罗斯人——和你们一起进入这个大熔炉！上帝正在创造美国人”。这出戏剧的标题《熔炉》被用来形容美国的独特命运。作为一个新生国家，来自世界各地的移民，不管他们原本属于哪个种族，在这里都受到欢迎，能开启新的生活。

但是那样的命运真的只属于美国？两千多年来，英国一直是个大熔炉，凯尔特人、罗马人、盎格鲁–撒克逊人、北欧人、诺曼人、法国新教的胡格诺派教徒、荷兰人、汉诺威人、犹太人、移民、难民、前殖民地属民、欧洲及其他地区的各个种族在这里融合并
163 改造。他们带来自己的语言，让英语变得无限丰富，这是造成英格兰文学独特的丰富性和多样性的主要原因之一。

17世纪早期，具有盎格鲁和意大利混合血统的词典编纂者约翰·弗洛里奥将法国人米歇尔·德·蒙田的随笔译成英文，从而引入了大量新词和短语，对莎士比亚的后期作品产生了深刻影响。在20世纪，爱尔兰人詹姆斯·乔伊斯和塞缪尔·贝克特以前所未有的独创性（指乔伊斯的作品）和精确性（指贝克特的作品）重塑英语。来自加勒比海地区的诗人（有些人具有英国血统），比如爱德华·卡马乌·布拉恩韦特和林顿·奎西·约翰逊，从他们的方言中提炼出一种特殊的语言，为英格兰诗歌注入了新的活力。正是在对抗“传统”的过程中，他们变成了传统的一部分，通过T. S. 艾略特所描述的那种方式来改变整个现存的秩序。林顿·奎西·约翰逊提出要寻求“新的词语秩序”，这取决于他与自己继承的英国诗歌遗产之间的对话：

如果我是个顶尖的诗人
就像克里斯·奥基波

德里克·沃尔科特
和T. S. 艾略特

我会写一首诗
那么深邃
苦涩又甜蜜
像一段珍贵的
记忆
它让你哭泣
又让你感到缺憾……

（选自《我的革命同志：诗选》，企鹅经典系列，2002）

“外来的”作家质疑并重估传统，因为这一传统属于殖民历史，他们的人民曾遭受压迫的那段历史。但与此同时，他们又时常表达出一种感激和责任，以这种方式来“归化”自己——正是 164
历史上的那些英格兰作家给了他们工具和意志，去寻找属于他们自己的声音。在20世纪来自特立尼达的作家当中，涉猎范围最广的两个人分别是左翼历史学家、散文家、以描写板球运动而知名的作家C. L. R. 詹姆斯和右翼小说家、辩论高手、游记作家V. S. 奈保尔。虽然这两人难得意见一致，但说到英格兰文学传统的重要性时，他们必然会表示赞同。

德里克·沃尔科特沿着英格兰和威尔士、盎格鲁-撒克逊和凯尔特之间争议不断的边缘地带继续前进。当他写到自己“遭受剥夺”时，读者的最初反应是，他想要展现帝国主义或种族主义所造成的迫害。但他其实另有所指：

有时暴雨突然转向，像龙嘴形船只上的风帆，
朝着埋葬亚瑟王的阿瓦隆岛
朝着迷雾进发。一连几个小时，沿着
威尔士起伏的山脊，我们带着
朗格兰笔下的农夫，走在雨水浸润的草地上……
　　……我们来到了英格兰——
除了名字更改，这些地方一点没变……
日光灼灼，仿佛某种征兆，世界焕然一新
而山顶的石堆、建有城堡的山丘、石像般的国王
都隐藏于梦中，然而是什么让我觉得
骑士精神在厨房水槽中遭受破坏
意味着我自己也遭受剥夺？

（沃尔科特，《第三十五首诗》，收录于《仲夏》，1984）

正如埃德蒙·伯克在法国大革命时发出哀叹，沃尔科特也
惋惜骑士时代一去不返。作家不再流着眼泪幻想亚瑟王从阿瓦
隆岛归来。相反，现代文学以愤怒的态度来回顾这一切。1954
年，文学评论家大卫·西尔维斯特写了一篇文章《厨房水槽》，
这个标题让人想起约翰·布拉特比的画作，后者试图将日常生
活中的平淡和无聊引入英格兰艺术。“厨房水槽现实主义”[1]这
165 一术语很快就被用来形容由“愤怒的青年”所创作的戏剧和小
说，这些作家沿着布拉特比的思路来改造文学。其中最著名的
例子是约翰·奥斯本的剧作《愤怒的回顾》，该剧于1956年由皇

① 又作“激进现实主义”。

家宫廷剧院搬上舞台。同一年爆发的苏伊士运河危机标志着殖民地反抗英帝国斗争的转折点。

骑士精神和厨房水槽之间的对立关系重演了传奇故事和现实主义之间的古老战役。沃尔科特是个擅长创作史诗和抒情诗的诗人，同时也是剧作家。他在圣卢西亚人的语言中发现了美感，而不是平淡。他表现出分裂的归属感：他是传奇故事的守护者，虽然艺术的民主化发展减弱了传奇故事的魅力，但正是这种民主化的过程造就了沃尔科特，让他从一个前殖民地属民变成了守护者。虽然他将自己视为局外人，游走在边缘地带，而不是在内部定居，但他想要继承亚瑟王传奇以及英格兰的持异议者借用抒情诗来表达立场的传统，后者可以追溯到14世纪英格兰的一名农夫兼诗人在马尔文山上的一场幻梦。

沃尔科特在仲夏的天路历程中，走入了他的文化遗产。在之前引用的那首诗中，他在沃里克郡一家木结构酒吧的花园中听到几位老人在谈话，他们的声音让他联想到莎士比亚笔下的“浅薄”法官和“沉默”法官。沃尔科特看到当地的自然景色“隐藏”在乔治·奥威尔在《向加泰罗尼亚致敬》里所描述的“英格兰的深度沉睡”中，他发现自己被读到的内容深深吸引。诗人并没有终止脑海中的搏斗，也没有就此停笔。他追踪着那些曾经在英格兰的绿色山丘上行走的足迹，包括朗格兰、弥尔顿、班扬和布莱克。他延续着前辈的希望，不仅是在当下的现实生活中，同时也是在英格兰文学的传统中，憧憬新的土地，新的耶路撒冷。 166

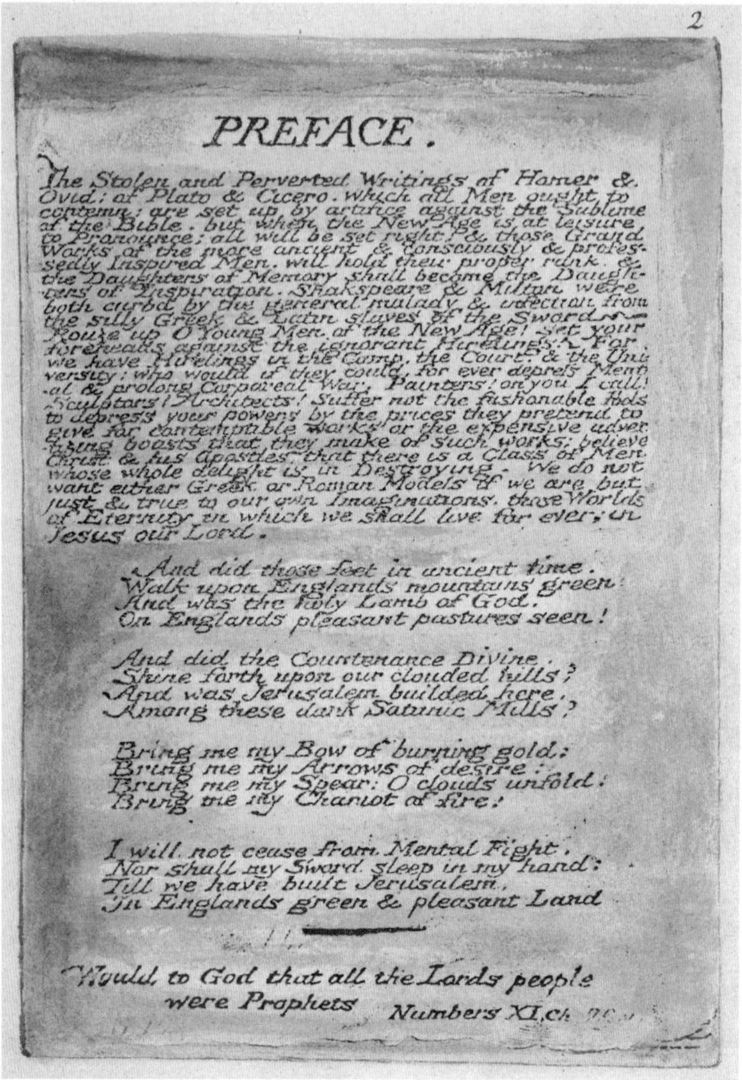
2

PREFACE.

The Stolen and Perverted Writings of Homer & Ovid; of Plato & Cicero. which all Men ought to contemn: are set up by artifice against the Sublime of the Bible. but when the New Age is at leisure to Pronounce; all will be set right! & those Grand Works of the more ancient & consciously & professedly Inspired Men. will hold their proper rank. & the Daughters of Memory shall become the Daughters of Inspiration. Shakspeare & Milton were both curbd by the general malady & infection from the silly Greek & Latin slaves of the Sword. Rouze up O Young Men of the New Age! set your foreheads against the ignorant Hirelings! For we have Hirelings in the Camp, the Court, & the University: who would if they could, for ever depress Mental & prolong Corporeal War. Painters! on you I call! Sculptors! Architects! Suffer not the fashonable Fools to depress your powers by the prices they pretend to give for contemptible works or the expensive advertizing boasts that they make of such works; believe Christ & his Apostles that there is a Class of Men whose whole delight is in Destroying. We do not want either Greek or Roman Models if we are but just & true to our own Imaginations, those Worlds of Eternity in which we shall live for ever; in Jesus our Lord.

And did those feet in ancient time.
Walk upon Englands mountains green:
And was the holy Lamb of God,
On Englands pleasant pastures seen!

And did the Countenance Divine,
Shine forth upon our clouded hills?
And was Jerusalem builded here,
Among these dark Satanic Mills?

Bring me my Bow of burning gold:
Bring me my Arrows of desire:
Bring me my Spear: O clouds unfold!
Bring me my Chariot of fire!

I will not cease from Mental Fight,
Nor shall my Sword sleep in my hand:
Till we have built Jerusalem,
In Englands green & pleasant Land

Would to God that all the Lords people were Prophets
Numbers XI. ch

图11　“那些足迹”的原稿：威廉·布莱克在《致弥尔顿》(1804—1811)的序言中，预言了一个“新的时代”，在这个时代英格兰将成为“新的耶路撒冷”

致 谢

《图伦人》选自《冬日外出》（1972），版权归谢默斯·希尼所有，经费伯出版社授权使用。《公开信》选自同名诗集（1983），版权归谢默斯·希尼所有，经费伯出版社授权使用。《最后的哨位》最早出现在英国广播公司“今日栏目”的网站上，版权归卡罗尔·安·达菲所有。《圣卢西亚》选自《海葡萄》（1976），《第三十五首诗》选自《仲夏》（1984），版权归德里克·沃尔科特所有，经费伯出版社授权使用。《如果我是个顶尖的诗人》选自《我的革命同志》（2002），版权归林顿·奎西·约翰逊所有，经林顿·奎西·约翰逊音乐出版社授权使用。 168

索 引

（条目后的数字为原书页码，见本书边码）

A

B

C

D

I

J

K

L

M

N

O

P

R

S

T

Jonathan Bate

ENGLISH LITERATURE

A Very Short Introduction

Contents

List of illustrations

Chapter 1
Once upon a time

Beginnings, departures

Once upon a time, you had your first introduction to English Literature. It may well have begun with the words 'Once upon a time'. If you were a child in the 20th century, it might have gone like this: 'Once upon a time, a very long time ago now, about last Friday, Winnie-the-Pooh lived in a forest all by himself under the name of Sanders.' Or this: 'Once upon a time there were four little Rabbits, and their names were – Flopsy, Mopsy, Cotton-tail, and Peter.'

Or it might have been in verse. Perhaps you were a child in the early 21st century, and it went like this: 'A mouse took a stroll through the deep dark wood. / A fox saw the mouse, and the mouse looked good' (Julia Donaldson, *The Gruffalo*, 1999). We enter the story by entering the wood with the mouse. We are a little excited, a little afraid: what will we find there? It is a very traditional literary opening: 'In the midway of this our mortal life, / I found me in a gloomy wood' (Dante, *Hell*, translated by Henry Cary, 1805). We are embarking on a journey of self-discovery; we will meet strange monsters (a gruffalo!), we will be tempted to stray, we will identify ourselves with a courageous hero (a mouse!) who triumphs by virtue of a resourceful imagination. The strong rhymes drive us forward. We want to read on. And we probably asked to hear the same story again the following night.

When Shakespeare's collected plays first appeared in print, the editors, who were his close friends and fellow actors, introduced them with a suggestion: 'Read him, therefore, and again, and again.' We would not want to read yesterday's newspaper again and again. Nor the thriller or romance or comic caper that we picked up at the last minute on the airport bookstall. The books that are read again and again become *literature*. Sometimes one of them will be a thriller or romance or comic caper. Or a children's story. A book may be described as a 'classic thriller' or 'classic romance' when it becomes definitive of its genre. It may be described as a 'classic' pure and simple when it transcends the limits of its genre – Charlotte Brontë's *Jane Eyre* (1847) is more than just a romance – and when it continues to be re-read in generations after its own. Dr Samuel Johnson, in his preface to Shakespeare (1765), said that the only test of literary greatness is 'length of duration and continuance of esteem'.

Why have Beatrix Potter's *The Tale of Peter Rabbit* (1902) and A. A. Milne's *Winnie-the-Pooh* (1926) passed the test of continued esteem so triumphantly? They can be re-read with pleasure through the generations because of three strengths: the storytelling, the characterization, and the quality of the writing. Extrinsic factors have assisted, notably the illustrations (Potter's own watercolours, E. H. Shepard's realization of the world of Pooh), rather as the performances of great actors have assisted in keeping alive Shakespeare's storytelling, characterization, and use of language. But it is with the crafting of the words, the believability of the characters, and the scope of the imaginary world that the student of literature begins.

The Gruffalo won prizes on its publication, sold four million copies in a decade, and in 2009 was recognized as 'best bedtime story' by means of the historical moment's primary mark of 'esteem': the public vote by telephone, text message, or internet click. Inspired by a Chinese folk tale of a fox who borrows the terror of a tiger, the story cleverly mingles the traditional and the innovative – a feature of many candidates for classic status. But in our high-speed

21st-century world, literary taste changes with great rapidity. There is no way of knowing whether or not *The Gruffalo* will achieve classic status. Dr Johnson reckoned that the necessary 'length of duration' was a hundred years. Even if we halve that time, I have to accept, writing in 2010, that any work I mention in this book that has appeared since 1960 can only be a *provisional* literary classic.

Peter Rabbit is an introduction to the kind of character that E. M. Forster in *Aspects of the Novel* (1927) called 'round'. Round characters have 'flat' ones as foils to set them off. In Peter's case, this is the role of his goody-goody sisters. Potter economically signals this in her first sentence by giving nursery rabbit names to Flopsy, Mopsy, and Cotton-tail, but a human one to their brother. Peter is neither good nor bad. He is at once naughty, adventurous, and innocent. This combination leads him into scrapes, but the reader always knows that he will be all right in the end. He is a child listener's first introduction to the picaresque hero of the type epitomized by Henry Fielding's *Tom Jones* (1749) and Tobias Smollett's *Roderick Random* (1748).

The great literary characters are at once intensely individualized and instantly recognizable as types who have counterparts in our own world. Each character in the world of Pooh Corner is given a unique voice and a highly distinctive set of characteristics, yet in every classroom and every boardroom there is an enthusiastic Tigger, a gloomy Eeyore, a pompous Owl who uses long words, a Rabbit who is forever organizing people. The same goes for the setting: the geography of the Hundred Acre Wood, based on the Ashdown Forest in Sussex, is mapped with precision and specificity in order to create a semblance of reality as a backdrop to the surreality of the animals' adventures, but it is also an archetypal setting, an Arcadia, an Eden, a place of pastoral innocence.

The iron rule of such a golden world is that the time will come when we have to leave it. English Literature's most solemnly beautiful representation of the moment of departure is the end of John Milton's *Paradise Lost* (1667):

> They looking back, all th'eastern side beheld
> Of Paradise, so late their happy seat,
> Waved over by that flaming brand, the gate
> With dreadful faces thronged and fiery arms:
> Some natural tears they dropped, but wiped them soon;
> The world was all before them, where to choose
> Their place of rest, and Providence their guide:
> They hand in hand with wand'ring steps and slow,
> Through Eden took their solitary way.

Adam and Eve are 'solitary' because their act of free will in eating of the fruit of the tree of knowledge has severed them from God. But they walk 'hand in hand': we have human bonds to help us through life. For Milton, this is the moment when humankind is forced to grow up.

The House at Pooh Corner (1928) with a similar tone. Christopher Robin is going away. Milne began the first Pooh book in the vein of English humour:

> 'What does "under the name" mean?' asked Christopher Robin. 'It means he had the name over the door in gold letters and lived under it.'

Milne ends the second Pooh book in the vein of English reticence:

> Still with his eyes on the world Christopher Robin put out a hand and felt for Pooh's paw.
>
> 'Pooh,' said Christopher Robin earnestly, 'if I – if I'm not quite – – ' he stopped and tried again – 'Pooh, *whatever* happens, you *will* understand, won't you?'
>
> 'Understand what?'
>
> 'Oh, nothing.' He laughed and jumped to his feet. 'Come on!'
>
> 'Where?' said Pooh.
>
> 'Anywhere,' said Christopher Robin.

The measured pace of this dialogue, in which what is unsaid is as important as what is openly stated, would not be out of place in a novel by Evelyn Waugh or a play by Noël Coward. But, since Milne was writing for children, he cannot resist a final paragraph in the vein of English nostalgia:

> So they went off together. But wherever they go, and whatever happens to them on the way, in that enchanted place on the top of the Forest a little boy and his Bear will always be playing.

The world is all before us, but whatever happens we need to keep somewhere in our memories an enchanted place called, as William Wordsworth phrases it, 'recollections of early childhood'. In his Ode beginning 'There was a time' (1805), Wordsworth proposed that such recollections offer us 'Intimations of Immortality'. Literature begins to do its work of cheating time and death, conferring freedom through imagination, exactly at the moment when death comes into our world. Peter Pan, the boy who by refusing to grow up breaks the iron rule that we must leave the golden world, surrounds himself in Neverland with 'lost boys', which is to say dead children. The Pan figure himself is one of the most poignant types in English Literature, as illustrated by Sebastian Flyte in *Brideshead Revisited* (1945), clinging on to his teddy bear as a sign of his refusal to leave Arcadia and enter on the awfully big adventure that is life.

Schoolings

Pooh and his friends don't know where Christopher Robin is going. But we do. Though the text is not explicit, it must be boarding school. The second stage of our introduction to English Literature is likely to be the school story. Which immediately brings us to the inescapable English question of class. There is one education (or lack of it) for the poor and another for the rich. Ice-cold Lowood School, where impoverished Jane Eyre endures mental cruelty, and Dotheboys Hall, where unwanted boys are sent away to endure the mercies of Mr Wackford Squeers (*Nicholas Nickleby*, 1839), let

alone the workhouse of Dickens' preceding novel, *Oliver Twist; or, The Parish Boy's Progress* (1838): these are a world away from the English public school ethos of Thomas Hughes's *Tom Brown's Schooldays* (1857). The food is equally bad in all these establishments, but the posh boys are allowed sauces and pickles to make it palatable. Thanks to the real-life headmaster of Rugby, Dr Thomas Arnold, Flashman the bully is defeated and Tom is fashioned as both a gentleman and a muscular Christian. He

1. a & b 'The Expulsion': illustration by William Blake to the final lines of John Milton's *Paradise Lost* and Ernest H. Shepard to the end of *The House at Pooh Corner*

triumphs on the cricket field by day and remembers to say his prayers at night.

The boy who comes from respectable but not wealthy middle-class stock and whose public school education initiates him into the ruling class and its values, having overcome an upper-class bully along the way, became a stock figure in subsequent fiction aimed at middle-class readers. He nearly always has a good friend or two to help him on his way – Arthur in Tom's case, Ron and Hermione in that of Harry Potter.

During the school holidays, the public school spirit could be exercised while camping, boating, and climbing – Arthur Ransome's *Swallows and Amazons* (1930), the epitome of wholesome Englishness written by a sometime Bolshevik sympathizer who married Trotsky's secretary. The fortitude of a group of very English middle-class children is tested by extremity. In *The Lion, the Witch and the Wardrobe* (1950), C. S. Lewis's Pevensie children are evacuated from London in order to escape the Blitz, but find themselves fighting in a war against a fantasy version of the Nazi/Satanic horde. In R. M. Ballantyne's *The Coral Island* (1857), boys called Ralph and Jack put up a jolly good show when they are shipwrecked without adults on the coral reef of a Polynesian island.

Literature is as much about inverting traditions as inheriting them: in William Golding's *Lord of the Flies* (1954), boys called Ralph and Jack turn out to be savages rather than gentlemen when they are stranded on an island. By the same account, whereas the Christian allegory of the Narnia novels falls into line with the orthodox reading of Milton in C. S. Lewis's *A Preface to Paradise Lost* (1942), the *His Dark Materials* trilogy of Philip Pullman (1995–2000) is built on the heterodox reading of *Paradise Lost* that began with William Blake's *The Marriage of Heaven and Hell* (1793): 'Milton was a true Poet, and of the Devil's party without knowing it.' 'His dark materials' is a quotation from *Paradise Lost*, alluding to Lucifer's passage across Chaos from one world to another. Lyra, the name of Pullman's heroine, is a skewed allusion to Blake (Lyca is 'The Little Girl Lost' in *Songs of Experience*), as is the notion of each of us having a 'daemon' or emanation that simultaneously embodies our character and serves as our guardian spirit.

Villains and outsiders

Children's literature frequently imagines animals behaving like humans, whereas adult literature frequently shows humans behaving like animals. When characters in Shakespeare act inhumanely, they are compared to pelicans, serpents, and dogs. Ben Jonson wrote a comedy of deception called *Volpone* (1606), which means 'the fox', in which a servant called Mosca ('the fly') buzzes busily around the plot and a lawyer called Voltore ('the vulture') picks over the spoils.

Humanized animals are the exception rather than the rule in adult literature. They usually appear in allegorical or satirical works, most notably the fourth book of Jonathan Swift's *Gulliver's Travels* (1726), in which the Houyhnhnms are rational horses and the Yahoos bestial humans. Other examples include George Orwell's anti-Stalinist *Animal Farm* (1945) and Thomas Love Peacock's *Melincourt* (1817), a gentle critique on the idea of progress in which an Orang-Utan runs for parliament. Then there is the special case of Satan, who brings evil into the world in the form of a snake. But these are exceptions. Generally, if you want to meet a talking horse or bear or wolf or rabbit, you go to children's literature.

The literature of anthropomorphized animals is called 'fable'. It goes back to Aesop in ancient Greece. In a simple fable, a cocky or a wicked animal gets comeuppance. The tortoise beats the hare. Fables of this kind conform to the view of literature espoused by the prissy governess Miss Prism in *The Importance of Being Earnest* (1895): 'The good ended happily, and the bad unhappily. That is what fiction means.' Beatrix Potter's *The Story of a Fierce Bad Rabbit* (1906) is a fable, aimed at *very* young children. It is circumscribed by the moral opposition between villain ('fierce bad rabbit') and victim ('nice gentle rabbit'). The Fierce Bad Rabbit gets his just deserts when his whiskers and tail are blown off by a man with a gun. Potter reports this violent death in the detached, matter-of-fact narrative voice that made her an important influence on the style of Evelyn Waugh and Graham Greene.

Because of Peter Rabbit's greater complexity, and his naughtiness in particular, his story is more *literary* than that of the Fierce Bad Rabbit. Literature does not conform to the demands of governesses such as Miss Prism. Her creator, Oscar Wilde, knew that some of the best literature is more playful than earnest and that the most interesting characters are seldom the good ones who end happily. Shakespeare's charismatic villains such as Richard III, Iago in *Othello*, and Edmund the Bastard in *King Lear*, do end unhappily, but before doing so they offer immense rewards to actor and audience alike. What actor would rather play Malcolm than Macbeth?

The most frequently revived non-Shakespearean play on the English stage in the 18th and 19th centuries was Philip Massinger's *A New Way to Pay Old Debts* (1626), which owed its huge popularity to the character of the larger than life and wickedly lovable villain, Sir Giles Overreach, a part that every star actor wanted to play, and the prototype of the monstrously greedy speculating businessmen of Victorian fiction, such as Augustus Melmotte in Anthony Trollope's *The Way We Live Now* (1875) and Mr Merdle in Charles Dickens' *Little Dorrit* (1857).

The work of literature stands apart from the fable, the sermon, and the ethical treatise not least by virtue of its capacity to make wickedness interesting. Children's literature is full of witches, monsters, demons, werewolves, and grown-ups from whom you would be ill advised to accept a bag of sweets. Literature at its best is a song of experience, not of innocence. William Blake's 'The Lamb' (*Songs of Innocence*, 1789), with its 'Softest clothing, woolly, bright', is uninterestingly pious and distinctly twee until it is read up against the 'fearful symmetry' of its blazing counterpart, 'The Tyger' (*Songs of Experience*, 1794). As the critic William Hazlitt put it in Blake's lifetime, 'A lion hunting a flock of sheep or a herd of wild asses is a more poetical object than they' (essay on *Coriolanus* in *Characters of Shakespear's Plays*, 1817). Fiction works some of its best effects when the narrator, and thus the reader, is placed in the position of the hunted. Excitement is generated by fear, as when Jim Hawkins hears the approach of Blind Pew in Robert Louis Stevenson's thrilling adventure story:

> When we were about half-way through, I suddenly put my hand upon her arm, for I had heard in the silent frosty air a sound that brought my heart into my mouth – the tap-tapping of the blind man's stick upon the frozen road.
>
> (*Treasure Island*, 1883)

The most interesting characters are often outsiders of one sort or another. The most voracious young readers are lonely or only or introspective children. They readily identify with the solitary Jim Hawkins, for whom the pirates offer an alluring alternative community. Roald Dahl's James Henry Trotter, an orphan brought up by his cruel aunts Spiker and Sponge, finds his alternative community among the creatures aboard the Giant Peach, as does Harry Potter among the wizards of Hogwarts.

Part of the artistic economy of Shakespeare's *Othello* comes from the way in which the drama splits the figure of the outsider. Othello the Moor is an outsider because of his origin, but he wants to be loved by those around him, which is one definition of an insider. Iago the Venetian is born on the inside track, but wants nothing to do with love. He is the loner and the (evil) dreamer, which is one definition of an outsider.

Writers are particularly interested in outsiders because they often feel like outsiders themselves. Instead of participating in life, they watch themselves standing apart from life, making it the raw material for art. Iago's plotting is, it has often been observed, an analogue for Shakespeare's. It might seem curious to label Shakespeare an outsider, but that is how he must have felt when he entered the London theatre world without the university degree that was his fellow dramatists' badge of belonging. In all probability, he had a thick provincial accent that may have been one of the reasons why the earliest reference to him as a writer refers to him as an 'upstart crow'. Robert Louis Stevenson was so much the outsider that he spent most of his short life travelling abroad and ended it by spending six years in Samoa. Roald Dahl, of part Welsh and part Norwegian origin, never felt he really belonged in England, despite flying with the RAF during the Second World War. He wrote *James and the Giant Peach* (1961), the book that launched his career as an English children's author, when he was resident in distant New York.

The Victorian artist and writer Edward Lear was a supreme example of an outsider. Born into a large and downwardly mobile family in the Holloway district of east London, he spent most of his adult life as an exile and a nomad, travelling and painting in Europe, the Middle East, and the Indian subcontinent. One way of reading his nonsense poems is to see them as a response to a life lived among foreign languages:

> Long years ago
> The Dong was happy and gay,
> Till he fell in love with a Jumbly Girl
> Who came to those shores one day.
> For the Jumblies came in a sieve, they did, –
> Landing at eve near the Zemmery Fidd
> Where the Oblong Oysters grow,
> And the rocks are smooth and gray.
>
> ('The Dong with a Luminous Nose', 1876)

When I hear a native reader reciting Russian or Chinese or Yoruba poetry, I cannot understand a word of it, but I can take huge delight in the rhythms of the verse and the sounds of the words. A local version of a similar delight occurs when we encounter exotic place-names: hence 'the great Gromboolian plain', 'the Hills of the Chankly Bore', and 'the Zemmery Fidd'.

A different way of reading Lear's nonsense poems is to tease a narrative out of them. What do we know about the Dong? That he is a tender-hearted creature who is regarded with a mixture of fascination, fear, and loathing as somehow sub-human. That he is a lonely traveller with a nose that marks him out as abnormal and that he is yearning and searching for a lost love-object, a Jumbly Girl who is also abnormal in that her head is green and her hands are blue. 'Long years ago / The Dong was happy and gay': though the word did not have its modern meaning in the 19th century, there is a strong possibility that one of the reasons (along with epilepsy, depression, and a variety of other health problems) why Edward Lear, who hated his own bulbous nose, was a perpetual outsider in Victorian England is that he was almost certainly latently and unhappily gay.

A golden age?

'Once upon a time': it is where we begin with literature, and in all probability it is where literature began. The primitive community gathers round a fire and listens to a storyteller conjuring up the spirits of gods, ancestors, and heroes. Humankind needs stories in order to make sense of the world. Children love stories and make sense of their world by means of them. A history of children's literature is accordingly a history of literature itself. The first English classics to have been read aloud to almost all literate children (albeit sometimes in abridged form) were John Bunyan's *Pilgrim's Progress* (1678) and Daniel Defoe's *Robinson Crusoe* (1719). They belong to the era when British cultural life was being transformed by the combined influence of religious Puritanism and John Locke's psychological theory of the child's mind as a blank slate written upon by education and environment. It was under exactly these influences that both literature explicitly for children and the adult novel took on recognizably modern form. By the early 19th century, there was a huge body of children's books. Even Shakespeare had been turned into stories for children, by way of Mary and Charles Lamb's novelization, *Tales from Shakespeare* (1807).

The Edwardian era of the early 20th century is usually seen as the golden age of children's literature. If the great theme of English children's literature is the passing of childhood, the expulsion from Arcadia, then the special poignancy of Edwardian writing comes from our retrospective knowledge that it belongs to the end of a long era of (relative) peace and (comparative) social stability. The Edwardians are like children playing in the sunlight before a cruel awakening. Virginia Woolf saw the pattern and used it as the structure for her novel *To the Lighthouse* (1927): the pre-war first part is about a childhood summer holiday by the seaside, the war makes a sharp break in the second part, and the third part is an adult elegy for a world that has been lost.

Edwardian children's authors themselves were not aware that the Great War was coming. They witnessed, and worried about, other changes. In *The Wind in the Willows* (1908), Kenneth Grahame plays off the rootedness of the Wild Wood inhabited by Badger against the riverbank upon which speculators and nouveau-riche stockbrokers build new villas. The old aristocratic lord of the manor has vanished: Toad Hall has been purchased by a pseudo-gentleman with a fad for fast cars. It will subsequently be taken over by working-class squatters in the form of Weasels. The book is an elegy for an ancient and settled way of life, a lost authenticity – in which people know their place and women do not have the vote. Even as we smile warmly at boastful Toad's naïve, energetic, selfish 'Poop Poop', we are supposed to react to his vulgarity in a similar way to the grounded, good-hearted gaoler's daughter:

> 'Toad Hall,' said the Toad proudly, 'is an eligible self-contained gentleman's residence very unique; dating in part from the fourteenth century, but replete with every modern convenience. Up-to-date sanitation. Five minutes from church, post-office, and golf-links, Suitable for----'
>
> 'Bless the animal,' said the girl, laughing, 'I don't want to TAKE it. Tell me something REAL about it. But first wait till I fetch you some more tea and toast.'

Kenneth Grahame anticipates Evelyn Waugh, whose favourite book was *The Wind in the Willows*, in his lament for the decline of the REAL gentleman, the sort of person, such as the aptly named Tony Last in Waugh's *A Handful of Dust* (1934), who does not concern himself with up-to-date sanitation and golf-links, which are the preoccupations of the parvenu and the estate agent.

There is a familiar fairy-story fantasy of social transformation. A night-tripping fairy swaps two babies in their cradles; a foundling child turns out to be a princess; the glass-slipper fits on Cinderella's foot. The late Victorian and Edwardian version of this story imagines a commoner becoming an aristocrat. There were many historical examples of intermarriage between old families with status and estates but little cash and the new money of either the urban industrialist or the American heiress. The brilliance of Henry James's *The Portrait of a Lady*, published in 1881, comes from the way in which Isabel Archer shows that she is a spiritual lady by *refusing* to marry Lord Warburton and become a nominal lady. A few years later, the Anglo-American novelist Frances Hodgson Burnett (who had previously written adult novels about poverty, class conflict, and marital strife) wrote her first children's story, *Little Lord Fauntleroy* (published in magazine serialization in 1885, and in book form in 1886). Little Cedric Erroll lives in Brooklyn in genteel poverty, with his widowed mother. An English lawyer arrives. He is called Havisham, the name an immediate indication that Cedric has Great Expectations.

Sure enough, the child is told that he is heir to a Lordship and a great estate in England. The book made its author into the highest-earning woman in America. Millions of copies were sold, it was translated into dozens of languages, and dramatized on stage and screen. It also became a merchandizing phenomenon. In both England and America, late Victorian mothers dressed their sons in Fauntleroy costumes.

Like many writers, Burnett was an unconventional woman. Born in England, she married an American and crossed the Atlantic. She had a very public love affair, divorced her husband, and then married an Englishman. She put her work before her family and was often away from home. Doubly caught not only between two nations, but also between two worlds, those of her imagination and her maternal duty, she was devastated when she lost one of her sons to tuberculosis at the age of fifteen. The recovery of the sick child, Colin, in *The Secret Garden* (1911) is a compensatory fantasy inspired by this bereavement. Burnett's surviving son suffered the fate of A. A. Milne's Christopher Robin: he always resented his mother for using him as the model for Little Lord Fauntleroy. The perennial cry of the lovers, friends, and relations of writers is that they have found themselves used as raw material, transmuted, not always flatteringly, into art at the expense of life.

The Secret Garden was inspired by a walled garden in Kent, where Burnett spent some of her happier years playing the part of an English country lady. But the book was written in America. Pastoral England is seen more clearly from abroad. In the story, Mistress Mary, the little girl who is used to being spoilt, is a child of empire. She comes to the house on the moors from India, a second world that was a powerful background force in much fiction of the time. She is cured of her sickliness by Dickon, the child of nature she meets in the secret garden. The interplay of realism, in which social status plays a major part, and romanticism, in which a mystical relationship with the natural world brings spiritual fulfilment, is one of the creative tensions at the heart of English Literature.

'What should they know of England who only England know?'

In August 1900, Rudyard Kipling, child of the Raj, a wanderer and a witness of the Boer War, came to live in England. He discovered Bateman's, a solid Jacobean house in a valley of the Weald down the hill from Burwash village in East Sussex. Resistant to snobbery and social pretension, Kipling was the very antithesis of Mr Toad. He would later refuse both a knighthood and the Poet Laureateship. He always insisted that Bateman's was not a manor house but the home of a successful ironmaster. Garden, oasthouses, dovecot. No park, no lodge at the gate, no long driveway 'or nonsense of that kind'.

Kipling explored the regional landscape: the marshes at Rye and Romney, the chalk of the South Downs, the woods and meadows of the Weald. He planted apple trees and took up bee-keeping. And he became fascinated by a local hedger. Watching this craftsman grub out a hedgerow gave Kipling 'a new respect for mankind': 'a poacher by heredity and instinct', the man was 'more "one with Nature" than whole parlours full of poets ... a mine of wisdom about trees, hedges, plants and the Earth generally' (*Something of Myself*, 1937). In India, Kipling had asked 'what should they know of England who only England know?' ('The English Flag', in *Barrack-Room Ballads*, 1892). Now he was getting to know England himself, discovering the national past through archaeology – relics both Neolithic and Cromwellian were excavated on his land – and by tracking the changing landscape, the long history through which woodland became pasture, then timber plantation, then pasture again.

The Jungle Book (1894) and *Just So Stories* (1902) revealed Kipling as a master storyteller for children. In *Puck of Pook's Hill* (1906) and its sequel *Rewards and Fairies* (1910), he turned his newfound local knowledge into a mythology of the homeland in which he was not born. He imagined a history for young readers grounded neither in a chronology of events nor in the institutions of state, but in the geography or, better, the psychogeography of the land.

The children, Dan and Una, find a guide to this history when they perform a miniature version of Shakespeare's *Midsummer Night's Dream* in an improvised outdoor theatre in a meadow. Suddenly they hear a whistle among the alders, the bushes part like a stage curtain, and the real Puck appears. 'This is our field', says Dan defensively. I quote the following exchange at some length, not least in order to give the feel of Kipling's incomparable prose rhythms. Read it aloud. And slowly – you have to read Kipling slowly:

> 'Is it?' said their visitor, sitting down. 'Then what on Human Earth made you act Midsummer Night's Dream three times over, on Midsummer Eve, in the middle of a Ring, and under – right under one of my oldest hills in Old England? Pook's Hill – Puck's Hill – Puck's Hill – Pook's Hill! It's as plain as the nose on my face.'
>
> He pointed to the bare, fern-covered slope of Pook's Hill that runs up from the far side of the mill-stream to a dark wood. Beyond that wood the ground rises and rises for five hundred feet, till at last you climb out on the bare top of Beacon Hill, to look over the Pevensey Levels and the Channel and half the naked South Downs.
>
> . . . 'You've done something that Kings and Knights and Scholars in old days would have given their crowns and spurs and books to find out. If Merlin himself had helped you, you couldn't have managed better! You've broken the Hills – you've broken the Hills! It hasn't happened in a thousand years.'
>
> 'We – we didn't mean to,' said Una.
>
> 'Of course you didn't! That's just why you did it. Unluckily the Hills are empty now, and all the People of the Hills are gone. I'm the only one left. I'm Puck, the oldest Old Thing in England, very much at

> your service if – if you care to have anything to do with me. If you don't, of course you've only to say so, and I'll go.'…
>
> Una put out her hand. 'Don't go,' she said. 'We like you.'
>
> 'Have a Bath Oliver,' said Dan, and he passed over the squashy envelope with the eggs.

The Bath Oliver and squished hard-boiled eggs provide the grounding in reality just as the fantasy takes flight. The eggs will be borrowed by Mr Tumnus, a reincarnation of Kipling's Puck, when he invites Lucy to her first Narnian tea in *The Lion, the Witch and the Wardrobe*. Lewis signals his indebtedness by naming the children from the Pevensey Levels mentioned here, as Dan and Una break open the hills and release the spirit of the land. Children's literature is stuffed with food – Ratty and Mole's picnic in *The Wind in the Willows*, the outlandish products of Mr Willy Wonka's Chocolate Factory (1964) – as if to suggest an analogy between the nourishment of the body and the book's own work in nourishing the mind. In the poorhouse, Oliver Twist is equally deprived of food and education. He is hungry for a little more gruel, a little more opportunity for imaginative flight.

Puck of Pook's Hill grants Dan and Una a sequence of visions of English history, grounded in copse and stream. We time-travel from the Bronze Age to the age of George Washington. We meet a centurion who has been on Hadrian's Wall, protecting Roman civilization against the barbarian, an imperial image evocative of India's North-West Frontier. But Kipling's principal emphasis is the reconciliation of Saxon and Norman. His England is a mongrel nation, enriched by wave upon wave of invasion and immigration, its multi-ethnic identity etched upon the very land. Through the centuries, the arrivants shed their religion and sign up instead for 'English' values of tolerance, good humour, and fair play. The sky gods of the old religions are transformed into spirits of place, mediated by a character called Hobden who is based on the old Hedger. *Puck of Pook's Hill* offers Kipling's child readers a history of secularization and integration that tells a very different national story from the one to which he contributed around the same time in the imperialist *History of England* (1911) co-authored with a professional historian called C. R. L. Fletcher, who provided a racial inflection that is now repellent.

Henry James described Rudyard Kipling as the most complete genius he had ever known. In 21st-century Britain, he is often dismissed as a myopic spokesman for imperialism. Such a dismissal can only be made by people who have not read *Kim* (1901), a novel about a boy that is as much of a 'crossover' book, of equal appeal to the young and the old, as Dickens' *Oliver Twist* or Pullman's *Dark Materials*. It is narrated in the third person but written through the eyes of Kim, the orphaned child of an Irish soldier, impoverished on the streets of Lahore. Kim undertakes a double journey, being swept up into the 'Great Game' of espionage as the British and the Russians fight for influence in Afghanistan, while at the same time following a Lama on the road to spiritual enlightenment. The choice between the way of politics and that of the spirit is a version of the dialectic of realism and romanticism, but the novel's greatest distinction comes from its vision of the abundant multicultural life of India, as witnessed (seen, heard, and smelt) on the Grand Trunk Road where 'all castes and kinds of men move . . . Brahmins and chumars, bankers and tinkers, barbers and bunnias, pilgrims and potters – all the world coming and going'.
The Lebanese-American critic Edward Said was one of the late 20th century's most influential analysts of what he saw as the symbiotic connection between the forces of *Culture and Imperialism*. Yet much the longest chapter of his 1993 book of that title is a detailed and highly sympathetic reading of *Kim*, entitled 'the pleasures of imperialism', in which it is argued that the book's central meaning is Kipling's profound engagement with an India that he loved but could not properly possess.

For all Kipling's sympathetic absorption in the many cultures of India, he believed that it was his duty to bear what he infamously called 'The White Man's Burden'. He was bound to fall out of fashion when the empire disappeared. The story of English Literature in the second half of the 20th century was the reversal of his journey, the granting of a voice to the colonial subjects. V. S. Naipaul, of Indian stock by way of the West Indies, replicated Kipling's arrival at Bateman's in his account of *The Enigma of Arrival* (1987) in a settled rural community in Wiltshire. He even finds himself a hedger, close kin to Kipling's Hobden, who serves as repository of local lore.

In the Italian-Scottish-English Anthony Minghella's Oscar-winning screenplay adaptation of the Sri Lankan-Canadian Michael Ondaatje's Booker Prize-winning novel *The English Patient* (1992), the beginning of *Kim* is replayed in a postcolonial key, with a central role accorded to a Sikh bomb disposal expert called Kip who, like Kim, is born in Lahore:

THE PATIENT

You have to read Kipling slowly. Your eye is too impatient – think about the speed of his pen. (*quoting Kipling to demonstrate*) What is it? 'He sat *comma* in defiance of municipal orders *comma* astride the gun Zamzammah on her brick . . .' . . . 'The Wonder House *comma* as the natives called the Lahore Museum.'

KIP

It's still there, the cannon, outside the museum. It was made of metal cups and bowls taken from every household in the city as tax, then melted down. Then later they fired the cannon at my people *comma* the natives.

THE PATIENT

So what is it you object to – the writer or what he's writing about?

KIP

What I really object to, Uncle, is your finishing all my condensed milk. (*snatching up the empty can*) And the message everywhere in your book – however slowly I read it – that the best destiny for India is to be ruled by the British.

In the 21st century, Kipling's question is more urgent than ever: what *should* they know of England who only England know?

The faceless English Patient, Almàsy, is originally Hungarian, with aspiration to the state of post-nationality. He is Ondaatje's critique of the notion of national identity. But, with his immersion in Herodotus and Kipling, he is an embodiment of cultivated literariness. When he engages in debate about *Kim*, an act of reading and literary interpretation is contained within the narrative. Minghella's screenplay skilfully fuses two scenes in Ondaatje's novel, rather as Shakespeare often scrambled together different parts of his sources. In the book, the passage about the real history of the gun Zamzammah is inscribed on the flyleaf of a copy of *Kim* by another character, the Canadian nurse Hana. Literary writing means the rewriting of existing literature: Ondaatje answers Kipling, as Pullman answers Milton and Malorie Blackman answers Shakespeare, relocating *Romeo and Juliet* in a racially mixed dystopia (*Noughts and Crosses*, 2001).

When characters read books – Jane Eyre on her window-seat at the very beginning of Charlotte Brontë's novel, Catherine Morland devouring Gothic fiction in Jane Austen's *Northanger Abbey* (1818) – they become mirrors of the reader who is reading in the book. The escape into another world – Lewis Carroll's Alice going down the rabbit hole into *Wonderland* (1865) or *Through the Looking-Glass* (1871), the Pevensie children passing through the wardrobe – is an analogue for the reader's escape from her own mundane world into the magical realm of literature. We now need to ask what are the limits of that realm.

Chapter 2
What it is

Definitions

In one of Charles Dickens' most memorable schoolroom scenes, Mr Thomas Gradgrind, who believes in the importance of facts, asks Sissy Jupe to define a horse. She panics and struggles to find the correct answer. '"Girl number twenty unable to define a horse!" said Mr Gradgrind . . . "Girl number twenty possessed of no facts, in reference to one of the commonest of animals! Some boy's definition of a horse. Bitzer, yours."' Cold-eyed Bitzer knows the facts: 'Quadruped. Graminivorous. Forty teeth, namely twenty-four grinders, four eye-teeth, and twelve incisive. Sheds coat in the spring; in marshy countries, sheds hoofs, too. Hoofs hard, but requiring to be shod with iron. Age known by marks in mouth' (*Hard Times*, 1854).

Sissy's ignorance of the correct nomenclature is ironic, since she knows horses infinitely better than Gradgrind ever will, let alone Bitzer. She is one of the circus people. She has lived with horses all her life. She loves them, cares for them, lives in a world where they are ridden with consummate skill. Dickens' point is that true knowledge comes from experience and relationship, not from fact and system. The influential Cambridge University literary critic Dr F. R. Leavis at one time admired *Hard Times* above all Dickens' other novels because it starkly dramatized the division between vitality – as embodied by the circus people – and the deadening of the human spirit effected by Gradgrind's educational theory that only facts matter. Gradgrind's academy sought to extirpate children's capacity for wonder, for poetry and imaginary play, in order to prepare them to become factory hands, mechanical cogs in the wheel of Victorian capitalist production. Conversely, the aim of literature teachers in the Leavisite tradition was to create beings of strong feeling and humane understanding. English was often taught with messianic zeal: the study of literature was to be a life-changing and, potentially, a society-changing experience.

A Leavisite – and perhaps a Dickensian – answer to the question 'what is English Literature?' might therefore be 'you know it when you experience it'. Literature means the books that you live with and love, those that embody *life*. An alternative approach, equally contrary to the spirit of Mr Gradgrind, would be to define literature as those books that seem positively to invite the performance of amazing tricks of interpretation, analogous to the riding stunts of the circus people. Literary texts are those in which language is used most cleverly, those that respond to a diversity of readings.

If literature is to be experienced instinctively, or if the *literary* is another word for the *playful*, then to *define* 'English Literature', to reduce it to a set of facts, might be to destroy its peculiar pleasure in an act of unimaginative Gradgrindery. 'We murder to dissect', William Wordsworth once wrote: might the very process of placing a literary work in its generic or historical context be akin to taking a living organism, killing it, and laying it on the laboratory table, then setting about it with a scalpel? This is a common feeling among book lovers when they first encounter critical analysis and literary history, let alone literary theory. They perhaps forget that a work of literature is not a living organism: it is the product of a writer's craft. At the very least, an understanding of the tools of the writer's trade and the journey by which a literary work comes into being should increase rather than diminish the pleasure we take from the finished product.

A good English teacher's response to the cry 'we murder to dissect' might go along the following lines: 'If you are a biker, your pleasure in riding at a hundred miles an hour along the motorway will not be diminished – it might positively be enhanced – if you also learn to strip down your bike, work out how it is constructed, tinker with its parts and put it back together again. At the very least, your mechanical expertise will give you good material for conversations with your fellow bikers – and being part of a *community* of bikers, with a shared body of knowledge, customs and traditions, will give you added pleasure.'

Something very similar can be said of the study of English Literature. It can add many extra layers to the pleasure of reading and especially of re-reading; it also makes you part of a literary community. This indeed is also one of the primary pleasures of writing. Writing is among the most solitary of occupations, yet in their minds writers are rarely alone: they share the company of the writers they admire. For John Keats, afflicted with tuberculosis and acutely conscious of his own mortality, it was a comfort to think that he would be, as he put it in a letter, 'among the English poets' after his death.

A dialogue with the dead

Writers nearly always become writers because they are passionate readers. The works of literature that they make their own help to shape the new works they create – usually through a mixture of conscious imitation, unconscious absorption, and active resistance or counter-reaction. The most famous statement of the relationship between literary 'tradition' and the 'individual talent' of a new author remains that of the poet and critic T. S. Eliot:

> No poet, no artist of any art, has his complete meaning alone. His significance, his appreciation, is the appreciation of his relation to the dead poets and artists. You cannot value him alone; you must set him, for contrast and comparison, among the dead. I mean this as a

> principle of æsthetic, not merely historical, criticism.... what happens when a new work of art is created is something that happens simultaneously to all the works of art which preceded it. The existing monuments form an ideal order among themselves, which is modified by the introduction of the new (the really new) work of art among them.... the past [is] altered by the present as much as the present is directed by the past.
>
> ('Tradition and the Individual Talent', 1919)

The implied politics of Eliot's deference to 'order' and 'tradition' have been subjected to troubled scrutiny, but the idea that the new – the really new – alters our perception of the old is an enduring and irrefutable aesthetic principle. The creation of the literature of the future is dependent on a dialogue with the literature of the past.

A dialogue? How can writers in the past *answer back* to the present? Well, that is exactly what the act of thoughtful and imaginative reading allows them to do. That is why art is one of the traditional ways of defeating death. When an actor speaks a line from Shakespeare or when you attune yourself to the written voice of Jane Austen, a man who died four hundred years ago or a woman who died two hundred years ago return to life, as if by magic. For this reason, elegies on the deaths of poets are usually less sorrowful than those on the deaths of, say, children or the massed victims of war.

Thus W. H. Auden 'In Memory of W. B. Yeats' (1939). At the moment of the poet's death, 'The current of his feeling failed: he became his admirers'. Auden imagines a poet as a person of high-voltage sensibility. When death switches off the electricity, the current is transferred to the poet's readers. The metaphor itself is then switched to a variation on the idea of scattering a dead person's ashes:

> Now he is scattered among a hundred cities
> And wholly given over to unfamiliar affections...
> The words of a dead man
> Are modified in the guts of the living.

As Auden wrote, the body of Yeats lay in France (later he was reburied, as one of his poems asked that he should be, under Ben Bulben, a mountain that he loved in the west of Ireland), but his poems were already living on in many different locations. Once a literary work is published, it belongs to its readers and no longer to its author. There are restrictive legal rights regarding its reproduction, but there is no copyright control over readerly interiorization and interpretation. Yeats often wrote of, and from, familiar affections – a prayer for his daughter, elegies in memory of his friends and those familiars who gave their lives for Ireland – but poetry lives through what a psychoanalyst might call a *transference* whereby its affect is re-enacted by readers who are not familiar with the writer in person. Shakespeare writes a love-sonnet but when you read it to your lover, it is wholly given over to unfamiliar affections – yours and his/hers. The words of a dead man (Shakespeare, Yeats) are modified in the guts of the living (their posthumous readers).

On form and style

Your first answer to the question 'what is literature?' might well be 'literature is novels, poems and plays'. George Eliot, T. S. Eliot, and Shakespeare are literature. Yes, but Jackie Collins is a novelist, 'Jack and Jill went up the hill' is a poem, and the script of last year's action movie is a screenplay. Do we want to call them literature? If the study of literature simply means the study of words, then the answer would have to be 'yes': the bonkbuster novel, the nursery rhyme, and the blockbuster movie are all made of words. The movie is slightly different in that it is made of visual images and performed actions as well as words, but the same may be said of the difference between a stage play by Shakespeare and a novel by George Eliot or a poem by T. S. Eliot. The nursery rhyme is also slightly different in that we don't know who wrote it and its transmission down the ages has more often been from memory and repetition than text and publication – it is part of what we call the *oral tradition*. But then all longstanding national literatures have their origins in oral tradition.

In the 21st century, the study of 'English' sometimes means the study of words in the English language. The object of the discipline may well be to explore the significance, the *signifying potential*, of popular romantic fiction, nursery rhymes, television soap opera, and the language of advertising. You can learn something about cultural history by comparing and contrasting the words on the labels of cans of baked beans manufactured in the 1950s, 1980s, and 2010s. This sort of analysis has indeed been going on since the 1950s, when the French semiotician (theorist of signs) Roland Barthes published a revelatory book called *Mythologies* (1957), in which he explored the cultural meaning of everything from all-in wrestling to soap powders with the rigour and attention that French intellectuals had previously reserved for the tragedies of Jean Racine and the novels of Gustave Flaubert. Few people, however, would want to claim that the label on a can of baked beans is *literature*. Better names for the disciplines inaugurated by Barthes and his followers are *semiotics* and *cultural studies*. You will find Very Short Introductions to them elsewhere – though there is nothing to stop you applying some of their modes of analysis to the texts that are traditionally called literature.

If metrical form is sufficient to create a piece of poetic literature, then 'Jack and Jill went up the hill' must be admitted to the party along with Shakespeare. Since all young children enjoy rhymes and all cultures have songs and stories in metrical form, this admission is no bad thing. I did not, however, begin this book by saying that your first encounter with English Literature came when your mother dandled you on her knee and sang a nursery rhyme. The word 'literature' comes from the Latin for *letters*, which are written things. The definition from which I want to begin is one in which literature means something that is *written* and that therefore has a writer. By this account, Western *literature* began not when the stories of the Trojan War and

Odysseus' return home to Greece were transmitted orally, but when a scribe wrote those stories on a papyrus roll and ascribed them to an author: *Homer's Iliad* and *Homer's Odyssey*. After reading Homer for a while, even in translation, you feel that you are hearing a very distinctive voice. Yes, there are the repeated formulae derived from the oral tradition ('the wine-dark sea'), but the poem has a structure and a tone that make us believe we are in touch with an authorial consciousness, that there is a pilot steering us on the journey.

The idea of literature implies the idea of an author. But is the presence of an author sufficient to create literature? Must the authors of the generic romance fiction that may be bought in supermarkets be granted a place at the table beside Jane Austen? The answer to this question will depend upon how much time you have. Hundreds of popular romantic novels were published in the lifetime of Jane Austen. To read a few of them will give you some valuable insights into what consumers of fiction wanted in the early 19th century and how a complex artist such as Austen deployed but also transcended the conventions of romantic fiction. It is unlikely, however, that you will gain huge rewards from serial re-reading of these works, as you will from reading Austen 'again and again'.

Rather than saying 'Mills and Boon novels are not literature', it might be better to say 'Jane Austen is good literature but Mills and Boon is bad literature'. Jane Austen wrote tautly constructed sentences, created complicated characters, and wove ingenious plots. Mills and Boon authors write corny sentences, create two-dimensional characters, and rattle through formulaic plots. This distinction may also allow one to introduce the category that George Orwell called 'good bad' literature, among which he included a variety of memorable but sentimental poems and 'escapist' but well-written novels in such genres as romance, thriller, whodunnit, science fiction, and horror story – he considered Bram Stoker's *Dracula* (1897) and Sir Arthur Conan

Doyle's Sherlock Holmes stories (1887–1927) to be very good bad literature.

The figure of Orwell also serves as a reminder that it will not do to define literature as novels, poems, and plays. It surely cannot be the case that Orwell was writing literature when he worked in the form of the novel, as in *Coming Up for Air* (1939), *Animal Farm* (1945), and *Nineteen Eighty-Four* (1949), but non-literature when he worked in the form of memoir and reportage, as in *Down and Out in Paris and London* (1933), *The Road to Wigan Pier* (1937), and *Homage to Catalonia* (1938). Fiction is often based on fact, and factual writing may use as many literary techniques as fictional. And be as well written. What makes Orwell Orwell is not his choice of literary *form*, but the distinctiveness of his literary *style* and *voice*.

Literary criticism has traditionally involved judging pieces of writing on the basis not of *the things said* but of *the way in which they are said*. It is by no means impossible for a scientific treatise, a theological or political tract, a law report, a newspaper article, even an instruction manual, to be written with admirable literary style. Thomas Hobbes's *Leviathan, or the Matter, Form and Power of a Commonwealth Ecclesiastical and Civil* (1651) and Charles Darwin's *The Origin of Species* (1859) can be read with immense pleasure for the sake of their style. Conversely, the over-elaborate style of some literary works may be a positive impediment to pleasure. Judgements regarding style are always subjective. Some people believe that the Russian-born Vladimir Nabokov was the most stylish English-language novelist of the 20th century, while others find his style too clever by half.

The analysis of local stylistic effects is a major component of the literary study of written texts, but the really interesting move comes with the identification of authorial voice. *Literary* authors do more than take care over their choice of words, the shape of their sentences, and the arc of their argument or narrative. They create a written voice that has a distinctive character. 'One may as well begin with Helen's letters to her sister'. The opening of *Howards End* (1910) has the immediate imprint of E. M. Forster's voice: diffident, understated, wry, acutely conscious of the muddles and awkwardness and difficulty we humans – or would Forster have said 'we English'? – have in connecting with each other. The working title of T. S. Eliot's stylistic cornucopia *The Waste Land* (1922) was 'He do the police in different voices'. The art of the very greatest writers is to animate many different voices with equal conviction, but always to leave the imprint of their own distinctive voice. 'Literature expresses, not objective truth, as it is called, but subjective', wrote Cardinal Newman in *The Idea of a University* (Part 2, 1858), 'not things, but thoughts... Literature is the personal use or exercise of language... style is a thinking out into language.'

The literature of power

Dr Johnson's *Dictionary of the English Language* (1755) defined 'literature' as 'Learning; skill in letters'. When Isaac D'Israeli began putting together a compilation called *Curiosities of Literature* in 1791, what he meant by his title was 'a collection of curious lore'. A random sampling of adjacent subjects among his curiosities does not immediately reveal a unifying 'literary' connection – 'Feudal Customs', 'Joan of Arc', 'Gaming', 'Metempsychosis', 'Spanish Etiquette'. Originally, then, the word 'literature' applied to the entire realm of what was known as 'polite letters'. It embraced works of moral and natural philosophy, history, geography, philology, and much more.

By the time the *Oxford English Dictionary* was compiled at the end of the 19th century, a new and more restricted sense of the word had emerged: 'writing which has claim to consideration on the ground of beauty of form or emotional effect'. The emergence of this particularized category of writing was tied to a new term, the *aesthetic*, which was first developed in Germany in the 18th century and which Samuel Taylor Coleridge did more than anyone else to bring into currency in England. Aesthetics was the art of judging the beautiful.

Pioneer of aesthetic criticism that Coleridge was, his own usage of the term 'literature' remained the traditional one. In his *Biographia Literaria: Sketches of My Literary Life and Opinions* (1817), he refers to 'polite literature' in the manner of the 18th-century term 'polite letters'. The eleventh chapter of the *Biographia* addresses the question of whether it is possible to make a profession – or a trade – out of authorship. Here Coleridge's exemplars of 'weighty performances in literature' are Cicero (ancient Roman politician, moralist, and rhetorician), Xenophon (ancient Greek historian and biographer), Sir Thomas More (historian, theologian, politician, and author of *Utopia*, a treatise/satire/fantasy on the nature of an ideal society), Sir Francis Bacon (politician, historian, essayist, theorist of law, author of treatises on society, on knowledge, on myth, pioneer of empirical method), Richard Baxter (Puritan theologian and autobiographer), Erasmus Darwin (versifier of scientific, especially botanical and zoological, knowledge), and William Roscoe (biographer, poet, legal theorist, and author of powerful anti-slavery tracts). The major writings of all these authors are all historically, morally, scientifically, or politically purposeful rather than in the domain of the aesthetic, of literature considered as one of the 'fine arts'.

It was in a series of essays published in *The London Magazine*, a forum for much of the best new writing of the early 1820s, that Thomas De Quincey ('the English opium-eater') made a radical new move. He defined literature by *opposing* it to the general body of written knowledge. Partly as a way of coping with the sheer volume of literature in the original broad sense of the word, De Quincey created a new and much more refined definition:

> The word *literature* is a perpetual source of confusion, because it is used in two senses, and those senses liable to be confounded with

each other. In a philosophical use of the word, Literature is the direct and adequate antithesis of Books of Knowledge. But, in a popular use, it is a mere term of convenience for expressing inclusively the total books of a language.

('Letters to a Young Man whose Education has been Neglected', *London Magazine*, 1823)

The popular sense embraces the hundreds of thousands of volumes that made De Quincey melancholy whenever he entered a great library and realized what a small proportion of them he would ever have time to read. In this sense, literature includes 'a dictionary, a grammar, a spelling-book, an almanac, a pharmacopoeia, a Parliamentary report, a system of farriery, a treatise on billiards, the Court Calendar, etc.' What De Quincey calls the 'philosophical sense', on the other hand, must exclude all these, and even 'books of much higher pretensions' such as histories and travel narratives; 'all books', in fact, 'in which the matter to be communicated is paramount to the manner or form of its communication'. 'Literature', then, is writing which must be judged according to the criterion of significant form, that is to say, on the basis of aesthetic more than cognitive effect.

In an inspired coinage, De Quincey lumped 'Books of Knowledge' together as 'anti-literature'. What, then, is the antithesis to Knowledge, which will define what Literature is books of? One possible answer would have been to say of literature what had often been said of *poetry*. There was an old argument that whereas the function of writing in general is the communication of truth, the immediate end of poetry is the communication of pleasure. The art of poetry, according to Horace in ancient Rome, is to instruct and to please. Dr Johnson was following this classical precept when he said that the end of writing is to instruct whereas the end of poetry is to instruct by pleasing. For De Quincey, however, pleasure is a 'vulgar antithesis' to knowledge. Pleasure is akin to idle amusement, and it is not for this that we read *Paradise Lost*. 'The true antithesis to knowledge, in this case, is not *pleasure*, but *power*. All that is literature seeks to communicate power; all that is not literature, to communicate knowledge.'

This is De Quincey's decisive formulation. Literature makes its readers 'feel vividly, and with a vital consciousness, emotions which ordinary life rarely or never supplies occasions for exciting, and which had previously lain unawakened, and hardly within the dawn of consciousness'. De Quincey's first example of the power of literature is Shakespeare's King Lear in the storm: on confronting the scene, 'I am thus suddenly startled into a feeling of the infinity of the world within me'. His second example develops the idea of literature as the opposite of science. Whereas a writer in pursuit of knowledge such as the philosopher Leibniz relies on mathematical learning in order to write about space, the titanic shapes of Milton in *Paradise Lost* transform space from a geometric concept into a living power: 'from being a thing to inscribe with diagrams, it has become under his hands a vital agent on the human mind'.

'The proper sense of the word literature', wrote De Quincey in the fourth of his 'Letters to a Young Man', is 'a body of creative art'. The use of the word 'creative' in relation to the imagination was again extremely new in the early 19th century. De Quincey was probably thinking of the elevated claim that opens Wordsworth's sonnet to the painter Benjamin Robert Haydon, 'High is our calling, Friend! – Creative Art'. Developing Wordsworth's and Coleridge's faith in the high calling of the poet, De Quincey came to define literature specifically as 'a body of creative art'. He was the first to define it thus, and the definition has been enormously influential: he was, if you will, the inventor of Literature with a capital L.

Canon and repertoire

One of the few uncontestable statements about English Literature is that it is an examination subject which can be taken for the General Certificate of Secondary Education, at both Ordinary and

Advanced levels, in the state-approved school curriculum in Britain. It is also the name of a degree course in many universities in a number of countries around the world. A theoretically unsophisticated but potentially quite useful answer to the question 'what is English Literature?' might accordingly be 'English Literature is the content prescribed for study in school and university courses called English Literature'. If it's on a syllabus somewhere, it qualifies as literature. Otherwise it doesn't. This is a move that shifts the definition from production – where or by whom or in what language the work was written, whether or not it was composed with style, care, and distinctive voice – to consumption. Is it sold with the apparatus of a textbook, that is to say, replete with critical introduction, explanatory notes, account of textual issues, bibliography of scholarly studies? Is it marketed as a Penguin Classic or a World's Classic? Is it deemed worthy of close analysis in the classroom and dissection under exam conditions? Can advanced students of English Literature get a PhD by writing about it?

A word that is sometimes used for the books that are on a syllabus somewhere is 'the canon'. English Literature is sometimes said to be synonymous with the canon. Perhaps one should imagine a kind of virtual conference of every Professor of English Literature in the world, in which they act as a global examination board which, after hours (more realistically years) of debate, prescribes the list of texts for study. These, they have agreed, are the books that have earned the capital L at the beginning of Literature.

The fallacy in this fantasy becomes apparent when we reflect on the origin of the word 'canon'. In AD 393, the Synod of Hippo, under the authority of St Augustine, approved the canon of books that made up the New Testament. All other gospels and epistles were henceforth deemed apocryphal or non-canonical. The New Testament canon was thus closed, though during the Reformation in the 16th century Martin Luther tried to remove the books of Hebrews, James, Jude, and Revelation. The Old Testament canon was unstable for longer, but in 1546 it was dogmatically articulated (for the Roman Catholic Church) by the Council of Trent. The Church of England's – slightly different – canon was fixed seventeen years later among the Thirty-Nine Articles of Anglican faith.

The problem for our putative virtual conference of Professors of English is not only that they do not have the authority of the Council of Trent, but also that the body of English Literature does not purport to offer divine revelation – nor does it belong solely to the distant past, as is the case with the biblical canon. New works with the *potential* to achieve subsequent 'canonical' status are published every day. Old works go out of print, out of fashion. They drop out of the syllabus. Other old works, long neglected, come into new favour. There was a time when the plays of Beaumont and Fletcher were staged more frequently than those of Shakespeare. The hand-crafted prophetic books of William Blake found no more than a handful of readers in his lifetime but are now the font of a substantial scholarly industry. Dozens of exquisite poems by John Clare were published for the first time over a hundred years after his death. The 'canon' of 17th- and 18th-century English Literature was for a lengthy period assumed to consist almost entirely of works by men, but in the late 20th century numerous admirable novels, plays, and poems by women were brought back into print. The history of theological canon formation has no equivalent for these extreme and rapid vicissitudes. The turnover of books in the library of English Literature is such that the idea of a literary canon, with its image of authority and stability, is one that must be treated with caution.

The relative popularity on the London stage of Beaumont and Fletcher on the one hand, Shakespeare on the other (more Beaumont and Fletcher in the 1660s, complete Shakespearean domination with effect from the 1730s), gives us a more helpful word than 'canon', namely *repertoire*. A play or an opera becomes a classic when it endures in the repertoire for a long time. Some hardy perennials drop away over time, while ingenious stage directors revive lost gems.

In the 18th century, various publishers attempted to stabilize the repertoire by publishing multi-volume editions of 'The English Poets'. Dr Johnson's *Lives of the Poets* were commissioned as introductions to one such collection. But then in the early 19th century, there were new collections, introducing more recent poets and casting aside many of the older ones. The repertoire of English Literature evolves, shaped ultimately by market forces – whether a work speaks strongly enough to a later age to win an audience and sell books for publishers.

Sophisticated critical opinion plays a significant but by no means absolute role in this process. Consider the internal repertoire of Shakespeare's plays. In 1819, an article in *Blackwood's Edinburgh Magazine* asserted that Shakespeare's four greatest tragedies were *Hamlet*, *King Lear*, *Macbeth*, and *Othello*. In 1904, the influential critic A. C. Bradley reinforced this opinion by devoting his published lectures *Shakespearean Tragedy* to these plays, calling them the 'big four'. For two hundred years, they have been assured a place in the theatrical repertoire and on the academic syllabus, whilst, say, *Timon of Athens* and *Titus Andronicus* have not. But then *Romeo and Juliet* has, over the same period, been the most frequently staged of all Shakespeare's plays, despite the fact that Bradley and many other academic analysts have been rather sniffy about it (teenagers in love not a proper subject for mature tragedy, don't you know?'). Meanwhile, to the astonishment of most Shakespearean scholars born before the year 1950, *Titus Andronicus* has recently become one of the plays most enjoyed and admired by students. The academic and the stage repertoire have proceeded in tandem: in both the study and the theatre, *Titus* is now central whereas *Timon* remains marginal.

The repertoire of English Literature has been shaped not only by critics and opinion-formers, by publishing houses and circulating libraries, by copyright laws and examination boards, but also by writers themselves. Those processes of translation, imitation, absorption, and reaction recycle and thus revivify the literature of the past. This, again, is literature's dialogue with the dead, Eliot's individual talent modifying the tradition.

The shadows of futurity

Poets, wrote P. B. Shelley, are 'the hierophants of an unapprehended inspiration, the mirrors of the gigantic shadows which futurity casts upon the present' ('A Defence of Poetry', 1821). If this were not the case, the literature of the past would be no more than a collection of historical documents. Of course, the literature of the past *is* a collection of historical documents, worthy of historical study and readily illuminated by the application of historical method. But contained within the idea of Literature in De Quincey's special sense is a faith in the capacity of human beings not to be entirely bound by history, confined by time and circumstance.

The paradox of Literature is the simultaneous presence and absence of the author. On the one hand, the work is marked by the author's unique identity, which I have called *written voice*. On the other hand, as Auden has it, the author becomes his (or her) admirers. 'Poetry makes nothing happen', Auden wrote in that same elegy on the death of Yeats. And yet, a few lines later, 'it survives, / A way of happening, a mouth'.

Literature is a mouth: it is the form of art that uses words as opposed to images (the visual arts) or music. But great literature shares some essential characteristics with great artworks in other media. Had Albert Einstein not worked out the equation $E = mc^2$, someone else would have done so a few years later. If there had been no Charles Darwin, Alfred Wallace would have been credited with the discovery that evolution functions through natural selection according to fitness to environment. But if Milton had not written *Paradise Lost*, no one else would have done. And if there had been no Beethoven, the whole history of Western music would have been different.

Among the chief rules of science are verifiability and replicability. Other researchers should be able to check your evidence and replicate your results when they perform your experiment themselves. Among the chief rules of art are non-verifiability and non-replicability. Though works of art are usually intended to tell us something about how the world is, they do not have to be verifiable. They are not reliant upon 'evidence'. Indeed, one way of describing them is precisely as 'second' or 'other' or, as we might now say, 'virtual' worlds. And though works of art must be mechanically *reproduced* in order to have any lasting effect, they cannot be *replicated*. This is the serious point behind the joke in Jorge Luis Borges' story 'Pierre Menard, the author of the *Quixote*' (1941). Menard is a fictional 20th-century French writer who immerses himself deeply in the 17th-century world of Miguel de Cervantes' *Don Quixote* in order not merely to translate the work but to recreate it. He eventually does so, by translating it word for word into Cervantes' original 17th-century Spanish. Borges thus has it both ways: on the one hand, Menard's reproduction serves only to demonstrate the uniqueness of Cervantes' work (asked what he *meant* by one of his piano sonatas, the composer Robert Schumann is alleged to have played it again), but on the other hand, the re-creation of the work in a different cultural context changes its meaning (things that were not archaic in Cervantes have become archaisms in Menard).

All literature is influenced by social and historical context – what human activity is not? – but a distinguishing characteristic of an enduring literary work is precisely its capacity to *resist* the context of its moment of production, maybe even to resist the knowledge and the intentions of its author. John Keats remarked in a letter, 'Things which I do half at random are afterwards confirmed by my judgment in a dozen features of propriety'. That is to say, artists are not fully in control of the processes whereby their creations come into being. For Keats, this is the magical alchemy of art. From the writer's point of view, it is the literary work itself that does the controlling, not, as some modern critics would have it, the historical or ideological context of the moment of production.

A truly literary work is one that takes on a life of its own, like Pygmalion's statue in the Greek myth. Keats's 'Ode on a Grecian Urn' is a meditation on this idea. In some mysterious sense, the work of art creates its own shape and in so doing makes possible its own future after it has left the hands of the artist. 'That which is creative must create itself' – Keats again. If only metaphorically, the great work of art *is* after all a living organism. Its greatness is defined by its capacity to evolve, as successful living organisms do, through adaptation to new cultural environments. It survives to meet the futurity whose shadow is cast upon its origin.

Chapter 3
When it began

The Irish Question

In 1969, the Northern Irish poet Seamus Heaney bought himself a Christmas present: a book called *The Bog People* by P. V. Glob. It told of the discovery of prehistoric human bodies preserved beneath the peat bogs of Denmark. Heaney had been brought up on a farm and felt a deep bond with the life of the soil; the signature poem in his first collection, *Death of a Naturalist* (1966), was called 'Digging'. He became fascinated by the image of bog people: their belonging in the land, their simultaneous mortality (the bodies bore the marks of violent death) and immortality (their retention of human form over thousands of years). He wrote a group of poems inspired by them. In 'Punishment', he drew an analogy between the corpse of a ritually sacrificed bog woman and the treatment of Roman Catholic girls in Belfast who in the 'Troubles' during which he was writing were ritually tarred and chained to their front porches for dating British soldiers. The analogy gained force not least from the longstanding English insult whereby the Irish were called 'bogtrotters'.

As an Irish poet writing in the English language, Heaney was acutely conscious that his spoken tongue and the literary tradition into which he was entering belonged to the people who had conquered the Irish land and oppressed the Irish people. Edmund

Spenser, the 'national' poet in the age of Elizabeth I, served as a government official in Ireland and wrote a political dialogue called *A View of the Present State of Ireland* in which the dominant voice advocates the violent suppression of the rebellious Irish (though the story is more complicated than this – Spenser's animus was directed less against the indigenous Gaelic Irish than the 'old English' who had been in Ireland since the 12th century, an early glimmer of the perennial imperial fear of the colonial settlers going native). Another Heaney poem, 'Act of Union', wittily elides the formal annexation of Ireland with the sexual conquest of an Irish servant girl by another Elizabethan proto-imperial poet, Sir Walter Ralegh.

In 'The Tollund Man', Heaney drives through the country of the bog people:

> Saying the names
> Tollund, Grauballe, Nebelgard,
> Watching the pointing hands
> Of country people,
> Not knowing their tongue.
> Out here in Jutland
> In the old man-killing parishes
> I will feel lost,
> Unhappy and at home.
>
> (*Wintering Out*, 1972)

He is in Jutland, where the Anglo-Saxons had come from: the original home of the race that would drive out the Celts, his own people. He is 'lost' but also 'at home'. This may be the perpetual condition of the poet, but in 1969 a dual sense of belonging and not belonging was particularly acute for a thoughtful Northern Irish Catholic. Heaney is a man of words, fascinated by the sounds of the names that have been given to the bog people, as he is by the old Irish names of his own place. But he does not write in Gaelic. The 'pointing hands' thus become those of his own 'country people', admonishing him for not knowing his native tongue. A few years later, Heaney's friend Brian Friel wrote an immensely powerful play about the remapping of Irish places with new British names (*Translations*, 1980). In the poems collected in *North* (1975), we witness Heaney progging at his own anxiety that by writing in English he may have participated in a betrayal.

At some level, he is wondering whether one of the bog men could have been a poet, a guardian of the land and language, a vessel for the preservation of the stories of a tribe. For that was the original role of poets, as Spenser himself recognized, with a touch of envy, in *A View of the Present State of Ireland*:

> There is amongst the Irish a certain kind of people called Bards, which are to them instead of poets, whose profession is to set forth the praises or dispraises of men in their poems or rhymes, the which are had in so high regard and estimation amongst them, that none dare displease them.

Celts

There is an ancient history behind all this, a fact that is scandalous to the Anglocentric version of literary history: before the English there were the Celts. The poems of the Celts, not those of the late-coming Anglo-Saxon invaders, were the native equivalent of the Homeric corpus on which ancient Greek culture was built. A mythologized version of the Celtic bard is a key figure in the history of literature in these islands. The harp that accompanied the song of the bard has been a potent and enduring symbol, especially in Wales and Ireland. But since Celtic culture was oral, the poems of the bards were not written down for many centuries.

'"And this also," said Marlow suddenly, "has been one of the dark places of the earth"' (Joseph Conrad, *Heart of Darkness*, 1902). Ironically, in so far as Britain would one day become an empire that modelled itself on ancient Rome, the earliest written text regarding Britannia was written not by a native but by the leader of a colonial expeditionary force. Julius Caesar, in the fifth book of his *Gallic Wars*, created an enduring image of the inhabitants of the triangular island off the north coast of Gaul: 'All the Britons, indeed, dye themselves with wood, which occasions a bluish colour, and thereby have a more terrible appearance in fight. They wear their hair long, and have every part of their body shaved except their head and upper lip.' Caesar failed to establish a colony in Britannia, though he did extract an agreement that tribute money would be paid to Rome. Aulus Plautius, leading an invasion force nearly a century later, in AD 43, was more successful. Roads, villas, baths, a wall to keep out the Picts of the north, and eventually Christianity would arrive in his wake. British resistance to the Roman invader would become part of the national myth in later centuries. During the reign of King James I of England, who was also King James VI of Scotland and who had hopes of uniting his two kingdoms to create a new 'Britain', Celtic resistance to Roman imperialism provided Shakespeare with the plot of his *Cymbeline* (c. 1610) and John Fletcher with his *Bonduca* (c. 1613, an alternative spelling of Boudicca or Boadicea).

Crucially, though, the Romans never invaded Ireland. This meant that the bardic tradition of the Celts was still alive when St Patrick converted Ireland to Christianity in the 5th century. Literate monks began to write down and preserve the stories of the native culture – sequences of epic poetry such as the 'Ulster' cycle, narrating the exploits of Cú Chulainn, and the 'Finn' or 'Fenian' cycle, telling of Finn or Fionn, foremost among the elite warriors of the Irish High King.

Neither the Romans, nor the next wave of invaders, the Anglo-Saxons, penetrated into Scotland or the depths of Wales. Celtic stories accordingly survived in these lands too. Again, though, they were not written down for hundreds of years. The Welsh *Mabinogion*, meaning 'instructions for young bards', tells of Pwyll, prince of Dyved, and Branwen, daughter of Llyr. The collection appears in a manuscript known as the 'Red Book of Hergest', which belongs to the late 14th century. In Scotland, stories were handed down regarding the exploits of Oisin, legendary 3rd-century warrior and bard, son of Finn (Fingal).

The translation – or, more often, the free adaptation and reinvention – of these foundational epics into the English language has been an important feature of various Celtic revivals. In 1760, after the failure of the Jacobite political enterprise to return the Stuart kings to the throne, a Scotsman called James Macpherson tried launching a cultural revolution instead. He published *Fragments of Ancient Poetry collected in the Highlands of Scotland, and translated from the Gaelic or Erse language*. Spurred by the success of this enterprise, he followed it up two years later with *Fingal, an Ancient Epic Poem in Six Books*, and the year after that with an eight-book epic called *Temora*, purportedly the work of Ossian (Oisin) himself:

> Is the wind on the shield of Fingal? Or is the voice of past times in my hall?... Four times has autumn returned with its winds, and raised the seas of Togorma, since thou hast been in the roar of battles, and Bragéla distant far!
>
> ('The Death of Cuthullin')

Could Macpherson have recovered the British equivalent of Homer? Many people thought so, but others were suspicious – notably, Dr Samuel Johnson, an Englishman with a low opinion of Scottish culture. 'But Doctor Johnson,' he was asked, 'do you really believe that any man today could write such poetry?' 'Yes,' he replied, 'Many men. Many women. And many children.' Macpherson was called upon to produce his originals and was obliged to fabricate them. In very British fashion, a committee of inquiry was established. It concluded, and modern scholarship has largely endorsed its findings, that Macpherson had (very) liberally edited a body of traditional Gaelic ballads and inserted swathes of his own writing. Though the Ossian affair hardly served the

Jacobite cause, the romantic sublimity of the poems' language helped to shift English poetry away from the neoclassical mode that had dominated for much of the 18th century. William Blake attempted to create an entirely new kind of 'radical British' epic in *Milton* and *Jerusalem* by rejecting Greco-Latin models and seeking to combine the style of Ossian with that of the prophetic books of the Hebrew Bible.

A century later, the Celtic revival in Ireland played a major part in the emergence of a cultural nationalism forged in resistance to British rule. Leading figures in this movement included members of the old Anglo-Irish protestant ascendancy such as Lady Gregory, who translated and adapted many stories about the legendary hero Cuchulain, and William Butler Yeats, who published *Fairy and Folk Tales of the Irish Peasantry* (1888), *The Wanderings of Oisin and Other Poems* (1889), and *The Celtic Twilight* (1893). In 1899, his *The Countess Cathleen* was acted at the Irish Literary Theatre, which he and Lady Gregory had founded. In December 1904, the 'national' Abbey Theatre opened its doors in Dublin with a triple bill of Yeats's *On Baile's Strand* (a play about Cuchulain) and *Cathleen Ní Houlihan*, together with Lady Gregory's *Spreading the News*, a comedy that satirized the English ruling class via the character of a pompous Magistrate. On the second night, one of the Yeats plays was replaced by *In the Shadow of the Glen* by J. M. Synge, another dramatist from a well-to-do protestant background who converted to Irish cultural nationalism and made his work out of the stories of the folk – in his case, those of the Aran Islands.

In a poem in memory of Major Robert Gregory, Lady Gregory's son, Yeats wrote that Synge had found his inspiration 'In a most desolate stony place', that he came 'Towards nightfall upon a race / Passionate and simple like his heart'. The Celtic revivals were bound up not only with politics and nationalism, but also with a poetic desire to return to peasant simplicity and strong feeling while grounding the religious sense in locality and landscape.

Anglo-Saxons

When the Anglo-Saxons arrived in wave upon wave from Jutland, Angeln, Saxony, and Frisia, they brought their own tales of legendary heroes. Again, these were only written down much later. The most famous of their stories is *Beowulf.* There is a lively scholarly debate about the date of its composition (8th century or much later?). The only surviving manuscript belongs to the late 10th or 11th century; it was recovered in the 16th. *Beowulf* embodies the poetry of Old English at its most forceful, but since it was unknown for so long and was set in Scandinavia, it exercised no influence on English literature until the 19th century, when it was translated into modern English. In more recent times, it has been studied in universities and translated many times, not least by Heaney, for whom it provided an opportunity to make peace with his Anglo-Saxon masters after the reconciliation of the 1999 Good Friday agreement. He was drawn especially to the poem's earthbound language and its alliterative energy ('Sinews split / and the bone-lappings burst').

'Ossian' was in large measure fabricated and the author of *Beowulf* is unknown. Who, then, was the first English poet who can be named, as Homer can be named as the founding father who began the journey from the unknown singers of oral tradition to the revered authors of 'literature'?

In Anglo-Saxon England, writing was predominantly the preserve of monks. Literacy belonged to the clerks, which is to say the clerics. The most potent narrative of the origin of English Literature is accordingly to be found in a clerical text. Written in Latin, it was the Venerable Bede's *Historia ecclesiastica gentis Anglorum* ('Ecclesiastical History of the English People', believed to have been completed in AD 731), a nascent national history in which the main focus is on the conflict between Roman and Celtic Christianity.

According to Bede, some time in the late 7th century, when St Hild was abbot of Streanæshalch (Whitby) on the north-east coast of England, there lived a man called Cædmon who composed 'godly and religious songs'. He studied the Scriptures and their interpreters, turning passages of the Testaments 'into extremely delightful and moving poetry, in English, which was his own tongue'. All that survives of his creations is a single fragment. A visitor came to Cædmon in a dream and told him that he must sing in praise of God the Creator. This is what he sang:

Nu we sculon herigean heonfonrices Weard,
Now we should praise the heaven-kingdom's guardian,
Meotodes meahte ond his modgeþanc,
the measurer's might and his mind-conception,
weorc Wuldorfæder, swa he wundra gehwæs,
work of the glorious father, as he each wonder,
ece Drihten, or onstealde.
eternal Lord, instilled at the origin.
He ærest sceop eorðan bearnum
He first created for earth's sons
heofon to hrofe, halig Scyppend.
heaven as a roof, holy creator;
þa middangeard monncynnes Weard,
then, middle-earth, mankind's guardian,
ece Drihten, æfter teode
eternal Lord, afterward made
firum foldan, Frea ælmihtig.
the earth for men, father almighty.

From its very beginning in these lines, English poetry has resonated with the language of praise and of wonder; writers have taken it upon themselves to be the guardians of 'middangeard', 'middle earth'. The poet's creative spark emulates God's: there is a golden thread linking Cædmon to Samuel Taylor Coleridge's definition, over a thousand years later, of the poetic imagination as a repetition in the finite mind of the eternal act of creation in the infinite 'I am'.

In Cædmon's time, England was still divided into several kingdoms. The invention of English poetry preceded the formation of the English nation. So when did a *national* literature emerge?

Alfred, King of Wessex from 871 to 899, had a new conception of his royal role. He aspired to excellence 'both in warfare and in wisdom'. He considered it his duty not only to preserve his kingdom from the Viking hordes, but also to establish his court as a cultural centre and to oversee the creation of a vernacular literary culture. He wrote, or perhaps commissioned, translations from the Bible (a prose version of the first fifty Psalms), from Christian theological and pragmatic texts (Augustine's *Soliloquies* and Gregory's *Pastoral Care*), and from Roman neo-Stoic philosophy (Boethius' *Consolation of Philosophy*, which would be translated again by Chaucer many centuries later). 'King Alfred was the translator of this book', began the preface to his Boethius, 'he turned it from Latin into English, as it now stands before you. Sometimes he translated word for word, sometimes sense for sense, so as to render it as clearly and intelligibly as he could, given the various and multifarious worldly distractions which frequently occupied him either in mind or in body.' In the following millennium, Queen Elizabeth I and King James VI/I would follow in Alfred's footsteps as monarchs who found time for reading, writing, and translation. Translation – which in the 17th century the poet John Dryden would divide into literal 'metaphrase', freer 'paraphrase', and creative 'imitation' – has been a perennial project of English Literature.

Though Alfred was perhaps the first to create a repertoire of literature in the English language, he was not king of all the land. According to a poem in *The Anglo-Saxon Chronicle*, it was in the year 937 that

Athelstan King,
Lord among Earls,

Bracelet-bestower and
Baron of Barons,
He with his Brother,
Edmund Atheling,
Gaining a lifelong
Glory in battle,
Slew with the sword-edge
There by Brunanburh,
Brake the shield-wall,
Hew'd the linden-wood,
Hack'd the battle-shield,
Sons of Edward with hammer'd brands.

('The Battle of Brunanburh', translated by Alfred Lord Tennyson, 1876)

In this battle, which took place at a location that is still debated (the leading contender is Bromborough on the Wirral), a Saxon army defeated an alliance of Vikings, Scots, and Irish. Thereafter Athelstan, Alfred's grandson, was the first king of all England. But the cultural identity of his land remained hybrid. Though the Anglo-Saxons were dominant, they jostled with the legacies of native Celts, Norse invaders, and Christian missionaries. When the Normans came in 1066, the picture was complicated further.

After the Norman Conquest

Nowhere is the intersection of different ethnic and linguistic traditions more apparent than in the stories of Britain's mythical founder, Brutus, and its exemplary king, Arthur. Ancient Rome had trumped Greece by proclaiming its mythic origins in the escape of Aeneas from Troy. After the fall of the Roman empire, British chroniclers deployed the same tactic as a means of asserting their own venerable pedigree. The story is first encountered in the 9th-century *Historia Brittonum* of Nennius; it was told most influentially in Geoffrey of Monmouth's 12th-century *Historia Regum Britanniae* ('History of the Kings of Britain'). A Welshman in Oxford at a time when England was ruled by the Normans, Geoffrey sought to trump the Saxons by proclaiming the superior antiquity of the Celts.

In this narrative, the British are given the same origin as the Romans. Brutus, the great-grandson of Aeneas, accidentally kills his father and goes into exile. He meets up with the last remnants of the Trojan race, frees them from the Greeks, and leads them on a voyage to the distant northern island of Albion, which was then uninhabited save for the last few of an old race of giants. They land at Totnes in the West Country and Brutus renames the island after himself. His followers become Britons. Geoffrey then outlines two thousand years of mythic British history. The line of kings inaugurated by Brutus includes many who would be featured in Elizabethan and Jacobean drama, such as Locrine, Gorboduc, Ferrex and Porrex, Lear, and Cymbeline. The *Historia* ends with the death of Arthur, the greatest of these kings, and the prophecy that his line would one day be revived. Cue the Tudor propagandists four centuries later: they pointed to Henry VII's Welsh ancestry as evidence that this new dynasty was made of true Arthurian, and ultimately Brutish/Trojan, stock.

The line of Brutus was a myth, but Geoffrey's narrative drew at various points on true history. Before the Romans renamed it Londinium, Britain's first city took its name from a powerful local tribe, the Trinovantes. Trinovantium could thus be reinterpreted as Troynovantum, new Troy. So Edmund Spenser in the third book of the Elizabethan *Faerie Queene*: 'For noble *Britons* sprong from *Troians* bold, / And *Troynouant* was built of old *Troyes* ashes cold'.

Geoffrey's history was written in Latin prose. It was turned into French verse by Wace, who presented his *Roman de Brut* to Queen Eleanor (wife of Henry II) in 1155. Then around 1215, it was translated into early Middle English by a man called Laȝamon ('lawman'), who wrote in a West Midland dialect that still has the feel of Old English. Laȝamon retained strong elements of the old alliterative verse style and used a surprisingly small number of words of French origin, even when his translation was comparatively literal. He also expanded and improvised upon his material, as when he introduced a prophecy of return after the passing of Arthur:

> Aefne than worden ther com of se wenden
> That was an sceort bat lithen, sceoven mid üthen;
> And two wimmen therinne, wunderliche i-dihte;
> And heo nomen Arthur anan and a-neouste hine vereden
> And softe him a-dun leiden, and forth gunnen hine lithen.
> Tha wes hit i-wurthen that Merlin seide whilen,
> That weore unimete care of Arthures forthfare.
> Brüttes i-leveth yete that he bön on live
> And wunnien in Avalun mid fairest alre alven,
> And lokieth ever Brüttes yete whan Arthur cumen lithe.
> Nis naver the mon i-boren of naver nane bürde i-coren
> The cunne of than soothe of Arthure sügen mare.
> But while wes an witeghe, Merlin i-hate;
> He bodede mid worde – his quithes weoren soothe –
> That an Arthur sculde yete cum Anglen to fülste.

Even at these words, there came travelling from the sea a short boat, moving, driven by the waves, and two women in it, wondrously clad; and they took Arthur into it and went in beside him and laid him down gently, and they journeyed away.

Then was fulfilled what Merlin had previously said, that there would be unbounded sorrow at the departure of Arthur. The Britons still believe that he is alive and dwells in Avalon with the fairest of all elves, and the Britons ever look for the time, even yet, when Arthur will come back. Never has the man been born of any chosen woman that can tell more of the truth concerning Arthur. But once there was a wizard called Merlin; he announced by word – his sayings were true – that an Arthur was still to come as an aid to the English.

Whereas Cædmon's hymn sounds like a foreign language, the usage of phrases such as 'two wimmen therinne' in Laȝamon's *Brut* begins to sound like modern English. And in that slide from the British ('Brüttes') to the English ('Anglen'), Laȝamon anticipates one of the prevailing tensions of the national story.

King Arthur would indeed return, but by a circuitous route. In the 12th and 13th centuries, the tales of his knights of the Round Table were developed in the French romance tradition, most notably by Chrétien de Troyes. They were then central to a revival of English alliterative poetry in the 14th century, before receiving their most influential recension in Thomas Malory's 15th-century prose narrative *Morte Darthur*, which brought together French and English sources, along with developments that were Malory's invention. William Caxton's printed text of 1485 assured wider circulation than was achievable within manuscript culture.

In every subsequent century, poets have returned to the matter of Arthur, among them William Warner (*Albion's England*) and Edmund Spenser (*The Faerie Queene*) in the 16th; John Milton in the 17th (he planned an Arthurian epic before settling on the biblical matter of *Paradise Lost*); Lord Tennyson in the 19th (*Idylls of the King*); and Simon Armitage in the 21st (translations of *Sir Gawain and the Green Knight* and *The Alliterative Morte Arthure*). For Armitage, a Yorkshire poet in the mould of Ted Hughes and Tony Harrison, the story of Gawain's perilous journey far away from Camelot to the chapel of the Green Knight exemplifies an anti-metropolitan, grounded, northern English dialect:

> Ouer at þe Holy Hede, til he hade eft bonk
> In þe wyldrenesse of Wyrale; wonde þer bot lyte
> þat auþer God oþer gome wyth goud hert louied. . . .
> Sumwhyle wyth wormez he werrez, and with wolues als,
> Sumwhyle wyth wodwos, þat woned in þe knarrez,
> Boþe wyth bullez and berez, and borez oþerquyle.
>
> (*Sir Gawain and the Green Knight*, fitt 2)

Crossing at Holy Head and coming ashore
in the wilds of the Wirral, whose wayward people
both God and good men have quite given up on....
Here he scraps with serpents and snarling wolves,
here he tangles with wodwos causing trouble in the crags
or with bulls and bears and the odd wild boar.
(translated by Simon Armitage, 2007)

Chaucer versus Langland

Roman versus Briton, Saxon versus Celt, Norman versus Saxon, writing in Latin or French versus writing in English, court versus country, south versus north, received pronunciation versus regional dialect, London versus the provinces: English Literature has been built upon the contest between conqueror and dispossessed, centre and margin, authority and rebellion. Several of these tensions are vividly apparent in the diverging legacies of the two great poets of the late 14th century.

The son of a vintner, Geoffrey Chaucer was born a Londoner. As a young man, he had a period of military service in France, during which he was captured and ransomed. He then gained the patronage of the hugely powerful John of Gaunt; his most notable early poem, *The Boke of the Duchesse* (c. 1368), was dedicated to the memory of Blanche of Lancaster, Gaunt's first wife. Chaucer's wife Philippa was sister to the duke's mistress. With connections such as this, it was easy for Chaucer to gain some rewarding positions at court. A mission to Genoa and Florence on the king's service in the early 1370s was especially important for his poetic development because it gave him the opportunity to discover the riches of Italian literature. It has been suggested – though most scholars discount the possibility – that he may even have met Boccaccio and Petrarch, the pre-eminent authors of the Italian Renaissance. Back in London, he obtained the posts of comptroller of customs and then clerk of the king's works.

2. Geoffrey Chaucer, in the margin of the Ellesmere manuscript of *The Canterbury Tales*, beside the 'Tale of Melibee', which the poet narrates himself

For Chaucer, poetry was an accomplishment and a vehicle for self-display, a means to advancement at court rather than a profession. His poetry benefited his career and vice-versa: his earlier works, coinciding with his French connections, were influenced by French poetry (notably the allegorical love vision of the *Roman de la Rose*), while his middle period, inspired by the Italian journey, was dominated by his version of the Troilus and Cressida story, written in imitation of Boccaccio's treatment of the same subject.

Courtly, cosmopolitan, and multi-lingual, Chaucer was a self-consciously modern and, above all, a European poet. His poetry and translations were celebrated among the elite. Even when he turned, late in life, to the *Canterbury Tales*, with their satirical anatomizing of English character types, each representing a different role or 'estate' within the polity, he continued to domesticate continental models and update inherited ones. The idea of multiple narrations within a single overarching structure is derived from Boccaccio's *Decameron*; the Knight's Tale is adapted from another work by Boccaccio; the bawdy Miller's Tale is in the style of French *fabliau*; the Monk's Tale is shaped by the classical notion of tragedy as the fall of great men; the Nun's Priest's Tale is a beast fable in a tradition going back to Aesop; the Wife of Bath is a larger-than-life English comic character, but her prologue and tale participate in a serious debate about the roles and proper behaviour of women that draws on such learned sources as St Jerome's Latin treatise *Adversus Jovinianum*.

Richard II (like Richard III) is one of those medieval kings who has suffered from the negative spin of the Tudor chroniclers. The popular image of him is derived from Shakespeare: a self-absorbed weakling who surrounded himself with flatterers, let the country go to rack and ruin, and had to be replaced in a *coup d'état* by strong-man Henry Bolingbroke, father of Henry V of glorious memory. In reality, Richard II presided over a court culture of great sophistication, in which Chaucer and his friend John Gower created a place for poetry.

Beyond the court, the nation was beginning to find its political voice, as witnessed by the Peasants' Revolt or 'Great Rising' of 1381 and the 'Lollard' project to modernize and democratize religion. The poem that was perceived to embody these developments was William Langland's *The Vision of Piers Plowman* (c. 1370–90). The fact that this long poem exists in several different versions and dozens of different manuscripts attests to its popularity and to the fact that Langland – about whom we know almost nothing – never stopped revising it (for instance by removing some of the more politically inflammatory passages after 1381).

The narrator of the poem falls asleep on the Malvern hills in the far west of England. He has a vision of a 'fair field full of folk': the people of England, for whom he writes of the quest for the saintly life, the corruption of the rich and powerful, and Jesus Christ's championing of the poor and the dispossessed. English rather than European, provincial as opposed to metropolitan in both dialect and outlook, pious rather than bawdy, Langland came to be perceived as Chaucer's great opposite. For John Ball in the Peasants' Revolt and again for the radical protestant 'commonwealth' men of the mid-16th century, the name of Piers Plowman became synonymous with sturdy English resistance to the tyranny, both monarchical and ecclesiastical, that came from the centres of power.

The Word of God

So when did English Literature begin? With the Celtic bards, with Julius Caesar, with Cædmon, with Alfred, with the poem that celebrated the battle of Brunanburh and Athelstan's unification of the kingdom? Or only with the evolution of the south-east dialect of Middle English embodied by Chaucer, which, though modified by the great vowel shift of the 16th century, became the basis of the received pronunciation of modern English – the so-called king's or queen's English? For the Elizabethans, it was Chaucer who was the father of English poetry, despite his own determined Europeanness.

Another way of answering the question is to say: in the beginning was the Word. English Literature came into being when the Word was made flesh in the English language. That is to say, when the most important book in the history of the world was translated into the vernacular.

Cædmon was the father of Old English biblical paraphrase. We may securely say that English Literature begins not with Homeric-style epic – praise of ancestors and demi-gods, heroes and warriors – but with Christian faith, with the praise of God. The Venerable Bede translated portions of the Bible. Aldhelm rendered the poetry of the Psalms into Old English in the late 7th century. In the 11th century, Ælfric took on great swathes of the Old Testament. In the 12th, a monk called Orm produced a mixture of selected translation and commentary. Then, crucially, came John Wyclif's 14th-century enterprise: the translation of the entire Bible from the Latin Vulgate into the vernacular. 'It helpeth Christian men', wrote Wyclif, to the consternation of the Church authorities, 'to study the Gospel in that tongue in which they know best Christ's sentence'.

The Bible tells of how the Word was made flesh when Jesus was born to the Virgin Mary. For women in the Middle Ages, the devotional example of Mary mother of God, of the women such as Mary Magdalene who loved Jesus, and of the female saints who were martyred in his name, were the inspiration to take up writing: literature by women in these islands has its origin in prayers and meditations, confessions of faith, songs of praise, and manuals of the contemplative life, such as the *Ancrene Wisse* (monastic rule for anchoresses, early 13th century), *Revelations of Divine Love* (mystical devotions of Julian of Norwich, late 14th century), and *The Book of Margery Kempe* (spiritual autobiography, early 15th century).

In the 16th century, English Protestants called themselves the 'people of the book'. The book they meant was the Bible. People of the book are perforce literary people. What is literature for? It is an attempt to give meaning to human life. That is also what the Bible is for. The ordering of our lives through *narrative*, through a structure of beginning, middle, and ending; the sense that individual details and events may be gathered into a pattern that forms a whole: in these conceptions, the Bible is literary and literature is biblical. 'The Old and New Testaments', wrote William Blake, 'are the Great Code of Art'.

Our primary tool for reading literature – hermeneutics, the art of interpretation – was originally devised as a way of reading the Bible. The Church Fathers taught the art of fourfold figural interpretation, in which the reader traces different strands of meaning: literal (historical), allegorical (higher, spiritual significance), tropological (the moral lesson), anagogical (to think of future and last things). The flexibility of this interpretative art has made it possible to read religious texts in secular ways and vice-versa. It has allowed pagan stories to be read allegorically in Christian terms, as in the medieval tradition of 'moralizing' the erotic tales of Ovid's *Metamorphoses*, thus resolving the dialectic of Hebrao-Christian and Greco-Roman traditions that has been one of the creative tensions energizing English Literature.

The Bible is also foundational of English Literature by virtue of its generic impurity. Its mix of mythology, history, and allegory, its parables, epistles, prophecies, poetry of praise (and even, in the *Song of Solomon*, of erotic love), are precedents for the stylistic variety of *The Canterbury Tales*, Shakespeare's collected plays, Wordsworth and Coleridge's *Lyrical Ballads*, James Joyce's *Ulysses*, and a thousand other hybrid creations.

Translation has always been central to English Literature not only because of the multiple languages of these islands, but also because it is central to the Bible itself. Jesus Christ and his disciples spoke Aramaic, but their Book was written in vernacular Greek, which was translated into Latin by Jerome (the so-called Vulgate), and has since been translated, and again and again re-translated, into English. The 1611 Authorized Version of the Bible, the exception which proves the rule of the old adage that no great literary work was ever written by a committee, was partly a response to what were perceived as the dangerous innovations of the Geneva translation undertaken by radical protestants a generation before, and of William Tyndale's translation prior to that. One of the demands among the instructions to the King James translators was 'The old ecclesiastical words to be kept, viz. as the word church not to be translated congregation'. The point here was that in Tyndale's version, *ecclesia* had been translated not as 'church' but as 'congregation'. Is the Church embodied in the ecclesiastical hierarchy or in the community of faith as a whole? This is at once a theological and a political question, and a matter of linguistic and literary interpretation.

As the Hebrew-Greek Bible itself consisted of stories from the past intended to be interpreted in the present and applied to human actions in the future, so every translation from Cædmon to the Authorized Version to the most recent updating has interpreted the ancient texts, been influenced by the historical forces of its own moment, and wagered upon its own future. The same may be said of the literary classics: writers respond to – in a broad sense, they 'translate' – a received body of works from the past in the light of their own present with the hope of being read in the future. In the case of the 1611 Bible, the wager paid off: no book had more influence on the English language and the English mind during the subsequent three and a half centuries.

Chapter 4
The study of English

Literature in education: from rhetoric to elocution

When Shakespeare went to school in the 16th century, John Milton in the 17th, and Samuel Johnson in the 18th, they would have studied literature, but not English Literature. The tools of linguistic and literary study – grammar, rhetoric (the organization of language for the purposes of forceful argument), and prosody (the metrical arrangements that constitute verse) – were at the centre of the curriculum. But what Shakespeare, Milton, and Johnson studied was the grammar of the Latin language, the oratory of Cicero, and the metrics of poets such as Virgil and Horace.

With the religious Reformation of the 16th century, there was a huge expansion of grammar school education for boys from the middle ranks of society. Grammar meant Latin grammar. The purpose of studying it was to give pupils the mastery of language. Rhetoric meant learning how to order your speeches: arguments in favour, arguments against, exemplification, testimony, conclusion. It meant honing your metaphors and developing elaborate figures of speech, learning by example hundreds of schemes (verbal patterns) and tropes (ingenious twists of meaning).

When Shakespeare's King Henry IV says 'Uneasy lies the head that wears a crown' he is using *metonymy*, a trope of substitution whereby 'head' stands for king and 'crown' for the idea of sovereignty. The resulting particularity is vivid and memorable, as a general statement would not be ('powerful people often find it hard to get to sleep'). When Milton begins his elegy 'Lycidas' with the line 'Yet once more, O ye Laurels, and once more', he is using *antimetabole*, a scheme in which the same words are repeated at the beginning and the end of a phrase. The echo effect makes the line easy to memorize. When Alexander Pope wishes to juxtapose the serious and the frivolous in *The Rape of the Lock*, he is assisted by a neat little figure called *zeugma*, whereby one verb looks after two nouns: 'Or stain her honour or her new brocade... Or lose her heart or necklace at a ball'. The rhetorical device creates the satirical effect. When Wordsworth looks down on the Vale of Chamonix in book six of *The Prelude* to behold 'A motionless array of mighty waves', he conjoins contradictory terms – how can a wave be motionless? The figure is *oxymoron*, ideal for evoking the paradoxes of perception.

Rhetoric shaped both thinking and compositional art. It was taught as preparation for a life of service to the state. Middle-class boys such as young Will Shakespeare and John Milton were given their training in the arts of language so that they could become lawyers and clerks and Church of England ministers and secretaries to politicians. But the Tudor educational revolution had an unintended consequence. Many of the brightest boys put their talents to very different uses: as poets, actors, and playwrights. Their plays and poems assisted in the work of nation-building by bringing alive the history and the myths that shaped the English people's sense of who they were, but by dramatizing the conflicts of both public and private life – tyrannical rulers being overthrown, arbiters of morality exposed as hypocrites, wives rebelling against their husbands – the poets and playwrights also made a huge contribution to the emergence of modern liberties.

English Literature itself did not become the object of formal academic study until the second half of the 18th century. When the philosopher Adam Smith was invited to deliver a series of public lectures on 'rhetoric and belles-lettres' in Edinburgh in the late 1740s, he broke with tradition by speaking in the English language and using vernacular as well as ancient Roman examples of rhetorical technique and fine writing. Hugh Blair followed Smith's example when in 1760 he was appointed to the position of Professor of Rhetoric and Belles-Lettres in the University of Edinburgh. Upon his retirement, Blair published his lectures and they went through dozens of editions, remaining the standard academic introduction to the art of literary criticism for more than half a century. They were especially widely studied in the United States.

In England, meanwhile, only men who subscribed to the articles of faith of the Church of England could attend the ancient universities of Oxford and Cambridge, where the language of instruction was Latin and the humanities side of the curriculum was confined to the ancients. Religious non-conformists or 'dissenters' accordingly set up academies of their own, where 'polite literature' ('belles-lettres') was taught in the English language. The teaching of what we now call English Literature was one of John Aikin's duties when he took up the tutorship in Belles-Lettres at the Warrington Academy in 1758. His daughter Anna Letitia Aikin (later Barbauld) grew up to become a popular and influential poet and editor, an apologist for the French Revolution, a passionate advocate of the abolition of the slave trade, and an important early analyst of the novel – her fifty-volume anthology *The British Novelists*, published in 1810, did more than any other publication to establish the repertoire of English fiction.

Aikin was succeeded in the literature tutorship at Warrington by the radical theologian and scientist Joseph Priestley, who also welcomed the French Revolution. From its very institutional origin, then, the discipline of English Literature was associated with dissent, with the democratization of education, and with resistance to the elitism of the established universities. It was helpful in this regard that the most sublime English poet was considered to be John Milton, author not only of the defining religious epic *Paradise Lost* but also of prose treatises in defence of the freedom of the press (*Areopagitica*, 1644) and the sovereign right of the people to depose their rulers (*The Tenure of Kings and Magistrates*, 1649).

The new discipline also provided educational opportunities for women. When Priestley left Warrington, the tutorship in Belles-Lettres passed to the Unitarian minister William Enfield, who created an anthology called *The Speaker* (1774), subtitled 'miscellaneous pieces, selected from the best English writers, and disposed under proper heads, with a view to facilitate the improvement of youth in reading and speaking'. This became the standard textbook for the teaching of eloquence and elocution in English throughout the land – at girls' schools as well as boys'. In 1811, Anna Barbauld published *The Female Speaker*, a companion volume specifically aimed at young women.

Enfield's categories of literature included narrative, didactic pieces (for instance, a series of passages from Alexander Pope's *Essay on Man* in rhyming couplets), orations and harangues (political speeches, some from modern parliament, others from Shakespeare), dialogues (mostly from drama, especially Shakespeare), descriptions (notably from 18th-century landscape poetry), and 'pathetic' pieces (examples of strong feeling, with a huge majority taken from Shakespeare, though some more modern, such as Yorick's death in *Tristram Shandy*). The idea was that a thorough grounding in these four hundred pages of extracts would improve the vocabulary and articulacy of pupils, while also cultivating their emotions and their moral sense.

Enfield laid the foundations for what Vicesimus Knox, compiler of a similar anthology (*Elegant Extracts*, 1783), called a 'liberal education'. Its beneficiaries were not the ruling class, who continued to be schooled in the Greek and Roman classics until well into the 20th century, but middle-class non-conformists, women, and soon the working classes (through radical Chartist educational projects and more conservative working men's colleges) and colonial subjects (beginning with the reform of Indian education in the 1830s). Looked at from one point of view, the teaching of elocution and the emergent discipline of English were intended to instil conformity of linguistic usage and moral values. But for non-conformist pupils in the dissenting academies, for Victorian labouring-class auto-didacts, for the first women to gain access to universities, for colonial subjects such as Gandhi and Nehru, and for mid-20th-century northern working-class grammar school boys and girls, the study of English Literature was as often a crucible of liberal thought and an engine of social mobility.

Criticism in the public sphere: Dr Johnson

The detailed analysis of English literary texts began not in the educational system, but in what has become known as 'the public sphere' – the realm of civil or 'polite' urban society that emerged in the 18th century, thriving in the new environments of newspaper and coffee-house.

The terms of debate had been established by John Dryden, sometimes called the father of English criticism, in the prefaces to, and essays about, his plays and poems, in which he had self-consciously set about modernizing and classicizing English writing during the Restoration era of the late 17th century. What were the relative merits of the ancients and the moderns, of native and continental models, of blank verse and rhyme? What was the correct balance between 'art' and 'nature', the best means to achieve verisimilitude? What ultimately constitutes good writing? As Dryden put it in his preface to *The State of Innocence* (1677), his dramatization of Milton's *Paradise Lost*, 'By criticism, as it was first instituted by Aristotle, was meant a standard of judging well; the chiefest part of which is, to observe those excellencies which should delight a reasonable reader'.

In *The Spectator* essays mainly by Joseph Addison (1711–14) and *The Tatler* mainly by Richard Steele (1709), questions of literary style were closely linked to debates about national identity and gentlemanly behaviour. Through the deliberations of the Shakespeare Ladies Club (1730s) and the publications of the Bluestockings (1750s onwards, led by Elizabeth Montagu), well-to-do women joined the conversation. But the figure who dominated literary debate in the public sphere in the second half of the 18th century was Dr Samuel Johnson.

Johnson judged books according to a few simple but firm principles. 'Nothing can please many, and please long, but just representations of general nature' (Preface to Shakespeare). 'The only end of writing is to enable the readers better to enjoy life, or better to endure it' (review of Soame Jenyns, *A Free Enquiry into the Nature and Origin of Evil*). 'In this work are exhibited in a very high degree the two most engaging powers of an author. New things are made familiar, and familiar things are made new' ('Life of Alexander Pope'). His opinions carried weight by virtue of the sheer force of his language.

The son of a bookseller, he dropped out of Oxford because he was unable to pay the fees. He began his career as a schoolmaster. The school failed and he walked from Lichfield to London with his pupil David Garrick, who would become the greatest actor of the age, perhaps of any age. Johnson's admiration for him knew no bounds, yet he always harboured doubts about the theatre. This was partly because it was hard for the sometime master to find himself struggling to forge a living from his pen in Grub Street while the pupil found wealth and unprecedented fame on the boards. But it was also because the actor's art of flighty impersonation was at odds with the supreme Johnsonian virtues of integrity and sincerity.

In the preface to his earliest work, a translation of a traveller's tale, Johnson noted how the story revealed that human nature is the same in every nation. In every individual and every community we find 'a mixture of vice and virtue, a contest of passion and reason'. Johnson was steadfast in his pursuit of virtue and reason, whilst never denying his own vices and the power of his passions. He knew humankind's need for a moral and spiritual compass, but also recognized the force of our bodily desires.

The Spectator and *The Tatler* of Addison and Steele had fallen by the wayside, so Johnson single-handedly revived the essay as a literary genre with *The Rambler*, in which he pronounced twice weekly (publication Tuesdays and Saturdays) on books, on politics, on morals, on life. A High Church Anglican, who wrestled with his conscience and his melancholy in prayers and meditations of deep humility, Johnson found both personal comfort and political wisdom in the words of Jesus. In building a theory of rights on the basis of the Sermon on the Mount, he became zealous against every form of slavery. Invited back to Oxford as a celebrity, he shocked the dons with his post-prandial toast 'Here's to the next insurrection of the negroes in the West Indies'. He carried his principles into his private life, taking a motley assortment of waifs and strays into his household. And loving them. In his will, he left the bulk of his estate to 'Francis Barber, my man-servant, a negro'.

He was a man of prodigious industry, who single-handedly compiled *A Dictionary of the English Language*:

ADAMS [Oxford don] But, Sir, how can you do this in three years?

JOHNSON Sir, I have no doubt that I can do it in three years.

ADAMS But the French Academy, which consists of forty members, took forty years to compile their Dictionary.

JOHNSON Sir, thus it is. This is the proportion. Let me see; forty times forty is sixteen hundred. As three to sixteen hundred, so is the proportion of an Englishman to a Frenchman.

To be fair, the *Dictionary* took him eight years. But that was no reason for him to berate himself for sloth, as he constantly did.

No sooner had he finished the *Dictionary* than he set to work on a new edition of the complete plays of Shakespeare, with commentary. Literary criticism in Johnson's time was dominated by French precepts. Johnson's riposte was English common sense. Where the French tangled themselves in the rules of art, Johnson's only principle was truth to life. Voltaire threw up his hands in *horreur* at Shakespeare's mingling of tragedy and comedy, kings and clowns. Johnson replies that that is how life is:

> Shakespeare's plays are not in the rigorous and critical sense either tragedies or comedies, but compositions of a distinct kind; exhibiting the real state of sublunary nature, which partakes of good and evil, joy and sorrow, mingled with endless variety of proportion and innumerable modes of combination... in which, at the same time, the reveler is hasting to his wine, and the mourner burying his friend.

Johnson lived through an age of financial speculation, unprecedented consumer spending, and a rampant press. The new power of the press gave birth to a celebrity culture: the antics of actresses and courtesans filled the gossip columns, while Garrick was the first genuinely international star actor. It was also an age of fierce political debate. Thanks to satirical writers and artists, some Irish (Jonathan Swift) and others homegrown (Alexander Pope, John Gay, William Hogarth, Johnson himself), literature played a vital part in exposing, excoriating, and ridiculing the hypocrisy of those who jostled for power and influence. Johnson's breakthrough in Grub Street came from his work as a parliamentary sketch writer. Since there were reporting restrictions on what was actually said in parliament, he took to making up the speeches and putting them into the mouths of the honourable members. His column in *The Gentleman's Magazine* was called, with a nod to Swift, *Reports of the Debates in the Senate of Lilliput*.

In and around the life and work of Dr Johnson, we find many of the things that continued to be definitive of 'Englishness' for a further two centuries: the richness of the language, admiration for Shakespeare, a refusal to be bullied and bossed around, a sense of humour and of the ridiculous, good classical actors, a love of gossip and an interest in the quirkiness of individual lives (Johnson's *Lives of the Poets* offered a pioneering mix of criticism and biography), robust opinions and melancholy realism, the capacity to survive so long as there is access to a cup of tea.

The public sphere of the 19th and 20th centuries allowed ample space for debates about literature. There is a line of descent from Francis Jeffrey in the *Edinburgh Review* (founded 1802), through Matthew Arnold and Walter Pater in the Victorian era, to T. S. Eliot's *Criterion* in the 1920s, to Virginia Woolf writing in the *Times Literary Supplement*, to George Orwell broadcasting on the BBC during the Second World War, to A. Alvarez publishing and reviewing poetry in *The Observer* (1956–66). Most of the literary opinion-formers were creative writers themselves, and in this sense they were authorities in the tradition of Dryden and Johnson. With the 21st-century migration of the media to cyberspace, the free-for-all that characterizes the blogosphere and the online reader review in which everyone is a critic, there has been a sharp decline of deference to authoritative opinion. In one sense, this is a further democratization of the process that began in the chatrooms of the 18th-century coffee-house; in another, it represents the collapse of the idea of a Johnsonian public sphere underwritten by common sense and core moral values.

Aesthetics versus history

In 1774, a London non-conformist man of letters called William Kenrick published a proposal to establish 'A Public Academy, for the Investigation of the English Language, and the Illustration of British Literature', but the scheme did not come to fruition. Lectures on English Literature of the kind that are now delivered in universities only came into being in the early 19th century. The pioneers of this genre were the poet-philosopher Samuel Taylor Coleridge (son of a Church of England country clergyman and educated at Cambridge University) and the radical journalist William Hazlitt (son of a leading non-conformist minister and educated at the Hackney dissenting academy). During the Regency period (1811–20), Coleridge and Hazlitt delivered several rival series of lectures, Coleridge at the genteel venue of the Royal Institution just off Piccadilly in central London, Hazlitt at the non-conformist Surrey Institution in a more down-at-heel location on the south bank of the River Thames.

Coleridge was deeply interested in the *theory* of literature, as developed in the new philosophy of beauty called 'aesthetics' that had emerged in late 18th-century Germany. He adapted many of his theories from German thinkers. A. W. von Schlegel, for example, gave him the idea that whereas works of literature based on neoclassical rules were merely 'mechanical', truly original writing was 'organic', shaped by a form that grew from within.

In parallel with his lectures, Coleridge developed his theory of literature in *Biographia Literaria*. 'The imagination, or esemplastic power', he says there, is 'the living power and prime agent of all human perception'. 'Esemplastic' means the power of shaping disparate things into one. The Coleridgean imagination is nothing less than 'a repetition in the finite mind of the eternal act of creation in the infinite I AM'. Here poetry is defined as imagination wrought to its uttermost:

> The poet, described in ideal perfection, brings the whole soul of man into activity... He diffuses a tone and spirit of unity, that blends, and (as it were) fuses, each into each, by that synthetic and magical power, to which I would exclusively appropriate the name of Imagination. This power... reveals itself in the balance or reconciliation of opposite or discordant qualities: of sameness, with difference; of the general with the concrete; the idea with the image;

the individual with the representative; the sense of novelty and freshness with old and familiar objects; a more than usual state of emotion with more than usual order; judgment ever awake and steady self-possession with enthusiasm and feeling profound or vehement; and while it blends and harmonizes the natural and the artificial, still subordinates art to nature; the manner to the matter; and our admiration of the poet to our sympathy with the poetry.

(*Biographia Literaria*, 1817)

Coleridge coined the term 'practical criticism' for the art of testing individual poems against these demanding principles. A century later, the academic I. A. Richards made this art into the central feature of the influential Cambridge University school of English studies. Poems and passages of prose were read with close attention and analysed according to their success or failure in balancing or reconciling opposite or discordant qualities, in holding together more than usual emotion and more than usual order. The very greatest works were judged to be those that succeeded in saying contradictory things at the same time and finding some sort of complex resolution. Richards' most dazzling pupil, William Empson, could find *Seven Types of Ambiguity* (1930) within a single text by Shakespeare or John Donne.

Hazlitt's *Lectures on the English Poets* (1818) also characterized literary excellence in aesthetic terms, giving John Keats, who was in the audience, the germ of his idea of 'negative capability' ('that is when man is capable of being in uncertainties, Mysteries, doubts, without any irritable reaching after fact and reason'). But in the first of his *Lectures chiefly on the Dramatic Literature of the Age of Elizabeth*, delivered the following year and published in 1820, Hazlitt took a different approach, relating literature to its historical context.

He argued that the first cause of the remarkable flowering of literary creativity in England in the late 16th century was the religious Reformation, which 'gave a mighty impulse and increased activity to thought and inquiry, and agitated the inert mass of accumulated prejudices throughout Europe'. The translation of the Bible into the vernacular 'was the chief engine in the great work'. Combined with the Reformation, there was a renaissance of the classics: 'round about the same time, the rich and fascinating stores of the Greek and Roman mythology, and those of the romantic poetry of Spain and Italy, were eagerly explored by the curious, and thrown open in translations to the admiring gaze of the vulgar'. 'What also gave an unusual *impetus* to the mind of man at this period', continues Hazlitt, 'was the discovery of the New World, and the reading of voyages and travels.' And then there was the birth of the public playhouse: 'The stage was a new thing; and those who had to supply its demands laid their hands upon whatever came within their reach.' Hazlitt relished the rich and energizing eclecticism of the drama of the period, its joyous mingling of high matter and low, verse and prose, kings and clowns.

The birthpangs of Protestantism, the renewed reception of the ancients, the expansion of geographical horizons, and the new profession of theatre were all essential to the flowering of English literature in the late 16th century. But Hazlitt added a fifth factor, under which he attempted to subsume the first four: he claimed that 'the natural genius of the country' never 'shone out fuller or brighter, or looked more like itself, than at this period'.

The proposition that England was somehow more itself in the time of Elizabeth I than before or since, a claim closely linked to the cult of the queen herself as greatest of all English monarchs, has often been used to goad or to exhort the Britain of the present. In the 1730s, opponents of Sir Robert Walpole, the first modern prime minister, developed a politics of nostalgia that looked to the Elizabethan example for support of a more aggressive foreign policy and a defence of the English landed interest over the British trading one. From a very different political perspective, Hazlitt's own nostalgia for the freedom from tyranny which he saw embodied in the Reformation was the consequence of his deep disillusionment with the defeat of the French Revolution and the ultra-reactionary policies of the British government in the post-Waterloo years during which he delivered his lectures.

More than most who have used the language of patriotism, Hazlitt was diffident about doing so, hedging his account of the national character around with a 'perhaps' and an 'if I may so speak without offence or flattery'. He was aware that to bring forward the idea of the natural genius of his island race was to offer a different order of explanation from the factual. The break with Rome happened; the classics were translated and the Italian influence received; Drake and Ralegh sailed the oceans; the Burbages built their playhouse. But a national character is something that has to be invented. For that matter, so does a nation. It might be truer to say that Elizabethan literature created a character for the nation than that a national character created Elizabethan literature.

Ever since Plato and Aristotle began theorizing about poetry and drama in ancient Greece, literature has occupied a place somewhere between philosophy and history. Philosophically minded critics such as Coleridge have been interested in the structural properties and symbolic logic of literary works; politically minded critics such as Hazlitt have been more interested in the ways in which literary works embody or resist what he called 'the spirit of the age'. Coleridge and Hazlitt drew the battle-lines between 'formalist' and 'historicist' criticism, an opposition that has recurred in literature's many 'theory wars' in the two centuries since they delivered their lectures.

Literary criticism is at its most interesting when it holds together three different impulses identified by Matthew Arnold in his critical essays a generation after Coleridge and Hazlitt. Disinterested formalism: 'to see the object as in itself it really is'. Historical judgement: 'to try books as to the influence they are calculated to have upon the general culture of single nations or the world at large'. And, more polemically, considered evangelism on behalf of 'culture' (which to Arnold meant playfulness and liberality of mind as well as 'high seriousness') against 'philistinism' (complacent moralizing, smug provinciality): 'to learn and propagate the best that is known and thought in the world'.

From writer to reader

'I wish our clever young poets would remember my homely definitions of prose and poetry', begins an entry in Coleridge's *Table Talk,* dated 12 July 1827, 'prose – words in their best order; poetry – the best words in their best order'. If writers take the trouble to choose the best words and put them in their best order, readers owe literary texts the respect of attentiveness to particular verbal choices, and students of English need to have confidence that they are reading the right words. But the road from the moment of literary composition with quill or pen, typewriter or word-processing package, to the act of reading is a complicated one in which authorial second thoughts, editorial interventions, and printing-house mishaps all play a part.

The work of establishing accurate texts has accordingly been an important part of the history of English studies. In the 18th century, scholars began emending and annotating the works of Shakespeare and Milton, using procedures that had been developed for the editing of the Greek and Latin classics. Lewis Theobald's rigorous treatment of Shakespeare's texts led Alexander Pope, a less scholarly editor of Shakespeare, to make him king of the Dunces in a mock epic that was published as a parody of an over-annotated scholarly edition (*The Dunciad*, 1728–9). But this did not stop the Cambridge University classical scholar Richard Bentley from publishing soon after an edition of *Paradise Lost* replete with emendations supported by learned explanations. So, for example, Bentley could not believe that the great Milton intended something so indecorously oxymoronic as 'darkness visible'. He emended the phrase to 'transpicuous gloom'.

The most renowned character in the history of English Literature is Shakespeare's Hamlet. In his restlessness and his thoughtfulness, his wrestling with his conscience and his memory, the tensions between his private and public selves, the conflict between his roles as son and lover, he seems to embody modern Western man's questioning of what it means to be human. Into his solo speeches (soliloquies), we project the sanctity of our own inner lives, our freedom to think what we will, our right even to choose death. Hamlet, as he acknowledges himself, is made of 'words, words, words'. But how confident can we be that we know the words out of which Shakespeare wrote him?

Consider the most famous line in English Literature. *Hamlet* was first published in 1603, in a pocket format volume known as a quarto (eight pages of text were printed on large sheets of paper, which were then folded two times to produce four leaves, so each leaf was a quarter the size of the original sheet). The title page read *The tragicall historie of Hamlet Prince of Denmarke by William Shake-speare. As it hath been diuerse times acted by his Highnesse seruants in the cittie of London: as also in the two vniuersities of Cambridge and Oxford, and else-where* (in the early modern printing-house 'v'/'u' and 'i'/'j' were interchangeable). In this First Quarto, Hamlet's meditation on life and death begins 'To be, or not to be, I there's the point'. 'I' is a variant spelling of 'Ay', meaning 'yes'.

A year later, a Second Quarto was published with the title page, *The tragicall historie of Hamlet, Prince of Denmarke. By William Shakespeare. Newly imprinted and enlarged to almost as much againe as it was, according to the true and perfect coppie.* This was as if to say: if you purchased the First Quarto last year, you are in possession of a highly defective copy, including not much more than half the script, and full of false or imperfect readings, whereas what you are now being offered is the full, authorized text. Hamlet's soliloquy now begins in the form that has become familiar: 'To be, or not to be, that is the question'.

The large-format and expensive 1623 First Folio of Shakespeare's collected plays prints a text of *Hamlet* that has many variants from the quartos. Here, the opening of 'To be, or not to be' is the same as in the Second Quarto, save that 'Question' has an initial capital and the line ends with a colon, denoting a heavy pause, instead of a comma, denoting a light one. Later in the speech, there are numerous variants, most notably the repeated substitution of 'heaven' for 'God'. Second Quarto and Folio also agree that Hamlet speaks these lines after the arrival of the players at Elsinore in what the Folio calls the third act of the play (there are no act divisions in the quartos). In the First Quarto, however, Hamlet's soliloquy had occurred at an earlier point in the action, when he enters reading upon a book.

In the absence of Shakespeare's original manuscripts, the journey from his writing of the lines through the first performances of the play to the early printed editions can only be traced via conjectural reconstruction, based on surviving evidence about the writing habits of Elizabethan playwrights, the fluidity of scripts within the theatrical repertoire, and the practices of the early modern printing-house. Though there is still fierce academic debate over the status of the three early texts of *Hamlet*, most scholars now agree that the First Quarto gives us a glimpse of an early performance text of the play, the Second Quarto takes us close to Shakespeare's full script, and the First Folio represents the authoritative performance text of his acting company, the Chamberlain's (later King's) Men, incorporating theatrical revisions and an element of censorship as a result of a parliamentary act that prohibited the speaking of the word 'God' on stage.

The publication of the early texts was the beginning of another journey, in which the play was passed to readers and theatre companies in later ages. Textual transmission is the first prerequisite for the endurance of literary works through history. Without editions, there would be no Shakespeare. Without editors, there would be no texts for study in the classroom.

A key editorial decision, which becomes especially contentious in the case of multiple-origin works such as *Hamlet*, is the choice of a base text from which to begin the process. Some variants between the early texts of Shakespeare's plays can be explained by the faulty memory of an actor or the erroneous typesetting of a printer, but others are the result of authorial or playhouse revision. In such cases, it is hard to choose between the original version and the revised versions. The differences between the early texts of *King Lear* are so substantive that some editors consider it worthwhile to print Quarto and Folio in parallel, just as the variant 1805 and 1850 texts of Wordsworth's *The Prelude* are sometimes printed in modern scholarly editions.

There is no definitive text of Shakespeare. A thoroughgoing process of editorial mediation has been interposed between writer and reader. Though the particular conditions of Shakespeare's career as a working playwright make him a notoriously hard case, there is hardly any major literary author who does not throw up editorial problems of one sort or another.

The Canterbury Tales survives in more than eighty scribal manuscripts, all dating from after Chaucer's death. Nobody knows whether Chaucer ever completed his project. The original plan, mentioned in the General Prologue, for each pilgrim to tell two tales on the way to Canterbury and two on the way back, was certainly not fulfilled. Many variants between the early manuscripts can be accounted for by scribal error, but others may be the result of authorial revision. Different manuscripts have very different orderings of the narrative sequence. Some tales clearly belong together: the bawdy fable of the Miller's Tale as a contrast to the high courtly romance of the Knight's, the cuckolding of a miller in the Reeve's Tale as revenge for that of a carpenter (the reeve's former trade) in the Miller's. Others are inter-related via allusions in the linking passages between tales. But the positioning of many of the tales must be decided by editorial judgement, a process that has been ongoing since William Caxton produced the first printed text of the *Canterbury Tales* in the 1470s (based on a text that does not correspond to any surviving manuscript).

In order to be readable, a printed edition has to choose a single text or at most two or three variant texts printed in parallel or in sequence. In theory, a hypertext electronic edition can bring together every surviving text of a classic work. Eighty different versions of *The Canterbury Tales* could be compared with the click of a mouse. The advent of digitized texts does not, however, put an end to editorial mediation. A decision still has to be made as to which text to prioritize on the home page as a starting point. Furthermore, mass digitization projects such as Google Books have proceeded indiscriminately, with alarmingly little rigour in determination of the relative authority of particular texts. One of the first such projects, the publisher Chadwyck-Healey's LION (Literature Online) database, has created an invaluable library of English poetry and drama, but an editorial decision to omit prose 'paratexts' – dedications, prefaces, commentary notes, and the like – from the digitized texts seriously distorts their original form.

Facsimile reproduction is the best way of representing the original form of early texts. It is especially helpful for rendering visual effects. Thus a facsimile of George Herbert's poem 'Easter Wings' (1633) makes much more sense than the poem as it is printed in many editions and anthologies, where it is rotated through ninety degrees, losing the effect of a bird's, and hence an angel's, wings.

A photographic facsimile or a text that rigorously follows, say, the first edition, will still leave many editorial problems unsolved. Take the case of Dickens' *Great Expectations* (1861). The novelist Wilkie Collins, a close friend of Dickens, objected to the original ending in which Estella remarries and Pip remains single. Dickens accordingly revised to a more conventional ending, which suggests that Pip and Estella will marry. 'I have put in as pretty a little piece of writing as I could', he explained, 'and I have no doubt the story will be more acceptable through the

¶ Eaſter wings.

Lord, who createdſt man in wealth and ſtore,
Though fooliſhly he loſt the ſame,
Decaying more and more,
Till he became
Moſt poore:
With thee
O let me riſe
As larks, harmoniouſly,
And ſing this day thy victories:
Then ſhall the fall further the flight in me.

¶ Eaſter wings.

My tender age in ſorrow did beginne
And ſtill with ſickneſſes and ſhame
Thou didſt ſo puniſh ſinne,
That I became
Moſt thinne.
With thee
Let me combine,
And feel this day thy victorie:
For, if I imp my wing on thine,
Affliction ſhall advance the flight in me.

3. 'Easter Wings' in George Herbert, *The Temple* (1633). Rotated through ninety degrees in many modern editions, such as the *Norton Anthology of English Literature*, thus losing the wing effect

alteration'. But he did not feel entirely sure that he had done the right thing: 'Upon the whole I think it is for the better.' Most editions publish the second ending, but Dickens' friend and biographer John Forster preferred the first, as have many of the novel's most distinguished readers (George Gissing, George Bernard Shaw, George Orwell, Edmund Wilson, Angus Wilson). On the other hand, the revised version has the merit of a certain ambiguity in keeping with the uncertainties that run throughout the novel's plot. The closing line, 'I saw no shadow of another parting from her' may mean that Pip and Estella will marry, but it might also mean that they will never see each other again. In this instance, we really need to consider both endings and to debate their relative merits.

Thomas Hardy published an explanatory note with the first American edition of *Tess of the d'Urbervilles* (1892): 'The main portion of the following story appeared – with slight modifications – in the *Graphic* newspaper and *Harper's Bazaar*; other chapters, more especially addressed to adult readers, in the *Fortnightly*

Review and the *National Observer*, as episodic sketches.' As if this were not complicated enough, the American serial publication texts differ in many particulars from the British, and the American first edition differs in other respects from the British. The respective proof texts are different from each other and from the published texts. Numerous later editions incorporated revisions by Hardy. The variants between the many different versions of *Tess* run the gamut from censorship imposed by magazine editors to conscious authorial revision for aesthetic effect. There is no single, authoritative text of this or any other Thomas Hardy novel.

Nor should we imagine that questions of textual variation have disappeared in the modern age, in which the printing of books from digital files prepared by authors themselves has removed several of the intervening agents, such as the printing-house typesetter, who in past years have been responsible for intentionally or unintentionally altering texts as they pass from writer to reader. Consider the following in the first British edition of Ian McEwan's novella *On Chesil Beach* (2007): 'He played her "clumsy but honourable" cover versions of Chuck Berry songs by the Beatles and the Rolling Stones.' This sentence does not appear in the first American edition or the British paperback edition, which appeared the following year. The reason? Not a printer's error, but an eagle-eyed reviewer's observation that at the time when the scene is set in the early 1960s, neither the Beatles nor the Rolling Stones had yet recorded any cover versions of Chuck Berry songs. Believing that this factual error diminished the verisimilitude of his fictional tale, McEwan ordered its removal. This will present a tricky choice should there ever come a time when a scholar is charged with the preparation of an authoritative edition of the collected novels of Ian McEwan.

Editorial choices are interpretive choices. They not only provide the necessary foundation for the survival of the classics: they also exemplify the act of thoughtful, attentive reading that literature asks of us.

Chapter 5
Periods and movements

Literature and national character

Historians of the 19th century believed that the evolution of the manners and mentalities of a nation could be traced through its literature. Books from the past came to be perceived as traces of the culture out of which they emerged, to be regarded in a manner analogous to fossils in the new science of geology. The first comprehensive attempt to track the development of English civilization via its literature was undertaken by a Frenchman, Hippolyte Taine, in a four-volume *Histoire de la littérature anglaise*, published in 1864 and based on the categories of race, historical moment, and environment (*milieu*). 'A literary work', wrote Taine,

> is not a mere play of the imagination, the isolated caprice of an excited brain, but a transcript of contemporary manners and customs and the sign of a particular state of intellect. The conclusion derived from this is that, through literary monuments, we can retrace the way in which men and women felt and thought many centuries ago.

Taine's narrative structure shaped the study of English literary history for a hundred years. He began with the Saxons, the Normans, and then the Chaucerian moment in which the

English language became the dominant literary medium for the first time. His second section was called 'The Renaissance', giving weight to the influences that Hazlitt discerned in the Elizabethan age.

Then came the 'The Classic Age', beginning with the Restoration of 1660. Here Taine argued that there was a symbiosis between the decisive shift of power from monarchy to parliament inaugurated by the Glorious Revolution of 1688 and the emergence in manners and in literature of 'the empire of a serious, reflective, moral spirit, capable of discipline and independence, which can alone maintain and give effect to a constitution'. Though the word 'empire' is suggestive of a vision of monolithic nationalism, Taine was acutely alert to political difference. He developed a sustained contrast between the anguished Tory Jonathan Swift and the serene Whig Joseph Addison, suggesting that England became modern and achieved its political and moral standing by virtue of the way in which its literary culture sustained the spirit of debate between them. Democracy, by this account, is the art of civilized disagreement.

Taine's fourth section was called 'Modern Life'. It focused on 'The Romantic School', singling out Lord Byron as 'the greatest and most English of these artists... so great that from him alone we shall learn more truths of his country and of his age than from all the rest together'. Above all in his burlesque epic *Don Juan* (1819–24), which Taine describes as a 'conversation' and a 'confidence', Byron is 'inexhaustibly fertile and creative', giving voice to every conceivable emotion and idea, even as he is preyed upon by 'the malady of the age', the sense that happiness is impossible, truth unattainable, society inequitable, and 'man abortive or marred'. Taine then concluded with a survey of the 'Modern Authors' who were still alive as he wrote, judging presciently that the novel would come to be regarded as the genre formative of the Victorian age, with Charles Dickens its foremost exponent.

Periodization

Taine's narrative laid the ground for the periodization that has dominated English literary history ever since: the Anglo-Saxon era; the medieval period, from 1066 to the early 16th century; the Renaissance, sometimes now referred to as the 'early modern' period, from the Reformation to the Restoration; the 'classical' period, from the 1660s to the 1780s, often known as the Enlightenment (a reference to the philosophical tenor of the times) or the Augustan age (on account of the way that leading writers such as Alexander Pope self-consciously compared their culture to that of ancient Rome under the emperor Augustus); Romanticism, from the French Revolution to the 1830s; the Victorian age; then, after Taine, the Modernism of the early 20th century.

There have been many debates about exactly when each new literary movement began. Was Romanticism foreshadowed by the youthful genius of Thomas Chatterton, the 'sensibility' of William Cowper, or the *Elegiac Sonnets* (1784) of Charlotte Smith? Modernism anticipated by the 'sprung rhythm' of Gerard Manley Hopkins or the urban impressionism of Amy Levy and Arthur Symons? But there can be no doubt that at various moments in literary history there have been concerted attempts to 'make it new' (Ezra Pound's phrase). Elizabethan critics such as William Webbe and George Puttenham heralded the triumph of the English language over Latin. John Dryden and his contemporaries believed that they were modernizing that language, introducing new plainness, rigour, and clarity to English verse. Victorian intellectuals such as Thomas Carlyle, Matthew Arnold, and John Ruskin believed that literature was a uniquely powerful vehicle for reading the signs of their own times, for interpreting and learning to live with, on the one hand, the 'march of progress' – urbanization, industrialization, railways, commercial travellers, empire – and, on the other, the 'melancholy, long, withdrawing roar' of the 'Sea of Faith' (Arnold, 'Dover Beach') as it retreated over the sands of biblical criticism, evolutionary science, and modern scepticism.

In a poem called 'Three Movements', published in 1932, W. B. Yeats identified the expanding horizons of the Shakespearean moment, the self-expression of the Romantic revolution, and the trauma of his own time as the great turning points in cultural and literary history. Renaissance, Romanticism, Modernism: these are the three movements that have been most studied and most often regarded as the high watermarks of the tide of English Literature. At each historical moment, clusters of writers, who often knew each other, pushed the boundaries of almost every genre of English Literature: Sidney, Spenser, Marlowe, Shakespeare, Jonson, Donne, Herbert, Middleton, Marston, Webster, then Milton and Marvell, during the Renaissance of the late 16th and 17th centuries; Blake, William and Dorothy Wordsworth, Coleridge, Charlotte Smith, Scott, Byron, Percy and Mary Shelley, Keats, and Clare during the Romantic revolution of the late 18th and early 19th centuries; Eliot, Pound, Yeats, Joyce, Ford Madox Ford, Dorothy Richardson, Wyndham Lewis, Woolf, D. H. and T. E. Lawrence, Waugh, Aldous Huxley, and many more during the years from about 1910 to the outbreak of the Second World War. The labels Renaissance, Romantic, and Modernist were, however, attached after the event, not by the innovators themselves.

Renaissance

Humanist scholars of the 16th century argued that their age was witnessing new light and rebirth after a long period of cultural darkness. The vocabulary associated with this idea proposed a tripartite division between the enlightened 'ancients' of Greece and Rome, the benighted 'Middle Ages', and the 'moderns' in whom the values of the ancients were reborn. The idea goes back to Petrarch in 14th-century Italy, but it was only in the 19th century that our familiar nomenclature was found for the latter two divisions. After the decline of classical Rome came the *medieval* ('middle era') period. Thus John Ruskin in the fourth of his 1854 lectures on architecture: 'You have, then, the three periods: Classicalism, extending to the fall of the Roman empire; Mediaevalism, extending from that fall to the close of the fifteenth century; and Modernism.' Ruskin's assertion that, in northern Europe at least, the modern era began at the close of the 15th century was widespread, but the term favoured above modernism was *Renaissance*, a word which was first used in France by Jules Michelet, which reached England in the 1840s, which Matthew Arnold in *Culture and Anarchy* (1869) attempted to Anglicize as 'Renascence', and which achieved wide currency through Jacob Burckhardt's *The Civilization of the Renaissance in Italy* (1860) and Walter Pater's *The Renaissance* (1873). Pater made clear that the word referred not merely to the re-birth – from French *renaître* – of the ancients, but to 'a whole complex movement of which that revival of classical antiquity was but one element or symptom'. The 19th-century understanding of this movement may be summed up in a phrase that Burckhardt borrowed from Michelet: the discovery of the world and the discovery of man.

The English have traditionally been regarded as having far greater distinction in literature and theatre than in painting, sculpture, and music. Burckhardt's civilization of the Renaissance in Italy was embodied in the visual arts – Michelangelo, Raphael, Donatello, Piero della Francesca. The English Renaissance, by contrast, was associated with the poets and playwrights of the reign of Queen Elizabeth I (1558–1603). This meant that whereas the art of the Italian Renaissance was closely associated with Roman Catholicism, the literature of the English Renaissance emerged out of an aggressively Protestant environment. In the *Art of English Poesy* (1589), written in the immediate wake of the defeat of the Spanish Armada, George Puttenham located the origins of the Elizabethan literary efflorescence in the precise period when the religious Reformation began in England:

> In the latter end of [Henry VIII]'s reign sprang up a new company of courtly makers, of whom Sir Thomas Wyatt the elder and Henry Earl of Surrey were the two chieftains, who having travelled into Italy, and there tasted the sweet and stately measures and style of the Italian Poesy, as novices crept out of the schools of Dante, Ariosto, and Petrarch, they greatly polished our rude and homely manner of vulgar Poesy from that it had been before, and for that cause may justly be said the first reformers of our English metre and style.

Here the word 'reformers' is removed from its ecclesiastical origins and given over to literary history. The emphasis on reform reveals the ideology behind the new literary aesthetic promoted by Puttenham: the break from Rome has created the imperative to forge a national cultural identity.

From Spenser to Milton to Marvell, much of the best poetry of the age was shaped by the creative clash of 'Renaissance' (classical, pagan) and 'Reformation' (biblical, protestant) values. John Milton honed his art in a masque for aristocratic performance at Ludlow Castle that became known as *Comus* (1637): it luxuriates in Shakespearean lyricism and classical mythology whilst simultaneously packing a moral punch, a combination that came to be the Miltonic hallmark. 'Lycidas' (1638), his elegy on a fellow Cambridge student whom he hardly knew, is at once a brilliant imitation of classical pastoral ('Weep no more, woeful shepherds, weep no more') and an assault on the corruption of the English clergy. *Paradise Lost*, the acme of English epic, is equally steeped in Virgil and Ovid on the one hand, the Bible and Milton's own treatise concerning Christian doctrine on the other.

Like Spenser before him, Milton was profoundly equivocal about creative art. As Spenser gave some of his most sensuous poetry to the temptress in the Bower of Bliss that Sir Guyon intemperately destroys, so Milton the poet put into the mouths of Satan and Eve seductive words that Milton the theologian knew were perilous. *Paradise Lost* shaped 18th-century poetry's taste for the sublime and its movement away from rhyme towards blank verse. But it also shaped the reaction against 18th-century decorum. The poets who came to be called the Romantics were obsessed not only with Milton's grand style but also with the charismatic figure of Satan, with the idea of Milton as 'a true Poet, and of the Devil's party without knowing it'. From Renaissance to Romanticism: a poet who thought that he was inspired by the spirit of God came to inspire poets who thought that they were inspired by the breeze of pure creativity.

Romanticism

Romanticism emerged in Germany in the late 18th century as a reaction against the dominance of French neoclassical culture. Across the continent, poets committed themselves to the overthrowing of the old cultural order even as they were ambivalent in their reaction to the political revolution that began in France in 1789. Jean-Jacques Rousseau laid some of the intellectual foundations for the French Revolution, but his more distinctive legacy was the cult of sensibility. After Rousseau, it became acceptable even for Englishmen to cry. Powdered wigs were thrown away and women's dresses flowed with the contours of their bodies. Goethe's passionate novel, *The Sorrows of Young Werther* (1774), which A. W. von Schlegel splendidly described as 'a declaration of the rights of feeling', allegedly inspired a wave of copycat suicides. Sentiment was the order of the day.

In 1798, under the imprint of a minor provincial publisher, a slender volume of poetry was published with no author's name on the cover and the unassuming title *Lyrical Ballads, with a few other poems*. Twenty years later, it was recognized as the point of ignition for English Literature's Romantic revolution. William Hazlitt looked back on 1798 as an epoch in his life. In a vivid essay called 'My first acquaintance with poets', he remembered the privilege of meeting the two authors of the collection, the as yet little-known William Wordsworth and Samuel Taylor Coleridge.

They read aloud some of the poems. Hazlitt recalled that 'The sense of a new style and a new spirit in poetry came over me. It had to me something of the effect that arises from the turning up of the fresh soil, or of the first welcome breath of Spring.'

The literary establishment did not share Hazlitt's enthusiasm. The reception of *Lyrical Ballads* was initially lukewarm. Wordsworth was frustrated. His purposes had not been understood. So it was that in 1800, when the collection was reissued together with a second volume of new poems, he wrote a long preface. It was his manifesto for the new poetry of feeling. His aim in the poems, he said, had been to explore 'the manner in which we associate ideas in a state of excitement', to examine how human beings behave at times of extreme emotional stress. In particular, he had sought to tap into some of the fundamental passions that the urbane and polished poetry of the previous century had all too often neglected. The 'maternal passion', for instance, the subject of 'The Idiot Boy' and 'The Mad Mother', or 'the perplexity and obscurity which in childhood attend our notion of death, or rather our utter inability to admit that notion', an idea wonderfully conveyed by the ballad 'We Are Seven', in which an adult confronts a little girl, one of a family of seven children, two of whom have died. To the calculating adult, 'If two are in the churchyard laid, / Then ye are only five', but to the child who sits and sings to her siblings in the grave, there is no acknowledgement of death: 'Nay, we are seven!' Motherhood, children, death. Wordsworth saw that to bring the three together would be to open the floodgates of feeling. And to do that would return poetry to its primal source, for, in the preface's most famous phrase, 'all good poetry is the spontaneous overflow of powerful feelings'.

Wordsworth's aim was to root out all 'falsehood of description' and to escape received 'poetic diction' – the tendency of 18th-century verse to turn 'fish' into 'the finny tribe'. The language of good poetry is no different from that of good prose, claimed Wordsworth: the gaudy phraseology and figures of speech traditionally associated with poetry choke what John Keats, in one of his rich epistolary reflections on creativity, was soon to call 'the true voice of feeling'.

'I have at all times endeavoured to look steadily at my subject', wrote Wordsworth in the preface. What he discovered from his steady gaze on death and loss and pain was that sincerity needs simplicity. Among the most peculiarly haunting of the 1798 *Lyrical Ballads* is 'The Idiot Boy'. This must be the first poem in any language on the subject of a Down's syndrome child. It is at once touching, funny, and just a little holy. It says something about the special grace of both handicapped children and those who care for them. Its particular brand of sincerity was new to poetry.

The word 'Romanticism' conjures up an idea of the artist alone in his garret, writing in a frenzy of inspiration, as suggested by an image in the memoirs of the composer Hector Berlioz: 'I was finishing my cantata when the Revolution broke out... I dashed off the final pages of my orchestral score to the sound of stray bullets... pattering on the wall outside my window.' The Romantic is defined on the one hand by solitude and on the other by a backdrop of political turmoil. Having finished his cantata, Berlioz goes out to join the revolutionary throng, but somehow he is never just one of the crowd.

One moment Wordsworth is wandering 'lonely as a cloud' as daffodils bob in the wind beside Ullswater, the next he is in Paris in the eye of the revolutionary storm, proclaiming what bliss it was 'in that dawn to be alive'. But Romantic solitude was often an illusion, a poetic device. Wordsworth didn't wander alone: he was accompanied by his sister Dorothy and it was she who observed the movement of the daffodils. Wordsworth's poem was written in retrospect, out of what he called, in another key phrase from the preface to *Lyrical Ballads*, 'emotion recollected in tranquillity'. It was inspired as much by his sister's journal as by the original walk.

English Romantic poetry was a deeply collaborative phenomenon. Its first wave, in the 1790s, was associated with the 'Lake School' (Wordsworth, Coleridge, and Robert Southey), its second, during the Regency, with the 'Satanic School' (Lord Byron and the Shelleys) and the 'Cockney School' (Keats, Leigh Hunt, William Hazlitt, and Charles Lamb). Though hostile, conservative critics attached the labels, the sense of collective endeavour among the groupings was pervasive. Several of the key manifestos for the new poetry – *Lyrical Ballads*, Hazlitt and Leigh Hunt's essay collection *The Round Table* (1817) – were jointly written. Mary Shelley edited her husband Percy's poems for publication, and he provided a preface for her novel *Frankenstein*. Some of the great solo-authored works were the product of creative dialogue: Wordsworth's epic autobiographical poem, known posthumously as *The Prelude* (published 1850), was conceived as a meditation addressed to Coleridge; Wordsworth in turn contributed a key stanza to Coleridge's most famous poem, 'The Ancient Mariner'. Even the 'Northamptonshire Peasant Poet' John Clare, a solitary-seeming figure if ever there was one, relied on his better-educated friends to help him polish his work.

Modernism

A revolution in poetic diction and a collective literary endeavour with its aims encapsulated in a series of manifestos: these were also characteristics of the 'Modernist' revolution of the early 20th century.

In the autumn of 1912, the American poet Ezra Pound met in the tearoom of the British Museum with his former fiancée Hilda Doolittle and the young English writer Richard Aldington. All three were keen to strip English poetry of the florid excesses into which late Romanticism had sunk. They had found new models in ancient Chinese, Japanese, and Greek lyric poetry, and in the example of modern French Symbolist verse, which had recently been championed in a powerful essay by another member of their circle, the working-class auto-didact F. S. Flint, who had extolled the virtues of free verse and concentrated imagery.

Pound was acting on behalf of the Chicago magazine *Poetry*. He read some of Doolittle's lapidary neo-Greek lyrics, signed them 'H. D. "Imagiste"' (the pared-down initials themselves an emblem of Imagist minimalism), and dispatched them to Harriet Monroe, the editor in Chicago. Examples of both H. D.'s work and Aldington's were soon in print in *Poetry*. The April 1913 issue included Pound's own 'In a station of the metro', which compacts into its two lines a suggestion of Japanese art, the ghosts of the classical underworld, and the modern city commuter, the elements of the image spaced on the page as a gesture towards Chinese ideograms:

> The apparition   of these faces   in the crowd :
> Petals   on a wet, black   bough .

A formal manifesto for the Imagist movement had appeared in the previous month's issue. Though drafted by Pound, it appeared under Flint's name (they later argued over their debt both to each other and to T. E. Hulme, another member of the group):

1) Direct treatment of the 'thing' whether subjective or objective.
2) To use absolutely no word that does not contribute to the presentation.
3) As regarding rhythm: to compose in the sequence of the musical phrase, not in sequence of a metronome.

'An "Image" is that which presents an intellectual and emotional complex in an instant of time', Pound added in a companion piece called 'A Few Don'ts for an Imagiste':

> It is the presentation of such a 'complex' instantaneously which gives that sense of sudden liberation; that sense of freedom from time limits and space limits; that sense of sudden growth, which we

experience in the presence of the greatest works of art. It is better to present one Image in a lifetime than to produce Voluminous works.

Fracture, fragmentation, disruption of temporal sequence, a stripping away of old decorums and elaborations: these signs of modern times were magnified by the Great War, which cast its shadow over almost everything written in the 1920s. T. S. Eliot's *The Waste Land* (1922), the central text in the repertoire of Modernist poetry – the draft was revised by Pound – is a heap of broken images, a collection of fragments shored against the ruin of the post-war world, a Babel of voices dramatizing the nervous breakdown of a poet and an age. Yet it is also an act of homage to the long tradition of Western poetry, written in accordance with Pound's prescription 'Be influenced by as many great artists as you can, but have the decency either to acknowledge the debt outright, or to try to conceal it'.

It was only in the late 1920s that the term 'Modernist' was applied to Imagism and its successor movements such as the 'Vorticism' promulgated by the irascible Wyndham Lewis during the war. The context was a critique written by two other poets, Robert Graves and Laura Riding. H. D. had made a virtue of the fact that the work of the foundational lyric poet of ancient Greece, Sappho, only survived in the form of fragments. Because a fragment was incomplete, obscure, evocative but elusive, it was regarded as somehow more beautiful than a complete poem. Pound took this idea to an extreme in the fragmentary lyric 'Papyrus', published in his collection *Lustra* (1916). Graves and Riding were not impressed:

> When modernist poetry or what, not so long ago, passed for modernist poetry, can reach the stage where the following:
>
> Papyrus
> Spring. . . . . .
> Too long. . . . . .
> Gongula. . . . . .

> is seriously offered as a poem, there is some justification for the plain reader and orthodox critic who are frightened away from anything which may be labeled 'modernist' either in terms of condemnation or approbation. Who or what is Gongula? Is it a name of a person? of a town? of a musical instrument? Or is it the obsolete botanical word meaning 'spores'? Or is it a mistake for Gongora, the Spanish poet from whom the word 'gongorism' is formed, meaning 'an affected elegance of style, also called "cultism"'? And why 'Papyrus'? . . . Rather than answer any of these questions and be driven to the shame-faced bluff of making much out of little, the common-sense reader retires to surer ground.
>
> (Robert Graves and Laura Riding, *A Survey of Modernist Poetry*, 1927)

The Imagists had reacted against the lushness of late Romantic, predominantly rural, 'Georgian' poetry. Graves and Riding in turn reacted against them. Graves in particular proclaimed allegiance instead to a tradition of honest English emotion that he found exemplified in the poetry of Thomas Hardy. For the rest of the 20th century, English poetry was engaged in a battle between Hardy's 'true voice of feeling' and the Modernist commitment to difficulty and experimentation.

Chapter 6
Among the English poets

The poet as laureate

The modern experience of literature is predominantly silent and solitary. This has not always been the case. The ancient bards did not write their poems down; they memorized and recited their narratives. In *The Canterbury Tales*, poems are shared stories to enliven a journey. The romance of *Sir Gawain and the Green Knight* is set during a Christmas feast in order to perform its own role as a tale to pass away a long winter's evening. George Herbert and William Blake sang their own poems.

Dramatic poetry is by its nature aural and communal. Lyric poetry in its earliest forms was sung competitively. In ancient Greece, winning poets (like winning athletes) were crowned with wreathes of laurel, a plant sacred to Apollo, the god of poetry. This is the origin of the term 'laureate'. Among the original kinds of lyric poetry were the ode, which was a poem of praise, and the elegy, which was a poem of mourning and memory. By writing odes and elegies, poets could win patronage, which remained the only way of supporting their art before the emergence of a genuine literary marketplace in the 18th century.

Shakespeare became rich on the proceeds not of his poetry but of his shareholding in a commercial theatre company. No English poet found wealth from the publishing trade until 1714, when Alexander Pope secured an unprecedented deal with the publisher Bernard Lintot to translate Homer's *Iliad* in six volumes at the rate of 200 guineas per volume. He also secured 750 free copies for subscribers, enabling him to pocket the guinea per head that they paid up front. Calculating via the retail price index, these earnings amount to nearly 200,000 pounds in today's terms, while using an average earnings index the early 21st-century equivalent is in excess of two million pounds. Pope spent a goodly proportion of the proceeds on a handsome villa at Twickenham and the design of an elaborate garden there.

Edmund Spenser's epic romance *The Faerie Queene* (1590–6) came to be regarded as the first English national epic. Spenser drew upon native Arthurian material and, with the syncretic art that was the peculiar excellence of the Elizabethans, overlaid it with classical influences (the magical transformations of Ovid as much as the sterner matter of Virgil), with the romantic entanglements of Renaissance Italian epic (notably Ariosto's *Orlando Furioso*), and with his own brand of invention. Newly minted knights stand in for Lancelot, Gawain, and the rest: the Red Cross Knight, a distinctively Protestant version of St George; Sir Guyon, struggling to maintain the virtue of temperance as he encounters an alluring temptress called Acrasia in a Bower of Bliss; Britomart, a cross-dressed female warrior intended to be particularly flattering to Queen Elizabeth; then there is Artegall, seeker after justice, who is accompanied by a flail-wielding iron man called Talus, suggestive of an uncompromising approach to rebellion in Ireland; Sir Calidore, who discovers courtesy in a pastoral world; while Arthur himself rides in to offer assistance at moments of crisis. Spenser earned little from the poem's publication, but the enterprise won him a pension from Queen Elizabeth I.

Like Chaucer and John Skelton (Henry VIII's tutor) before him, then Ben Jonson and William Davenant after him, Spenser was an unofficial Poet Laureate. The role first became an official royal office in 1668, when the deeply cultured King Charles II conferred the title on John Dryden, who had ingratiated himself at court the previous year with the publication of *Annus mirabilis: the Year of Wonders, MDCLXVI*, a heroic poem about two events in 1666 that Puritan oppositional voices had represented as signs of divine displeasure at Charles's government and morals: the second Anglo-Dutch War, which had seen an enemy fleet sail up the River Medway, and the Great Fire of London. Dryden's riposte was to see a divine pattern of miraculous salvation from a much worse outcome and to portray the king himself going heroically into the city to help put out the fire.

Dryden converted to Roman Catholicism in 1685, which was convenient, since that was the year when Charles II was succeeded by his openly Catholic brother James II. With the Glorious Revolution of 1688, and the arrival of the Protestant monarchs William and Mary, Dryden lost his office to the Whig poet and playwright Thomas Shadwell, the first of the long line of Laureates to be mocked in later generations as second-rate placemen. Dryden had already lampooned him in *Mac Flecknoe: A Satyr upon the Trew-Blue-Protestant Poet T. S.* (1682); in Alexander Pope's mock epic compendium of bad writers, *The Dunciad*, he is 'Sh**well'.

Romanticism's emphasis on the writer's own feelings, as exemplified by William Wordsworth's decision to create an epic poem not about British history or the war in heaven, but about the growth of his own mind, was in effect a privatizing of poetry. Keats wrote odes not to monarchs and prospective patrons, but to a Grecian urn, to the mood of melancholy, to a nightingale, and to the season of autumn. If the poet did have a public role, it was to be as a prophet crying in the wilderness (Blake and Shelley saw themselves in these terms), not as official spokesman for monarch and nation. That is why in 1813 the younger Romantics such as Byron and Hazlitt greeted with dismay the acceptance of the Laureateship by Robert Southey, sometime apologist for the French Revolution and companion of Coleridge in a fanciful scheme to establish a Utopian community of free love on the banks of the Susquehanna River.

Alfred Lord Tennyson restored a degree of dignity to the office of Poet Laureate, in that his voice seemed to articulate the mood of his age. Four years after becoming Laureate on Wordsworth's death, he read an account in *The Times* newspaper of the disastrous Charge of the Light Brigade during the Battle of Balaclava in the Crimea. Within minutes, he had dashed out a poem in a galloping dactylic rhythm: 'Half a league, half a league' – stress, unstress, unstress; stress, unstress, unstress – 'Half a league onward',

> All in the valley of Death
> Rode the six hundred.
> 'Forward, the Light Brigade!
> Charge for the guns!' he said:
> Into the valley of Death
> Rode the six hundred.

The poem is at once critical of the high command ('Someone had blundered') and uplifting in praise of the courage of the horsemen. Like many memorable English poems that confront mortality, it draws allusively on the twenty-third Psalm, in the 1611 translation of the Bible: 'Yea, though I walk through the valley of the shadow of death, I will fear no evil: For thou art with me.'

For Tennyson, though, such public poems were of far less importance than his lyrics of private grief, such as the sustained elegiac sequence *In Memoriam A. H. H.* (1850), a cumulative assembly of lyrics that became a quasi-epic interior journey. 'The Charge of the Light Brigade' was a popular hit, but thoughtful Victorian readers in times of darkness found deeper value in the aching quatrains of the requiem for Tennyson's beloved Arthur Hallam. 'Next to the Bible, *In Memoriam* is my comfort', said Queen Victoria after the death of Prince Albert.

Modern lyric verse is often a vehicle for poets' quarrels with themselves (Yeats's phrase, eminently applicable to Ted Hughes and Geoffrey Hill) or for 'the relief of a personal and wholly insignificant grouse against life' (Eliot's self-deprecatory characterization of *The Waste Land*, which might have served Philip Larkin as a motto). On the rare occasions when serious, high-quality public verse does appear, it is often angry, disillusioned, written from the standpoint of the outsider or in sympathy with the dispossessed. Tony Harrison's 'V', written in the wake of the 1984–5 miners' strike, is a fine example. Modern poets have accordingly not been inclined to welcome the public burden of the Laureateship.

The pity of war

> There's been an elegiac tinge to the air of this country ever since the end of the Great War.
>
> (Geoffrey Hill, 1981)

Just occasionally, it is still possible for a poet to speak on behalf of the nation. One of Carol Ann Duffy's first poems on becoming the first female Poet Laureate in 2009 was a moving elegy on the deaths of Henry Allingham and Harry Patch, the last two fighting 'Tommies' of the First World War. Entitled 'Last Post' (readily available online), it begins with a quotation from Wilfred Owen's 'Strange Meeting' ('In all my dreams, before my helpless sight, / He plunges at me, guttering, choking, drowning'), then proceeds to imagine the war dead – 'Harry, Tommy, Wilfred, Edward, Bert' – coming back to life 'crammed with love, work, children, talent, English beer, good food'. The poem ends

> You see the poet tuck away his pocket-book and smile.
> If poetry could truly tell it backwards,
> then it would.

Duffy's controlling image is of a film reel being rewound. We remember grainy black-and-white footage of soldier boys going over the top and being mown down like grass in a meadow. Imagine them getting back up again. What if they had survived: if English poetry had not lost 'Wilfred' (Owen) and 'Edward' (Thomas)? But the poets *have* survived, through their readers, whereas most of the fallen are remembered only by their families and on gravestones or war memorials. Poetry *can* truly tell it backwards, by looking backwards and honouring its own alumni.

Duffy's first stanza includes a further allusion to Wilfred Owen ('Dulce – No – Decorum – No – Pro patria mori'). Her second stanza names the dead poets and nods to a fellow writer's approach to the Great War through the poignancy of its suffering horses: sometime Children's Laureate Michael Morpurgo's *War Horse* was being staged in a triumphant National Theatre adaptation as Duffy wrote. And in the last stanza, she seems to allude to the pocket-book found on Edward Thomas's body, intact, but creased by the shell blast, after he fell near Arras in April 1917. Her words reel the voices of the past back into life.

Poetry as dialogue with the dead: '*Dulce et decorum est*' winds the reel back further still. Owen's title alludes bitterly to a much-quoted line from an ode by Horace: *dulce et decorum est pro patria mori* ('it is sweet and right to die for your country'). An examination of the original holograph manuscript brings other poets into the dialogue. Here we may see not only Owen's own careful revisions ('gargling', 'gurgling', 'goggling', 'guttering', for the soldier drowning in the gas attack), but also markings by his fellow poet Siegfried Sassoon, who helped him to perfect his art when they were convalescing from shell shock at Craiglockhart War Hospital. And from the original titles, 'To Jessie Pope etc.' and 'To a certain poetess', it becomes apparent that Owen is aiming his fire less at Horace than at modern apologists for 'the old lie'. Jessie Pope was one of the gung-ho patriot poets who regularly published lines such as the following in the *Daily Mail*, exhorting young men to join up and go to their deaths in the mud of Flanders:

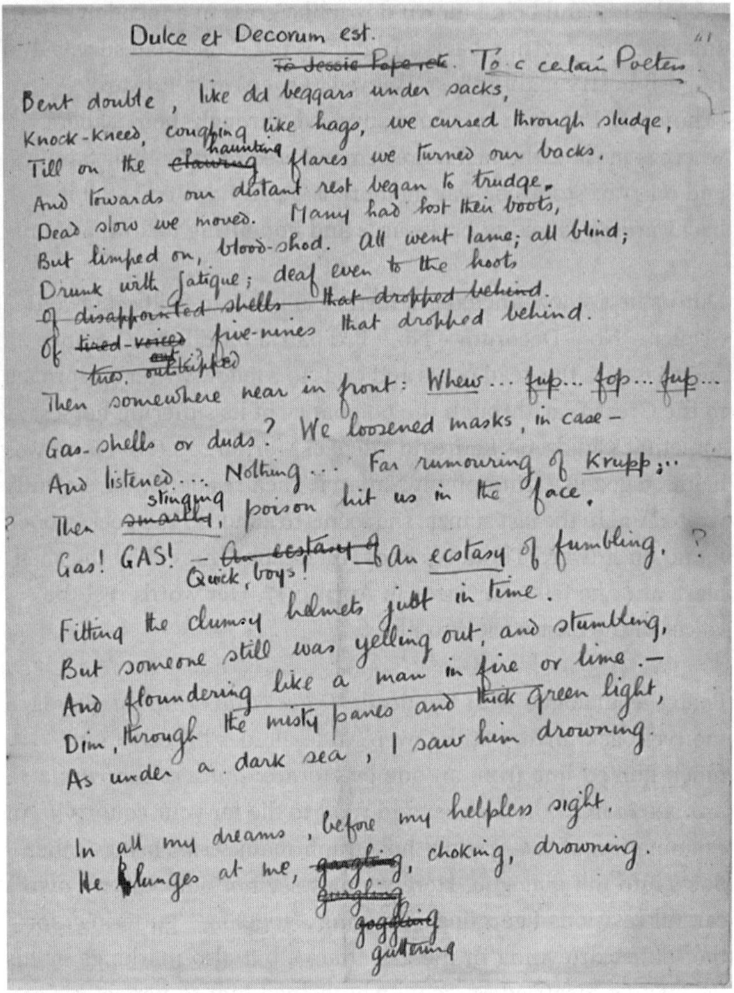

Dulce et Decorum est.

~~To Jessie Pope etc.~~ To a certain Poetess

Bent double, like old beggars under sacks,
Knock-kneed, coughing like hags, we cursed through sludge,
Till on the ~~clawing~~ haunting flares we turned our backs,
And towards our distant rest began to trudge.
Dead slow we moved. Many had lost their boots,
But limped on, blood-shod. All went lame; all blind;
Drunk with fatigue; deaf even to the hoots
~~Of disappointed shells that dropped behind.~~
Of ~~tired-voices~~ five-nines that dropped behind.
~~two, outstripped~~

Then somewhere near in front: Whew... fup... fop... fup...
Gas-shells or duds? We loosened masks, in case –
And listened... Nothing... Far rumouring of Krupp;...
Then ~~smartly~~ stinging, poison hit us in the face.
Gas! GAS! – ~~An ecstasy~~ Quick, boys! An ecstasy of fumbling.
Fitting the clumsy helmets just in time.
But someone still was yelling out, and stumbling,
And floundering like a man in fire or lime.–
Dim, through the misty panes and ~~thick~~ green light,
As under a dark sea, I saw him drowning.

In all my dreams, before my helpless sight,
He plunges at me, ~~gargling~~, choking, drowning.
~~gurgling~~
~~goggling~~
guttering

4. '*Dulce et decorum est*': original manuscript in the hand of Wilfred Owen, with the poet's own revisions and further suggestions by Siegfried Sassoon

Who's for the game, the biggest that's played,
The red crashing game of a fight?...
Who'll toe the line for the signal to 'Go!'?
Who'll give his country a hand?
Who wants a turn to himself in the show?

And who wants a seat in the stand?
Who knows it won't be a picnic – not much –
Yet eagerly shoulders a gun?
Who would much rather come back with a crutch
Than lie low and be out of the fun?

'Never such innocence again', as Philip Larkin wrote of the men in cloth caps in long uneven lines, waiting to sign on for king and country in 1914, 'Grinning as if it were all / An August Bank Holiday lark' ('MCMXIV', in *The Whitsun Weddings*, 1964).

What is poetry for in time of war? Owen famously wrote 'Above all I am not concerned with Poetry. My subject is War, and the pity of War. The Poetry is in the Pity.' He and Sassoon and Isaac Rosenberg angrily and sadly told what it was really like in the trenches, and made it impossible for anyone thereafter to say *dulce et decorum est* without irony or reservation. In some respects, they shaped war poetry so decisively that it was impossible to go beyond them – though Keith Douglas made a very honourable attempt in the Second World War.

For soldiers themselves, poetry can be a solace, as Tennyson's *In Memoriam* was to Queen Victoria. Many a knapsack on the Western Front contained a copy of A. E. Housman's elegiac *A Shropshire Lad* (1896). Poetry could offer a more subtle form of patriotism than that of Jessie Pope. When Edward Thomas, writer of lush rural prose, was asked why he had decided to join the Artists' Rifles, he bent down, picked up a pinch of English earth, and said 'For this'. The war made him into a poet. The image of England for which many imagined they were fighting was conjured up in a recruitment poster, sponsored by the London Underground, which juxtaposed a country churchyard with some lines about rural ease by the Romantic poet Samuel Rogers.

5. 'A Wish': First World War recruitment poster, with image by George Clausen and rural poem by Romantic poet Samuel Rogers

In the Armageddon of war, the rhythms of rural life can provide an image of stability and endurance. Edward Thomas meditates along these lines, without jingoism or didacticism, in 'As the team's head-brass' (1916): 'I watched the clods crumble and topple over / After the ploughshare and the stumbling team.' Thomas Hardy follows a similar track when writing 'In Time of "the Breaking of Nations"' (1916, the title alluding to the Old Testament prophet Jeremiah, 'Thou art my battle axe and weapons of war: for with thee will I break in pieces the nations'):

> Only a man harrowing clods
> In a slow silent walk
> With an old horse that stumbles and nods
> Half asleep as they stalk.

The poetry of desire: John Donne

> Only two topics can be of the least interest to a serious and studious mind: sex and the dead.
>
> (W. B. Yeats, 1927)

There are two kinds of elegy. One is the poem in memory of the dead, such as John Milton's 'Lycidas'. An elegy may commemorate a particular person or may be a more general meditation on loss and mortality, of which the most celebrated example is Thomas Gray's 'Elegy written in a Country Churchyard' (1751), written in five-beat (iambic pentameter) quatrains as assured as any in the language, 'The cúrfew tólls the knéll of párting dáy ... The páths of glóry léad but tó the gráve'. Elegies on the deaths of fellow poets and loved ones have been one of the richest strains in English lyric poetry. The line of elegies on poets extends from the Earl of Surrey remembering Thomas Wyatt in the 16th century, to Thomas Carew remembering Donne in the 17th, to Shelley on Keats in the 19th (*Adonais*), to Auden on Yeats in the 20th. Elegies on loved ones include Ben Jonson's beautiful little poem calling his lost son his 'best piece of poetry', to Henry King's 'exequy' on his wife (1620s), to Hardy remembering his ('Poems of 1912–13'), to Douglas Dunn (*Elegies*, 1985), Ted Hughes (*Birthday Letters*, 1998), and Christopher Reid (*A Scattering*, 2009) in recent times.

The other kind of elegy is a love poem. The term 'elegiac' originally referred to a classical poetic metre that was often used to convey mournful matter; the Roman lyric poets Catullus, Propertius, and Ovid frequently employed it in their love poetry. So it was that when Christopher Marlowe translated Ovid's *Amores*, he called them *Ovid's Elegies*. When we are in love, we reach for poetry: well-written verse heightens and intensifies the language of emotion in heart-racing rhythms, while its metaphors open the eyes to new horizons, and its rhymes bring words together as if they were kisses. It is no surprise that the Ovidian poetry of sexual desire is a strand woven through English Literature, running from Shakespeare's *Venus and Adonis* (1593), through Keats's 'The Eve of St Agnes' (1820), to Christina Rossetti's *Goblin Market* (1862), and beyond.

In the 1590s, the elegy became almost as popular a form as the sonnet for the display of the art of love. It is in one of John Donne's elegies that we find his gorgeously erotic exploration of a lover's body:

> Licence my roving hands, and let them go,
> Before, behind, between, above, below.
> O my America! my new-found-land,
> My kingdom, safeliest when with one man man'd,
> My mine of precious stone: my Empery,
> How blest am I in thus discovering thee!
> To enter in these bonds, is to be free;
> Then, where my hand is set, my seal shall be.

Full nakedness! All joys are due to thee,
As souls unbodied, bodies uncloth'd must be
To taste whole joys.

('To his mistress going to bed')

Donne catches the moment of the lover's experience in all its intensity, then leaps to reflect upon it, and philosophize around it, with extraordinary ingenuity and complexity. As Dr Johnson said of Donne's disciple Abraham Cowley, who wrote a poem comparing a lover's heart to a hand grenade, 'the most heterogeneous ideas are yoked by violence together'.

Shakespeare was the most impersonal of poets: even after four centuries, no one has unpacked the personal experiences – if indeed there were any – behind his sonnets. Donne, by contrast, conveys a sense of personality throughout his work. He was indeed the first major author in the language to make poetry out of his own life. Not until Wordsworth and the Romantics two centuries later would other poets make themselves the principal subject of their writing in such a sustained way. Donne was also the first literary man to write intimate and personal letters that have survived. He was the subject of one of the earliest biographies in the language, written very soon after his death by Izaak Walton. The dramatic reversals that marked his life made him an ideal subject.

He was born into a recusant family in 1573: his mother was a descendant of no less a figure than the martyred Sir Thomas More. His brother would die in prison after being arrested for harbouring a Catholic priest. Donne himself went to Oxford University at the age of twelve not because he was precociously intellectual (although he was), but so that he could complete his degree before the age of sixteen, when he would have had to subscribe to the Oath of Allegiance to the Anglican Church and Queen. In his twenties, he succeeded in distancing himself from his Catholic origins sufficiently to gain the post of private secretary to Sir Thomas

Egerton, the Lord Keeper. But then he fell in love with his master's teenage niece and secretly married her, a union that cost him his job. The marriage, though, turned out to be long and happy, which is a little surprising in view of the unashamed philandering of Donne's youth. Despite his inauspicious beginning, Donne ended his life as Dean of St Paul's Cathedral and the most famous preacher of the day. His sermons attracted crowds as large and rapturous as those who attended Shakespeare's plays.

Most of his verse was written for a circle of friends and patrons, very little of it being published in his lifetime. In the close-knit world of genteel Elizabethan society, word soon spread that he was a major new talent. His most admired poems were 'The Calm' and 'The Storm', a dazzling diptych inspired by his marauding maritime adventures to Cadiz and the Azores in the service of the charismatic Earl of Essex. His satires, emerging from his time as a trainee lawyer in the Inns of Courts, painted excoriating pictures of contemporary London, but also wrestled in his close-packed rhyming couplets with the pursuit of spiritual wisdom and the work of religious devotion:

in strange way
To stand inquiring right, is not to stray;
To sleep, or run wrong, is. On a huge hill,
Cragg'd and steep, Truth stands, and he that will
Reach her, about must, and about must go;
And what the hill's suddenness resists, win so;
Yet strive so, that before age, death's twilight,
Thy Soul rest, for none can work in that night.

(Satire 3)

His *Songs and Sonnets* are the most forceful love poems in the language. Their immediacy comes above all from the sense of a voice speaking directly to the lover with whom he is sharing a bed while also inviting in the overhearing reader: 'I wonder by my troth what thou and I / Did till we loved?' ('The Good Morrow'); 'For God's sake, hold your tongue and let me love' ('The Canonization'); 'Twice or thrice had I loved thee, / Before I knew thy face or name' ('Air and Angels').

Ben Jonson said that Donne wrote all his best poetry before the age of twenty-five. Donne himself made a distinction between his youthful 'Jack the lad' persona and the venerable figure of Dr Donne of St Paul's. Yet the religious poetry to which he turned in the second half of his life – and indeed the language of his sermons – retains the passion, and indeed some of the eroticism, of the early work. Now, though, instead of him seducing a mistress, it is a case of God ravishing him:

> Batter my heart, three-person'd God...
> Take me to you, imprison me, for I
> Except you'enthrall me, never shall be free,
> Nor ever chaste, except you ravish me.
>
> (*Holy Sonnet* 10)

Donne refuses to separate out the experiences of his senses and his spirit. No writer answers more rigorously to Coleridge's demand that being a poet means bringing 'the whole soul of man into activity'. His prose meditations on death are as rich in metaphor as his poetic anatomies of love:

> No man is an island, entire of itself; every man is a piece of the continent, a part of the main... any man's death diminishes me, because I am involved in mankind, and therefore never send to know for whom the bells tolls; it tolls for thee.
>
> (*Devotions upon Emergent Occasions*, XVII)

On the faultlines between Catholicism and Protestantism, theological scholasticism and the 'new philosophy' of universal scepticism, in search of a public role but committed to the integrity of the private self, Donne embodies literature's power to straddle past and present, history and eternity.

Chapter 7
Shakespeare and dramatic literature

'See it feelingly'

On to the stage walks an actor playing the part of a fugitive aristocrat dressed as a peasant, leading another actor playing the part of an old nobleman whose eyes have been plucked out on stage earlier in the play. They are pretending to walk up a hill. 'You do climb it now', says the man disguised as the peasant, 'Look how we labour'. 'Methinks the ground is even', replies the old man, who does not know that the supposed peasant is really his son. The audience has sight like the young man, but what they see is a flat surface (the stage), which is what the old man senses. Only in the imagination is the ascent 'Horrible steep'. 'Hark, do you hear the sea?' the young man then asks. 'No, truly', says the blind man. Again, it is the blind man who speaks of the reality in the theatre where the play was first staged – there was no sound system or recorded effect. Those modern stage and film directors who introduce the sound of the sea at this point are misreading the stagecraft.

The young man says that the old man's failure to hear the sea shows that his 'other senses grow imperfect / By your eyes' anguish'. The old man agrees: something must have happened to his hearing, because the young man's voice is altered. When they first met, he spoke in the voice of Poor Tom, a lunatic fugitive beggar; now he is 'better spoken'. In one way, that is the truth: his linguistic register has changed. But in another way, it is not true: he is still the old man's noble son in disguise. 'You're much deceived; in nothing am I changed / But in my garments.' The old man could not have seen the change of costume, but the theatre audience will have registered it.

The young man, whose real name is Edgar, tells the old man, who is the Earl of Gloucester, to stand still. He then conjures up a mental picture of the view from a cliff top. In an earlier scene, we have learned that they are on their way to Dover (where Shakespeare's acting company had played when on tour), so we are to imagine that we are on the top of the white cliffs, above the English Channel. In the 18th century, the highest of them was named Shakespeare's Cliff, in honour of this speech:

> How fearful
> And dizzy 'tis to cast one's eyes so low!
> The crows and choughs that wing the midway air
> Show scarce so gross as beetles: half way down
> Hangs one that gathers samphire, dreadful trade!
> Methinks he seems no bigger than his head.
> The fishermen that walk upon the beach
> Appear like mice, and yond tall anchoring bark
> Diminished to her cock, her cock, a buoy
> Almost too small for sight. The murmuring surge,
> That on th'unnumbered idle pebble chafes,
> Cannot be heard so high. I'll look no more,
> Lest my brain turn and the deficient sight
> Topple down headlong.

The scene is written in blank verse and the movement of the poetry is contrived to evoke the sense of hanging on the edge of a precipice. 'Half way down' – pause for the line ending – 'Hangs one that gathers samphire'. The scene is painted according to the laws of perspective: the further the distance, the smaller the object. By the end of the speech, Edgar has conceded that the sea cannot really be heard and the progression from 'too small for sight' to 'the deficient sight' has somehow put him in the position of his blind father. They then change places, with Gloucester saying 'Set me where you stand'. Edgar stands aside and tells the audience that he is trifling with his father's suicidal despair in order to cure it. Gloucester then addresses the gods, renounces the world, and topples down headlong in attempted suicide. Not, of course, over a cliff, but simply onto the even ground of the stage.

Edgar then transforms both himself and the scene. He pretends to be a man on the beach below, helping the old man to his feet and telling him that he has miraculously survived the mighty fall. The supposed miracle persuades Gloucester that he must stoically bear his affliction rather than commit the moral crime of suicide.

At this point, another actor comes on, playing the part of a mad king wearing a crown of weeds. The dialogue again turns on the recognition or misrecognition of voices: 'I know that voice', 'The trick of that voice I do well remember'. The mad king, whose name is Lear, variously mistakes the old blind man for his own daughter ('with a white beard') and a man who is on trial for adultery (which Gloucester has in fact committed – the play began with him introducing his illegitimate son Edmund to the court). Eventually, the madman registers the other's blindness, but says that it is no impediment to an understanding of the world's injustice:

> **LEAR** O, ho, are you there with me? No eyes in your head, nor no money in your purse? Your eyes are in a heavy case, your purse in a light, yet you see how this world goes.
>
> **GLOUCESTER** I see it feelingly.
>
> **LEAR** What, art mad? A man may see how this world goes with no eyes. Look with thine ears: see how yond justice rails upon yond simple thief. Hark, in thine ear: change places, and handy-dandy, which is the justice, which is the thief? Thou hast seen a farmer's dog bark at a beggar?

GLOUCESTER Ay, sir.

LEAR And the creature run from the cur? There thou mightst behold the great image of authority: a dog's obeyed in office.

Authority is seen to derive from the trappings of power – the robes of a judge, the bark of a dog – and not from a natural or divine order. This exchange was played out, without censorship, on a platform stage in the banqueting hall at Whitehall on the day after Christmas in 1606, before His Majesty King James I and VI of England and Scotland. A little later in the scene, King Lear takes on the part of a preacher moralizing to the effect that 'When we are born we cry that we are come / To this great stage of fools'. For much of the play, the stage has indeed been peopled by fools of various kinds. It has been the fools, not the self-serving courtiers, who have spoken with honesty, truth, and wisdom at peril of their lives or their sanity.

In the remainder of the scene, Edgar plays further parts: a man of sufficient gentility to be addressed as 'Sir', a poor man offering pity, a countryman speaking in dialect ('And 'ch'ud ha' been zwaggered out of my life, 'twould not ha' been zo long as 'tis by a vortnight'). He ends the scene as he begins it, leading the old man away. Poignantly, he calls him 'father', though still without acknowledging that he really is Gloucester's son.

Theatre is made by pretending. The actor playing Edgar pretends to 'labour' in his walk in order to suggest uphill motion. He puts on different voices, different costumes. The actor playing Gloucester pretends to be blind, pretends to be a man who believes he is committing suicide by jumping off a cliff. The actor playing Lear pretends to be mad but also to be wise, pretends not to recognize Gloucester. The men and women backstage who have sewn the costumes and fashioned the crown of weeds have played their part in the pretence. Throughout a scene such as this, which occurs in the fourth act of *King Lear*, Shakespeare not only deploys a highly complicated, many-layered stagecraft, he also reflects self-consciously upon the nature of theatre. When we ask who these people really are and at what level they are 'playing', we enter into a mental spiral as vertiginous as Edgar's visual cliff fall. We find ourselves in several places at once: the theatre, the ancient British world within the play, the monarchical world in which Shakespeare wrote, and our own sense of 'how this world goes'. We take the point that the world is a stage of fools, but at the same time we sense that the feigned preacher's voice is mocking this idea as a cliché.

Shakespeare always seems to be one step ahead of us. Throughout *King Lear*, characters who think they have made sense of the world find themselves being mocked by the next turn of events. In the closing scene, the Duke of Albany tries to orchestrate the ending, to make order out of chaos, but each of his resolutions is followed by new disaster: he greets the restored Edgar, then immediately hears the news of Gloucester's death, then the news of Goneril's and Regan's violent deaths; then in response to the news that Cordelia is to be hanged, Albany says 'The gods defend her', only for Lear to enter with her in his arms already hanged. The gods have not defended her. Then Albany tries to give power back to Lear – who promptly dies. Then he tries to persuade Kent and Edgar to divide the kingdom, but Kent gracefully goes off to die. Yet through all this, the human bonds shine through. The emotions enacted on stage evoke an emotional response in the audience. Like Gloucester, we 'see it feelingly'. At the end, we don't really have any answers to the big questions that the play has asked, such as 'is there any cause in nature that make these hard hearts?', but we have learned the value of speaking 'what we feel, not what we ought to say'.

Seeing versus reading

In *The Tatler* (1709), Joseph Addison singled out Edgar's description of Dover Cliff for high praise: 'He who can read it without being giddy has a very good head, or a very bad one.' Dr Samuel Johnson begged to differ: 'It should be all precipice, – all vacuum', he told Boswell,

> The crows impede your fall. The diminished appearance of the boats, and other circumstances, are all very good description; but do not impress the mind at once with the horrible idea of immense height. The impression is divided; you pass on by computation, from one stage of the tremendous space to another.

Literary criticism has always involved debates of this kind regarding the success or failure of particular pieces of writing. Dissenting voices such as Johnson's are valuable antidotes to complacent pleasantries about Shakespeare's infallible genius.

Johnson did, however, grant that 'there is perhaps no play which keeps the attention so strongly fixed' as *King Lear*, no play 'which so much agitates our passions... So powerful is the current of the poet's imagination, that the mind, which once ventures within it, is hurried irresistibly along.' More than any other playwright, Shakespeare seems able to take the mind of his listener into that of his speaker. 'While we read it, we see not Lear, but we are Lear', wrote Charles Lamb a generation after Johnson. For Lamb, though, the experience of imaginative empathy with the mind of a Lear or a Hamlet could only be fully achieved in the experience of *reading*. Watching a play in the theatre was a poor substitute:

> To see Lear acted, to see an old man tottering about the stage with a walking-stick, turned out of doors by his daughters in a rainy night, has nothing in it but what is painful and disgusting. We want to take him into shelter and relieve him. That is all the feeling which the acting of Lear ever produced in me. But the Lear of Shakespeare cannot be acted. The contemptible machinery by which they mimic the storm which he goes out in, is not more adequate to represent the horrors of the real elements, than any actor can be to

represent Lear: they might more easily propose to personate the Satan of Milton upon a stage, or one of Michael Angelo's terrible figures.

(Lamb, 'On the Tragedies of Shakspeare, considered with reference to their fitness for stage representation', 1811)

Our first reaction to Lamb's idea that Shakespearean tragedy cannot be acted is likely to be one of incredulity. The plays were written to be acted. They have provided the greatest actors with their greatest triumphs: from Shakespeare's intimate friend Richard Burbage, for whom the parts were originally written, to Thomas Betterton in the Restoration era, to David Garrick in the 18th century, Edmund Kean and Henry Irving in the 19th, John Gielgud and Laurence Olivier in the 20th, Paul Scofield and Ian McKellen more recently, there has been an unbroken succession of Hamlets and Lears who are the glory of the English stage. What is more, *Hamlet* and *King Lear* and Shakespeare's other plays are so steeped in self-conscious theatricality that they cry out to be *played* in order to realize their meaning – as witnessed by the cliff scene and by Hamlet's staging of a play within the play, and by Macbeth's allusion to the 'poor player / That struts and frets his hour upon the stage', Cleopatra's imagining of the squeaking actor who will 'boy' her 'greatness / I'th'posture of a whore', and a hundred other 'metadramatic' moments.

We might then make allowances for Lamb in the light of the deficiencies of the theatre in his time. Shakespeare wrote for a platform stage thrust with immediacy and vitality into the auditorium, with minimal scenery and scenic effects, whereas in the 18th and 19th centuries the theatres royal at Covent Garden and Drury Lane were cavernous structures in which a proscenium arch separated actor from audience, and the action was cluttered and impeded by elaborate scene changes and crowds of extras brought on in the name of spectacle. If Lamb could have time-travelled back to Shakespeare's own time, or forward to the invention of the intimate black box studio theatre, he might after all have seen a production that took him inside Lear's head.

Another factor is that Lamb would not have had the opportunity to see the play in its original form: for 150 years, from the Restoration to the early Victorian period, it was displaced from the English stage by Nahum Tate's decorous and romantic rewriting, in which there is no Fool and there is a happy ending when Cordelia marries Edgar.

If we were theatre practitioners, we might go to the opposite extreme from Lamb and claim that Shakespeare's plays should *always* be regarded as scripts for performance, not texts to be analysed in the study or the classroom. We might argue that the force-feeding of Shakespeare's demanding language to schoolchildren for the purposes of examination is positively destructive of the enjoyment and enlightenment that the plays offer in performance, when the momentum of the plot and the evolving relationships between the characters are so forceful that it does not matter if we find ourselves not entirely sure what is meant by such phrases as Hamlet's 'Against the which, a moiety competent / Was gagèd by our king', or the Fool's 'O, nuncle, court holy-water in a dry house is better than this rain-water out o'door'. We might say that theatre is drama *before it becomes literature*, that Shakespeare is most Shakespearean when actor and audience meet in the live, shared space of the playhouse. In support of this view, it might be argued that whereas Ben Jonson carefully prepared his plays for publication, taking out some of the comic diversions that were meant for performance alone, Shakespeare showed no interest in the immortalization of his drama in print. He was a working playwright, the first to have the position of in-house dramatist within a theatre company. He wrote for particular actors, particular stage spaces, particular audiences (public, private, and courtly). He would be astonished to discover that his scripts have been turned into literature and submitted to more interpretations – moral, psychological, formal, political, sociological, historical, philosophical, biographical – than any other writings in the history of the world with the exception of Holy Scripture.

Mr. WILLIAM
SHAKESPEARES
COMEDIES,
HISTORIES, &
TRAGEDIES.
Publiſhed according to the True Originall Copies.

LONDON
Printed by Iſaac Iaggard, and Ed. Blount. 1623.

6. Shakespeare becomes literature? Title page of the First Folio of 1623, establishing the generic division of comedies, histories, and tragedies

But the claim that Shakespeare was not a *literary* dramatist is contestable. His fellow actors John Hemmings and Henry Condell manifestly had his (posthumous) interests at heart when they turned the plays into a collection of literary works in handsome Folio format, complete with prefatory address exhorting purchasers to read him again and again.

Even before this, about half of Shakespeare's plays, predominantly tragedies and histories, had been made available to readers, sometimes in editions authorized by the acting company. The scripts of *Richard III*, *Hamlet*, and *King Lear* printed in Shakespeare's lifetime were too long to be played uncut in the two or three hours that were allowed for public performances on the London stage, so it is possible that they represent the dramatist's own reading texts, written in full knowledge that they would be cut and altered when realized on stage.

Judged by frequency of reprinting, the surest indicator of demand in the literary marketplace, Shakespeare's *Henry IV, Part One* (famous for the characters of Sir John Falstaff and Henry Hotspur) and *Richard III* (famous for its eponymous villain) were two of the three most widely read plays in his lifetime. The third was an anonymous pastoral comedy called *Mucedorus* (1598, revived with additions by Shakespeare's acting company in 1610). The most frequently reprinted long poem of the age was Shakespeare's youthful erotic masterpiece *Venus and Adonis*. Clearly, then, Shakespeare was *read* as well as performed in his own lifetime.

The First Folio was, however, of tremendous importance in turning Shakespeare into a literary classic. By dividing the plays into three genres – comedies, histories, and tragedies – Hemmings and Condell drew attention to his unique versatility. In Ben Jonson's poem of praise, prefaced to the volume, Shakespeare is lauded as the equal of the great dramatists of the classical world in both tragedy and comedy. He is then said to have surpassed his English predecessors: John Lyly, who had laid the foundations of

Elizabethan comedy in plays such as *Endimion* (1591) and *Gallathea* (1592), delicate dramas of wit, combat, courtship, and cross-dressing written for boy actors; Thomas Kyd, whose *Spanish Tragedy* (1588) was the archetypal tragedy of bloody revenge; and Christopher Marlowe, who pioneered the soaring line of blank verse and the figure of the overreaching anti-hero – all-conquering Tamburlaine, Machiavellian schemer Barabas the rich Jew of Malta, and intellectually restless Dr John Faustus. Lyly did not write tragedies; neither Marlowe nor Kyd seems to have excelled in comedy. Ben Jonson was the other great comic dramatist of the age – Coleridge regarded *The Alchemist* (1610) as one of the most perfectly plotted literary works ever written – but he failed badly in tragedy: *Sejanus His Fall* flopped when staged at the Globe in 1603. Shakespeare, by contrast, quickly gained a reputation in both kinds. He also achieved fame with a unique innovation, the cycle of dramas telling the story of the history of his own nation, mingling nobles with commoners, moving from battles and usurpations out of the history books to inventions of the tavern and the road, such as the larger-than-life character of Sir John Falstaff and the riotously comic incident of the highway robbery at Gadshill.

Shakespeare was widely admired in his own time, still more so after the publication of the First Folio. But he was not initially regarded as superior to all his contemporaries. Sir Richard Baker's *Chronicle of the Kings of England* (1643) was representative in judging that 'For writers of plays, and such as had been players themselves, *William Shakespeare* and *Benjamin Jonson*, have specially left their names recommended to posterity.'

Tragic inhibition, comic vitality

Shakespeare eventually eclipsed Jonson in both the library and the theatre. The perceived greatness of his tragedies inhibited the writing of new English tragedy for centuries. The dark, sexually charged tragedies of his immediate successors have held the stage – Thomas Middleton's *The Revenger's Tragedy* (1606–7),

Women Beware Women (1621), and *The Changeling* (1622, co-written with William Rowley); John Webster's *The White Devil* (1612) and *The Duchess of Malfi* (c. 1614); John Ford's *'Tis Pity She's a Whore* (1633) – but the closure of the theatres by the Puritans in 1642 prevented any further development for a generation. The neoclassical heroic tragedy that John Dryden and his contemporaries introduced to the English stage after the reopening of the theatres with the return of the monarchy in 1660 did not outlast its cultural moment. Milton's *Samson Agonistes* (1671) was a masterly conflation of biblical matter and Greek tragic form, but was never intended for the stage. Almost the only post-Restoration English tragedy to have held a place in the repertoire was Thomas Otway's skilfully neo-Shakespearean *Venice Preserved* (1682). The most honourable failures among the plethora of 18th- and 19th-century tragedies written under the shadow of Shakespeare were Percy Shelley's *The Cenci* (1819) and Lord Byron's historical dramas – but Byron's true dramatic métier lay with works such as *Manfred* (1817) and *Cain* (1821), written to be performed in the theatre of the imagination, not on the cavernous stages of Drury Lane and Covent Garden.

Henrik Ibsen's development of modern, bourgeois realist drama in the late 19th century inspired a new kind of tragedy in the Edwardian period, most notably in the work of the actor, theatre manager, director, and critic Harley Granville Barker (*The Voysey Inheritance*, 1905, about a financial scandal; and *Waste*, 1907, turning on a sex scandal that brings down a promising politician). Generally, though, the best made plays in the repertoire of serious drama by English writers of the first half of the 20th century offered pathos rather than high tragedy – the cuckolded schoolmaster of Terence Rattigan's *The Browning Version* (1948), the constrained lovers in the railway station café in Noël Coward's *Still Life* (1936, filmed as *Brief Encounter*). The more ambitious innovations, such as T. S. Eliot's attempt to reinvent verse tragedy (*Murder in the Cathedral*, 1935), suffered from a certain dramatic clunkiness.

It took an Irishman to create a new kind of drama of genuinely Shakespearean philosophical reach, in which tragedy unfolds cheek by jowl with farce, and the language contrives to make austere beauty out of despair. In the sequence of plays that began with *Waiting for Godot* (1955) and *Endgame* (1957), Samuel Beckett's characters move across a precisely choreographed stage – or remain immobile upon it – in the manner of Lear and his Fool:

> **LEAR** Who is it that can tell me who I am?
> **FOOL** Lear's shadow.

Beckett, on 'the one theme' of his life: 'To and fro in shadow, from outer shadow to inner shadow. To and fro, between unattainable self and unattainable non-self.'

The history of post-Shakespearean English comedy is as rich as that of tragedy is sparse. It was shaped as much by Jonson's slick plotting and outrageous character types as by Shakespeare's disguises, self-discoveries, and witty sparring lovers – of whom Beatrice and Benedick in *Much Ado about Nothing* were the most influential. A succession of highly accomplished Restoration playwrights, including William Congreve, William Wycherley, Aphra Behn, and Susanna Centlivre, developed a distinct fusion of Jonsonian and Shakespearean comic techniques. The 18th-century theatre was animated by political satire (John Gay's *Beggar's Opera*, 1728), a mixture of sentimental lovers and lovable fools (such as Tony Lumpkin in Oliver Goldsmith's *She Stoops to Conquer*, 1773), and the dazzling wordplay of Richard Brinsley Sheridan (*The Rivals*, 1775, and *The School for Scandal*, 1777) and Hannah Cowley (*The Belle's Stratagem*, 1780). The comedy of manners was modernized by the irrepressible Irish wits Oscar Wilde (*The Importance of Being Earnest*, 1895) and George Bernard Shaw (*Pygmalion*, 1913). The line continues through Joe Orton's farces with a violent twist, Tom Stoppard's intellectual gymnastics, Michael Frayn's artful constructions, and beyond.

This story of failure in tragedy and success in comedy suggests that if there is such a thing as a national characteristic in English Literature, it is closely related to wit and humour. The transformation of comic stereotypes into rounded human beings (Sir Andrew Aguecheek's 'I was adored once too'); the magical theatrical coup ('One face, one voice, one habit, and two persons, / A natural perspective, that is and is not!' – *Twelfth Night* again); the ludicrous stage business ('*They faint alternately in one another's arms*' – Sheridan's *The Critic*); the one-liner and the witty aphorism delivered with impeccable timing ('A hand-bag?' . . . 'To lose one parent, Mr Worthing, may be regarded as a misfortune; to lose both looks like carelessness' – Wilde's Lady Bracknell): nowhere is English Literature more sparklingly alive than in the comic theatre. This was certainly the view of William Hazlitt, who in 1818 delivered a pioneering set of *Lectures on the English Comic Writers*, in which he discerned the intimate connection between comic drama and a new literary form: the novel.

Chapter 8
Aspects of the English novel

Romance and novel

In December 1817, an advertisement appeared in the *Morning Chronicle* newspaper announcing the imminent publication of 'Northanger Abbey, a Romance; and Persuasion, a Novel. By the Author of Pride and Prejudice, Mansfield Park, etc.' Two things are striking about this: the anonymity of the author and the implied distinction between a novel and a romance. In Dr Johnson's *Dictionary of the English Language* half a century before, the novel was defined as 'a small tale, generally of love' and the romance as 'a tale of wild adventures in war and love'.

Johnson had a second definition for the word 'romance': 'a lie; a fiction'. Throughout his lifetime, there was a degree of arbitrariness as to whether prose fictions were called novels or romances, but many writers agreed that romances were more obviously lies or fictions. Romances involved 'miraculous Contingencies and impossible Performances', whereas 'Novels are of a more familiar nature; come near us, and represent to us Intrigues in practice, delight us with Accidents and odd Events, but not such as are wholly unusual or unprecedented' (William Congreve, preface to *Incognita: or, Love and Duty Reconciled. A Novel*, 1692). Romances revel in wild inventions, whilst novels purport to be true to real life. A book about terrifying adventures in a Gothic Abbey sounds as if it might be a romance; a book about a young lady being persuaded to make the correct choice of marital partner sounds much more like a novel. In fact, *Northanger Abbey* is the latter kind of book, not the former, and it was called neither a 'Novel' nor a 'Romance' on its title page. Jane Austen's author's note referred to it as a 'little work'.

For some commentators, both forms were 'trash'. Magazine columnists sounded off about 'Romances, Chocolate, Novels and the like Inflamers' (*The Spectator*, no. 365). Novels, like drinking chocolate, were a dangerously novel aphrodisiac – for females in particular. Women were indeed the majority consumers of 18th-century 'choc lit'. Thus Henry James Pye, a truly abysmal Poet Laureate, writing in 1792:

> the general effect of novel-reading on the gentler sex is too obvious to be doubted; it excites and enflames the passion which is the principal subject of the tale, and the susceptibility of the female votary of the circulating library, is proverbial.

In the light of such fulminations, it is understandable that a clergyman's daughter such as Jane Austen might prefer to keep her name off her title pages.

Romance was a very ancient literary form. If by a 'novel', we mean a prose narrative of some length, very often involving a love story and a plot that moves the characters between different locations, then the origins of the form may be traced back to the romances of the Hellenistic period. A typical example would be the adventures of Apollonius, told in many different versions, both classical and medieval. It was the ultimate source for William Shakespeare and George Wilkins' play *Pericles Prince of Tyre* (1608, also redacted as a prose narrative by Wilkins). Riddles and strangers, shipwrecks and mistaken identity, unlucky and lucky chances, quests and combats, danger and rescue, the whiff of incest, a movement between court intrigue and pastoral retreat,

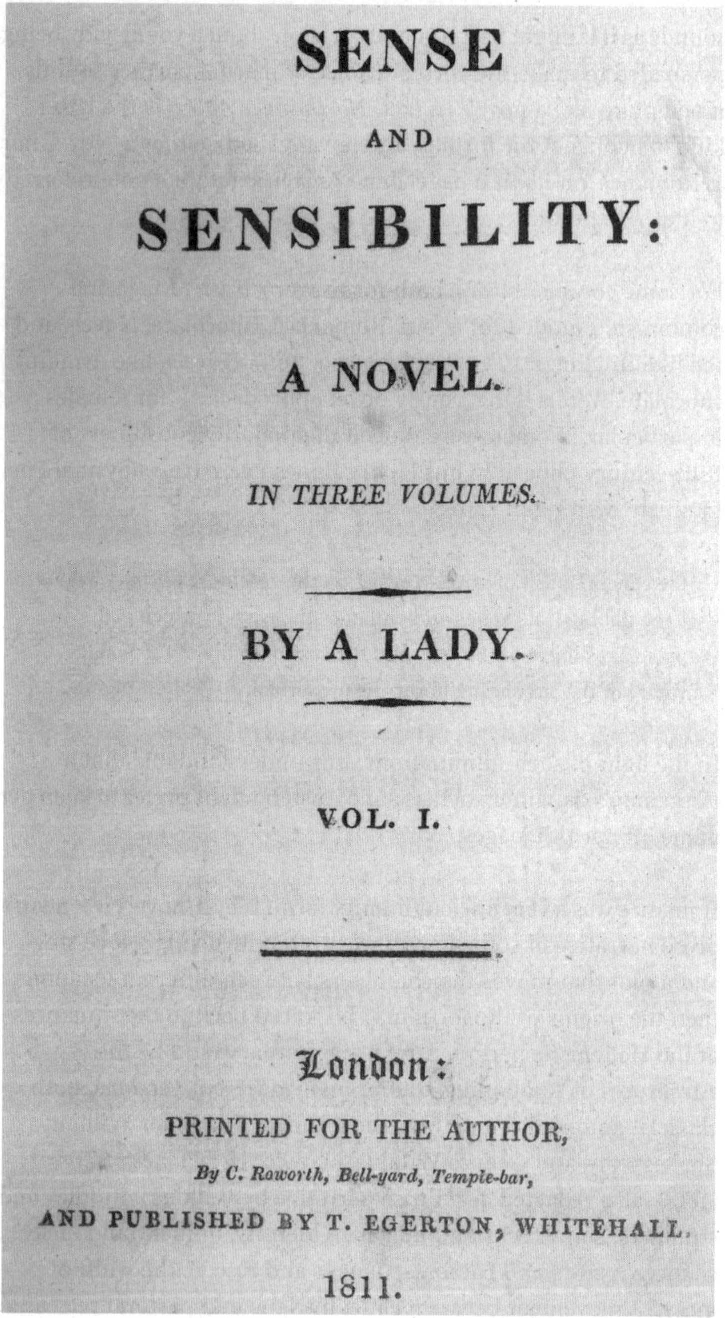

SENSE

AND

SENSIBILITY:

A NOVEL.

IN THREE VOLUMES.

BY A LADY.

VOL. I.

London:

PRINTED FOR THE AUTHOR,

By C. Roworth, Bell-yard, Temple-bar,

AND PUBLISHED BY T. EGERTON, WHITEHALL.

1811.

7. Title page of Jane Austen's first published novel; her subsequent ones described her as the author of the previous ones, never naming her

the child lost and found, the resurrection of the apparently dead: this is the matter of romance. In Shakespeare's time, you could read dozens of stories of this kind in prose, often with interludes of poetry, then go to see them dramatized on stage. *The Winter's Tale* (1610) is based on Robert Greene's *Pandosto* (1588), but with a restorative 'Hollywood ending' that is Shakespeare's own.

A typical romance is peopled by dukes and princesses, often in disguise; the protagonist undergoes dramatic adventures in exotic settings. Magic and the supernatural often play a part. Since romances were escapist, unapologetically unrealistic, reading too many of them could give you a distorted view of what the world is really like. This thought was the starting point of Miguel de Cervantes' parody of the genre, *Don Quixote* (1605, English translation 1612). As an anti-romance, *Don Quixote* may be seen as a prototypical novel. Whereas the romance hero follows in the footsteps of Homer's Odysseus, travelling to mysterious Mediterranean islands and encountering otherworldly enchantresses, the novelistic hero follows in the footsteps of Don Quixote and his faithful companion Sancho Panza, travelling on ordinary roads and encountering down-to-earth innkeepers' wives. The road novel became a recognizable form of British literature in the 18th century, under the influence of the continental 'picaresque' tradition (a '*picaro*' was a roguish or lower-class hero). The Scotsman Tobias Smollett, who published translations of both *Don Quixote* and the archetypal French picaresque novel *Gil Blas*, was one of the pioneers, while the Englishman Henry Fielding was the master of the genre, with his naïve heroes Joseph Andrews and Tom Jones, and their respective companions, Parson Adams and Partridge.

The idea that character may be deformed by reading too many romances was domesticated and parodied in Charlotte Lennox's *The Female Quixote* (1752), the book that, according to the writer Anna Seward in an essay of 1787, 'gave the death's wound' to the 'declining taste' for the 'now totally exploded' genre of romance. Critics who report the death of a literary genre are usually rewarded by seeing it undergo a major revival within a few years. Anna Seward was no exception. The 1790s witnessed an explosion of romances. The queen of the form was Ann Radcliffe, author of *A Sicilian Romance* (1790), *The Romance of the Forest* (1791), *The Mysteries of Udolpho, a Romance* (1794), and *The Italian or the Confessional of the Black Penitents* (1796). These books later became known as 'Gothic novels', in allusion to Horace Walpole's pioneering *The Castle of Otranto: A Gothic Story* (1764), which located its horror story in a setting of medieval Gothic architecture (a style which Walpole revived in the design of his own house, Strawberry Hill).

A dark castle in a wild (and sublimely described) mountainous landscape. A young, innocent, beautiful, and brave heroine in isolation from her family and familiars. A brooding villain with a sinister secret in his past. Terrifying and seemingly supernatural events. These are the stock elements of Radcliffean romance. *But* the young lady's conduct is always impeccable, and you never really believe that she is going to be raped, as Clarissa was in Samuel Richardson's far less exotic but far more terrifying real tragic novel a generation before. The supernatural events in Mrs Radcliffe all turn out to have a rational explanation. That was how she rendered the form respectable – in sharp contrast to M. G. Lewis, whose *The Monk: A Romance* (1796) features a sex-maniac rapist monk, incest, demonic influence, the Wandering Jew, a castle of sadistic nuns, a rampaging mob, and the Spanish Inquisition. The Marquis de Sade, a connoisseur of the genre, considered *The Monk* to be the best book of its kind, not only on account of its juicy sex and violence, but also because of its implicit understanding that the bloody Terror of the French Revolution had rendered everyday reality so horrific that only the demonic and the supernatural were sufficient to create a greater horror in the realm of literature.

Northanger Abbey is a parody of the Gothic romance. There is no madwoman in the attic and the ancient chest contains not a

8. Female readers stimulated by Gothic: the copy of *The Monk* and the curling tongs on the table are equally calculated to make the hair stand on end (caricature by James Gillray)

hidden manuscript but a pile of crisply pressed laundry. Henry Tilney brings young Catherine Morland to her senses, and she realizes that

> Charming as were all Mrs Radcliffe's works, and charming even as were the works of all her imitators, it was not in them perhaps that human nature, at least in the Midland counties of England, was to be looked for. Of the Alps and Pyrenees, with their pine forests and their vices, they might give a faithful delineation; and Italy, Switzerland, and the south of France might be as fruitful in horrors as they were there represented. Catherine dared not doubt beyond her own country, and even of that, if hard pressed, would have yielded the northern and western extremities. But in the central part of England there was surely some security for the existence even of a wife not beloved, in the laws of the land, and the manners of the age. Murder was not tolerated, servants were not slaves, and neither

poison nor sleeping potions to be procured, like rhubarb, from every druggist.

No sooner has Catherine been disabused of her Gothic fantasies than, in a twist typical of Jane Austen's many-layered irony, she suffers the fate of a Gothic heroine: a tyrannical patriarch throws her out of the house in the middle of the night, without arranging transport home. General Tilney's motivation is not, however, that of a Gothic villain with a Satanic contract: he has merely discovered that Catherine does not have as much money as he has supposed, so will not bring the dowry he requires from a future daughter-in-law. Austen's realism about human nature trumps the world of romance. In *Sense and Sensibility*, she pulls a similar trick with regard to another modish fictional form of the time, the novel of extreme sensibility and Rousseauesque passion. Marianne Dashwood, the embodiment of sensibility, makes a marriage of sense to flannel-waistcoated Colonel Brandon. But at the same time, Elinor Dashwood, embodiment of sense, marries a mere clergyman for love as opposed to hitching herself to the master of a great house for money.

Charlotte Brontë disliked Austen's world because of its unromantic concern with marriage portions, annual income, decent behaviour, and strolling in manicured gardens as opposed to running wild on the moors. Mr Rochester is an extreme version of the kind of alluring but dangerous romantic hero (Willoughby, Wickham) whom Austen's heroines must learn to reject, though he is eventually tamed by fire and removed from the burnt shell of his Gothic pile to a peaceful domestic space in which Jane Eyre can be his ministering angel. Emily Brontë's *Wuthering Heights* (1847), by contrast, makes no such compromise. The genteel Lintons and their elegant house, Thrushcross Grange, are despised. The novel invests all its passion and energy in a psychologically intensified version of Gothic characters (brooding Heathcliff with his mysterious origins, Cathy ruled by heart rather than head), locations (the house on the moors, the landscape itself, the darkness, the grave), and apparatus (temporal setting a generation before the time of writing, narration within narration, ghosts, death in childbirth).

Together with its attack on romance, *Northanger Abbey* includes a defence of the novel:

> 'I am no novel-reader – I seldom look into novels – Do not imagine that I often read novels – It is really very well for a novel.' Such is the common cant. 'And what are you reading, Miss – ?' 'Oh! It is only a novel!' replies the young lady, while she lays down her book with affected indifference, or momentary shame. 'It is only *Cecilia*, or *Camilla*, or *Belinda*'; or, in short, only some work in which the greatest powers of the mind are displayed, in which the most thorough knowledge of human nature, the happiest delineation of its varieties, the liveliest effusions of wit and humour, are conveyed to the world in the best-chosen language.

The works cited here are novels by Frances (Fanny) Burney and Maria Edgeworth that deeply influenced Austen; her name appears in the list of subscribers printed at the front of Burney's *Camilla* (1796). Burney pioneered the novel of 'a young lady's entrance into the world' – the subtitle of her *Evelina* (1778). She taught Austen the art of writing from her heroine's point of view, but keeping the authorial voice at a distance from her. Austen perfected this in her wholly innovative use of a technique that has become known as 'free indirect discourse', whereby the narrative conveys the thoughts and feelings of the heroine with the immediacy that is usually found in first-person narration, but also passes ironic judgement on her by virtue of the third-person voice ('It darted through her, with the speed of an arrow, that Mr Knightley must marry no one but herself!' – *Emma*).

Burney was the first English novelist to write a self-conscious defence of the form itself. 'In the republic of letters', she began the preface to *Evelina*,

> there is no member of such inferior rank, or who is so much disdained by his brethren of the quill, as the humble Novelist; nor is his fate less hard in the world at large, since, among the whole class of writers, perhaps not one can be named of which the votaries are more numerous but less respectable.

Popularity in the marketplace equating with a lack of respect from the literary establishment: it is an enduring story. Burney effects a decisive break with tradition by appealing over the heads of arbiters of taste and potential patrons to 'the Public – for such, by novel writers, novel readers will be called'. She also dissociates the novel from the 'fantastic regions of Romance, where Fiction is coloured by all the gay tints of luxurious Imagination, where Reason is an outcast, and where the sublimity of the Marvellous rejects all aid from sober Probability'. And she defines the novelist's art: 'To draw characters from nature, though not from life, and to mark the manners of the times.' Realism, this is to say, but not the transposition into fiction of the facts of real people's lives in the style of what came to be called the *roman à clef* (novel with a key), a technique used to controversial effect by Delarivier Manley in her novels earlier in the century.

Paradoxically, despite the claim that the characters in *Evelina* were drawn from nature but not from life, Burney maintains the fiction that she is only the 'editor' of the collection of letters that constitute the narrative. This was a favoured device in epistolary fiction, used most elaborately by the genre's leading exponent Samuel Richardson, whose *Pamela* (1740, servant girl refuses to give in to sexual advances of her master and is eventually rewarded with marriage to him), *Clarissa* (1748, virtuous young woman abducted and raped by charismatic villain), and *Sir Charles Grandison* (1753–4, the story of a virtuous man) were the most influential English novels of the age. The 'editorial' device is intended to give the fiction an aura of verisimilitude. In Richardson's case, it breaks down the distinction between his novels and the collections of exemplary letters advising on manners and conduct that he had previously published. Analogously, Daniel Defoe had furnished *Robinson Crusoe* (1719) with maps in order to make it more like a true seaman's tale, just as his fiction of *Moll Flanders* (1722) was contrived to resemble the confessions of real-life criminals that were popular matter on early 18th-century bookstalls. In a sense, these were all devices for saying 'this book is real, it is not a fanciful romance'.

Henry Fielding had another way of evading the disreputable nomenclature 'novel' and 'romance': he called *Joseph Andrews* (1742) 'a comic epic in prose' and he furnished *Tom Jones* (1749) with comic versions of the apparatus of classical epic – invocations of the muse, a mighty battle, and so on. Prior to Burney, then, there was a reluctance to stand up and proclaim something to the effect of 'this book is a Novel, a new form of fiction that can portray human character and society with greater truth to the experience of the reading public than has ever been achieved before'.

The 'Condition of England'

In June 1829, the *Edinburgh Review* published an essay called 'Signs of the Times' by the Scotsman Thomas Carlyle. It argued, with unprecedented ferocity, that the 'mechanical age' – the Industrial Revolution – was destroying human individuality. England was in a state of moral crisis:

> The King has virtually abdicated; the Church is a widow, without jointure; public principle is gone; private honesty is going; society, in short, is in fact falling to pieces; and a time of unmixed evil is come on us.

In returning to this crisis in his later pamphlets *Chartism* (1840) and *Past and Present* (1843), Carlyle gave it a name: the 'Condition of England Question'. The mechanization of the human spirit, the high moral costs of industrial change: these were also the themes of some of the most powerful novels of the following decades, such as Elizabeth Gaskell's *Mary Barton* (1848) and *North and South* (1854), Charles Kingsley's *Alton Locke* (1854), Dickens' *Hard Times*, and George Eliot's *Felix Holt the Radical* (1866).

But the 19th-century novel more broadly is a Condition of England genre. The big house, sustained by the profits of a sugar plantation in the West Indies, in Jane Austen's *Mansfield Park* (1814) is England. The world in which Thomas Hardy's *Tess of the d'Urbervilles* (1891) is branded a fallen woman and his *Jude the Obscure* (1895) is excluded from university is England. The parsonage in which Mrs Humphrey Ward's *Robert Elsmere* (1888) loses his faith, in one of the bestsellers of the age, is England. Trollope's Barsetshire is an investigation into the condition of England, and so is Thackeray's *Vanity Fair* (1848), and so is H. G. Wells's futuristic *The Time Machine* (1895) with its class division between troglodyte Morlocks and effete leisured Eloi.

Bleak House (1853) is England: divided, as England has been for centuries, between country and city. Down in Chesney Wold, Lady Dedlock – an extreme version of the Lady Bertram of *Mansfield Park* – suffocates in the living death of boredom, harbouring a dark secret in her heart as the rain pours down the windows of the big house. John Ruskin would argue in a lecture called *The Storm-Cloud of the Nineteenth Century* (1884) that the carbon footprint of urbanization and industry has choked the moral life of the nation. The opening of *Bleak House* anticipates the thought, in Dickens' unique style. The fog is everywhere in London, both literally and metaphorically:

> London. Michaelmas term lately over, and the Lord Chancellor sitting in Lincoln's Inn Hall. Implacable November weather. As much mud in the streets as if the waters had but newly retired from the face of the earth, and it would not be wonderful to meet a

> Megalosaurus, forty feet long or so, waddling like an elephantine lizard up Holborn Hill. Smoke lowering down from chimney-pots, making a soft black drizzle, with flakes of soot in it as big as full-grown snowflakes – gone into mourning, one might imagine, for the death of the sun....
>
> Fog everywhere. Fog up the river, where it flows among green aits and meadows; fog down the river, where it rolls deified among the tiers of shipping and the waterside pollutions of a great (and dirty) city....
>
> The raw afternoon is rawest, and the dense fog is densest, and the muddy streets are muddiest near that leaden-headed old obstruction, appropriate ornament for the threshold of a leaden-headed old corporation, Temple Bar. And hard by Temple Bar, in Lincoln's Inn Hall, at the very heart of the fog, sits the Lord High Chancellor in his High Court of Chancery.

But out of the darkness, Dickens conjures life, an array of characters more eclectic and bizarre than literature had ever seen before. Krook, who spontaneously combusts. Guppy, eager like a puppy. Mrs Jellyby, the 'telescopic philanthropist' whose project to educate the natives of Borrioboola-Gha causes her to neglect her own family. Jo the homeless crossing sweeper, lowest of the low in the social order, but harbouring the key to the secret of the true identity of Nemo, the man with no name, a secret that will unlock the closed heart of Lady Dedlock, rouse her from torpor, and take her to love and death in a cold and bitter London graveyard. Tulkinghorn, the devious lawyer. Inspector Bucket: a type who would become very familiar in later English fiction, the detective. And dozens more. As the novelist George Gissing said, everything Dickens looked upon 'was registered in his mind'.

In the summer of 1845, Dickens triumphed onstage in the role of the braggart Captain Bobadil in an amateur production – cast, produced, and directed by himself – of Ben Jonson's *Every Man in His Humour*. Dickens loved the theatre more than anything, as may be guessed from his affectionate portrayal of theatre folk in *Nicholas Nickleby* (1839). His comic types, often with names that reveal their personalities, are inherited from Jonson's comedy of humours. The English novel has theatre in its bones: Fielding became a novelist because his theatrical career was cut short by the 1737 Licensing Act; Richardson's Lovelace models himself on the rakes of the Restoration stage; Burney would rather have been a playwright than a novelist; Jane Austen avidly attended the theatre, constructed her novels in the form of scenes, and read her dialogue aloud with family and friends. But Dickens was the most theatrical of them all, eventually turning the highlights of his novels into a one-man show at packed public readings.

Writing about one of Dickens' most memorable grotesques, Mrs Gamp in *Our Mutual Friend* (1865), Gissing argued that humour is inseparable from charity. Humour not only enabled Dickens 'to see this coarse creature as an amusing person', it also, more

9. The novel as drama: Dickens at a public reading

profoundly, 'inspired him with that large tolerance which looks through things external, gives its full weight to circumstance, and preserves a modesty, a humility, in human judgment'. This may not be true as a generalization about humour. The savage indignation of Jonathan Swift, or of Martin Amis in *Money* (1984), is not exactly characterized by large tolerance and humility in judgement. But it is true of many of the great English comic novels – let us say, George and Weedon Grossmith's *Diary of a Nobody* (1892), Evelyn Waugh's *Decline and Fall* (1928), Stella Gibbons' *Cold Comfort Farm* (1932), P. G. Wodehouse's *The Code of the Woosters* (1938), Nancy Mitford's *The Pursuit of Love* (1945). And it is true in spades of Dickens.

The novels of Dickens are protests against child labour, social inequality, poverty, malice, dirt, and English hypocrisy. But they have a soft-centred heart and usually end in the distribution of rewards (surprise legacies for the deserving). There is another side to the art of the novel, in which the profoundest understanding of the complexity of individuals, their relationships and their social milieu, requires a commitment to human intelligence.

Middlemarch: A Study of Provincial Life (1872) sounds from its title as if it will be a Condition of Middle England novel, but it turns out to be much more than that. The story of Dorothea Brooke domesticates classical tragedy. As George Eliot explains in the novel's prelude, Dorothea is a latter-day St Theresa, living 'a life of mistakes, the offspring of a certain spiritual grandeur ill-matched with the meanness of opportunity'. 'helped by no coherent social faith and order which could perform the function of knowledge for the ardently willing soul', she alternates 'between a vague ideal and the common yearning of womanhood; so that the one was disapproved as extravagance, and the other condemned as a lapse'. When the Condition of England is such that there is 'no coherent social faith and order', the novelist must step in and create an order, a manageable world. The novel can provide a 'certain spiritual grandeur' that is unthreatened by the proposition that we might be descended from apes rather than fashioned by the hand of God. The man whom George Eliot married late in life gives us some sense of the work that such a creation required:

> She told me that, in all that she considered her best writing, there was a 'not herself' which took possession of her, and that she felt her own personality to be merely the instrument through which this spirit, as it were, was acting. Particularly she dwelt on this in regard to the scene in *Middlemarch* between Dorothea and Rosamond, saying that, although she always knew they had, sooner or later, to come together, she kept the idea resolutely out of her mind until Dorothea was in Rosamond's drawing-room. Then, abandoning herself to the inspiration of the moment, she wrote the whole scene exactly as it stands, without alteration or erasure, in an intense state of excitement and agitation, feeling herself entirely possessed by the feelings of the two women.... With this sense of 'possession', it is easy to imagine what the cost to the author must have been of writing books, each of which has its tragedy.
>
> (J. W. Cross, *George Eliot's Life as related in her Letters and Journals*, 1884)

This is what the very greatest literature can do: a force that is somehow 'not herself' takes 'possession' of the writer and enables her to create a second world that has the power to take 'possession' of the reader in turn, and to transport us out of our own world in such a way that when we return home, we sense that we have become more human, more emotionally intelligent. Guided by the living hand of George Eliot, the novel is a place where the dedicated reader finds a new, if provisional, coherence.

The stream of consciousness

'On or about December 1910 human nature changed', wrote Virginia Woolf in her essay 'Mr Bennett and Mrs Brown' (1924). 'All human relations shifted, and when human relations change there is at the same time a change in religion, conduct, politics, and literature.' Arnold Bennett's realistic Edwardian novels of provincial life contained too much clutter. The furniture gets in the way of the creation of the inner life. So Woolf argues: to create 'a flesh-and-blood Mrs Brown', you have to abandon the externals and embrace the full complexity and incoherence of the inner life – about which Sigmund Freud was teaching the Modern age.

Woolf's imagined character Mrs Brown is in some sense a response to James Joyce's Mr and Mrs Bloom in *Ulysses*, though Woolf harboured some upper-middle-class reservations about the Irishman's broad language and his harping on bodily functions. There was just a little too much flesh-and-blood in Joyce for Woolf's genteel taste. But in an essay on 'Modern Fiction', written after the publication of *Dubliners* and before that of *Ulysses*, she praised him for his ability to dwell in the moment: 'let us record the atoms as they fall on the mind in the order in which they fall, let us trace the pattern, however disconnected and incoherent in appearance, which each sight or incident scores upon the consciousness'. Woolf's belief that it was the modern writer's task to catch the 'moment of being' accounts for her witty conceit of locating the onset of modernity in a particular moment, around the time of the death of stuffy old King Edward VII.

In his Edwardian novels, Henry James, an American in Sussex, had perfected Jane Austen's art of being simultaneously inside and outside a character through the technique of rendering first-person thoughts in a third-person voice, so as to achieve a previously impossible union of sympathetic identification and ironic detachment. A key sentence in James's essay 'The Art of Fiction' (1884) took the interior life towards its Modernist form:

> Experience is never limited and it is never complete; it is an immense sensibility, a kind of huge spider-web of the finest silken threads suspended in the chamber of consciousness, catching every air-borne particle in its tissue.

This is a clear anticipation of Virginia Woolf's manifesto for the stream-of-consciousness novel, of which *Ulysses* is the towering example.

In 1983, the philosopher of mind Daniel Dennett delivered a paper at a symposium on consciousness in which he argued that the human self is nothing more or less than the 'centre of narrative gravity' within the brain. In a profound sense, everyone is a novelist: 'Our tales are spun, but for the most part we don't spin them; they spin us', wrote Dennett when further developing the idea in his book *Consciousness Explained* (1991), 'Our human consciousness, and our narrative selfhood, is their product, not their source.' He called this a 'multiple drafts' theory of consciousness, which sounds a very literary idea.

Another investigator of consciousness, the neurophysiologist Antonio Damasio, has argued in his books *Descartes's Error* (1994) and *The Feeling of What Happens* (2001) that the division between reason and passion, cognition and emotion – an opposition that goes all the way back to Aristotle – is, from a neurological point of view, a fallacy. Damasio and his colleagues have shown that emotion is integral to the processes of reasoning and decision-making, for worse and for better. René Descartes' Enlightenment fantasy of a disembodied mind is equally fallacious: the mind only makes consciousness through the body, which is the theatre of our emotions – as manifested most obviously by a blush, or for that matter an erection (two phenomena which fascinated John Keats and James Joyce). Furthermore, cognitive activity is structured by image schemata that are themselves structured by bodily experience. The brain is not like a computer because a computer does not have a body. These are things that may be inferred not only from the empirical research of early 21st-century brain scientists, but also from the work of early 20th-century novelists.

'The self in our stream of consciousness changes continuously as it moves forward in time, even as we retain a sense that the self remains the same while our existence continues': this is Damasio's paraphrase of William James's observation about one of the paradoxes of consciousness. Damasio proposes a resolution to this paradox by means of a division between the 'core self' and a higher-level 'autobiographical self', for which a neuroanatomical basis may be inferred from cases when brain damage has wiped out 'autobiographical' knowledge but left core functioning intact. It was William James who coined the phrase 'stream of consciousness': in certain respects, he anticipated Damasio's account of the interdependence of brain, body, and emotion, just as his brother Henry James brought unprecedented rigour to the question of how the novelist can represent consciousness.

The image of the stream moving through time raises a key question for the self-conscious novelist: how do you represent time in narrative? Joyce proposed one answer by setting the entire mock epic narrative of *Ulysses* on a single day:

> In using the myth, in manipulating a continuous parallel between contemporaneity and antiquity, Mr Joyce is pursuing a method which others must pursue after him... It is simply a way of controlling, of ordering, of giving a shape and a significance to the immense panorama of futility and anarchy which is contemporary history.
>
> (T. S. Eliot, 'Ulysses, Order, and Myth', 1923)

Virginia Woolf tried another in *Orlando: A Biography* (1928), a fantasia about her friend and lover Vita Sackville-West, which is at once an anticipation of late 20th-century fictional 'magic realism' and a playful 'Very Short Introduction to English Literature'.

Orlando is an Elizabethan nobleman, with a little bit of peasant 'Kentish or Sussex earth' in his genetic mix. He is acquainted with Shakespeare and dabbles in the writing of tragedies confounded with horrid plots and suffused with noble sentiments.

In the 17th century, he immerses himself in the 'marvellously contorted cogitations of Sir Thomas Browne'. After the Restoration, which is to say in the era when Aphra Behn became (according to Woolf) the first professional woman writer, Orlando turns into a woman. In the 18th century, he moves in high society but is bored by the vacuous wit of his peers. In the 19th century, the weather changes. Damp takes hold everywhere:

> Stealthily and imperceptibly... the constitution of England was altered and nobody knew it. Everywhere the effects were felt. The hardy country gentleman, who had sat down gladly to a meal of ale and beef in a room designed, perhaps by the brothers Adam, with classic dignity, now felt chilly. Rugs appeared; beards were grown; trousers were fastened tight under the instep. The chill which he felt in his legs the country gentleman soon transferred to his house; furniture was muffled; walls and tables were covered; nothing was left bare.... Coffee supplanted the after-dinner port, and, as coffee led to a drawing-room in which to drink it, and a drawing-room to glass cases, and glass cases to artificial flowers, and artificial flowers to mantelpieces, and mantelpieces to pianofortes, and pianofortes to drawing-room ballads, and drawing-room ballads (skipping a stage or two) to innumerable little dogs, mats, and china ornaments, the home – which had become extremely important – was completely altered.
>
> Outside the house – it was another effect of the damp – ivy grew in unparalleled profusion. Houses that had been of bare stone were smothered in greenery.... The damp struck within. Men felt the chill in their hearts; the damp in their minds.... Love, birth, and death were all swaddled in a variety of fine phrases. The sexes drew further and further apart. No open conversation was tolerated. Evasions and concealments were sedulously practised on both sides.... Thus the British Empire came into existence; and thus – for there is no stopping damp; it gets into the inkpot as it gets into the woodwork – sentences swelled, adjectives multiplied, lyrics became epics, and little trifles that had been essays a column long were now encyclopaedias in ten or twenty volumes.

Orlando survives even the chilly Victorian age. The book ends with her in the present, in the moment. A clock strikes and she catches at the impressions that constitute consciousness:

> She saw two flies circling round and noticed the blue sheen on their bodies; she saw a knot in the wood where her foot was, and her dog's ear twitching. At the same time, she heard a bough creaking in the garden, a sheep coughing in the park, a swift screaming past the window.... She noticed the separate grains of earth in the flower beds as if she had a microscope stuck to her eye.... Braced and strung up by the present moment she was also strangely afraid, as if whenever the gulf of time gaped and let a second through some unknown danger might come with it. The tension was too relentless and too rigorous to be endured long without discomfort. She walked more briskly than she liked, as if her legs were moved for her, through the garden and out into the park.

She has become a character in a Virginia Woolf novel.

The close relationship between fiction and 'true life' travel narratives and criminal lives in the 18th century reminded Woolf of the kinship between novel and biography, or 'life-writing', as she preferred to call it. From *Tom Jones* to *David Copperfield*, to D. H. Lawrence's *Sons and Lovers* (1913), to Joyce's *Portrait of the Artist as a Young Man* (1916), novels have often followed the protagonist's growth to maturity in the manner of a biography. Many a novel has been called 'the life of' or 'the history of' such and such a character, who has sometimes been a projection of the author him- or herself. Orlando's immortality and gender-bending parody the cradle-to-grave structure that can deaden both novel and biography; Woolf is shaking up received novelistic practice rather as her friend Lytton Strachey shook up life-writing in his *Eminent Victorians* (1918). She happily imagines a hero(ine) who lives for centuries because she knows that there has been something absurd about the attempt at verisimilitude in the representation of time in the novel ever since Richardson's Pamela and Clarissa gave the impression of spending more time writing about their experiences than experiencing them.

From its outset, the English novel has been as interested in the unreliability as the authenticity of narratorial voice. Is Pamela really as virtuous as she makes out, or might she be using her sexuality in order to lure Mr B. into marriage, thus achieving social advancement and financial security for herself and her family? That was Henry Fielding's reading of Richardson in his parody *Shamela* (1741). More subtly and insinuatingly, how far can we trust the narrative consciousness of Briony Tallis in Ian McEwan's *Atonement* (2001)?

The preface to *Orlando* begins with an acknowledgement of obligations of the kind one often finds in biographies, but with a twist:

> Many friends have helped me in writing this book. Some are dead and so illustrious that I scarcely dare name them, yet no one can read or write without being perpetually in the debt of Defoe, Sir Thomas Browne, Sterne, Sir Walter Scott, Lord Macaulay, Emily Brontë, De Quincey, and Walter Pater, – to name the first that come to mind.

On the matter of time, consciousness, and the novel, the most revealing of these names is that of Sterne.

Consider the problem of autobiography. Every second I spend writing my autobiography adds a second to my life, so how can my narrative ever catch up with me and allow me to complete my story? The complete biography, autobiography, or novel would catch every impression that has written itself on the mind of the subject and associated itself with other impressions in order to create their story, their self. But no narrative could ever catch more than the tiniest proportion of this material. And when should the story of a life begin? At birth? Or conception? Or should one try to explain the background to the moment of conception. Let us say that a man is in the habit of performing two actions every Sunday night, the first being to wind up a clock, the second being to make love to his wife. Let us then suppose that one night he realizes in the middle of performing the second action that he has forgotten to execute the first, and that the business is therefore somewhat unfinished, though finished enough to have conceived a child, who, influenced by the moment of conception, will habitually fail to finish anything at all, let alone the writing of his own complete life story.

Laurence Sterne's *The Life and Opinions of Tristram Shandy, Gentleman* (1759–67) is a parody of the novel before the novel was fully born. It is both a condition of humanity novel and a stream-of-consciousness novel. And it is a book that is acutely self-conscious about the possibilities and limitations of the book as

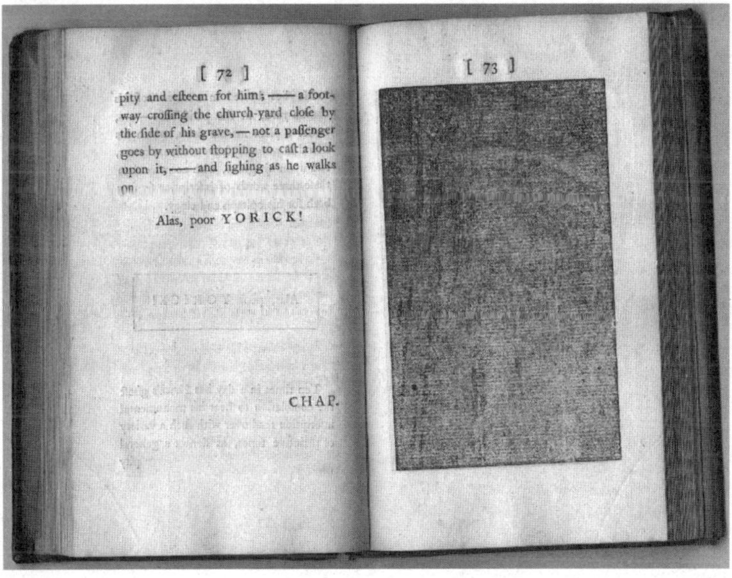
[72]

pity and eſteem for him; —— a foot-way croſſing the church-yard cloſe by the ſide of his grave, — not a paſſenger goes by without ſtopping to caſt a look upon it, —— and ſighing as he walks on.

Alas, poor YORICK!

CHAP.

[73]

10. The black page marking Yorick's death in *Tristram Shandy*

a medium of communication. Everyone has their own idea of beauty, so if you want a description of a beautiful woman, why not leave a blank page and allow each reader to fill it in with a description of their own? If a loved character dies, we should stop to mourn them, so why not allow the book itself to wear mourning black for a moment?

'Nothing odd will do long', said Dr Johnson, '*Tristram Shandy* did not last'. On this occasion, he was wrong: the very singularity of *Tristram Shandy* has made it a renewable resource, a font of the incomparable diversity of the English novel.

Chapter 9
The Englishness of English Literature?

'England, my England?'

What have I done for you,
England, my England?
What is there I would not do,
England, my own?

('Pro rege nostro', 1892)

So wrote the tubercular imperialist William Ernest Henley, author of 'Invictus' ('I am the master of my fate: / I am the captain of my soul'). But whose England is that of English Literature?

For centuries, the most widely read work in the repertoire was *Pilgrim's Progress* by John Bunyan, son of a tinker, barely schooled, dissenter from the Anglican articles of faith, itinerant preacher imprisoned for his activities, decried as a witch and a highwayman. The most commercially successful poet of the 18th century was Alexander Pope, a four-foot-six-inch Roman Catholic hunchback. The most famous poet of the 19th century was Lord Byron, a Scottish Calvinist exile from the English high society that he scorned, that bitched about him, but that could not get enough of his charisma.

England, my England: in 1922, the miner's son and apostle of sexual freedom D. H. Lawrence allusively but ironically gave the title to a collection of his short stories. Lawrence was, as he wrote to Lady Cynthia Asquith that same year, 'English in the teeth of all the world, even in the teeth of England'. He loathed English gentility, English class prejudice, English repression of sex, English prudery about the language of sex. Yet he loved the English land. The protagonist of the collection's title story hates war but still enlists and dies in Flanders. 'He had no conception of Imperial England, and Rule Britannia was just a joke to him', and yet he has an instinctive faith in 'the lost, intense sensations of the primeval people of the place, whose passions seethed in the air still, from those long days before the Romans came. The seethe of a lost, dark passion in the air. The presence of unseen snakes.'

'England your England': the title of the first part of Old Etonian George Orwell's *The Lion and the Unicorn: Socialism and the English Genius*, written during the Blitz in 1940. 'The diversity of it, the chaos!' Orwell's five fragments of 'the English scene' are a Lancashire mill town, trucks on the Great North Road, queues outside the job centre, pinball machines in a Soho pub, and 'old maids biking to Holy Communion through the mists of the autumn morning'. England: you hate it, you laugh at it, says Orwell, his emotions concentrated by the war, but you belong to it and will never get away from it until you die.

English Literature: the home not only of nostalgia, belonging, and sceptical accommodation, but also of dissent, ridicule, self-hatred, rebellion, and alienation.

Since the Second World War, the 'English scene', as Orwell calls it, has been rich in loathing and laughter. The most influential novels of the 1950s – Kingsley Amis's *Lucky Jim* (1954), Alan Sillitoe's *Saturday Night and Sunday Morning* (1958) – simmer with rage, fuelled by drink and low expectations. As for the

Englishman abroad, he is compromised and broken: Malcolm Lowry's alcoholic ex-consul in Mexico (*Under the Volcano*, 1947), Graham Greene's embittered journalist in Vietnam (*The Quiet American*, 1955).

England, whose England? In the half-century following the end of empire, a new chorus of voices was heard: immigrants to Britain, former colonial subjects in newly independent states, the children of immigrants – from Samuel Selvon (*The Lonely Londoners*, 1956) and Chinua Achebe (*Things Fall Apart*, 1958), to Zadie Smith (*White Teeth*, 2000) and Andrea Levy (*Small Island*, 2004). 'Inglan is a bitch / Dere's no escapin' it': the immigrant Caribbean performance poet Linton Kwesi Johnson damns English racism even as he makes his home in the nation of dog lovers and bulldog breeders.

In *Parade's End* (1924–8), Ford Madox Ford's magnificent novel sequence anatomizing the last of England, the quintessential Englishman (with a Dutch name) Christopher Tietjens describes the village of Bemerton in Wiltshire, where George Herbert was a country parson, as 'the cradle of the race as far as our race was worth thinking about'. Bemerton is now a suburb of Salisbury rather than a self-contained village. The Orwellian old maid biking to Holy Communion through the mists of the autumn morning is at risk of being knocked over by the car of the hurrying commuter. And what of the rectory? The Church of England has sold off its finest rural properties. In 1996, George Herbert's residence was bought and renovated by the cosmopolitan polyglot Indian-born Hindu-bred bisexual poet and novelist Vikram Seth. He paid for it with the proceeds of *A Suitable Boy* (1993), a novel that stands – not least in length – beside Samuel Richardson's *Clarissa* as a monument to the art of English fiction.

Literature, the cradle of the culture if not the race, has been repossessed and renovated by midnight's children.

Literature in English?

In 1955, the German-Jewish refugee Nikolaus Pevsner delivered a series of Reith Lectures on BBC radio entitled 'The Englishness of English Art'. He sought to anatomize the national character by ways of its art and architecture, grounding his observations in climate and landscape. But he encountered such variety that he reached few conclusions about Englishness beyond 'love of nature', exemplified by John Constable, and a gift for the grotesque, exemplified by William Hogarth. A series of lectures on the Englishness of English Literature would face even more variety and probably manage little more in the way of a conclusion than some analogous remarks about the distinctive sense of place in English poetry and the pervasive sense of humour in English prose.

But it would probably founder even before it began, not least because of the problem of defining what is meant by *English* literature.

Does it mean literature written in the English language? Herman Melville's *Moby Dick*, Henry David Thoreau's *Walden, or Life in the Woods*, Emily Dickinson's poetry, F. Scott Fitzgerald's *The Great Gatsby*, Arthur Miller's *Death of a Salesman*. By any account, they are literature, and English is the language that they use with wonderful resourcefulness. But they have to be classified as American Literature, not English.

Henry James and T. S. Eliot were born in America, but moved to England and won high honours as British citizens. When do they become part of English Literature? When they start writing in England, or writing about England? When they are published in England, or when they take on citizenship? And what about Sylvia Plath? She was a deeply American writer, but her best poems were written in her last days in Devon and London and were deeply bound up with her marriage to a British poet, which entitled her to travel under his passport.

Or does it mean literature written by English people?

There is a large body of literature written by English people over several centuries in languages other than English, most notably Latin. Are we to say that Sir Thomas More's *Utopia* was not part of English Literature when written in Latin in 1513, but became part of it when Ralph Robinson translated the text into English in 1551? That Andrew Marvell's 'The Garden' is a work of English Literature, but that 'Hortus', his own Latin version of the same poem, is not?

Who were the first English-born poets to have their works published in a complete edition, in the manner of the classics of Greece and Rome? The usual answer to this question is either Samuel Daniel (*Workes*, 1601) or Ben Jonson (*Workes*, 1616). But what about Elizabeth Jane Weston (1581–1612)? Her collected poems, published in 1602, were admired across Europe. Is *Poëmata Elisabethae Joannae Westoniae Anglae, virginis nobilissimae, poëtriae celeberrimae, linguarum plurimarum peritissimae, studio ac opera* ('Poems of Elizabeth Jane Weston, Englishwoman, most noble virgin, most celebrated poet, most skilled in many languages, studies and works', 1602) habitually left out of the story of English Literature because Weston wrote in Latin or because she spent most of her working life abroad, at the court of Rudolph II in Prague? Or for both reasons?

English Nobels?

Consider the apparently unexceptionable proposition 'what we mean by *English* Literature may be exemplified by listing the citizens of these islands who have won the Nobel Prize for Literature'. Here they are, in chronological order of award.

Rudyard Kipling was awarded the prize in 1907 'in consideration of the power of observation, originality of imagination, virility of ideas and remarkable talent for narration which characterizes the creations of this world-famous author'. Born in Bombay (Mumbai), Kipling began his autobiography by addressing Allah. The community in which he felt most at home was the Freemasons because his 'brethren' there were 'Muslims, Hindus, Sikhs, members of the Araya and Brahmo Samaj, and a Jew' (*Something of Myself*). Even in his most imperial work, his contribution to Fletcher's *History of England*, he identified himself not with the English establishment but with a Roman centurion on the distant edge of empire. When called back to Rome, the centurion realizes that 'time, custom, grief and toil, age, memory, service, love, / Have rooted me in British soil'. By the same account, in his emotions Kipling was always called back to India, where he was born and where he first worked. He described his boarding school in England as 'the House of Desolation'. When he returned to Bombay at the age of sixteen, the sights and smells of home 'made me deliver in the vernacular sentences whose meaning I knew not'. He was rooted in Indian soil.

Next came William Butler Yeats (1923) 'for his always inspired poetry, which in a highly artistic form gives expression to the spirit of a whole nation'. Yeats was an Irishman, who served in the Senate of the Irish Free State. Admittedly, he came from the Protestant Anglo-Irish ascendancy, with the result that many republicans and nationalists would challenge the claim that he gave expression to the spirit of the whole nation, especially as he did not write in Gaelic. Whatever the merits of that argument, the nation in question was Ireland, not England or Great Britain or the United Kingdom.

George Bernard Shaw (1925) 'for his work which is marked by both idealism and humanity, its stimulating satire often being infused with a singular poetic beauty'. Another Irishman.

John Galsworthy (1932) 'for his distinguished art of narration which takes its highest form in *The Forsyte Saga*'. Born in Surrey to a prosperous middle-class family. Harrow School and Oxford University. The first trueborn Englishman to win the prize.

Thomas Stearns Eliot (1948) 'for his outstanding, pioneering contribution to present-day poetry'. Born in St Louis, Missouri.

Bertrand Russell (1950) 'in recognition of his varied and significant writings in which he champions humanitarian ideals and freedom of thought'. His achievement was philosophical and to some degree political, not literary, so we may set him aside.

Winston Churchill (1953) 'for his mastery of historical and biographical description as well as for brilliant oratory in defending exalted human values'. Here we may set aside the question of the literary merits of Churchill's historical and biographical works: the point is that he was half-American. His mother was the daughter of a New York financier whose ancestors had fought against the British in the American War of Independence. According to an unproven family tradition that was believed by Churchill himself, his grandmother was of Iroquois descent.

Samuel Beckett (1969) 'for his writing, which – in new forms for the novel and drama – in the destitution of modern man acquires its elevation'. Beckett was an Irishman who lived most of his life in France, and wrote many of his works in French before translating them into English.

Elias Canetti (1981) 'for writings marked by a broad outlook, a wealth of ideas and artistic power'. Canetti was a Bulgarian-born Sephardi Jew whose mother tongue was Ladino and who wrote in German, but he came to London to escape the Nazis and took British citizenship in 1952 – though he spent the last twenty years of his life in Zurich.

William Golding (1983) 'for his novels which, with the perspicuity of realistic narrative art and the diversity and universality of myth, illuminate the human condition in the world of today'. Born in Cornwall, which was once an independent principality, but went to grammar school and Oxford, so qualifies as only the second genuinely English winner of the prize.

Seamus Heaney (1995) 'for works of lyrical beauty and ethical depth, which exalt everyday miracles and the living past'. Heaney was born in Ulster – as a Roman Catholic. He moved to the Republic of Ireland and declined to be included in a *Penguin Book of Contemporary British Poetry* (1982), writing a light-toned but seriously intended poem that explained why:

be advised,
My passport's green
No glass of ours was ever raised
To toast the Queen...
You'll understand I draw the line
At being robbed of what is mine,
My patria...

(*An Open Letter*, 1983)

He let it be known that he would decline the office of Poet Laureate, which Prime Minister Tony Blair wished to offer him after the death of Ted Hughes.

V. S. Naipaul (2001) 'for having united perceptive narrative and incorruptible scrutiny in works that compel us to see the presence of suppressed histories'. A longtime resident of Wiltshire, but born in Trinidad into a family who, just two generations earlier, had been transported from India to the West Indies as indentured labourers. Naipaul's finest work is written from the point of view of the outsider – of his father as a Trinidadian of Indian extraction (*A House for Mr Biswas*, 1961), of himself as an immigrant in Britain (*The Enigma of Arrival*, 1987), and, controversially, as a visitor to India (the trilogy *An Area of Darkness*, *India: A Wounded Civilization*, and *India: A Million Mutinies Now*, 1964–90).

Harold Pinter (2005) 'who in his plays uncovers the precipice under everyday prattle and forces entry into oppression's closed rooms'. Though authentically English by virtue of being born in Hackney in the East End of London, his grandparents were Ashkenazic Jews from Poland and Odessa. His mother was born with the surname Moskowitz, and he published his early poems under the names Pinta and da Pinto.

Doris Lessing (2007) 'that epicist of the female experience, who with skepticism, fire and visionary power has subjected a divided civilization to scrutiny'. Lessing was born in Persia (now Iran) and brought up in Southern Rhodesia (now Zimbabwe). The surname under which she writes is that of her second husband, who later became East German ambassador to Uganda, where he was murdered during the uprising against Idi Amin. A divided civilization indeed.

In short, no English-born poet has ever won the Nobel Prize for Literature, except Pinter, who was honoured for his plays, not his technically weaker and more crudely political poems. The only unequivocally English novelists to have done so are Galsworthy and Golding. From the vantage point of posterity, it is astonishing that the essentially Edwardian figure of Galsworthy should have been honoured in 1932, by which time D. H. Lawrence, Dorothy Richardson, James Joyce, Ford Madox Ford, Virginia Woolf, and others had transformed the English novel. Posterity is also highly likely to judge that the English novelist who did most to 'illuminate the human condition' in the second half of the 20th century was not William Golding but J. G. Ballard, who anatomized England so incisively in part because he was always an outsider, having spent his childhood in China, including several years in an internment camp. Of course, these choices say something about the oddity of prizes that are awarded by committees – and, in the early years of the award especially, there was the added distortion of the stipulation in Alfred Nobel's will that the prize should be awarded for literature 'of an idealistic tendency' – but the serendipitous ethnic and geographical variety of the list says much about the cultural diversity that is embodied under the rubric English Literature. Performing the exercise on the Nobel laureates of any other nation would uncover a far greater degree of homogeneity.

British Literature?

The Nobel Prize has symbolic value as a mark of international acclaim. Had there been such an award in the 19th century, the leading English-language contender for it would have been a Scotsman: Sir Walter Scott, the most widely read and influential historical novelist of the age. The Scottishness of Scott and of Robert Burns, the Irishness of Yeats and Shaw and Oscar Wilde and James Joyce, the Welshness of Dylan Thomas and R. S. Thomas, has led some to propose the category of 'British Literature' as opposed to English. In university departments in the United States, one sometimes finds the distinction between courses in American Literature and those in British Literature.

This attempt at Celtophile inclusiveness is unhelpful because it is unhistorical, as may be seen simply by asking whether William Shakespeare thought of himself as an English or a British playwright. The answer to this question is that during the reign of Queen Elizabeth I, he considered himself English, and indeed devoted a large portion of his writing time to plays that dramatized the history of England, but that in the early years of the reign of James VI of Scotland as James I of England, Shakespeare began writing about 'British' matter (notably in *King Lear* and *Cymbeline*) because James had hopes of creating a British state. Those hopes were dashed by the parliaments in both London and Edinburgh. The British state did not come into being until 1707 (except, briefly and somewhat theoretically, in republican form between 1654 and 1660), so it is anachronistic to speak of 'British Literature' from before the 18th century.

Storytelling has always played an important part in the shaping of national identity. The Victorians believed in a seamless bond between 'our English Literature' and 'our island story'. But, as modern historians have frequently emphasized, the forms of nationhood within these islands have been highly varied. Every different state formation – English, Welsh, Scottish, Irish, British, 'United Kingdom', Tudor, Stuart, republican, constitutional, monarchical, parliamentary – has had its own narratives of identity and belonging.

For several centuries, the English/British were part of a theological entity called 'Christendom', which was often assumed (incorrectly) to overlap with a geographical entity called 'Europe'. English members of the original diasporic nation, the Jews, have long been considered 'outsiders' because they do not belong to 'Christendom': this is a key point in several major 19th-century novels, most notably *Daniel Deronda* (1876) by George Eliot, *Reuben Sachs* (1889) by Amy Levy (a Jew, writing in conscious reaction against Eliot), and *The Wondrous Tale of Alroy* (1833), *Coningsby* (1844), and *Tancred* (1847) by Benjamin Disraeli (a Jew by birth though baptized a Christian in his teens).

Given the potential for confusion and offence in the islands' many political dispensations over the centuries, some scholars have proposed abandoning the terms 'English Literature' and 'British Literature' altogether, speaking instead of something like 'the Literature of the north-east Atlantic archipelago'. That is probably too much of a mouthful to catch on; nevertheless, before describing any work as a contribution to 'English Literature', it might be worth asking under which national formation it was created.

Geoffrey Chaucer wrote *The Canterbury Tales* between 1386 and 1400 while he was a servant at the court of King Richard II, where the predominant language of the interlinked arts of courtiership and poetry was French.

Andrew Marvell wrote what has been considered the best political poem in the English language, in addition to the most memorable of all Renaissance English poems on the theme of *carpe diem* ('seize the day'), and a series of profound meditations on the relationship between the human mind and the natural world. These poems – 'An Horatian Ode upon Cromwell's Return from Ireland', 'To his Coy Mistress', 'The Garden', the 'Mower' poems, and 'Upon Appleton House' – may all have been composed in the space of just over a year (summer 1650 to summer 1651), when Marvell was living in his native Yorkshire at the time of greatest political uncertainty in English history: between the execution of King Charles I and the establishment of Oliver Cromwell as Lord Protector. Marvell's small body of highly wrought work constitutes English poetry's most concentrated imaginative investigation of the conflicting demands of the active and the contemplative life, the self and society, the force of desire and the pressure of mortality, the detached mind and the body embedded in its environment. They are poems that belong to all time, but that are also deeply marked by their own particular historical moment ('The Garden' less than the others, and it is the one poem in the group that may have been written later, possibly indeed after the Restoration of the monarchy in 1660).

Around the same time, Katherine Philips, who was born in London but lived deep in rural Wales, wrote royalist poetry whilst her husband was serving as an active, if moderate, Parliamentarian. John Milton, meanwhile, was a dedicated servant of Oliver Cromwell. After the Restoration, he wrote *Paradise Lost* (1667): a poem about all time, from the primal war in Heaven to the Last Judgement, a poem that has endured through centuries, but again a poem that is of its own time, which in Milton's case meant a poem of the experience of defeat.

While Henry Fielding was writing *Tom Jones* (1749), he was also producing weekly newspapers (*The True Patriot* and *The Jacobite's Journal*) attacking the Jacobites, who in 1745 had marched from

Scotland in an attempt to restore the Stuart monarchy that had been summarily removed in 1688.

Sir Walter Scott's novels of Scottish history were written at a time when Scotland no longer existed as a separate political entity.

Thomas Moore, the son of a Dublin grocer, was one of the most popular and influential poets in the fashionable London society of the Regency, but his *Irish Melodies* (1808–34) were written in celebration of an Ireland that no longer existed as a separate political entity. They were conceived contemporaneously with a satirical poem called *Intolerance* (1808), in which Moore offered a plea for a more humane treatment of the Irish.

James Joyce's *Dubliners* (1914) was published when Dublin was a colonial outpost, whereas his *Ulysses* (1922) was published in the year that Dublin became the capital of a free state – though the book appeared in Paris, and Joyce concluded it with a colophon marking it as a work of exile ('Trieste-Zurich-Paris 1914–1921').

Omitted from my list of 'United Kingdom' Nobel Laureates was a citizen of Saint Lucia, Derek Walcott, born 1930, prize awarded 1992, 'for a poetic oeuvre of great luminosity, sustained by a historical vision, the outcome of a multicultural commitment'. Over the centuries since 1500, his West Indian island was passed several times between the colonizing grasp of the French and the British. The language and subject matter of Walcott's poetry is shaped by a mixed heritage of the indigenous, the English and the French:

> Pomme arac,
> otaheite apple,
> pomme cythère,
> pomme granate,
> moubain,
> z'ananas

the pineapple's
Aztec helmet,
pomme,
I have forgotten
what pomme for
the Irish potato,
cerise,
the cherry,
z'aman
sea-almonds
by the crisp
sea-bursts
au bord de la 'ouvrière
Come back to me,
my language.
Come back,
cacao,
grigri,
solitaire,
ciseau
the scissor-bird
no nightingales
except, once...

('Sainte Lucie', in *Sea Grapes*, 1976)

The nightingale has warbled through English poetry from medieval lyric to Milton to Keats to T. S. Eliot. Walcott introduces other species of bird. Since the 19th century, the English have been forced to make room for refugees from the blight of the Irish potato. Now the English orchard apples of Keats and Hardy are joined by sweet Caribbean fruit.

Saint Lucia was only granted independence from the United Kingdom in 1979, so for much of Walcott's career he was a British colonial subject. His poetry, like Naipaul's prose (for all the differences of stance between the two writers), is deeply imbricated with the English literary tradition, even as he brings it into dialogue with the language, outlook, and environment of his own small island. And in *Omeros* (1990), he follows in the footsteps of such Englishmen as George Chapman (translation of the *Odyssey*, 1614–15), Alexander Pope (translation of the *Odyssey*, with assistance from William Broome and Elijah Fenton, 1725–6), and Alfred Lord Tennyson ('Ulysses' as poem, 1842), not to mention T. E. Lawrence 'of Arabia' (translation of the *Odyssey*, 1935) and James Joyce of Dublin (*Ulysses* as novel), by absorbing a foundational narrative of Western literature into his own place, his own imagination. Achille and Philoctete become working fishermen among the Windward Islands instead of warrior heroes of antiquity.

English journeys

'English' has to be measured against 'British', 'Scottish', 'Welsh', and 'Irish'. English Literature is also interested in the interplay between home and abroad, the islands and the continental mainland, the homeland and the empire, the attitude of people from the old country to the most important colony that is no longer theirs, the United States of America. Charles Dickens' *Martin Chuzzlewit* (1844) caused great offence for its treatment of the latter theme.

'There is a world elsewhere' says Shakespeare's Coriolanus, on being banished from Rome, the ancient state that was such a formative influence on the British ruling class, courtesy of their classical education. Travel, exploration, exile, cosmopolitanism: these have been among the great themes of English writing. But, like the opposition between England and Britain/Ireland, the dialectic of home and abroad, or the centre of power and the outposts of empire, creates distortions of its own. It implies that England is a homogenous place. But it is not. From Daniel Defoe (*A Tour through the Whole Island of Great Britain*, 1724–7), to

William Cobbett (*Rural Rides*, 1830), to H. V. Morton (*In Search of England*, 1927), J. B. Priestley (*English Journey*, 1934), and George Orwell (*The Road to Wigan Pier*, 1937), journalists have gone on the road and discovered a wealth of different Englands, rural and urban, sleepy and raucous, ordered and broken, hedgerows white with hoar frost and tenements black with coal dust, all rich in raw material for the observant eye.

Writers are not always nationalists or spokespeople for 'one nation' – or even if they are, like Benjamin Disraeli, who became prime minister on precisely this ticket, their arguments in favour of 'one nation' come from their knowledge that there are, as Disraeli put it in the subtitle to his novel *Sybil* (1845), *Two Nations*. For Disraeli, the two nations were the rich and the poor; for Elizabeth Gaskell, they were *North and South* (1855), the opposing worlds of industrial labour and leisured gentility. The two nations take many forms. Dissenting traditions have been as formative of 'Englishness' as orthodox 'patriotism'. There is a long tradition of appeal to an 'other England', an 'authentic' national identity – often symbolized by such figures as Robin Hood – that has been corrupted or displaced by state power. The opposition of Saxon against Norman frequently recurs here: though written by a Scotsman, *Ivanhoe* had an immense influence on 19th-century images of what it meant to be English.

So too with the Saxon and the Celt. As Oxford Professor of Poetry in the 1860s, Matthew Arnold argued that Celtic literature offered a corrective to what he called the Philistinism of the Anglo-Saxon temperament embodied in English middle-class life. He suggested that the romantic characteristics of English Literature – 'its turn for style, its turn for melancholy, and its turn for natural magic, for catching and rendering the charm of nature in a wonderfully near and vivid way' – all had their origins in Celtic sources. In Arnold's account, Shakespeare's greatness lay in his blending of English pragmatism with 'an openness and flexibility of spirit, not English'.

Among the principal creative oppositions upon which English Literature is built are court versus county and country versus city, 'green and pleasant land' versus 'dark Satanic mills'. This is both a literary and a political formation: in the 18th and 19th centuries, Toryism was grounded in the country, landowning interest, Whiggism and later Liberalism among the newly prosperous urban mercantile class (though plenty of individuals could be cited as exceptions to this rule).

There is a long tradition of urban writing in England: Elizabethan satirists such as John Marston and John Donne attacked fashion-conscious young city gentlemen in pursuit of pleasure and preferment. They were abetted in the process by their own status as young gentleman of precisely this kind. City comedy became a notably popular theatrical form in the early 17th century. The naïve country girl or backwoods squire coming to town became a stock type in Restoration and 18th-century comedy. Conversely, in novels such as Jane Austen's *Mansfield Park*, urban sophisticates (Henry and Mary Crawford) disrupt the life of a settled rural estate. The psychogeography of London is the unifying motif of an exceptionally dark and powerful group of late 20th-century novels: Michael Moorcock's *Mother London* (1988), Martin Amis's *London Fields* (1989), Iain Sinclair's *Downriver* (1991), Peter Ackroyd's *The House of Doctor Dee* (1993). A post-apocalyptic London is the favoured setting of dystopian fiction from Richard Jefferies' *After London* (1885) to J. G. Ballard's *The Drowned World* (1962) and Will Self's *The Book of Dave* (2006).

The tradition of anatomizing the capital city goes back to the ancient Roman satirist Juvenal. Indeed, Dr Johnson's poem 'London' is an 'imitation' or free adaptation of Juvenal's third satire. In its turn, the idealization of the rural estate in contrast to the fevered world of the court goes back to the poetry of Horace, but it departs further from him than the counter-tradition does from Juvenal. Where Horace's farm is a generic place of retreat, English rural poetry is steeped in geographic specificity and local affection. It is of a piece with the distinctively English taste for landscape painting in watercolour, for local history and county loyalty, for picturesque tourism.

Dr Johnson defined topographical verse as 'local poetry, of which the fundamental object is some particular landscape... with the addition of... historical retrospection or incidental meditation.' The foundation-text of the genre was Sir John Denham's *Cooper's Hill*, in which the poet climbs a hill near Egham in Surrey and looks down on Windsor (cue praise for King Charles I and his forebears), Thames (hail the empire-builders who sailed thence and made 'both *Indies* ours'), and Runnymede (where Magna Carta was signed, laying the foundation of English liberty). First published in 1642, Denham's poem became an underground Royalist classic during the Cromwellian era. It influenced a long sequence of 18th-century 'prospect' poems in which a well-ordered landscape became symbolic of the supposedly natural hierarchies of society. By the end of the century, poetic paeans to the sturdy English oak had been attached to the vision of the organic State that was articulated most eloquently by Edmund Burke in his *Reflections on the Revolution in France* (1790). William Wordsworth initially challenged the politics of the genre by replacing national history with personal memory (as in 'Tintern Abbey') and peopling his landscapes with the poor and the dispossessed (as in 'Michael' and 'Resolution and Independence'), but his retreat to the Lake District was a sign of his rejection of radical politics. At the beginning of the 20th century, the rural 'Georgian' poets were characterized by nostalgia and complacency; the future belonged to the urban modernists. Then in their anti-modernist allegiance to the rural muse of Thomas Hardy, the major English poets of the second half of the 20th century revealed themselves to be deep-rooted conservatives: Philip Larkin complained that the countryside had been overrun by caravan sites, Geoffrey Hill yearned elegiacally for a 'Platonic England' of 'cedar and soft-thudding baize' ('The Laurel Axe' in 'An Apology for the Revival of Christian Architecture in England', 1978), and Ted Hughes as Poet Laureate tried to revive the mystique of the monarchy.

So the story goes. But, like all reductively political readings of literature, this narrative is a gross over-simplification. The nostalgia of landscape poetry is usually conservative with a small 'c' in that it idealizes an older way of life that is threatened or lost – but that perhaps never really existed. Precisely the same may be said of urban satire. But the impulse behind the sentiment is ultimately more to do with the poet's sense of him- or herself as an exile from Eden than with any party political allegiance. The land of lost content is really the writer's own past, the innocence of childhood, the place where we began.

The melting pot

In 1908, a new play by the English-Latvian-Polish-Jewish writer, public speaker, and Zionist activist Israel Zangwill opened in Washington, DC. Greeted with enthusiasm by President Theodore Roosevelt, it was about a Russian-Jewish family that has emigrated to the United States in order to escape a pogrom. At one point, the central character says 'America is God's Crucible, the great Melting-Pot where all the races of Europe are melting and reforming... Germans and Frenchmen, Irishmen and Englishmen, Jews and Russians – into the Crucible with you all! God is making the American'. The title of the play, *The Melting Pot*, was taken up as shorthand for the supposedly unique destiny of America as a new country in which immigrants were welcome and could begin a new life regardless of their ethnic origin.

But is that destiny so unique? For two millennia, Britain has been a crucible into which Celts, Romans, Anglo-Saxons, Norsemen, Normans, Huguenots, Dutch, Hanoverians, Jews, migrants, refugees, and former colonial subjects, all the races of Europe and far beyond, have melted and reformed. By bringing their own languages, they have immeasurably enriched the English language, and that is one of the principal sources of the unique richness and variety of English Literature.

Early in the 17th century, the Anglo-Italian dictionary-maker John Florio translated the essays of the Frenchman Michel de Montaigne into English, importing a wealth of new words and phrases that left a deep mark on the later writings of William Shakespeare. In the 20th century, the Irishmen James Joyce and Samuel Beckett reinvented English literary language with unprecedented ingenuity (in Joyce's case) and exactitude (in Beckett's). Caribbean and British-Caribbean poets such as Edward Kamau Brathwaite and Linton Kwesi Johnson have reanimated English poetry by means of a language culled from their own vernacular. In the very act of rebelling against the 'tradition', they have become part of it, modifying the whole existing order in exactly the way described by Eliot. The 'new word order' of Linton Kwesi Johnson is dependent on dialogue with his poetic inheritance:

if I woz a tap-natch poet
like Chris Okigbo
Derek Walcot
ar T. S. Eliot

I woodah write a poem
soh dyam deep
dat in bittah-sweet
like a precious
memari
whe mek yu weep
whe mek yu feel incomplete...

(from *Mi Revalueshanary Fren: Selected Poems*,
Penguin Classics, 2002)

'Alien' writers question and revalue the tradition, because it belongs to a history in which their own people have been oppressed. But at the same time, they 'naturalize' themselves, often by expressing a sense of gratitude and obligation – it is the English writers of the past who have given them the equipment and the will to find their own voice. This is one of the very few matters on which the 20th century's two most wide-ranging Trinidadian writers – left-wing historian, essayist, and cricket writer C. L. R. James, and right-wing novelist, polemicist, and travel writer V. S. Naipaul – would unhesitatingly agree.

Derek Walcott drives along the contested margin between England and Wales, Anglo-Saxon and Celt. When he writes of his 'dispossession', the reader's first instinct is to assume that he is making a simple reference to imperialist or racist oppression. But he is not:

> Sometimes the gusts of rain veered like the sails
> of dragon-beaked vessels dipping to Avalon
> and mist. For hours, driving along
> the skittering ridges of Wales, we carried the figure
> of Langland's Plowman on the rain-seeded glass...
> ...We had crossed into England –
> the fields, not their names, were the same...
> The sun brightened like a sign, the world was new
> while the cairns, the castled hillocks, the stony kings
> were scabbarded in sleep, yet what made me think
> that the crash of chivalry in a kitchen sink
> was my own dispossession?
>
> (Walcott, *Midsummer*, 1984, poem XXXV)

The poet laments, as Edmund Burke did at the time of the French Revolution, that the age of chivalry is gone. Writers no longer dream with misty eyes of Arthur's return from the blessed isle of Avalon. Instead, modern literature looks back in anger. In 1954, the critic David Sylvester wrote an article called 'The Kitchen Sink', an allusion to a painting by John Bratby, who sought to introduce the banality and boredom of everyday life into English art. The term 'kitchen-sink realism' was soon applied to the plays and novels of the 'Angry Young Men' who turned literature in the same direction, the most famous example being John Osborne's *Look Back in Anger*, staged at the Royal Court in 1956, the year of the Suez crisis that marked the turn of the tide against the British empire.

Chivalry versus kitchen sink replays the old battle between romance and realism. Walcott is an epic and lyric poet, and a dramatist who found not banality but beauty in the voices of his native Saint Lucia. His allegiance is divided: he is the guardian of romance, and yet romance has been diminished by the very democratization of art that has enabled him, a sometime colonial subject, to become that guardian. Even as he marks himself as an outsider, who is merely driving through the border landscape rather than dwelling within it, he lays claim to the inheritance both of Arthurian romance and of a tradition of lyrical English dissent that goes back to the vision of a 14th-century English ploughman poet on the nearby Malvern Hills.

Walcott is on a midsummer pilgrim's progress into his cultural inheritance. In the previous poem, he has heard the ghosts of Shakespeare's Justice Shallow and Justice Silence in the voices of old men in the garden of a timber-framed pub in Warwickshire. Witnessing a landscape 'scabbarded' in what George Orwell in *Homage to Catalonia* called 'the deep, deep sleep of England', he discovers that he has been possessed by his reading. The poet does not cease from mental fight, nor does the pen sleep in his hand. He tracks the feet that in ancient times walked upon England's mountains green. Langland's feet, Milton's, Bunyan's, Blake's. He keeps alive their vision of a new earth, a new Jerusalem, now and in English Literature.

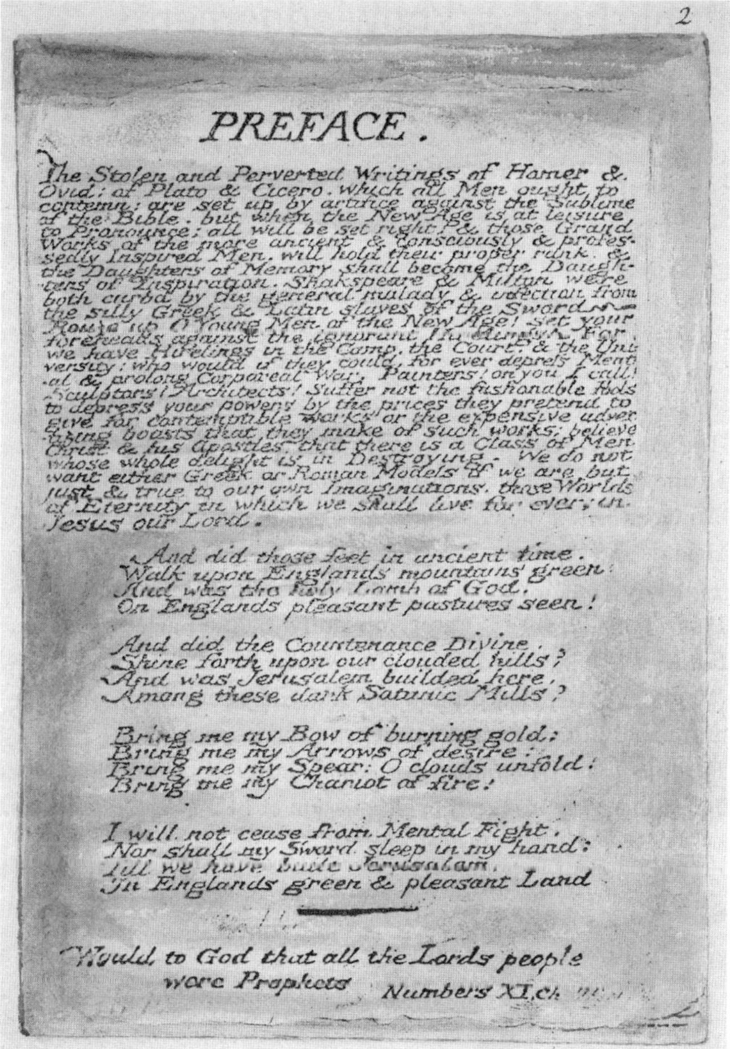

2

PREFACE.

The Stolen and Perverted Writings of Homer & Ovid: of Plato & Cicero. which all Men ought to contemn: are set up by artifice against the Sublime of the Bible. but when the New Age is at leisure to Pronounce; all will be set right: & those Grand Works of the more ancient & consciously & professedly Inspired Men, will hold their proper rank, & the Daughters of Memory shall become the Daughters of Inspiration. Shakspeare & Milton were both curbd by the general malady & infection from the silly Greek & Latin slaves of the Sword.
Rouze up O Young Men of the New Age! set your foreheads against the ignorant Hirelings! For we have Hirelings in the Camp, the Court, & the University: who would if they could, for ever depress Mental & prolong Corporeal War. Painters! on you I call! Sculptors! Architects! Suffer not the fashionable Fools to depress your powers by the prices they pretend to give for contemptible works or the expensive advertizing boasts that they make of such works; believe Christ & his Apostles that there is a Class of Men whose whole delight is in Destroying. We do not want either Greek or Roman Models if we are but just & true to our own Imaginations, those Worlds of Eternity in which we shall live for ever; in Jesus our Lord.

And did those feet in ancient time.
Walk upon Englands mountains green:
And was the holy Lamb of God,
On Englands pleasant pastures seen!

And did the Countenance Divine,
Shine forth upon our clouded hills?
And was Jerusalem builded here,
Among these dark Satanic Mills?

Bring me my Bow of burning gold:
Bring me my Arrows of desire:
Bring me my Spear: O clouds unfold!
Bring me my Chariot of fire!

I will not cease from Mental Fight,
Nor shall my Sword sleep in my hand:
Till we have built Jerusalem,
In Englands green & pleasant Land.

Would to God that all the Lords people were Prophets Numbers XI. ch

11. 'And did those feet' in its original context: William Blake, Preface to *Milton: A Poem* (1804–11), prophesying a 'New Age' in which England will become the 'New Jerusalem'

Publisher's acknowledgements

'The Tollund Man' taken from *Wintering Out* (1972) © Seamus Heaney and reproduced by permission of Faber and Faber Ltd. 'An Open Letter' taken from *Field Day* (1983) © Seamus Heaney and reproduced by permission of Faber and Faber Ltd. 'Last Post' first appeared on the website of the BBC's *Today Programme* (2009) © Carol Ann Duffy. 'Sainte Lucie' taken from *Sea Grapes* (1976) and 'Poem XXXV' taken from *Midsummer* (1984) © Derek Walcott and reproduced by permission of Faber and Faber Ltd. 'If I woz a tap-natch poet' taken from *Mi Revalueshanary Fren: Selected Poems* (2002) © Linton Kwesi Johnson and reproduced by permission of LKJ Music Publishers.

Further reading

Chapter 1

On children's literature: Seth Lerer, *Children's Literature: A Reader's History from Aesop to Harry Potter* (Chicago, 2008).
Juliet Dusinberre, *Alice to the Lighthouse: Children's Books and Radical Experiments in Art* (Basingstoke, 1987).
Jacqueline Rose, *The Case of Peter Pan: or the Impossibility of Children's Literature* (Basingstoke, 1984).
On Kipling: David Gilmour, *The Long Recessional: The Imperial Life of Rudyard Kipling* (London, 2002).

Chapter 2

F. R. Leavis on *Hard Times*: in his *The Great Tradition* (London, 1948).
Eliot on tradition: essays in his *Selected Prose*, ed. Frank Kermode (London, 1975).
Semiotics: *A Roland Barthes Reader*, ed. Susan Sontag (London, 1982).
Orwell on literature: *The Penguin Essays of George Orwell* (London, 1994).
The 'canon': Frank Kermode, *The Classic* (London, 1975).
John Guillory, *Cultural Capital: The Problem of Literary Canon Formation* (Chicago, 1994).
Margaret Ezell, *Writing Women's Literary History* (Baltimore, 1993).

Chapter 3

Heaney: *Stepping Stones: Interviews with Seamus Heaney by Denis O'Driscoll* (London, 2008).

Celts: James Carney, 'Language and Literature to 1169', in *A New History of Ireland I: Prehistoric and Early Ireland*, ed. Dáibhí Ó Cróinín (Oxford, 2005), pp. 451–510.

Ossian: Fiona Stafford, *The Sublime Savage: A Study of James Macpherson and the Poems of Ossian* (Edinburgh, 1988).

The Celtic twilight: Ben Levitas, *The Theatre of Nation: Irish Drama and Cultural Nationalism 1890–1916* (Oxford, 2002).

Old English literature: Malcolm Godden and Michael Lapidge (eds.), *The Cambridge Companion to Old English Literature* (Cambridge, 1986).

Alfred the Great: *Asser's 'Life of King Alfred' and Other Contemporary Sources*, tr. Simon Keynes and Michael Lapidge (Harmondsworth, 1983).

After the Conquest: Laura Ashe, *Fiction and History in England 1066–1200* (Cambridge, 2007).

The 14th century: James Simpson, *The Oxford English Literary History*, Volume 2: *1350–1547: Reform and Cultural Revolution* (Oxford, 2002).

Chaucer: *The Cambridge Companion to Chaucer*, ed. Piero Boitani and Jill Mann, 2nd edn. (Cambridge, 2004).

The Bible: Robert Carroll and Stephen Prickett, Introduction to *The Bible: Authorized King James Version* (World's Classics edition, Oxford, 1997).

Northrop Frye, *The Great Code: The Bible and Literature* (London, 1982).

Frank Kermode, *The Sense of an Ending: Studies in the Theory of Fiction* (Oxford, 1967).

Chapter 4

Rhetoric: Brian Vickers, *In Defence of Rhetoric* (Oxford, 1989).

Enlightenment Scotland: Robert Crawford, *The Scottish Invention of English Literature* (Cambridge, 1998).

Empire and English studies: Gauri Viswanathan, *Masks of Conquest: Literary Study and British Rule in India* (New York, 1989).

Auto-didacts: Jonathan Rose, *The Intellectual Life of the British Working Classes* (New Haven, 2001).
Criticism and the public sphere: Jürgen Habermas, *The Structural Transformation of the Public Sphere: An Inquiry into a Category of Bourgeois Society* (1962; tr. Thomas Burger, Cambridge, Mass., 1991).
Terry Eagleton, *The Function of Criticism: From 'The Spectator' to Post-Structuralism* (London, 1984).
Karen O'Brien, *Women and Enlightenment in Eighteenth-Century Britain* (Cambridge, 2009).
Stefan Collini, *Public Moralists: Political Thought and Intellectual Life in Britain: 1850–1930* (Oxford, 1993).
Dr Johnson: Freya Johnston, *Samuel Johnson and the Art of Sinking, 1709–1791* (Oxford, 2005).
Romantic critical theory: M. H. Abrams, *The Mirror and the Lamp: Romantic Theory and the Critical Tradition* (New York, 1958).
Coleridge: Seamus Perry, *Coleridge and the Uses of Division* (Oxford, 1999).
Hazlitt: Tom Paulin, *The Day-Star of Liberty: William Hazlitt's Radical Style* (London, 1998).
Textual questions: John Jowett, *Shakespeare and Text* (Oxford, 2007).
Philip Gaskell, *From Writer to Reader: Studies in Editorial Method* (Oxford, 1978).
David Greetham, *Textual Scholarship: An Introduction* (London, 1994).
D. F. McKenzie, *Bibliography and the Sociology of Texts* (Cambridge, 1999).
Jerome McGann, *A Critique of Modern Textual Criticism* (Charlottesville, 1992).

Chapter 5

Periodization and the history of literary forms: Alastair Fowler, *A History of English Literature* (Cambridge, Mass., 1987).
Renaissance: Richard Helgerson, *Forms of Nationhood: The Elizabethan Writing of England* (Chicago, 1992).
David Loewenstein and Janel Mueller (eds.), *The Cambridge History of Early Modern English Literature* (Cambridge, 2003).
Romanticism: Duncan Wu (ed.), *Romanticism: A Critical Reader* (Oxford, 1995).
Nicholas Roe (ed.), *Romanticism: An Oxford Guide* (Oxford, 2005).

Modernism: Chris Baldick, *The Oxford English Literary History*, Volume 10: *1910–1940: The Modern Movement* (Oxford, 2004).

Hugh Kenner, *The Pound Era* (Berkeley, 1971).

Helen Carr, *The Verse Revolutionaries: Ezra Pound, H. D. and the Imagists* (London, 2009).

The line of Hardy: Donald Davie, *Thomas Hardy and British Poetry* (London, 1973).

Rival traditions in modern poetry: Randall Stevenson, *The Oxford English Literary History*, Volume 12: *1960–2000: The Last of England?* (Oxford, 2004).

Chapter 6

Kinds of poetry: Paul Fussell, *Poetic Meter and Poetic Form* (New York, 1965; revised edn. 1979).

Elegy: G. W. Pigman III, *Grief and English Renaissance Elegy* (Cambridge, 1985).

The shadow of war: Paul Fussell, *The Great War and Modern Memory* (Oxford, 1975).

Donne: John Carey, *John Donne: Life, Mind and Art* (London, 1990).

John Stubbs, *John Donne: The Reformed Soul* (London, 2006).

Multiple meanings in poetry: William Empson, *Seven Types of Ambiguity* (London, 1930) and *The Structure of Complex Words* (London, 1951).

Chapter 7

Shakespeare: Jonathan Bate, *Soul of the Age: The Life, Mind and World of William Shakespeare* (London, 2008).

King Lear: Stanley Cavell, 'The Avoidance of Love', in his *Disowning Knowledge in Seven Plays of Shakespeare* (Cambridge, 1987).

Metadrama: Anne Righter (Barton), *Shakespeare and the Idea of the Play* (London, 1962).

Shakespeare in print: Lukas Erne, *Shakespeare as Literary Dramatist* (Cambridge, 2003).

Lamb and limits of the stage: J. W. Donohue, *Dramatic Character in the English Romantic Age* (Princeton, 1970).

Shakespeare as inspirer and inhibitor: Jonathan Bate, *The Genius of Shakespeare* (London, 1997).

Comedy: Alexander Leggatt, *English Stage Comedy, 1490–1900: The Persistence of a Genre* (London, 1998).
Michael Cordner, Peter Holland, and John Kerrigan (eds.), *English Comedy* (Cambridge, 1994).

Chapter 8

Romance and novel: Paul Hunter, *Before Novels: Cultural Contexts of Eighteenth Century English Fiction* (New York, 1990).
Geoffrey Day, *From Fiction to the Novel* (London, 1987).
18th-century fiction: Ian Watt, *The Rise of the Novel* (London, 1957).
Michael McKeon, *The Origins of the English Novel, 1600–1740* (Baltimore, 1988).
Women and Gothic: Sandra Gilbert and Susan Gubar, *The Madwoman in the Attic: The Woman Writer and the Nineteenth Century Literary Imagination* (New Haven, 1980).
Austen: Claudia Johnson, *Jane Austen: Women, Politics, and the Novel* (Chicago, 1988).
Novel and nation: Patrick Parrinder, *Nation and Novel: The English Novel from its Origins to the Present Day* (Oxford, 2006).
Condition of England: Raymond Williams, *Culture and Society 1780–1950* (London, 1958).
Catherine Gallagher, *The Industrial Reformation of English Fiction: Social Discourse and Narrative Form, 1832–1867* (Chicago, 1985).
Victorian fiction: Philip Davis, *The Oxford English Literary History*, Volume 8: *1830–1880: The Victorians* (Oxford, 2002).
Dickens: Michael Slater, *Charles Dickens: A Life Defined by Writing* (New Haven and London, 2009).
Comic fiction: Glen Cavaliero, *The Alchemy of Laughter: Comedy in English Fiction* (Basingstoke, 1999).
Modernism and stream of consciousness: Robert Humphrey, *Stream of Consciousness in the Modern Novel* (Berkeley, 1962).
David Lodge, *Consciousness and the Novel* (Cambridge, Mass., 2002).
Sterne and narrative technique: Wayne Booth, *The Rhetoric of Fiction* (Chicago, 1961).
Gerard Genette, *Narrative Discourse: An Experiment in Method* (Ithaca, 1983).

Chapter 9

Englishness: Paul Langford, *Englishness Identified: Manners and Character 1650–1850* (Oxford, 2000).

David Gervais, *Literary Englands: Versions of 'Englishness' in Modern Writing* (Cambridge, 1993).

Alison Light, *Forever England: Femininity, Literature and Conservatism between the Wars* (London, 1991).

Ireland: Declan Kiberd, *Inventing Ireland: Literature of the Modern Nation* (London, 1995).

The British Question: Hugh Kearney, *The British Isles: A History of Four Nations* (Cambridge, 1995).

Linda Colley, *Britons: Forging the Nation 1707–1837* (London, 1992).

Norman Davies, *The Isles: A History* (London, 1999).

John Kerrigan, *Archipelagic English: Literature, History and Politics 1603–1707* (Oxford, 2008).

Murray Pittock, *Celtic Identity and the British Image* (Manchester, 1999).

Empire: Edward Said, *Culture and Imperialism* (London, 1993).

Bill Ashcroft et al. (eds.), *The Empire Writes Back: Theory and Practice in Post-Colonial Literature* (London, 1989).

Paul Gilroy, *The Black Atlantic: Modernity and Double-Consciousness* (London, 1993).

Country and city, region and landscape: Raymond Williams, *The Country and the City* (London, 1973).

Jonathan Bate, *The Song of the Earth* (London, 2000).

Immigrant writers: Bruce King, *Oxford English Literary History*, Volume 13: *1948–2000: The Internationalization of English Literature* (Oxford, 2004).

Graham Huggan, *The Post-Colonial Exotic: Marketing the Margins* (London, 2001).

“牛津通识读本”已出书目

古典哲学的趣味
人生的意义
文学理论入门
大众经济学
历史之源
设计，无处不在
生活中的心理学
政治的历史与边界
哲学的思与惑
资本主义
美国总统制
海德格尔
我们时代的伦理学
卡夫卡是谁
考古学的过去与未来
天文学简史
社会学的意识
康德
尼采
亚里士多德的世界
西方艺术新论
全球化面面观
简明逻辑学
法哲学：价值与事实
政治哲学与幸福根基
选择理论
后殖民主义与世界格局
福柯
缤纷的语言学
达达和超现实主义
佛学概论
维特根斯坦与哲学
科学哲学
印度哲学祛魅
克尔凯郭尔
科学革命
广告
数学
叔本华
笛卡尔
基督教神学
犹太人与犹太教
现代日本
罗兰·巴特
马基雅维里
全球经济史
进化
性存在
量子理论
牛顿新传
国际移民
哈贝马斯
医学伦理
黑格尔
地球
记忆
法律
中国文学
托克维尔
休谟
分子
法国大革命
民族主义
科幻作品
罗素
美国政党与选举
美国最高法院
纪录片
大萧条与罗斯福新政
领导力
无神论
罗马共和国
美国国会
民主
英格兰文学
现代主义
网络
自闭症
德里达
浪漫主义
批判理论

德国文学
儿童心理学
电影
戏剧
时装
俄罗斯文学
腐败
现代拉丁美洲文学
古典文学
医事法
卢梭
大数据
癌症
隐私
洛克
植物
电影音乐
幸福
法语文学
抑郁症
免疫系统
微观经济学
传染病
银行学
湖泊
希腊化时代
景观设计学
拜占庭
知识